DER BADISCHE KRIMI 5

Rainer Martin Mittl, geboren 1960 in Stuttgart, aufgewachsen in Berlin, verschlug es 1982 nach Mannheim. Inzwischen lebt er mit Frau und Tochter in Ludwigshafen. Er ist ausgebildeter Modellschreiner, Orchestermusiker und Krankenpfleger. »Mannheimer Dreck« ist sein erster Roman.

RAINER MARTIN MITTL

MANNHEIMER DRECK

DER BADISCHE KRIMI

Emons Verlag

Umschlagzeichnung: Heribert Stragholz
Druck und Bindung: Clausen & Bosse, Leck
Printed in Germany 2007
Erstausgabe 2006
ISBN 978-3-89705-433-5

www.emons-verlag.de

Gewalt ist das Problem,
als dessen Lösung sie sich ausgibt.
Friedrich Hacker

Er mochte die Menschen nicht. Sie waren ihm ein Gräuel. Schon bald würden sie hier in Scharen einfallen und auch den leeren Platz neben ihm nicht unbesetzt lassen – allein die Vorstellung widerte ihn an. Dabei sollte der Bus erst in einigen Minuten abfahren. Und bis dahin würde der Fahrer jedem hemmungslos Einlass gewähren, der über einen gültigen Fahrschein verfügte.

Er hatte – das war ihm jetzt klar – völlig übereilt gehandelt. Irgendwas hatte ihn getrieben. Als er gesehen hatte, dass der Bus kam, war er einfach losgerannt, kopflos, panisch. Mitten im Lauf, in der Angst, die Haltestelle nicht mehr rechtzeitig zu erreichen, war er mit jemandem kollidiert, hatte dabei seine Tasche verloren und sie wieder aufheben müssen. Erst als er am Ziel angekommen war, hatte er gemerkt, dass es für den ankommenden Bus die Endhaltestelle war. Hier würde der Fahrer seine Tour beenden – würde erst einmal pausieren, bevor er die Route erneut abfuhr.

Die noch wenigen neuen Fahrgäste hatte der Fahrer gleich einsteigen lassen. Er hatte es sich aber nicht nehmen lassen, jeden Hinzusteigenden darauf hinzuweisen, dass er damit eine große Ausnahme machte: »Wegen der Kälte. Eigentlich ja erst in zehn Minuten!« Ein Menschenfreund.

Und so saß er jetzt fest, saß auf seinem Sitz, saß so eng an die Wand gepresst wie nur möglich. Er wollte einfach nicht dazugehören.

Niemals wäre er in diese Situation gekommen, wenn die Dinge normal gelaufen wären. Aber diesmal hatten die Kameraden versagt, hatten nicht mit der nötigen Sorgfalt gearbeitet. Sie allein trugen deshalb die Schuld daran, dass gerade er inmitten des Berufsverkehrs in einem sich bald füllenden Bus ausharren musste. Diese Feststellung zu treffen war notwendig, daraus würde sich seine Haltung ableiten. Schon immer war es ihm wichtig gewesen eine Haltung zu haben, eine ganz klare Einstellung, frei von Zweifeln und Vorbehalten. Sie würde auch jetzt wieder seine Stärke ausmachen, sein Rückgrat bilden, und sie würde das Fundament für weiteres Handeln sein.

Er hätte sofort neu planen sollen, aber der Ort, an dem er sich momentan befand, war dazu nicht angetan. Ständig stiegen weitere Leute hinzu. Zudem hatte der Fahrer die ganze Zeit den Motor laufen lassen, und sowohl vorn als auch hinten standen die Türen offen. Ein leiser, durch die Heizung angewärmter Luftzug war deshalb durch den Fahrgastraum gezogen, hatte dabei die Abgase des Busses mit sich getragen und nach und nach einen unerträglichen Gestank verbreitet.

Er fühlte sich von Schmutz umgeben. Seine Hände klebten. Die Luft, inzwischen vom Dunst des Diesels geschwängert, zwang ihm eine flache und unzureichende Atmung auf. Und immer, wenn er doch einmal stärker einatmete, drang sie tiefer in seine Lunge, als er wollte. Dabei stellte sich jedes Mal leichter Schwindel und ein betäubender dumpfer Schmerz hinter den Schläfen ein.

Feuchtwarme, vom Schweiß gesättigte Dämpfe stiegen aus seiner Kleidung zur Nase empor. Übelkeit überkam ihn.

Er war entschieden zu warm gekleidet. Aber er bereute nicht, Anzug und Mantel angezogen zu haben. Die heutige Maßnahme hatte, ungeachtet ihrer Bedeutung für ihn selbst, letztlich den Tod einer anderen Person zum Ziel gehabt – dem war mit angemessener Kleidung Rechnung zu tragen, mochte der Mantel noch so warm sein.

Außerdem gab es Faktoren die weitaus störender waren. Sie beeinflussten sein momentanes Empfinden wirklich. Ihrer hätte er sich, wenn möglich, zuallererst entledigt.

Da waren diese Menschen: ihr Anblick, ihre Geräusche, ihre Ausdünstungen, ihre Gerüche. Er drehte sich zur Seite und starrte aus dem Fenster. Er wollte erst gar nicht sehen, wer sich neben ihn setzen würde. Für einen kurzen Moment erlaubte er sich sogar die Hoffnung, durch diese abgewandte Körperhaltung derart abweisend zu wirken, dass niemand es wagen würde, den Platz neben ihm einzunehmen.

Den Blick stur durch die Glasscheibe nach draußen gerichtet, konzentrierte er sich nur noch auf sein Gehör. Es war maximal geschärft und sollte ihm rechtzeitig signalisieren, wenn sich jemand in seine Nähe begeben würde.

Plötzlich bemerkte er, dass er mit seinem Gesicht dem Fenster zu nahe gekommen war. Beim Ausatmen beschlug das Glas, und unförmige milchige Flächen aus Wasserdampf hielten sich für kurze Zeit daran fest, um anschließend sofort wieder zu verschwinden. Nur für Augenblicke, aber jedes Mal lang genug, offenbarte sich dabei der katastrophal verschmutzte Zustand der Scheibe. Ihr mussten Unmengen organischer Bestandteile menschlichen Atems und eine Unzahl von Bakterien anhaften. Ihm kamen Gesichter in den Sinn, die, an die Scheibe gequetscht, den talgigen Inhalt ihrer Hautporen freigaben – abscheuliche Gesichter, speichelnd und mit schleimenden Nasen; Köpfe mit tranigen Haaren, verschmutzte Ohren gegen das Glas gepresst.

Dann, am Fensterrahmen, entdeckte er trübe Schlieren.

Auf der Stelle zog er den Kopf zurück. Der Körper sollte die schützende Wand nicht verlassen. Sein Rumpf verdrehte sich deshalb stark, sodass er sich noch mehr verspannte. Dazu kam eine kalte Berührung an seiner linken Schulter. Erschrocken riss er den Kopf herum. Er sah in zwei weit offen stehende Augen – ein Gesicht. Es atmete ihn an.

Er konnte nichts dagegen tun – er übergab sich im Schwall.

*

Mit großen Schritten lief Ester Schilling auf das alte Mietshaus zu. Sie war verzweifelt und noch immer fassungslos. Nun hoffte sie, dass wenigstens nicht wieder dieser Mann in der Durchfahrt stehen würde. Am liebsten hätte sie geweint.

Ihrer dunkelgrauen Jacke aus Fleece sah man es nicht mehr an, sie hatte einen guten Teil der Spuren mit einem Papiertaschentuch beseitigen können. Die Hose hingegen war aus Baumwolle und hatte die Flüssigkeit besser aufgenommen, das war deutlich an der Dunkelfärbung der Hosenbeine zu erkennen. Für andere nicht sichtbar, weil die Jacke darüber reichte, aber ganz besonders unangenehm, war die Nässe im Beckenbereich. Sie war mittlerweile bis zum Slip vorgedrungen, und der rieb nun im Schritt.

Am schlimmsten aber hatte es die große braune Papiertüte erwischt. Die war völlig durchnässt. Mit einem Arm versuchte sie deshalb, deren aufgeweichte Unterseite zu sichern, während sie sie mit dem anderen Arm fest umschlang. Zwei schwarze Holzlatten ragten oben heraus, und Ester hatte Mühe, nach vorn zu schauen. Bei jedem Schritt, den sie tat, wippten sie hin und her und wären ihr gegen die Stirn geschlagen, wenn sie den Kopf nicht ein wenig zur Seite geneigt hätte.

Der Geruch verflog im Freien glücklicherweise – jedenfalls nahm sie ihn nicht mehr wahr. Aber sie wusste, dass ein unglaublicher Gestank nach Erbrochenem von ihr ausgehen musste. Spätestens beim Passieren der Durchfahrt zum Hinterhof würde er sich wieder deutlich bemerkbar machen, womit die Aufmerksamkeit des Mannes noch mehr auf sie gelenkt wäre.

Wenn der Mann heute wieder da steht, schreie ich.

Sie hatte keine Ahnung, was sie in solch einem Fall tatsächlich tun würde, aber es war klar, dass sie, so wie sie zugerichtet war, im Moment nirgendwo anders hin konnte. Sie konnte nur nach Hause gehen, und zwar so schnell wie möglich – in ihr kleines Haus dort im Hinterhof.

Nicht dass sie vor ihm Angst hatte, das war nicht ihr Problem. Der Mann in der Durchfahrt sah absolut harmlos aus, eher sogar nett – sehr nett. Es war nur seine spezielle Art, sie anzusehen. Die verschaffte ihr jedes Mal Unbehagen. Er schaute sie immer so direkt an, und zwar geradewegs in die Augen. Ihr gelang es nie, seinen Blick zu erwidern oder ihm wenigstens standzuhalten.

Ein paar Mal hatte sie bei Betreten der Durchfahrt bewusst in seine Richtung geschaut und gegrüßt – meist allerdings etwas zu leise und vor allem viel zu früh, denn da war sie nämlich etliche Meter von ihm entfernt gewesen. Aus der Distanz war es ihr noch leicht gefallen, seinem Blick standzuhalten, einige Sekunden später jedoch, wenn sie auf seiner Höhe war, war sie ihm jedes Mal wieder ausgewichen. Und für einen erneuten Gruß war es ihr zu früh erschienen – wie eine peinliche Wiederholung des ersten Grußes. Andererseits hatte sie es aber auch für zu spät gehalten. Sie fand es nämlich genauso unpassend, wenn die mündliche Begrüßung einem schon erfolgten Blickkontakt mit zu langem zeitlichen Abstand nachfolgte.

Im Grunde war sie sonst nicht so unsicher, aber in diesen Situationen lief es für sie immer irgendwie mies. Er indes stand jedes Mal einfach da, rauchte sein Zigarillo und grüßte freundlich. Mitunter hatte sie auch schon die Taktik gewechselt und hatte in dem Moment, da sie ihn sah, den Blick erst einmal ganz bewusst von ihm abgewendet – einfach um Zeit zu gewinnen. Aber auch da hatte sie, wenn sie dann schließlich an ihm vorbeiging, nicht mehr den Mut gehabt, richtig zu ihm herüberzublicken. Stattdessen hatte sie nach unten, nach oben oder sonst wohin geguckt.

Niemals jedoch war es ihr möglich gewesen, zu bemerken, welche Mimik oder Gestik er bot, wenn er sein kurzes und mageres, aber freundliches »Gu'n Tag!« erklingen ließ.

Außerdem tat es ihr auch aus einem ganz anderen Grund Leid, dass sie es nicht wagte, in seine Richtung zu sehen. Genau dort, wo er immer stand, befand sich der Treppeneingang des Vorderhauses. Ebenso wie in vielen anderen um 1900 erbauten Häusern, ging er von der Durchfahrt zum Hinterhof ab. Und auch dieser war mit einer für diese Entstehungszeit typischen und grundsolide verarbeiteten Eichentür versehen. Ester Schilling betrachtete sie immer gern. Sie war besonders kunstvoll gearbeitet, und sie selbst hatte sie erst vor kurzer Zeit restauriert.

Aber heute wollte sie nichts mehr sehen. Erst recht nicht diesen Typen. Bitte nicht!, dachte sie, während sie in die Durchfahrt schritt. Schon gar nicht mit diesem Mist an mir.

Sie hatte Glück – niemand stand da.

*

Frieder Kindlein war mehr als überrascht. Kaum, dass er die Tür geöffnet hatte, stand Morgenthaler auch schon mitten in der Diele. Mit zwei gewaltigen Schritten war er hereingekommen, riss nun seine kurzen kräftigen Arme weit auseinander und strahlte über das ganze Gesicht.

»Mensch Kindlein, da hast du dir ja eine skurrile Hütte an Land gezogen.« Sein sonor klingender Bass donnerte durch die leeren Räume. »Alle Achtung, alle Achtung.« Er drehte sich mit kleinen tänzelnden Schritten um die eigene Achse. Die kleine Diele und alles, was von dort aus zu sehen war, nahm er dabei in Augenschein.

Kindlein verstand überhaupt nicht, was an seiner neuen Wohnung skurril sein könnte. Er fand schon den Begriff dafür unpassend. Es war eine ganz normale Altbauwohnung, von denen es in der Mannheimer Innenstadt immerhin etliche gab: zwei Zimmer, Küche, Bad und Balkon. Und wenn im Moment überhaupt irgendwas skurril war, so noch am ehesten sein Besucher.

Konrad Morgenthaler war einer von Kindleins älteren Kollegen aus dem Präsidium. Er war stämmig, von untersetzter Statur und beinahe so breit wie hoch. Die äußere Gestalt Morgenthalers erinnerte Kindlein an einen Umzugskarton, nicht zuletzt, weil davon dutzende wahllos verstreut in seiner Wohnung herumstanden. Und nicht zum ersten Mal fragte er sich, wie dieser Mann es überhaupt geschafft hatte, in den Polizeidienst aufgenommen zu werden, denn dort gab es klare Vorschriften zur Mindestgröße der Bewerber. Aber Morgenthaler entstammte einer anderen Generation. Er musste so Anfang fünfzig sein, und Kindlein vermutete, dass man die Dinge früher einfach anders gesehen hatte.

»Schon allein der Treppenaufgang, Kindlein, so was kriegt man heute gar nicht mehr – einfach Spitze, richtig gute Wertarbeit! Die haben's einfach draufgehabt, damals. Wenn man sich überlegt, wie heutzutage gearbeitet wird, unglaublich.« Morgenthaler war sichtlich begeistert. Er drehte sich noch mal mit begutachtendem Blick um.

Kindlein wollte etwas Zustimmendes sagen, aber als er dazu ansetzte, traf ihn die kräftige Hand Morgenthalers am rechten Schulterblatt.

»So Kindlein, wo ist denn nun das gute Stück?«

Kindlein brauchte einen kurzen Augenblick, um zu verstehen, was er meinte.

»Mann, Kindlein, das Regal. Deshalb bin ich doch hier, oder?«

»Stimmt ja, Herr Morgenthaler. Entschuldigung!«

Kindlein war peinlich berührt, er musste zugeben, dass er sich schon die ganze Zeit gefragt hatte, was der Kollege hier bei ihm wollte. Jetzt erst erinnerte er sich wieder daran, dass er ihn tags zuvor gefragt hatte, ob er ihm heute beim Aufbau eines Regals helfen könne. »Na logisch, Kindlein«, hatte der gleich geantwortet, »wenn Conny was versprochen hat, dann hält er es auch. Auf Conny ist immer Verlass!«

Das Regal hatte ihm Morgenthaler schon vor einer Woche besorgt; er nannte das »organisiert«. Es war eins der vielen Schnäppchen gewesen, die er mit enormer Leidenschaft und anerkanntermaßen großem Geschick immer wieder irgendwo auftat. Dummerweise hatte es sich dabei um einen dieser Bausätze zur Selbstmontage gehandelt, nicht gerade Kindleins Stärke. Um sich keine Blöße zu geben, hatte er Morgenthaler gefragt, mit welchem Leim er normalerweise die Seitenteile an der Wand festkleben würde. Daraufhin hatte Morgenthaler ihn ganz eigenartig angesehen und sofort versprochen, jederzeit beim Zusammenbau zu helfen.

»Herr Morgenthaler, Herr Morgenthaler. Mensch Kindlein, hör sofort mit diesem Herr Morgenthaler auf. Ich bin der Conny. Sag einfach Conny zu mir, schließlich sind wir doch Kollegen.«

»Na ja, gut, aber …«

Kindlein kam nicht weit, Morgenthaler fuhr ihm sofort dazwischen: »Also, wenn es unbedingt sein muss, dann wenigstens Konrad. Konrad ist immerhin besser als Herr Morgenthaler. Konrad klingt wenigstens nach was: nach Duden oder nach Röntgenstrahlen oder nach diesem Spinner mit den Gänsen. Aber Morgenthaler klingt nach Schlafmütze und Gähnen. Bitte Kindlein, sag Konrad zu mir.« Und während er so sprach, ging er zur offen stehenden Wohnungstür zurück. Dort hatte er bei seiner Ankunft einige Dinge abgestellt. Und dann kam er auch schon mit einem riesigen Werkzeugkasten in der einen, einer Bohrmaschine in der anderen Hand und einer Metallstange, die er unter dem Arm eingeklemmt hielt, zurück.

»So Kindlein, wo geht's denn nun hin?«

Kindlein führte ihn ins Wohnzimmer und zeigte auf eine leere Wand.

»Eigentlich habe ich mir gedacht, dass es da stehen sollte. Aber – wenn ich mir die Bemerkung erlauben darf – ich glaube, Werkzeug wäre nicht notwendig gewesen. Ist schon alles im Karton, auch eine Aufbauanleitung. Ich habe extra nachgesehen!«

Morgenthaler stellte seine Gerätschaften ab, hielt einen Augenblick inne, schaute kurz zur Decke empor und drehte sich schließlich ganz langsam zu Kindlein um. Mit akkurat bemessenen Schritten und demonstrativ schweigend, ging er auf ihn zu, räusperte sich kurz und wichtig und legte schlussendlich seinen Arm auf Kindleins Schulter. »Sieh mal Kindlein: Diese Pläne – wie soll ich es sagen, ohne dir wehzutun – sind nun mal für ... Laien gemacht.«

Kindlein spürte, dass sein Gesicht ganz heiß wurde.

Morgenthaler senkte den Kopf, räusperte sich wieder unüberhörbar. Es war klar, dass nun der weitaus bedeutendere Teil seines Vortrags folgen würde.

»Wenn man solche Regalsysteme schon öfter aufgebaut hat, stellt man nämlich fest, dass die Pläne fast immer lückenhaft sind, und die dazugehörenden Teile meist auch noch in der falschen Anzahl geliefert werden. Meist stehst du zum Schluss dumm da, hast einen Haufen Kleinkram übrig, und dein Regal lommelt trotzdem rum. So, und was machst du dagegen?«

Kindlein schwieg.

»Du gehst von Anfang an hin und – stabilisierst. Jawohl Kindlein, du stabilisierst! Und mit was stabilisierst du?«

Kindlein schwieg weiterhin.

Morgenthaler griff in seine Hosentasche und hielt Kindlein einen etwa daumenlangen, glänzenden Gegenstand vors Gesicht.

»Damit!«

Eine simple Holzschraube.

»Und Kindlein«, fuhr Morgenthaler fort, »bei all dem Rumgemache nach Anleitung ist längst nicht gesagt, dass es auch schneller geht. Und das werde ich dir jetzt beweisen. Wo ist der Kühlschrank?«

Kindlein begriff nicht. »Wie, Kühlschrank? Wofür?«

»Ja, hast du denn nur warmes Bier im Haus?«, entgegnete Morgenthaler und krempelte sich seine Hemdsärmel hoch. An jedem seiner stark behaarten und muskulösen Unterarme prangten knallbunte Tätowierungen mit nicht näher bestimmbaren Motiven.

Dieser Morgenthaler war ein Unikum, dachte Kindlein, als er durch die Vorderhaustür in die Durchfahrt trat. Und bevor er den Weg zum Supermarkt einschlug, wandte er sich noch mal kurz um und schaute in Richtung Hinterhof. Nur von hinten und auch nur aus der Entfernung sah er dort die nette Nachbarin, die ihm immer so freundlich begegnete. Aber heute war irgendwas anders an ihr. War es ihr Gang?

Wie auch immer, er musste Bier holen gehen. Bier für das Unikum Konrad Morgenthaler. Wie konnte er daran nicht gedacht haben?

Jeder, aber auch jeder hat Bier im Haus, nur ich nicht. Ich hätte ihm vermutlich Tee oder Limo angeboten. Herrgott, ich muss endlich mal über meinen Schatten springen. Ich muss lernen zu begreifen, dass es außerhalb dessen, was ich kenne und für real halte, noch unzählige andere Wahrheiten gibt. Als Mensch und womöglich erst recht als Polizist muss ich das endlich kapieren.

Solche und ähnliche Überlegungen stellte Kindlein in letzter Zeit häufiger an. Da gab es eine Defizitliste, die immer länger wurde und auf der es einiges abzuarbeiten galt. Aber gerade auf dem Weg zum Supermarkt darüber nachzudenken, war sinnlos. Zudem war er schon geknickt genug und gar nicht zufrieden mit sich.

Du bist einfach viel zu verkrampft – mein Lieber. Der Kollege duzt dich, und du machst einen auf »Herr Morgenthaler«. Das sagt alles. Lass auch mal locker.

Im Supermarkt waren alle außergewöhnlich freundlich. Von überall her bekam er kompetente Beratung. Nie hätte er gedacht, dass es so viele Biersorten gibt.

Er nahm gleich zwei Flaschen.

Schon im Treppenhaus konnte er hören, dass Morgenthaler mit der Arbeit am Regal begonnen hatte. Dann, in der Wohnung, waren die Geräusche natürlich lauter. Da die Räume weitestgehend unmöbliert waren, hallte hier alles besonders stark nach.

Morgenthaler kniete im Wohnzimmer vor einem großen Rahmen aus Holzlatten. Abwechselnd hämmernd, bohrend und schraubend gab er diesem eine Gestalt, die selbst Kindlein als Anfang eines Regals deuten konnte. Dazu sang Morgenthaler. Er sang lautstark und hemmungslos: sang nun – Anfang November – ein Weihnachtslied. Es war grotesk. Der Mann sang zu seinem Arbeitslärm: »Süßer die Glocken nie klingen«. Als wenn nichts besser dazu passen würde. Sein Gesicht strahlte, und im Takt des Weihnachtsliedes schien sein Körper all die in ihm ruhenden Energien ganz besonders leicht in harmonische und schwungvolle Bewegungen umzusetzen. Morgenthaler war offenbar in seinem Element. Das rührte Kindlein irgendwie an.

Aber dann klingelte es. Er stellte eine der Bierflaschen neben Morgenthalers Werkzeugkasten und ging in die Diele zum Telefon.

»Du Mutti, ich verstehe überhaupt nicht, wovon du redest.« Kindlein musste beinahe schreien. Morgenthaler sang jetzt »Oh Tannenbaum« und begleitete sich dabei auf der Bohrmaschine.

»Was hast du herausgefunden?«

»Deine Kua-Zahl«, kam es vom anderen Ende der Leitung.

»Was soll das sein?«

»Du Frieder, hör zu, ich hab nicht viel Zeit. Ich bin mit Gudrun verabredet, und außerdem haben wir neulich schon darüber gesprochen.«

Er überlegte – wer war Gudrun?

»Nur so viel: Du hast die Kua-Zahl 4, und damit gehörst du zu der östlichen Lebensgruppe! Also musst du mit dem Kopf in Richtung Süden schlafen. Das ist in deinem Fall das Gesündeste. Ich würde dir dazu dringend raten. Natürlich, wenn du mehr Wert auf innere Harmonie legst, solltest du Osten bevorzugen. Norden würde dir Glück bringen, und für deinen Beruf ist wahrscheinlich Südosten am besten – bringt Klarheit!«

Das wäre nicht schlecht, die könnte ich jetzt gebrauchen, dachte Kindlein. Er wusste noch immer nicht, worum es überhaupt ging.

»Schau Frieder, das beste Beispiel ist Helmut. Wenn ich daran denke, wie viele Jahre der morgens gerädert und schlecht gelaunt aufgestanden ist. Jahrelang fühlte er sich tagsüber schlapp und hatte immer so richtig dunkle Ringe unter den Augen. Bis Karin dahinter kam, dass er zur westlichen Lebensgruppe gehört. Stell dir vor, er ist ein Achter! Er hat die Kua-Zahl 8, und niemand hat es gewusst – nicht mal seine Frau! Du kennst ja Karin, wie die aus dem Häuschen geraten kann. Sie hat natürlich sofort alles umgestellt, und zwar in der ganzen Wohnung. War ja auch klar, denn sie als Neuner hatte zwar all die Jahre Glück, weil das Ehebett in Richtung Südost stand und damit für ihre Gesundheit ideale Bedingungen gegeben waren. Für Helmut aber war es natürlich die Katastrophe. Er hätte in Richtung Nordwest schlafen müssen. Südost war sein Tod. Und man muss eins sagen: Seitdem die beiden in getrennten Zimmern schlafen – jeder in seiner idealen Himmelsrichtung – sieht Helmut wieder richtig gut aus.«

Oh ja, Kindlein konnte sich gut an Onkel Helmut und Tante Karin erinnern. Als er ein Kind war, waren die beiden häufig zu Gast im elterlichen Haus gewesen und hatten gemeinsam im Gästezimmer, genau gegenüber vom Kinderzimmer geschlafen. Nachts war Onkel Helmut hin und wieder aufgestanden und hatte auf dem Küchenbalkon eine Zigarette geraucht – damals erlaubte seine Frau ihm das Rauchen noch. Der Onkel hatte bei diesen nächtlichen Aktionen jedoch nicht immer daran gedacht, die Tür des Gästezimmers hinter sich zu schließen. Tante Karins ohrenbetäubende Schnarchgeräusche waren dann ungedämpft in Kindleins Zimmer eingedrungen.

»Ach, jetzt weiß ich, wovon du redest, von dieser Dings, dieser Einrichtungsdings, wie hieß sie gleich?«

»Feng-Shui, Frieder. Ich erklär es dir das nächste Mal genauer. Du glaubst nicht, wie tief das geht. Aber ich habe es jetzt doch ein bisschen eilig, und eigentlich wollte ich dir ja nur mitteilen, dass du auf dem richtigen Weg bist.«

»Womit denn?«

»Mit Feng-Shui natürlich!«

»Ach klar, logisch.«

»Was ist das für ein Krach in deiner Wohnung, Frieder?«

»Das ist mein Kollege Morgenthaler. Er baut mir gerade ein ...«

»Du Frieder, nicht böse sein, aber ich muss Schluss machen, die Pflicht ruft.«

»Halt Mutti, sag wenigstens kurz, wie es Papa geht.«

»Ach der. Na, du kennst ihn ja. Er ist den ganzen Tag damit beschäftigt, sein Phlegma von einem Zimmer ins andere zu schleppen, und ansonsten pflegt er den Müßiggang. Jetzt aber tschüss, Frieder!«

Nachdem er den Hörer aufgelegt hatte, brauchte er erst einen kurzen Moment um sich zu sammeln. In der »Alten Welt«, wie er sein Elternhaus nannte, hatte sich viel verändert. Die Nachrichten, die er von dort übermittelt bekam, waren mitunter eine echte Herausforderung, vor allem seit seine Eltern sich hatten scheiden lassen. Oder besser gesagt: Seit seine Mutter sich vor vier Jahren hatte scheiden lassen. Der Vater hatte nur eingestimmt, um seine Ruhe zu haben, und es auch ansonsten gelassen hingenommen. Schließlich hatte er gewusst, dass seine Frau sich sowieso weiter um ihn kümmern würde – und so war es dann ja auch gekommen. Sie sahen sich immer noch täglich, nur dass sie seither in getrennten Wohnungen wohnten, aber die lagen im gleichen Haus nebeneinander. Für beide hatte dieses Arrangement etwas gebracht. Seine Mutter behauptete immer, nach all den Jahren als Hausfrau und Mutter sei die Scheidung für sie der einzige Weg zur Resozialisierung gewesen. Der Vater war der gleichen Ansicht: In all den Einrichtungen, Gruppen, Kreisen und Komitees, in denen sie engagiert sei, würde sie nur als ledige, verwitwete oder geschiedene Frau ernst genommen.

Er hatte sich daraufhin das Leben ebenfalls seinen Neigungen entsprechend eingerichtet: Er war vorzeitig in Pension gegangen.

Seither widmete er sich ausschließlich seinem Hobby. Er vergrößerte ständig sein Arsenal wahrhaft obskur wirkender Wasser speichernder Pflanzen und lebte für die Leidenschaft, sie zu sammeln, zu hegen und zu pflegen. Eine Leidenschaft, die laut der Mutter darin bestand, eine Herberge für die hässlichsten Kreaturen dieser Erde zu errichten. Aber letztlich war auch sie der Ansicht, dass grässliche Wüstenpflanzen, die, heimatvertrieben, ein Zuhause suchen, bei ihm, einer »Wüsten-Kreatur«, genau richtig aufgehoben seien.

Wie die Eltern es seit Jahrzehnten miteinander aushielten, war ihm ein Rätsel. Die Mutter war voll unbändiger Energie und ständig aktiv, während der Wahlspruch seines Vaters lautete: *Eines Tages klappt über jedem der Deckel zu, und bis dahin heißt es abwarten!*

Aus dem Wohnzimmer drangen gar keine Geräusche mehr. Kindlein bekam ein schlechtes Gewissen, weil er die ganze Zeit mit Bierholen, Telefonieren und Rumgrübeln verbracht hatte, während der Kollege alle Arbeit allein gemacht hatte.

»Herr Mor … äh, Konrad? Kann ich Ihnen irgendwie helfen?«

»Quatsch Kindlein, ist nicht mehr nötig. Conny hat's schon gerichtet.« Morgenthaler saß auf einem Umzugskarton und hielt eine Bierflasche in der Hand. Er strahlte über das ganze Gesicht und schaute mit glänzenden Augen hinüber zur Wand. Das Regal war tatsächlich schon fertig. Kindlein konnte es kaum glauben.

»Ist das nicht ein Prachtstück, Kindlein? Passt richtig gut hier rein. Und das für den Preis, mein lieber Mann.« Er stand nun neben dem Regal und tätschelte es wie einen Säugling. »Nicht eine Schraube zu sehen. Sauber geschliffenes Holz, glatt wie ein Kinderpopo. Und dieser Geruch, Kindlein, einfach herrlich.«

Kindlein nickte.

Dann ließ Morgenthaler plötzlich krachend eine Faust auf eines der Regalbretter plumpsen und meinte: »So, Kindlein, das hält – bis zum jüngsten Tag. Oder was meinst du?«

»Ja stimmt, Herr Konrad. Sieht prima aus.«

Er hätte sich für diese Antwort in den Hintern beißen können. *Emotionale Hemmung* – der Begriff schoss ihm sofort durch den Kopf, und er sah ihn auch gleich vor seinem inneren Auge, wie auf ein übergroßes Werbebanner gedruckt.

»Ich meine natürlich … total Klasse … irgendwie … echt stark.« Er hätte schon gern mehr Begeisterung gezeigt und irgendwas anderes gesagt, aber aus seinem Mund wollte einfach nichts Gescheites kommen. Sein Gesicht lief rot an.

Dennoch wollte er wenigstens nicht vergessen, sich anständig zu bedanken. Er wusste nicht genau, ob es zu förmlich oder zu steif wirken würde, dem Kollegen dazu auch die Hand zu reichen. Aber Morgenthaler war gerade beim Einpacken seiner Werkzeuge, sodass Kindlein erst mal nichts sagte und seine Arme am Körper herabbaumeln ließ. Da seine Hände dort aber nichts zu tun fanden, fühlte er sich schon recht bald unwohl. Es überkam ihn ein unangenehmes Gefühl von Nacktheit, und er empfand sich als größer und schlaksiger, als er ehedem schon war. Deshalb, und um überhaupt irgendwie Halt zu finden, steckte er seine Daumen in die Hosentaschen. Und als Morgenthaler sich auf den Weg in Richtung Diele machte, trottete Kindlein hinter ihm her. Erst an der Wohnungstür wusste er, was er sagen würde.

»Ähm, vielen Dank, Konrad. Ich hoffe, dass ich Ihnen irgendwann auch mal bei irgendwas helfen kann.«

Morgenthaler drehte sich daraufhin zu ihm um. Leicht schmunzelnd und mit einem Lächeln im Blick sah er zu ihm hoch, reichte ihm seine kräftige Hand und sagte in ganz ruhigem Ton: »Ich bin erst mal froh, dass wir uns überhaupt mal näher kennen gelernt haben, Kindlein. Und ich weiß nun, dass gerade wir beide uns noch sehr häufig helfen können.«

*

Ester Schilling fühlte sich nun deutlich besser.

Als sie nach Hause gekommen war, hatte sie zuerst einmal ihre Tüte mit den Mitbringseln in ihrer Werkstatt abgestellt und dann alles getan, was notwendig war, um die Sauerei an ihrem Körper loszuwerden. Selbst nach Entfernung der Kleider und einem stark parfümierten Vollbad hatte sie gemeint, etwas von dem Geruch an sich zu tragen.

Erst jetzt, nach über einer Stunde, war sie endlich in der Lage, es sich bei einer Tasse Tee bequem zu machen. Der ätherische Duft des Earl Grey mischte sich auf sehr eigenwillige Art mit dem derben Ledergeruch des alten Küchensofas und füllte auch schon bald die gesamte Wohnküche aus. Diese Mixtur aus Bergamottöl und den Ingredienzien des Lederwachses erinnerte Ester entfernt an die Gerüche in der Geigenbauwerkstatt. Dort sorgten verschiedenartige Lackzutaten, Öle und Wachse, Kolofonium und Knochenleim ebenfalls für eine einzigartige Duftmischung. Erst heute war sie wieder dort gewesen, um ihren Bogen in Reparatur zu geben.

Ester war Musikerin. Den alten Geigenbauer kannte sie schon seit ihrem vierzehnten Lebensjahr. Damals hatte sie bei ihm ihr erstes Instrument gekauft – einen alten englischen Kontrabass, den sie heute noch spielte. Von da an hatte sie ihn immer mal wieder besucht. Anfangs hatte es ihr nur die Atmosphäre in dem kleinen Geschäft angetan, aber schon bald hatte es sie auch interessiert, wie Streichinstrumente entstehen. Als sie das erste Mal dabei zusah, war ihr sofort aufgefallen, mit welcher Geduld und Präzision dieser Mann arbeitete. Er hatte gepflegte und muskulöse Hände, war ruhig und geschickt. Und besonders gefallen hatte ihr, wie er seine rasiermesserscharfen Werkzeuge in das Holz trieb, sanft aber gezielt, oder, wenn nötig, mit weicher Kraft. Hin und wieder hatte er dabei innegehalten und mit seinen starken, sauberen Fingern prüfend über das Holz gestrichen, als erfühle er das Ausmaß einer Wunde, die er unbeabsichtigt jemandem zugefügt hatte.

Irgendwann hatte er ihr seine Werkzeuge und ihre Handhabung erklärt und ihr ein paar Stücke Holz gegeben. Anfangs waren es nur kleine Restabschnitte gewesen, später hatte sie größere Stücke bearbeiten dürfen. Nach einigen Jahren war sie in der Lage gewesen, ihm zur Hand zu gehen. Diese Art von Arbeit hatte ihr enorm gefallen, aber als sie sich eines Tages entscheiden musste, Handwerkerin oder Musikerin zu werden, hatte sie sich gegen den Geigenbau entschieden.

Mit einem Mal wurde sie von einer üblen Erinnerung aufgeschreckt und musste ihre Gedanken unterbrechen. Da gab es noch immer diese bekotzte Tüte. Um die musste sie sich dringend kümmern. Darin lagen Holzabschnitte, die ihr der Geigenbauer mitgegeben hatte, und es wäre schlecht, wenn sie noch längere Zeit im Feuchten liegen würden. Das bedeutete, nochmals mit dem Gestank konfrontiert zu werden. Am liebsten hätte sie es aufgeschoben. Aber um die Hölzer zu retten, war es das Beste, sich sofort um sie zu kümmern.

Ihre Werkstatt lag im Erdgeschoss des kleinen zweistöckigen Hauses. Esters Vater hatte es gekauft und die zweite Etage nach und nach zu einer geräumigen Wohnung ausgebaut. Den unteren Bereich hatte er jedoch nicht mehr geschafft. Gemeinsam mit seiner Frau starb er nach einem tragischen Autounfall im Herbst 1993. Ester war damals zweiundzwanzig Jahre alt.

Kurz danach war sie in das Haus eingezogen. Sie hatte sich damals mitten im Studium befunden und für den Ausbau des unteren Bereichs nicht das nötige Geld gehabt. Später, als sie schon einige Jahre fest beim Orchester des Nationaltheaters angestellt war, hatte sie sich diese Werkstatt eingerichtet. Nach langer Abstinenz, während der sie wegen des Verletzungsrisikos nicht ein Stück Holz und nicht ein Werkzeug in die Hand genommen hatte, hatte sie ihr Leben nicht mehr ausschließlich nach ihrem Beruf ausrichten wollen. Und da sie für ihre Wohnung nie Möbel gefunden hatte, die ihr gefielen, hatte sie entschieden, fortan selbst welche herzustellen.

Der Papiertüte war der Geruch regelrecht anzusehen. Mit Gummihandschuhen an den Händen hob sie sie hoch und leerte ihren Inhalt mit einem Schwung in einen großen Pappkarton.

Nachdem sie die Tüte beiseite gelegt hatte, sah sie sich ihre Mitbringsel genauer an. Ebenholz mit seiner tiefschwarzen Farbe war nicht so empfindlich, aber dem sehr hellen, fast weißen Ahorn war der Kontakt mit dem Erbrochenen offenbar nicht gut bekommen. Zum Teil hatten die Speisereste Verfärbungen hervorgerufen. Ester befürchtete, dass diese mit der Zeit weiter in das Holz eindringen könnten. Sie mussten so schnell wie möglich mit Seifenlauge abgewischt werden. Deshalb begann sie, den Karton zu durchwühlen und die entsprechenden Stücke auszusortieren.

Die meisten Stücke waren recht klein und aus geriegeltem Bergahorn. Sie waren beim Ausschneiden von Geigenböden angefallen. Weitaus seltener waren größere Stücke vom Bau der Violoncelli. Etwas längere und schmalere Teile wiederum stammten von Instrumentenhälsen. Ester liebte die besondere Textur dieses Holzes und verarbeitete es gern bei kleineren Einlegearbeiten in ihren Möbeln.

Eine Besonderheit aber waren immer die schwarzen Stücke – alte und unbrauchbar gewordene Griffbretter aus Ebenholz. Je nachdem, zu welchen Instrumenten sie ehemals gehörten, hatten sie mehr oder weniger große Ausmaße.

Diesmal hatte sie Glück. Neben drei kleinen Griffbrettern von Bratschen und Geigen waren auch zwei lange Violoncello-Griffbretter dabei. Die kannte sie schon, weil sie beim Tragen oben aus der Papiertüte geragt hatten. Alle waren typisch tiefschwarz.

Dann aber entdeckte sie einen Gegenstand, dessen Form und Farbe völlig anders war, und den sie nicht sofort zuordnen konnte. Sie zog ihn aus dem Karton und stellte dabei fest, dass er ein imposantes Gewicht hatte. Außerdem sah sie, dass er nicht ganz ungefährlich war. Gottlob hatte sie sehr vorsichtig in dem Karton gewühlt. Der Gegenstand bestand nämlich aus einer Art dickem Holzknauf, verfügte aber zudem über eine beidseits geschärfte Klinge aus bestem Stahl. Beides musste zur näheren Betrachtung aber erst ordentlich abgewischt werden, denn auch dieser Gegenstand war nicht verschont geblieben.

Natürlich dachte sie sofort an die Geigenbauwerkstatt. Der alte Mann machte in letzter Zeit einen schusseligen Eindruck. Es war durchaus möglich, dass er versehentlich eines seiner Werkzeuge zu den Holzresten gelegt hatte. Eigenartig war allerdings, dass ihr in all den Jahren, die sie in seiner Werkstatt zugebracht hatte, nie ein Werkzeug dieser Art begegnet war.

Das Einzige, was sie sofort erkannte, war die hervorragende Qualität der Materialien. Der pilzförmige Knauf war reine Handarbeit und aus besonders gleichmäßig gezeichnetem Rio-Palisander gedrechselt. Die Klinge bestand aus bestem Damaszener-Stahl und war in den Stiel des pilzförmigen Knaufs eingelassen und dort verankert. Zudem war der Stiel von einem stählernen Reif umschlossen, in welchen rundherum ein kräftiges Gewinde geschnitten war. Hätte das Ding nicht diese Klinge, so dachte Ester, könnte man den Knauf mit seinem Gewindereif auch für die hölzerne Nachbildung einer übergroßen Glühbirne halten.

Ester hatte allmählich genug von dem beißenden Geruch. Sie fand, dass es an der Zeit wäre, nach oben in die Wohnung zu gehen. Von dort aus würde sie sofort den Geigenbauer anrufen, um die Sache zu klären.

*

Als Hermine Martens an diesem Morgen die Tür zu der kleinen Wohnung in der Krappmühlstraße öffnete, dachte sie wieder, dass es schon lange an der Zeit wäre, dass ihr Sohn in eine andere Wohnung zog.

Soeben hatte sie vier Stockwerke zu Fuß hinter sich gebracht und dabei eine große Tasche mit sich getragen, die berstend voll mit frisch gewaschener Wäsche war. Von Etage zu Etage war es der Neunundsechzigjährigen schwerer gefallen, die elend langen Altbautreppen zu ersteigen.

Jetzt, da er diese nette Freundin hatte, bestand vielleicht Hoffnung. Vielleicht würden die beiden ja schon bald zusammenziehen, und dann würde sie selbstverständlich ihren Einfluss geltend machen, dass sie sich eine tiefer gelegene Wohnung nahmen. Ja, das würde sie. Und sie würde auch dafür sorgen, dass sich die zukünftige Schwiegertochter mit seiner Figur auseinandersetzte. Dass sie sich darum kümmerte, dass er abnahm. Er war eindeutig zu dick. Hundertfünfundzwanzig Kilo für einen Mann von einem Meter vierundsiebzig waren entschieden zu viel. Ihrer Ansicht nach hätte er sich auch niemals so gehen lassen, wenn er nicht immer nur allein gelebt hätte.

Er hätte schon längst eine Freundin haben sollen, schließlich war er mittlerweile einunddreißig Jahre alt. Immer schon hatte sie ihm das gesagt. Obendrein wäre er bestimmt auch schon längst mit seinem Studium fertig, wenn da eine Familie gewesen wäre, um die er sich hätte kümmern müssen.

»Peter?«, rief sie mit verhaltener Stimme. Obwohl sie sicher war, dass er bei einer Vorlesung an der Uni war, wollte sie sich dennoch bemerkbar machen. Das hatte er sich erbeten, nachdem sie ihn vor einigen Wochen durch einen unangemeldeten Besuch verärgert hatte. Daraufhin hatte er ein paar Tage nicht mehr mit ihr geredet. Dann aber hatte er ihr mitgeteilt, dass es da nun mal eben diese Freundin gebe und dass die hin und wieder bei ihm übernachten würde. Außerdem habe er sich auch schon vorher einige Male daran gestört. Sie sei häufig genau in dem Moment in die Wohnung gekommen, als er gerade dabei war, den Inhalt einer zurückliegenden Vorlesung aufzuarbeiten oder für eine wichtige Klausur oder Prüfung zu lernen.

Sie verstand von dem, was er da studierte, gar nichts. Sie hätte nicht mal genau sagen können, wie das Fach hieß – irgendein Sozialzeug war es. Durch ihn wusste sie aber immerhin, dass es der absolut längste und allerschwierigste Studiengang überhaupt war und dass er schon deshalb viel Zeit und Energie darauf verwenden musste.

»Peter, bist du zu Hause?«, rief sie etwas kräftiger. Sie war auf dem Weg zur Küche. Dass sie dort wieder ein heilloses Durcheinander vorfinden würde, ahnte sie schon, und somit war sie nicht überrascht, dass sich allerhand benutztes Geschirr häufte und auch der Tisch nicht abgeräumt war. Keine Frage, dass auch dies sich ändern würde, wenn er nicht mehr Junggeselle sein würde und nicht mehr so viel für die Uni zu lernen und zu arbeiten hätte.

Sie stellte ihre Tasche ab und ging geradewegs in das einzige Zimmer der kleinen Studentenbude. Hier roch es seltsam, ganz anders als im Rest der Wohnung und auch ganz anders als sonst.

Im Grunde hatte sie es schon beim Eintreten gesehen – sie hatte nur nicht hinschauen können. Sie hatte das Schlimmste nicht sehen wollen.

Es lag dort auf dem Boden des Zimmers. Niemals mehr würde sie diesen Anblick vergessen. Niemals mehr würde sie ihn aus ihrem Gedächtnis streichen können. Das alles wusste sie sofort – hatte es schon beim ersten Hinsehen gewusst. Aber dennoch sah sie ein weiteres Mal hin – und wieder, und wieder.

Er war es, der dort auf dem Boden in diesem Sack lag. Sie wusste es, obwohl sie weder die Form noch die Größe des Sackes wirklich genau wahrnahm. Auch die unzähligen blutumrandeten Löcher sowie die Blutlache waren für sie nicht von Bedeutung. Sie wusste es sofort, da sie es mit allen Fasern ihres Körpers spürte. Und das Absurde war, dass ihr die Szenerie so vertraut vorkam. Sie war so – intim. Wie damals, wenn ihr kleiner Junge schlief und sie für einen Augenblick in seiner Nähe geblieben war. Es war lange her – sie hatte dieses Bild ewig nicht mehr aufgerufen. Aber nun sah sie es wieder: Da lag ihr kleiner Junge in seinem Kinderbettchen.

Ohne einen weiteren Augenblick zu zögern, ging sie zum Telefon und griff nach dem Hörer.

Mein Gott, man darf doch nichts anfassen. Egal. Die sollen kommen und alles wieder in Ordnung bringen!

Sie murmelte vor sich hin, während sie den Hörer hielt. Irgendwann schaffte sie es sogar hineinzusprechen, aber auch nach dem Telefonat behielt sie ihn weiter in der Hand, ohne es zu merken. Es gab für nichts mehr einen Anfang oder ein Ende. Und als sie saß, begann ihr Körper einfach zu beben, während ihre Augen nicht von dem Sack weichen konnten. In ihm war alles, was sie je hatte.

Wer war das am Telefon?

War überhaupt jemand dran?

Mein Gott, kommt doch endlich!

Sie hörte ein lautes Krachen. Plötzlich standen Männer im Raum – Männer in Uniform, die sie ansahen und irgendwas redeten.

Und ganz schnell kam auch das Schwarz.

*

Natürlich hatte Kindlein schon lange damit gerechnet, irgendwann einen wirklich komplexen Fall zu bekommen. Trotzdem fühlte er sich jetzt überhaupt nicht darauf vorbereitet.

Wieder spürte er dieses Stechen im Bauch, wie schon morgens, als die Reihe von Hiobsbotschaften ihren Anfang genommen hatte, deren Ende er auch jetzt noch nicht absah.

Alles hatte mit dem Eingang des Telefonats einer völlig aufgelösten älteren Frau begonnen, die angab, ihren Sohn ermordet aufgefunden zu haben. Aber nun, bei genauerer Sicht auf die Ereignisse des Vormittags war ihm klar, dass es auch schon vorher Gründe gegeben hatte, sich Sorgen zu machen.

Schon zu Dienstbeginn hatte er nämlich die Nachricht erhalten, dass nun auch noch der erste Hauptkommissar für längere Zeit ausfallen würde. Es war November, und die diesjährige Grippewelle hatte vor dem Präsidium der Kripo Mannheim nicht Halt gemacht. Etliche Kollegen waren schon erkrankt, und die, die es noch nicht getroffen hatte, steckten alle bis zum Hals in Arbeit. Kindlein war der Einzige gewesen, der etwas Spielraum hatte. Er hätte sich demnach denken können, wen es erwischen würde, wenn sie einen neuen Fall bekämen.

Dann, als dieser Anruf hereinkam und er eingeteilt wurde, zum Tatort zu fahren, hatte er bereits geahnt, dass Ärgeres auf ihn zukommen könnte. Aber erst als ihm der Kollege Bücklein zur Seite gestellt wurde, der schon mit einem anderen Fall voll ausgelastet war, war ihm endgültig klar geworden, dass er derjenige sein würde, dem man letztlich die Ermittlungen übertragen würde.

Auf der Fahrt zum Tatort hatte er eine merkwürdige innere Erregung gespürt, die weit größer war als sonst, wenn er einen neuen Fall zu übernehmen hatte. Er hatte da wohl eine Vorahnung gehabt.

Dann, vor Ort, hatte ihm ein einziger Blick genügt, um zu sehen, dass seine üblen Ahnungen sogar überboten wurden. Dieser Fall würde alles übertreffen, was er in seiner bisherigen Laufbahn je erlebt und bearbeitet hatte. Ihm war sofort bewusst, dass er hoffnungslos scheitern würde.

Seine erste Reaktion war deshalb ein deutlich vernehmbares »Scheiße!« gewesen. Dass alle am Tatort Anwesenden zustimmten, hatte ihm aber nichts bedeutet. Sie hatten nicht wissen können, was er damit tatsächlich meinte.

Dennoch hatte er sich extrem zusammengenommen, hatte versucht, die ersten Eindrücke mit besonderer Aufmerksamkeit zu sammeln, sich dabei akribisch Notizen gemacht und sich aufs engste mit den Kollegen abgesprochen. Aber richtig anwesend war er zu keiner Zeit gewesen. Im Rückblick schien es ihm, als hätte er damals nur herumgestanden, mehr störend als konstruktiv.

Auf dem Rückweg ins Präsidium hatte er Bücklein mitgenommen, was ihm den letzten Rest gab. Bücklein, dessen Vorname sich Kindlein nie merken konnte, hatte in einer Tour geredet, ohne dass Kindlein ihn irgendetwas gefragt hätte. Von denkbar schlechten Voraussetzungen hatte er gesprochen und äußersten Schwierigkeiten, auf die man stoßen werde, und wie schlimm es doch sei, dass der erste Hauptkommissar gerade jetzt verhindert sei.

Kindlein hatte alles wie hinter einem Schleier wahrgenommen, hatte sich immer elender gefühlt, je näher sie dem Präsidium gekommen waren.

Nun war er wenigstens in seinem Büro. Hier war es ruhig. Niemand redete auf ihn ein, niemand war da – jetzt jedenfalls nicht mehr. Petzold, der Dienststellenleiter, hatte es kurz und knapp gemacht: »Herr Kindlein, in Anbetracht unserer prekären Personalsituation … Ihnen hiermit die Leitung übergeben … als hervorragender Mitarbeiter ... vollstes Vertrauen ... eine großartige Herausforderung ... einen erfahrenen Mitarbeiter zur Seite, und ... wünsche Ihnen viel Erfolg.«

Er musste unbedingt etwas zu sich nehmen. Wenigstens ein Glas Milch wollte er trinken, um das saure Aufstoßen zu bekämpfen. Er beschloss, sich erst einmal in die Cafeteria zu setzen, erhob sich und ging in Richtung Bürotür.

Kurz bevor er sie erreichte, hörte er ein klackendes Geräusch und sah nur noch, wie sich die Tür mit voller Wucht nach innen öffnete, sodass er sich reflexartig seine Arme vor das Gesicht hielt. Als er sie wieder herunternahm, versuchte sich gerade jemand, mit zwei riesigen Pappkartons beladen, seitwärts durch die Türzarge zu quetschen.

»O Gott, was ist das?«, fragte Kindlein.

»Mensch, Kindlein, du bist's! Komm, nimm mir mal einen ab.«

Kindlein griff automatisch zu und hielt plötzlich einen Karton in den Armen, dessen Gewicht er absolut unterschätzt hatte. Also taumelte er so schnell wie möglich in Richtung Schreibtisch. In letzter Sekunde, kurz bevor seine Hände den Karton nicht mehr halten wollten, konnte er ihn auf der Schreibplatte ablegen.

»Himmel, was ist denn da drin?«, fragte er in Richtung des anderen Schreibtisches. Dort wurde der andere Karton abgestellt.

»Zeugen, Kindlein, alles voller Zeugen. Leider die einzigen, auf die wir zurückgreifen können.«

Es war Konrad Morgenthaler. Er zog einen fetten Aktenordner aus seinem Karton. Und er hatte *wir* gesagt.

Später in der Cafeteria war Kindlein mehreren Kollegen begegnet, hatte es aber vermieden, sich mit ihnen zu unterhalten. Sie hatten sicher schon erfahren, wer diesen Fall bearbeiten sollte – und vor allem: wer mit wem. Mitleid oder Schadenfreude hätte er momentan nicht vertragen. So schnell wie möglich hatte er sich deshalb wieder in sein Büro zurückgezogen.

Wenigstens wirkte die Milch. Seinem Bauch ging es besser. Und Morgenthaler war auch weg. Über den wollte er später nachdenken.

Dann las er die Zusammenfassung des vorliegenden Aktenmaterials. Sie bestätigte genau das, was ihm schon bei der morgendlichen Begehung des Tatorts klar gewesen war. Ohne dass bisher Befunde von der Spurensicherung oder der Gerichtsmedizin vorlagen, konnte er jetzt davon ausgehen, dass es sich bei diesem Peter Martens um ein weiteres Opfer einer uralten, hinlänglich bekannten und noch immer unaufgeklärten Mordserie handelte.

Diese Serie war regelrecht in die Geschichte der Mannheimer Kriminalpolizei eingegangen und lastete vor allem auf der Abteilung für Kapitalverbrechen. Jeder Anfänger erfuhr schon nach kürzester Zeit von diesen Morden. Ältere Kollegen führten sie gern auf, wenn ein Neuling etwas über die Erfolgsquoten bei der Verbrechensbekämpfung hören wollte. Es gebe nun mal Fälle, so meinten sie, bei denen man keine Chance habe. Aber erst jetzt, da alles schwarz auf weiß vor ihm lag, bekam Kindlein überhaupt eine Vorstellung vom tatsächlichen Ausmaß dieser einzigartigen Misserfolgsgeschichte.

Begonnen hatte die Serie mit der Ermordung eines vierunddreißigjährigen Mannes im Oktober 1972. Nun war es November 2004. Dazwischen lagen zweiunddreißig Jahre! Sein Lebensalter! Zweiunddreißig Jahre Verbrechensgeschichte; auf einer DIN-A4-Seite sorgfältig aufgelistet, nummeriert, zusammenaddiert. Dreizehn Opfer. Die Summe wurde durch eine Ziffer dargestellt, der gleichen, die man auch in Kinderbüchern verwendet. So seelenlos konnte nur Statistik sein. Egal ob nun der Summe aller Murmeln oder der Summe Gemordeter und Geschändeter, allem wurde eine Zahl zugeordnet – so einfach wie deprimierend.

Dann eine Pause. Von 1984 an acht Jahre lang kein einziger Fall mehr. Die Serie schien damals nach zwölf Schreckensjahren und sechs abscheulichen Morden beendet zu sein. Dann aber, 1992, hatte alles wieder von vorn begonnen. Zwei Jahre später, 1994, ein weiterer Mord. Danach noch vier, bis Juni 2001. Und nun, zweieinhalb Jahre später: der Tote von heute morgen – Peter Martens. Die Lektüre dieser Zeilen ähnelte einem Gang über einen Friedhof.

Die Fundorte der Leichen waren relativ gleichmäßig auf den Raum Kurpfalz und Vorderpfalz verteilt. Neben den Städten Mannheim und Ludwigshafen waren auch kleinere Ortschaften als Tatorte aufgeführt. Außerdem gab es zwei Fälle im Heidelberger Raum.

Eine Tatsache, die er der Zusammenfassung entnahm, deprimierte ihn besonders: In allen Fällen mussten die Ermittlungen erfolglos eingestellt werden!

Kindlein setzte seine Brille auf, erhob sich und ging zum Fenster. Er hoffte, dass es vielleicht ausreichen würde, den Blick für kurze Zeit einfach woandershin zu lenken. Aber da draußen war es diesig und grau und beinahe so trostlos wie in seinem Inneren. Außer ein paar Schornsteinen, die vom nahenden Winter kündeten, indem sie einen samtenen Rauch zum Himmel bliesen, gab es nichts, was optisch irgendeinen Reiz erzeugte. Hätte man ihn gefragt, welche Farben die Häuser um ihn herum haben, so hätte er nicht eine nennen können.

Frieder und Konrad, das Dreamteam! Wie konnte ich nur so etwas Wichtiges übersehen. Seine rechte Hand war zu einer Faust geballt. Er hatte sich einfach keine Gedanken darüber gemacht, wen Petzold ihm zur Seite stellen würde. Jetzt war es zu spät.

Konrad Morgenthaler!

Natürlich, er war der Einzige gewesen, der in Frage kam. Er war schließlich ständiger Teampartner von Dankwart Windgassen, dem ersten Hauptkommissar. Da war es doch klar, dass Morgenthaler durch dessen Ausfall nun frei war.

Eine Stunde war vergangen, seit er so ganz plötzlich vor ihm gestanden hatte und Kindlein von der Erkenntnis geschlagen worden war, dass sie fortan Partner sein würden. Natürlich hoffte er, dass er sich sein Entsetzen nicht hatte anmerken lassen. Jedenfalls war ihm in dem Moment nicht ein einziger Laut über die Lippen gekommen.

Morgenthaler hingegen war wieder einmal voll überschäumender Energie gewesen und hatte auch keine Probleme gehabt, in die peinliche Stille hineinzurumpeln.

»Mann, Kindlein«, hatte er gesagt, »wir beide zusammen. Du glaubst nicht, was das bedeutet. Ich zieh auch gleich los und mach schon mal den Anfang. Du bleibst schön hier und stöberst erst mal in den Unterlagen. Conny kennt den Kram ja schon.«

Kindlein wusste noch zu gut, was ihm in diesem Moment durch

den Kopf gegangen war: Schön, dann können wir den Fall ja morgen schon zu den Akten legen.

Er musste aber einsehen, dass Morgenthaler nicht ganz Unrecht hatte – *ohne Kenntnis* der Akten gäbe es überhaupt keine Chance. *Mit den Erkenntnissen* daraus würde er wenigstens schon bald wissen, warum er woran scheitern würde. Er begab sich zurück an seinen Schreibtisch.

Das auffälligste Merkmal all dieser Morde war die Art ihrer Ausführung. Auch in diesem Fall würden die Gerichtsmediziner mit aller Sicherheit nachweisen, dass der Ermordete vor der Tat mit Chloroform narkotisiert, gefesselt und geknebelt worden war, um danach in einen großen Leinensack verbracht zu werden.

Die Mediziner würden feststellen, dass das Opfer unmittelbar vor und während seiner Ermordung bei vollem Bewusstsein und mehr oder weniger lang körperlich brutal misshandelt worden war. Bis auf eine einzige Ausnahme wiesen nämlich alle bisherigen Opfer etwa handtellergroße Schlagspuren am gesamten Körper auf. An den nicht bekleideten Partien zeigten diese Male auch Abdrücke vom groben Gewebe der Leinensäcke.

Danach wurden die solchermaßen Geschändeten auf bestialische Weise ermordet, ebenfalls durch diese Säcke hindurch. Allen Opfern wurden dazu atypische Stich- und Schnittverletzungen in großer Zahl zugefügt. Durch die daraus resultierenden Verletzungen wurden die Körper der Opfer in erheblichem Ausmaß verstümmelt. Auch in der Hinsicht bildete nur ein einziger Fall die Ausnahme.

Bei der Zuordnung einer Waffe waren die Experten auf erhebliche Schwierigkeiten gestoßen. Kindlein konnte schon an dem wenigen, was er momentan aus dem Berg von Akten herauszulesen vermochte, erkennen, dass hier die widersprüchlichsten Angaben gemacht wurden.

Niemals hatte irgendwer mit Sicherheit klären können, um was für eine Waffe es sich konkret handelte. Einstimmigkeit gab es nur darüber, dass sie sowohl stechen als auch schneiden konnte.

Alle Schnittverletzungen waren mit erheblicher Gewalt ausgeführt worden, sodass sämtliches Gewebe sauber durchtrennt wurde. Aber die Rechtsmediziner hatten anhand der Verletzungsmuster herausgefunden, dass diese Waffe zudem mit solch außergewöhnlicher Wucht geführt worden war, dass es sich bei ihr auf keinen Fall um ein einfaches Messer handeln konnte. Die Länge der Stichkanäle sowie der Grad der Verletzungen in tieferen Gewebeschichten, also an der Muskulatur und den Organen, hatte ebenfalls eindeutig dagegen gesprochen.

An Stellen, wo Knochen die Stiche behindert hatten, waren zudem derart starke Zertrümmerungen und Zersplitterungen derselben diagnostiziert worden, dass man eher zu einem spitzhackeähnlichen Werkzeug tendiert hatte. Dafür hatten auch jene einseitigen, länglichen Einblutungen am Rand der Einstichöffnungen gesprochen, welche von dem Stiel einer Picke hätten herrühren können. Aber auch dagegen hatten nun wieder die Form, die Länge und die Ausbildung der Stichkanäle gesprochen. Diese passten eher zu einem übergroßen Stilett.

Einigkeit hatte bei allen Rechtsmedizinern in einem Punkt geherrscht: Trotz der großen Anzahl und der unregelmäßigen Verteilung der Wunden hatte der Täter nicht in wahnsinniger Erregung und blindwütig gehandelt. Er war vielmehr mit eiskalter Berechnung vorgegangen und hatte die Folgen seiner Tat sogar regelrecht ausgekostet. Einige wenige seiner Stiche und Schnitte hätten völlig ausgereicht, die meisten von ihnen wären für sich allein schon tödlich gewesen. Aber immer hatte der Täter auch beabsichtigt, die Opfer zu entstellen. Darauf hatten insbesondere Stiche in die Augen und ins Genitale hingewiesen. Voraussetzung für planmäßiges Verstümmeln dieser Körperpartien, zumal durch einen Sack hindurch, waren ein gewisser Zielvorgang oder sogar das Abtasten des Sackes gewesen.

Zudem waren bei einigen Opfern ganz außergewöhnliche und eher seltenere Verletzungsformen im subkutanen Gewebe festgestellt worden. Hier waren nach Eindringen der Klinge in den Körper vermutlich Rührbewegungen ausgeführt worden. Dies sprach für starke emotionale Beteiligung des Täters, aber wiederum nicht im Sinne von Erregung oder blinder Wut. Vielmehr schienen ihn auch Hass oder Rachegefühle angetrieben zu haben.

Einen weiteren Hinweis auf die Grausamkeit und die eiskalte Planung der Taten hatten die Säcke geliefert. Waren diesbezüglich bei den ersten Morden noch wilde Spekulationen angestellt worden, hatten sich Windgassen und alle anderen Ermittler sehr bald eingestehen müssen, dass es für ihren Einsatz ganz banale Erklärungen geben konnte: zum Beispiel, dass der Täter sich selbst und die Umgebung vor übermäßiger Verschmutzung mit Blut hatte schützen wollen, die insbesondere bei arteriellen Spritzblutungen zu erwarten war.

In allen Fällen hatte man am Tatort Polypropylenfasern gefunden und sehr bald als Überbleibsel von Einwegschürzen oder Ähnlichem identifiziert. Da es zudem an allen Tatorten nur im direkten Umkreis der Leichen blutige Fußspuren gegeben hatte, aber niemals welche, die dieses Areal verließen, musste es sich sogar um komplette Kunststoffanzüge gehandelt haben, die der Täter jeweils nach Vollendung der Tat ausgezogen hatte. Schutzanzüge dieser Art waren den Ermittlern bekannt, da auch sie solche schon seit Jahren bei Tatortbegehungen einsetzten.

Bei dem Tatwerkzeug hatte es sich immer wieder um die gleiche Waffe gehandelt, und auch das Muster, nach dem bei den Morden verfahren wurde, war immer das gleiche. Diese Fakten hatten zuerst den Schluss nahe gelegt, dass es sich bei dem Täter um ein und die gleiche Person handeln müsse. Einige Indizien hatten aber schon bald genügend Anlass zu Zweifeln gegeben.

So hatten Tatrekonstruktionen deutlich gemacht, dass in den meisten Fällen vermutlich mehrere Täter beteiligt gewesen sein mussten. Hier war jedes Mal das Gewicht des Opfers viel zu groß gewesen, um es allein in einen Sack zu befördern, und auch die Gefahr, dass dabei etwas schief gehen konnte, allzu groß, insbesondere dann, wenn das Opfer zu früh aus der Narkose erwacht wäre.

Eine besonders perfide Taktik der Täter hatte es den Ermittlerteams völlig unmöglich gemacht, ihre wahre Zahl herauszufinden. Am Opfer und im näheren Umkreis fanden sich nämlich immer eine Unzahl Haare und Hautschuppen, und jedes Mal, schon nach ersten Untersuchungen, war klar gewesen, dass diese von Hunderten von Menschen stammten. Die Täter hatten es darauf abgesehen, die Ermittler in die Irre zu führen, indem sie einfach Haarabschnitte aus Friseursalons am Tatort verstreut hatten. Damit war eine effektive Spurenidentifikation nicht mehr möglich gewesen. Selbst wenn eines dieser Haare oder Hautschuppen irgendwann einer Person hätte zugeordnet werden können, so wäre diese letztlich nur eine unter Tausenden potenziell Verdächtigen gewesen. Und solch eine Spur hätte aller Wahrscheinlichkeit nach lediglich zu irgendeinem arglosen und völlig unschuldigen Friseurkunden geführt.

Immer waren die Opfer in ihren eigenen Wohnungen, Büros oder Geschäftsräumen umgebracht worden. Sie hatten die Täter jedes Mal ohne Widerstand in diese Räume eingelassen, denn es fanden sich nie Spuren von Kämpfen oder Einbrüchen an den Tatorten. Das Opfer schien seine Mörder vorher schon gekannt und sich mit ihnen sogar verabredet zu haben.

Es hatte in keinem der Fälle jemals Zeugen gegeben, die zuverlässig angeben konnten, zum Tatzeitpunkt irgendwelche verdächtigen Personen gesehen zu haben. In vielen Fällen war dies nicht verwunderlich, da die Leichen erst lange Zeit nach der Tat entdeckt worden waren.

Aber selbst wenn die Opfer unmittelbar nach ihrer Ermordung von Lebenspartnern, Familienangehörigen oder anderen nahe stehenden Personen aufgefunden worden waren, hatte es keine wirklich verwertbaren Aussagen zu potenziell Verdächtigen gegeben.

Bemerkenswert war auch die Auswahl der Opfer, sie blieb ein absolutes Rätsel. Keines hatte irgendetwas mit den anderen zu tun gehabt, alle waren ohne Vorstrafen und in keiner Hinsicht auffällig gewesen. Eher traf das Gegenteil zu, denn bei allen hatte es sich um ganz und gar harmlose, unauffällige und absolut unbescholtene Mitmenschen gehandelt. In ihrer jeweils engeren und weiteren Umgebung hatte es niemanden gegeben, der ein Motiv oder einen Anlass zu solch einer Tat gehabt hatte.

Hatte es in seltenen Fällen doch mal einen Verdächtigen gegeben, so hatten sich die vorhandenen Hinweise nie bestätigt. Der Verdächtigte hatte entweder ein nachweisbares Alibi gehabt und/ oder seine persönlichen Merkmale hatten sich weder mit Zeugenaussagen noch mit Spuren an den Tatorten gedeckt.

Kindlein hatte sich während der Lektüre immer wieder die Frage gestellt, wie es Dankwart Windgassen, seinem Vorgesetzten und ersten Kriminal-Hauptkommissar, bei diesem Wahnsinn ergangen sein musste. Die meisten Fälle – alle seit dem Jahr 1977 – waren von ihm bearbeitet worden, und die Ermittlungen mussten ihn eine unvorstellbare Menge an Arbeit, Zeit und Nerven gekostet haben. Und dennoch blieben sie bis zum heutigen Tag die einzigen, die er nicht hatte lösen können.

Dabei war er unbestritten der fähigste und intelligenteste Kopf, den die Abteilung hatte. Er war die graue Eminenz, und nicht mal Petzold, der als Dienststellenleiter über ihm stand, legte sich mit ihm an. Von den vorliegenden Fällen abgesehen, hatte er eine Erfolgsquote, die keiner auch nur annähernd erreichte, und sein Arbeitstempo galt als abnorm.

Er genoss eine absolute Sonderstellung. Manchmal sah man ihn Ewigkeiten nicht, und dann plötzlich, wenn er einen Fall bearbeitete, war er wieder da.

Kindlein war ihm nicht oft begegnet, und wenn, dann war Windgassen fast immer grußlos an ihm vorbeigegangen. Es hieß, dass er ein sehr wortkarger, ernster und auch unnahbarer Mensch sei. Selbst ältere Kollegen wussten nicht viel über ihm. Über sein Privatleben oder persönliche Interessen schien er mit niemandem zu reden, lediglich ein Gerücht, wonach er über Vermögen verfüge, war irgendwann durchgesickert.

Für etwas mehr Gerede in der Abteilung sorgte eher sein Verhältnis zu Konrad Morgenthaler. Seit 1986, also seit fast achtzehn Jahren, bildeten die beiden ein festes Ermittlerteam. Allen war es jedoch ein Rätsel, wie der hochgradig disziplinierte und emotional eher unterkühlte Windgassen mit einem Haudrauf wie Morgenthaler zusammenarbeiten konnte. Nie aber war irgendein Hinweis aus Windgassens Büro nach draußen gedrungen, mit dessen Hilfe man dieses Rätsel hätte lösen können, und die beiden sprachen niemals auch nur ein Wort über den jeweils anderen.

Kindlein ließ die Schultern hängen. Er stieß einen langen Seufzer aus und klappte den Ordner zu.

*

Ester Schilling hatte an diesem Vormittag erst später Probe. Sie wollte die Zeit nutzen und ging gleich nach dem Frühstück aus dem Haus. Als sie am Rosengarten vorbeikam, sah sie auf der gegenüberliegenden Straßenseite Angestellte des städtischen Grünflächenamts, die damit beschäftigt waren, die letzten Überbleibsel des Herbstes aus der Grünanlage hinter dem Wasserturm zu entfernen. Einige von ihnen pickten Blätter aus den filigranen Ständern der alten Jugendstilleuchten heraus, während sich andere der Laubengänge annahmen und dort die Korblaternen auf den Sandsteinpfeilern vom Laub befreiten.

Sie dachte daran, dass hier, rund um das Mannheimer Wahrzeichen in etwa drei Wochen wieder der Wahnsinn ausbrechen würde. Der Weihnachtsmarkt würde große Menschenmassen herlocken und für wochenlanges Verkehrschaos sorgen. Und unter einem leuchtenden und glitzernden Feiertagskostüm würde die Innenstadt für diese Zeit versuchen zu verbergen, dass auch an ihr gewisse Entwicklungen nicht vorbeigingen. Mehr und mehr Läden standen inzwischen leer, und bei vielen war ihr baldiger Abschied von einer einst prosperierenden Einzelhandelslandschaft schon zu erahnen. Immer häufiger sah man Schaufensterscheiben, die mit leuchtfarbenen Bannern beklebt waren, und immer seltener deuteten diese nur auf Sonderpreise hin.

Als sie von der Freßgasse aus in Richtung des Quadrats R6 lief, sah sie schon von weitem, dass auch Sennebach & Streb dieses Schicksal ereilt hatte. Letztes Jahr hatte das renommierte Eisenwarengeschäft mit seiner außergewöhnlich gut sortierten Werkzeugabteilung noch sein fünfundsiebzigjähriges Bestehen gefeiert, und nun befand sich an gleicher Stelle ein Resteladen, der knallbunt damit warb, jeden seiner Artikel zum Preis von unter einem Euro zu verkaufen. Das versetzte ihr einen Stich, denn für Sennebach & Streb gab es weit und breit keinen Ersatz. So war sie zuerst auch völlig ratlos, wem sie den Gegenstand aus der Papiertüte zeigen konnte. Aber ihr kam eine Idee. Nicht weit entfernt, in der Nähe der Konkordienkirche, gab es noch eine Adresse.

Als sie vor dieser stand und die Schrift über dem kleinen Laden betrachtete, überkam sie ein Gefühl der Wehmut. Die Farbe der Buchstaben hatte im Laufe der Jahrzehnte einen Einheitston von verblichenem Beige angenommen. An vielen Stellen war ihr dünner schwarzer Rand fast vollständig abgeblättert. Manche der Schriftzeichen hoben sich dadurch kaum mehr vom Hintergrund ab. Der Zahn der Zeit hatte hier all die Jahre mit Geduld, aber auch zäher Hartnäckigkeit genagt.

Vor Esters geistigem Auge zeichnete sich ein sonniger Tag in einer längst vergangenen Zeit ab, an welchem ein junger fröhlicher Mann mit Pinsel und Farbeimer auf einer Leiter steht. Mit dem Optimismus und dem Enthusiasmus eines frisch gebackenen Geschäftsmanns malt er Buchstabe für Buchstabe seiner Botschaft über das Schaufenster auf die Hauswand.

Alle sollen es erfahren, und deshalb benutzt er eine strahlende Farbe. »Antiquitätenhandel« wird er schreiben, damit bald jedermann weiß, womit er seine Mitmenschen beglücken will. Und seinen Namen will er dazuschreiben, einfach, weil er stolz ist, es so weit gebracht zu haben, und weil er schon immer davon geträumt hat, dass sein Name eines Tages über dem Schaufenster seines eigenen Geschäfts prangt. Man sieht ihm an, dass er Hoffnungen hat, Hoffnung auf gute Geschäfte, auf eine blühende Zukunft und damit auch auf Lebensglück.

Nun, Jahre später, war davon nichts mehr übrig. Im Bereich der Ladentür bröckelte der Putz von der Hauswand, der Rahmen des Schaufensters war völlig zerkratzt, und der Kitt fiel an vielen Stellen heraus. Das Glas selbst war in den Jahren erblindet, und der milchige Einblick, den es bot, war wenig erbaulich.

Die Dekoration des Schaufensters bestand aus einem Sammelsurium alten Plunders. Wertloses Zeug aus dem Alltag längst vergangener Epochen, muffig und verstaubt, lieblos auf dem Schaufensterboden abgelegt.

Ester sah sogar noch die defekte Stelle im Schaufensterboden. Sie war entstanden, als sie Wochen zuvor das erste Mal hier war. Der Inhaber hatte sie inzwischen notdürftig ausgebessert. Er schien einfach nur eine Pappe oder eine Sperrholzplatte darüber genagelt zu haben. Durch das dünne Spitzentuch, welches er darauf gelegt hatte, zeichnete sich der Umriss dieses Flickens deutlich ab.

Kein Zweifel, Leopold Katzbach hatte seine Träume nicht realisieren können. Wie seine Geschäfte liefen, konnte Ester nur erahnen, aber dass seine Zukunft lange hinter ihm lag und ein Lebensglück sich nicht eingestellt hatte, war ihr schon bei ihrer ersten Begegnung überdeutlich klar geworden. Und wenn er je dieser junge Mann mit Pinsel und Farbeimer gewesen sein sollte, dann musste irgendwann ein großes Unglück geschehen sein, denn alle Hoffnung und Zuversicht hatten sich aus dem kleinen Laden entfernt und waren der Depression und Resignation gewichen.

Ester erinnerte sich, wie sie den Laden zum ersten Mal wahrgenommen hatte. Sie war sicher schon früher einige Male an ihm vorbeigelaufen, aber er war ihr wohl wegen seiner Unscheinbarkeit und Verwahrlosung nie richtig aufgefallen. An diesem Tag jedoch war sie, just in dem Augenblick, da sie an ihm vorbeilief, durch ein Geräusch erschreckt worden. Ein kräftiges kurzes und deutlich vernehmbares Krachen war aus der Richtung des Ladens gekommen und hatte sie veranlasst, sich ihm zuzuwenden. Hinter der trüben Schaufensterscheibe des Ladens hatte sie ein uraltes, wunderschönes Sofa mit verschnörkelter Holzrahmung und braunem Lederbezug stehen sehen. Seine einseitig abwärts geneigte Haltung hatte sie sofort vermuten lassen, dass sich der Geschäftsinhaber mit dem Gewicht des guten Stückes ein wenig verkalkuliert hatte. Eine der Bodenplatten im Schaufenster hatte dem schweren Möbel jedenfalls nicht länger standgehalten, und so war das Sofa mit zwei Beinen durch sie hindurchgekracht. Inmitten einer aufgewirbelten Staubwolke hatte es dagestanden, als wäre es kurz zuvor von irgendjemandem mit Verachtung direkt hinter das Schaufenster geschleudert worden. An jenem Tag hatte Ester das so empfunden. Heute jedoch bevorzugte sie die Vorstellung, dass es allein für sie vom Himmel herab in das Schaufenster gefallen war. Ester war auch ein romantischer Mensch.

Von Leopold Katzbach nahm sie an, dass er überhaupt kein Romantiker war, und beim Eintritt in den kleinen Laden ahnte sie, dass sie mit Überraschungen zu rechnen hatte. Bereits bei der ersten Begegnung hatte er sein außergewöhnlich skurriles Wesen offenbart.

Und tatsächlich kam er ihr auch gleich mit hektischen Schritten und einem direkt auf sie deutenden Zeigefinger entgegen.

»Hey Sie, ich sage es Ihnen gleich, bilden Sie sich nicht ein, dass ich Sie hier einfach nur bedienen oder beraten werde. Entweder Sie kaufen was oder Sie gehen einfach wieder. Mir reicht's nämlich für heute. Ich habe die Schnauze bis oben hin voll.« Sein Sturmlauf wurde aber jäh unterbrochen, als er gegen ein herumstehendes Schaukelpferd aus Holz rempelte und sich das Knie anstieß. »Gottverdammte Scheiße!«, platzte es aus dem alten Mann heraus. Dabei trat er mit dem rechten Fuß so kräftig auf, dass er sich offensichtlich noch mal wehtat. Daraufhin begann er auf dem linken Bein im Kreis zu hüpfen und kräftige Stöhnlaute von sich zu geben.

Ester sah, dass die kleine, hagere Gestalt auch diesmal wieder in keiner guten Verfassung war. Auf dem kahlen Teil seines Schädels standen dicke Schweißperlen. Und obwohl sich nur wenige Reste seiner ehemaligen Haarpracht als dünner unregelmäßiger Kranz behauptet hatten, lugten hier und dort und zu kleinen Büscheln angeordnet, einige besonders lange graue Exemplare daraus hervor. Alles in allem erinnerte er sie an einen Vogel in der Mauser. Eine für seine Körpergröße übermächtige Hakennase unterstrich diesen Eindruck. Und richtig gesund schien er auch nicht zu sein, abgesehen von seiner extrem weit nach vorn gekrümmten Körperhaltung fielen Ester auch wieder seine riesigen hervortretenden Augen auf. Mein Gott, wie das Rumpelstilzchen, entfuhr es ihr beinahe, als sie ihn so hüpfen sah.

»Und wenn Ihnen das nicht passt, gehen Sie von mir aus ruhig woandershin«, schimpfte er weiter. »Gehen Sie doch auch zu den anderen, zu diesen Verbrechern. Und von mir aus können Sie mich da sogar anschwärzen, das ist mir auch egal.«

Ein richtiger Spinner, dachte sie, ließ sich aber nicht abwimmeln, sondern blieb ruhig und sagte frei heraus: »Wissen Sie, Herr Katzbach, ich bin eigentlich nur hier, um Ihnen etwas zu zeigen. Sie sind vielleicht der Einzige, der so etwas schon mal gesehen haben könnte. Es muss eine Art Werkzeug sein, aber ich habe keine Ahnung was für eins. Selbst ein guter Freund von mir, ein wirklich hervorragender Handwerker, konnte mir nicht sagen, wozu das Ding gut sein könnte. Würden Sie vielleicht so nett sein und sich das Teil einmal ansehen?«

Er hatte entweder nicht verstanden, was Ester wollte, oder er war einfach noch nicht fertig mit seinem Gezeter, jedenfalls war sein Tonfall immer noch recht schroff.

»Ah, genau, jetzt kommen wir der Sache schon näher, hm? Verscherbeln möchten Sie mir was, oder? Oder möchten Sie etwa einen kleinen Tausch zu Ihren Gunsten machen?« Seine Zahnprothese war wohl locker, bei jedem Zischlaut war ein hohes Pfeifen zu hören, und seinem Mund entwichen, wie bei einem Zerstäuber, kleinste Spucketröpfchen. Manche schossen dabei in eine Entfernung, die auch für Ester gefährlich war.

»Herrgott, warum nicht? Ich tausche gerne! Ehrlich! Sie zeigen mir, was Sie zu bieten haben, und ich zeige Ihnen dafür das hier«, und er richtete dabei einen Daumen auf sich selbst. »Na, sind Sie nicht erstaunt über die Höhe meines Einsatzes? Das, auf was ich hier deute, und was Sie hier vor sich sehen, junge Frau, ist eine verpfuschte Existenz. Jawohl, eine so genannte *verpfuschte Existenz*!« Er buchstabierte die beiden letzten Wörter regelrecht und fuhr dann ruhiger, aber umso eindringlicher fort: »Wollen Sie damit tauschen? Möchten Sie dieses Leben haben? Ein Leben, das nur daraus besteht, auf irgendwelche Leute zu warten, mit denen Sie nichts, aber auch gar nichts zu tun haben wollen? Bitte schön! Wenn Sie auch auf Menschen angewiesen sein möchten, die Ihnen alten, verstaubten und längst verwelkten Mist abkaufen sollen, damit Sie Ihr Leben fristen können, sind Sie hier absolut richtig. Aber ich sage es Ihnen gleich: Wenn solche Menschen Sie mit ihrem mitleidigen *Arme Frau, ich kauf ihr was ab*-Blick anglotzen, weil sie wissen, dass Sie das Geld dringend zum Überleben brauchen, dann werden Sie sich vielleicht doch elend fühlen. Und die Krönung allen Übels wird wohl auch für Sie diese Feilscherei um den letzten Cent sein. Das ist das neueste Gesellschaftsspiel. Dabei geht es nicht mehr um den Wert einer Sache, sondern um Macht. Es gibt Leute, die sogar Geschenktes für zu teuer halten und selbst dann noch handeln wollen. Oder wenn man Ihnen wohlwollend und von oben herab absolut unverschämte Angebote macht – und Sie diese auch noch annehmen müssen, weil Sie sonst nichts zu beißen haben – dann, junge Frau, müssen Sie aufpassen. Dann haben Sie meine Stufe des menschlichen Daseins erreicht. Und wissen Sie, wie ich diese Stufe nenne? Ich nenne sie ›Ladenhüter‹. Ich bin so einer. Sehen Sie mich ruhig mal an, bevor Sie sich vorschnell für mein Leben entscheiden. Ich bin ein Ladenhüter und zwar im besten Sinne des Wortes. Wie all der Kram, den ich nie loswerde, stehe ich hier seit Menschengedenken völlig verrottet in diesem Drecksladen rum. Der höhere Sinn meines Lebens scheint nur darin zu bestehen, all diesen Mist hier zu hüten und zu verwalten. Das tue ich, bis er so viel Staub angesetzt hat, dass ich mich vielleicht sogar von ihm ernähren kann. Wie wäre es damit, kommt das für Sie in Frage? Eine verdammt großartige Aufgabe für ein Menschenleben! Ein Leben, das angeblich so einmalig sein soll. Finden Sie nicht auch?«

Ester fühlte sich niedergeschlagen und wusste wirklich nicht, was sie sagen oder tun sollte. Ihr tat der Mann Leid. Aber bevor sie sich irgendwie falsch verhalten oder falsch antworten würde, entschied sie, die Sache mit dem Gegenstand auf sich beruhen zu lassen. Sie wollte es lieber an einem anderen Tag versuchen, in der Hoffnung, dass der Alte dann vielleicht in einer besseren Verfassung wäre. Also drehte sie sich wortlos um und ging auf die offen stehende Ladentür zu. Kurz bevor sie die aber erreichte, hörte sie hinter sich ein leises Räuspern.

»Junge Frau?« Die Stimme klang nun ganz anders. »Hallo, junge Frau, kommen Sie doch noch mal zurück. Bitte!«

Ester drehte sich um und sah, dass Leopold Katzbach eine tief gebeugte Haltung angenommen hatte – was bei seinem gekrümmten Rücken bedeutete, dass er mit der Nase fast den Boden berührte. Dabei wies er mit einem ausgestreckten Arm in Richtung Ladentresen, als Zeichen, dass er sie willkommen hieß.

Ester war völlig verblüfft über diese Wendung und fragte deshalb lieber erst mal vorsichtig nach: »Meinen Sie wirklich?«

»Kommen Sie, junge Frau, ich meine es ernst, und es tut mir von Herzen Leid, dass ich Sie so angefahren habe. Ich bin einfach ein alter verknöcherter Trottel geworden. Früher war ich nicht so, glauben Sie mir. Aber vielleicht ändern wir Menschen uns im Alter in diese Richtung, ich weiß es nicht – ich bin zum ersten Mal alt. Entschuldigen Sie bitte mein fürchterliches Auftreten, und zeigen Sie mir doch, was Sie da haben. Vielleicht kann ich Ihnen ja wirklich helfen. Apropos, habe ich Sie nicht sogar schon mal gesehen?«

»Ja, Herr Katzbach, ich habe vor einigen Wochen etwas bei Ihnen gekauft. Vielleicht erinnern Sie sich an das Sofa aus dem Schaufenster und daran, wie schwer wir beide es gehabt haben, es aus dem Loch zu ziehen?«

Es war tatsächlich eine Knochenarbeit gewesen, das schwere Sofa aus dem Loch zu heben und es so auf dem Boden des Schaufensters abzustellen, dass es stabil genug stand und der Boden nicht auch noch an einer anderen Stelle einkrachen würde.

Ester erinnerte sich, wie Leopold Katzbach anschließend die Bruchstücke der Spanplatten aus dem Loch gefischt hatte. Und während ihm riesengroße Staubflocken entgegenstoben, hatte er in dem Hohlraum unter den Platten Reste der Materialien gefunden, aus denen vor etlicher Zeit der Schaufensterboden gebaut worden war. Die Schreiner hatten damals alle Abfälle, die bei ihrer Arbeit entstanden waren, in diesem Hohlraum belassen. Leopold Katzbach hatte unter dem Schaufensterboden aber nicht nur uralte Holzlatten, sondern auch einen zerbrochenen Zollstock und einige leere Bierflaschen hervorgeholt. Und er hatte sich bei der Gelegenheit einen Spaß daraus gemacht. »Sehen Sie, Frau Schilling, so komme ich an meine Ware.« Sogar eine alte Ledertasche, die in ausgezeichnetem Zustand, aber völlig verstaubt war, hatte er dabei zutage gefördert. Sie hatte eine etwas merkwürdige Form, schien aber noch brauchbar. Ester erinnerte sich an sein überraschtes Gesicht und daran, wie er verständnislos den Kopf geschüttelt hatte, so als ob *er* diese Dinge eines schönen Tages irgendwo abgelegt hätte und nun völlig überrascht wäre, sie an solch einem Ort wieder zu finden.

Leopold Katzbach erinnerte sich wohl auch an diese Begebenheit, denn er antwortete ihr unvermittelt: »Ach ja, natürlich, Sie waren das. Jetzt kommt es mir wieder – Frau Schiller, stimmt's?«

»Schilling, Ester Schilling.«

»Ach ja, richtig, Frau Schilling. Womit kann ich behilflich sein?« Er war nun richtig höflich, beinahe gut gelaunt, und Ester war erstaunt, wie sympathisch er dann sein konnte. Es war überhaupt erstaunlich, dachte sie, wie stark gerade die Ausstrahlung älterer Menschen von ihrer Stimmungslage abhing.

Sie zerrte den Gegenstand aus ihrer Tasche und sagte: »Sehen Sie, das Ding habe ich gestern in einer Tüte gefunden. Ich ahne zwar so allmählich, wie das Teil da hineingekommen sein könnte, aber ich weiß absolut nicht, was es darstellt.«

Im selben Augenblick, da Ester den Gegenstand auf den Ladentresen legte, wechselte Katzbach nicht nur seine Gesichtsfarbe, sondern auch seine gesamte Körperhaltung. Zuerst wich er zurück, und dabei wurde seine graue Haut fast weiß. Dann wurden seine Augen feucht, und der kranke Körper schien regelrecht seine Statik aufzugeben. Seine ganze Erscheinung hatte plötzlich die Fragilität eines Mobiles. Nur sein Blick stabilisierte sich schnell. Den richtete er direkt auf Esters Augen, als wenn er dort etwas suchte. Er schien dort sogar etwas besonders Wichtiges zu suchen, und zeitgleich eine enorme Gedankenflut zu verarbeiten. Dabei sprach er nicht ein einziges Wort.

Ester kam sich absurderweise schuldig vor. Sie hatte zwar nichts getan, aber offenbar dafür gesorgt, dass der alte Mann sich erbärmlich zu fühlen schien. Sie wollte irgendetwas sagen, irgendetwas, das alles wieder gut machen würde. Aber gerade als sie ansetzen wollte, hörte sie die Stimme des Alten, in einer Tonlage, die sie an ihm noch nicht kannte.

»Frau Schilling, ich bin mir nicht sicher, was Sie wirklich möchten. Möchten Sie mir damit ein Zeichen geben? Oder möchten Sie mich testen? Ich bin momentan ... verwirrt.«

»Ich weiß nicht, was Sie meinen, Herr Katzbach.«

»Das ist es eben, was ich herausfinden muss: Wissen Sie es, oder wissen Sie es nicht?«

»Herr Katzbach, habe ich irgendetwas falsch gemacht oder irgendetwas Falsches gesagt. Es würde mir sehr Leid tun, und es ist bestimmt auch nicht meine Absicht gewesen.«

Der Alte schaute ihr noch immer tief in die Augen, nur schien sich sein Blick jetzt aufzuhellen. Aber seine Stimme änderte sich nicht, als er erwiderte:

»Sehen Sie, ich glaube eigentlich, dass Sie eine aufrichtige Person sind. Aber ich kann mir einfach nicht erklären, wie Sie zu diesem Gegenstand gekommen sind. Und genau das ist es, was mir Gedanken macht.«

»Ach Gott, wenn es weiter nichts ist. Ich glaube, dass er gestern im Bus in meine Tasche gefallen ist, als ich mit jemandem zusammengestoßen bin. Aber, wie gesagt, ganz sicher bin ich da nicht.«

Leopold Katzbach war anzusehen, dass er skeptisch war. Irgendwas war damit noch nicht geklärt, das merkte Ester.

»Nun gut, Frau Schilling, ich verstehe. Ich soll es wohl nicht erfahren. Aber ein Gegenstand wie dieser, das kann ich Ihnen sagen, fliegt Menschen auf eine andere Art zu. Und seien Sie sicher, Sie würden jetzt nicht hier sein, wenn das der Fall gewesen wäre.«

Ester fühlte sich unwohl.

»Ja, meinen Sie damit, dass ich dieses Dings hier gestohlen haben könnte, oder so? Und jetzt komme ich hierher, um es Ihnen mal zu zeigen?« Sie hatte es bewusst scherzhaft ausgedrückt, da sie immer noch nicht verstand, wovon der Alte redete. Aber ihr Gesicht war schon ganz heiß.

Leopold Katzbach schaute zu Ester auf, nahm den Gegenstand in die eine Hand, hielt ihn direkt vor ihr Gesicht und erhob den Zeigefinger der anderen Hand.

»Frau Schilling, dieses ist ein Teil von einem Ganzen. Und dieses Ganze ist frei von jeder Spur eines wie auch immer gearteten Humors.« Dann, völlig abrupt und in geschäftigem Ton: »Ich werde Ihnen Bescheid geben. Ihre Adresse habe ich noch in meinen Unterlagen.«

Wieder ein neuer Wesenszug, dachte Ester. Der alte Kauz war ihr nun mehr als suspekt, und sie war jetzt richtig geladen.

»Wissen Sie was?«, sagte sie deshalb zu ihm. »Ich glaube, Sie haben mir heute ausreichend Angst eingeflößt. Und dabei hatte ich absolut nicht vor, Sie zu verärgern. Behalten Sie dieses Teil eines Ganzen, oder wie Sie es nennen. Ich brauche es nicht. Bei mir ist auch ohne dieses Dingsbums noch alles ganz. Schmeißen Sie es von mir aus in den Müll. Ich will auch gar nichts mehr darüber wissen. So, und nun muss ich zum Dienst und gehe unter Menschen, bei denen auch noch alles in Ordnung ist.«

Ohne sich umzudrehen, ging sie zur Ladentür hinaus und freute sich, endlich wieder staubfreie Luft atmen zu können.

*

»So richtig viel war das ja nicht, was von den Nachbarn berichtet wurde. Dieser Peter Martens war so ziemlich die unauffälligste Person im ganzen Haus. Wäre ein anderer Bewohner dort umgebracht worden, hätten wir jetzt wahrscheinlich schon den Täter.« Konrad Morgenthaler war schon vor einigen Minuten im Büro erschienen. Er hatte sich aber aus der Cafeteria erst einmal eine Tüte Gebäck und einen Becher Kaffee geholt, bevor er sich an den Schreibtisch setzte und einen Plastikordner sowie mehrere Papierfetzen darauf verstreute.

Alle diese Fetzen hatten verschiedene Größen und Farben – sogar ein Stück einer Obsttüte war dabei. Die hatte er sich bei seinen Befragungen offenbar von den jeweiligen Gesprächspartnern geben lassen, jedenfalls sah Kindlein, dass sie mit irgendwelchen Notizen bekritzelt waren. Und sie waren so zerknittert, dass man sie erst mühselig hätte auseinanderfalten müssen, um darauf irgendetwas erkennen zu können. Kindlein hatte keine Ahnung, wie sich Morgenthaler in diesem Durcheinander zurechtfinden wollte.

Dann lehnte sich Morgenthaler zurück, kippelte mit dem Stuhl und legte seine Füße auf die Schreibtischfläche. Seine Schuhe ähnelten Sicherheitsschuhen, wie sie auf dem Bau getragen werden.

»Mann, Kindlein, da weiß jeder alles vom anderen. Die scheinen den ganzen Tag damit beschäftigt zu sein, sich gegenseitig zu beobachten. Eine Frau aus dem zweiten Stockwerk, eine Frau Renate Holbein, hat behauptet, dass ...« Anscheinend fiel ihm auf, dass Kindlein auf seine Füße starrte, denn er unterbrach sich mitten im Satz. Aber statt seine Füße vom Schreibtisch zu nehmen, klopfte er mit der Faust auf einen der Schuhe und bemerkte: »Supergesund und absolut stabil. Wenn man viel läuft, Kindlein, braucht man anständiges Schuhwerk. Außerdem müssen sie zum restlichen Outfit passen. Obwohl, unter uns gesagt, meine Frau da einen ganz anderen Geschmack hat. Die sagt immer: ›Konrad, hast du wieder vergessen, deine Schuhe aus dem Karton zu nehmen, bevor du sie angezogen hast?‹« Sein rollender Bass grölte regelrecht.

Dann fuhr er fort: »Ja, Kindlein, stell dir vor, die wusste zu berichten, dass ihr der Türke vom Stockwerk oberhalb ihrer Wohnung schon immer verdächtig erschien. Die Türken, das hat sie mir natürlich hinter vorgehaltener Hand gesagt, seien schließlich hinlänglich bekannt für ihre dubiosen Schlachtmethoden. Und sie gab mir den Tipp, ihn mal näher unter die Lupe zu nehmen. Das habe ich natürlich auch sofort getan. Serkan Aslan, der Türke, war der Ansicht, dass Martens Selbstmord begangen hat. Er sagte wortwörtlich: ›Mann war zu fett. Nix Freunde, immer allein. Hat zu viel veressen Fleiß. Serkan nix veressen Fleiß, Serkan veressen nur Gemüszeug.‹ Dann gibt es da noch die Familie Stürz, dritter Stock, Nachbarn von Aslan. Vater und Mutter waren sich in ihrer Beurteilung der Situation sofort einig und gaben einen gewissen Ernst Fahrenholz vom Erdgeschoss als äußerst verdächtige Person an. Der Mann sei Rentner und würde eine braune Vergangenheit haben, und das sage ja alles. Ich habe daraufhin geschlagene fünf Minuten vor seiner Wohnungstür gestanden, bis er sie endlich geöffnet hat.«

Morgenthaler machte an dieser Stelle eine kleine Pause – er hatte noch nicht den richtigen Kippwinkel gefunden – und rückte umständlich seinen Stuhl zurecht, indem er dessen Armlehnen mit den Händen umfasste und sich in die richtige Position hineinruckelte. Dabei lehnte er seinen Oberkörper leicht nach vorn, um nicht nach hinten umzufallen.

Ein peinlicher Anblick, dachte Kindlein. »Und?«, fragte er.

»Moment, so jetzt hab ich's.«

Schön!

»Der Mann ist über achtzig und geht an zwei Krücken. Damit kommt er wohl kaum für einen Mord im vierten Stock in Frage. Aber die siebzehnjährige Tochter der Familie Stürz, Stephanie Stürz, war im Gegensatz zu ihren Eltern sowieso anderer Ansicht. Ihr Ratschlag war der, sich mal den Nachbarn dieser Renate Holbein, einen Mann namens Kurt Bender, näher anzusehen. Der hätte ihr schon mal im Treppenhaus aufgelauert und dabei seinen Penis entblößt.«

»Ach, so einer.«

»Na ja, vielleicht. Aber er hat sich geändert. Er war nämlich nicht zu Hause, und seine Frau gab an, dass er seit fünf Jahren schon nicht mehr lebt.«

»O Gott!«

»Bleibt noch die Aussage von einem Paar im vierten Obergeschoss, den direkten Nachbarn des Opfers. Herr und Frau Trimmel meinten, dass sich trotz dieses unfassbaren Verbrechens niemand im Haus Vorwürfe machen müsse, da Peter Martens an seinem Unglück vermutlich selbst Schuld trage. Er sei schon ein sehr seltsamer Mensch gewesen. Und auf meine Frage, woran sie das festgemacht hätten, meinten sie, dass er nie zurückgegrüßt habe und auch sonst nie mit ihnen ins Gespräch kommen wollte, obwohl sie sich weiß Gott bemüht hätten. Ansonsten, und in dem Punkt waren sich alle Hausbewohner ausnahmsweise einig, sei er unauffällig gewesen. Hat wohl sehr zurückgezogen gelebt und ist ihnen nur wegen seiner Leibesfülle und seinem verrosteten VW-Passat älteren Baujahrs aufgefallen. Was er beruflich gemacht hat, konnte mir allerdings keiner sagen. Mitunter hat er Besuch von seiner Mutter erhalten, und in der letzten Zeit soll es auch mal vorgekommen sein, dass sich eine junge Frau zu ihm in den vierten Stock begeben hat. Diese sei zwischen einssechzig und einssiebzig, etwa zwanzig bis fünfundzwanzig Jahre alt, schlank und blond. Sie fuhr immer mit einem kleinen roten Auto vor, wobei keiner der Hausbewohner etwas über die Marke sagen konnte. Aber alle bestätigten, dass es ein Kabriolett war. Mehr wussten sie über diese Frau nicht zu berichten.«

Während er redete, war Morgenthaler damit beschäftigt, irgendwie an seinen Kaffeebecher zu kommen, aber der stand etwas zu weit von ihm entfernt. Und nachdem er schon etliche Varianten der Körperverdrehung und -streckung durchhatte und offensichtlich noch immer nicht gewillt war, einfach die Beine vom Tisch zu nehmen, schob Kindlein ihn kurzerhand näher zu ihm hin. Die Hampelei nervte nämlich.

»Der Lebensmittelhändler auf der gegenüberliegenden Straßenseite war der Einzige, der einen weiterführenden Hinweis geben konnte. Wenig heißt der Mann. Vor dessen Geschäft hat Peter Martens häufig sein Auto geparkt. Aber als Kunde hätte er sich nur sehr selten bei ihm blicken lassen. ›Der ging lieber zum Billig-Discounter. Bei dem *Nahrungsbedarf*‹ – Zitat des Mannes. Dafür sei ihm aber was aufgefallen, was für uns sicher von allergrößtem Interesse sei. Er habe des Öfteren beobachtet, dass Martens hinten in seinem Passat eine große Truhe stehen hatte, so eine große Kiste mit gewölbtem Deckel und altertümlichen Beschlägen. Dort hätte er mitunter ›äußerst verdächtigen Kram‹ verstaut. Leider hat Wenig nie erkennen können, um was es sich dabei gehandelt hat.«

Bei all seinen Ausführungen hatte Morgenthaler nicht ein einziges Mal auf seine Notizen gesehen, sondern die ganze Zeit auswendig wiedergegeben, was er zu berichten hatte. Das fand Kindlein einigermaßen erstaunlich. Ihm fiel es schon schwer, sich Namen von Leuten zu merken.

Aber Morgenthaler war noch nicht fertig, er machte nur eine kleine Pause. Diesmal, um von einem Plunderstück abzubeißen, das er aus einer Papiertüte holte, die die ganze Zeit schon auf seinem Schoß gelegen hatte. Dabei schmierte er sich seine Finger mit Zuckerguss voll, und beim Hineinbeißen blieben einige klebrige Teigkrümel an seinem Schnauzbart hängen. Er nahm einen seiner Notizzettel vom Tisch und wischte sich damit Finger und Mund ab. Dann knüllte er das Papier zu einer Kugel zusammen, warf es treffsicher in den etwa drei Meter entfernten Papierkorb neben der Bürotür und sprach mit vollem Mund weiter.

»Auf jeden Fall bin ich mal in die Wohnung rein, um dort mehr über diesen Martens in Erfahrung zu bringen. Und das Auto von ihm habe ich mir anschließend auch mal näher angesehen.« Dabei lehnte Morgenthaler sich zum Schreibtisch vor, nahm den darauf liegenden Plastikordner in die Hand und übergab ihn Kindlein.

»In der Wohnung waren die Kollegen von der Spurensicherung voll am Werk, und sie haben dort so einiges entdeckt. Und mit dem, was wir in dem Auto gefunden haben, lässt sich schon ein recht farbiges Bild von diesem Typ erstellen. Der Mann war wirklich ein kurioser Vogel.«

Kindlein sah sich den Inhalt des Ordners an. Einige der Seiten überflog er, wandte sich aber doch lieber wieder Morgenthaler zu, der seinen Bericht fortsetzte.

»In seinem Schrank hat Martens, wie jeder Mensch, ganz normale Kleidung verstaut. Alltäglicher Kram, nur eben in Übergröße. Ordentlich gebügelt, gefaltet und von Muttern penibelst eingeräumt. In seinem Auto befand sich aber tatsächlich jene besagte

Truhe, und bei deren Inhalt wurde schnell deutlich, dass Martens Vorlieben pflegte, von denen seine Mutter lieber nichts erfahren sollte. Er bestand aus einer Mischung aus Tingeltangel-Klamotten und Reizwäsche. Aber auch Bondage-Equipment aller Art war in der Truhe gelagert: Ledermasken, Peitschen, Handschellen, Würgehalsbänder und all dieser Kram. Alles auf seine außergewöhnlichen Körpermaße zugeschnitten. Es befand sich aber auch eine Art Tanga darin, der ihm eindeutig etliche Nummern zu klein gewesen sein dürfte. Ich hab deshalb sofort vermutet, dass er einer anderen Person gehören muss, einer weiblichen Person. Und tatsächlich haben die Jungs von der Spurensicherung in der Wohnung einen Notizkalender gefunden, in dem sich etliche Telefonnummern und lose eingelegte Visitenkarten befanden. Daraus geht hervor, dass unser Opfer ein durchaus geregeltes Nachtleben geführt haben muss. Alles Telefonnummern und Adressen von Nachtcafés, Nachtklubs, irgendwelchen Bars und anderen mehr oder weniger dubiosen privaten Etablissements, in denen Varieté- und Showeinlagen geboten werden. In seinem Telefon waren aber lediglich vier Nummern gespeichert, nämlich die seiner Mutter, eines Pizzaservices, eines Chinaimbisses und einer Person namens Simone. Leider war die nicht zu Hause, als ich dort angerufen habe. In seinem Kalender befanden sich neben den besagten Zetteln und Visitenkarten auch noch einige Flyer. Denen kann man entnehmen, dass Martens und diese Simone ganz offensichtlich geschäftlich miteinander zu tun hatten. Einer ist da drin.« Morgenthaler zeigte auf den Ordner, den Kindlein in der Hand hielt.

Kindlein blätterte kurz darin herum und entdeckte bald ein Blatt aus knallbunt bedrucktem Hochglanzpapier. Darauf sah man zwei Personen in eindeutiger Pose. Beide waren wohl gänzlich unbekleidet, aber sicher war Kindlein da keinesfalls. Die junge attraktive Dame zumindest saß barbusig rittlings auf einem nackten Koloss von Mann, der wiederum auf einem Stuhl saß. Das schlanke Becken der Frau war derart tief im Unterleib des Mannes versunken, dass nicht zu erkennen war, ob sie unten herum bekleidet war. Bei dem Mann fiel eine Beurteilung noch schwerer, da sein Körper in dieser Region nur aus Fettringen und Hautfalten bestand, sodass ein eventuell vorhandener Slip auch gut in einer dieser Falten hätte versteckt sein können. Es handelte sich eindeutig um Peter Martens, und er sah auf dem Bild einem Engerling ähnlich – weißhäutig und fett. Offenbar hatten die beiden tatsächlich beabsichtigt, irgendeine üble Assoziation beim Betrachter zu wecken, denn sie nannten sich »Die Schöne und das Biest«. Was genau sie auf der Bühne vollführten, ging nur andeutungsweise aus dem Text hervor, schien aber von besonderer Freizügigkeit geprägt. Wiederholt las man Begriffe wie »Extra scharf«, »Außergewöhnliche Paarspiele«, »Ein Hingucker« oder »Livesex der anderen Art«.

Kindlein klappte den Ordner zusammen und wandte sich wieder Morgenthaler zu, der inzwischen aber nicht mehr am Schreibtisch saß, sondern mit seinem Kaffeebecher am Fenster stand und in die Ferne sah.

»Sagen Sie, Herr Morgenthaler«, wollte Kindlein wissen, »kann es wirklich sein, dass Menschen sich so etwas ansehen und dafür auch noch Geld bezahlen?«

»Mensch Kindlein, wir haben uns doch auf Konrad geeinigt. Lass endlich den Morgenthaler im Sack.« Er klang beinahe enttäuscht und machte dabei eine händeringende Geste. Dann aber sagte er in ernstem Ton: »Aber gut, was deine Frage betrifft: Erniedrigung scheint ein boomendes Geschäft zu sein. Immer mehr Menschen finden vor lauter Langeweile Gefallen daran, dabei zu sein, wenn sich andere selbst erniedrigen, sich demütigen lassen oder wenn sie sich in vollkommen unberechenbare Gefahrensituationen begeben. Dafür wird viel bezahlt: Geld, aber auch kostbare Lebenszeit. Stunden verbringt der Durchschnittsbürger täglich vor der Glotze, um sich an möglichst viel Elend möglichst vieler armer Irrer zu ergötzen. Schließlich ist sich jetzt sogar schon die Prominenz aus Film und Fernsehen nicht mehr zu schade, den Deppen für alle Arten von Voyeuren zu spielen. Schlecht kann das nicht sein, die leben ja vor, dass man sich dabei trotzdem wohl fühlen und sogar noch viel Geld verdienen kann.«

Kindlein verzog sein Gesicht. »Ich kann das alles nicht nachvollziehen, für mich ist das einfach nur eklig. Gut, aber nehmen wir mal an, dass Sie Recht haben. Für diesen Martens scheint es sich nicht sonderlich gelohnt zu haben, oder?«

»Sag das nicht, Kindlein. Du wirst staunen, wenn ich dir sage, dass Martens über ein wirklich beträchtliches Sümmchen Geld verfügt hat. In einer Kommode fanden die Kollegen Kontoauszüge, die zum Teil enorme Zahlungseingänge belegen. Es gab ständig Überweisungen von eben diesen Nachtspelunken. Aber er hatte anscheinend auch noch andere Geldquellen. Ein nicht unbeträchtlicher Teil stammte von irgendwelchen Versicherungsheinis. Einige waren direkt als Provision für die Vermittlung von Versicherungsverträgen deklariert, und andere, kleinere Beträge, waren laufende Provisionszahlungen aus ehemaligen Vermittlungsgeschäften. Zudem fanden die Kollegen in der Kommode, direkt neben den Kontoauszügen, Belege der Spielbank Bad Dürkheim, wo Martens nicht nur regelmäßiger Gast war, sondern auch ganz anständige Gewinne zu machen pflegte. Also bin ich gleich mal zu seiner Bankfiliale rübergegangen und habe nachgefragt, was man dort so über seine finanzielle Situation weiß. Es war schon interessant zu erfahren, dass ein Mann, der in einer Bruchbude im letzten Stock eines Altbaus wohnte, eine Rostlaube von Auto fuhr und sich die Wäsche noch von seiner Mutter waschen ließ, ein richtiges Vermögen angesammelt hat. Alles, was sich davon nicht auf dem Konto befand, war in Investmentfonds, festverzinslichen Wertpapieren und Aktien angelegt. Der Bankfutzi schätzte den Wert seiner Depots und Barschaften auf etwa dreihundertundvierzigtausend Euro. Und das Einzige, was Martens mitunter abhob, waren ausgesprochen überschaubare Beträge. An Daueraufträgen hatte er nur seine Nebenkosten und die Gebühren für seine Werbeannoncen bei den regionalen Zeitungen. Seine Mietzahlungen für die Wohnung, die Kfz-Steuer und die Prämien für die Autoversicherung hingegen waren nirgendwo als Abbuchungen registriert. Martens erhielt allerdings von seiner Mutter jeden Monat eine Zahlung von zweihundert Euro, die mit dem Vermerk ›Mensazuschuss‹ versehen war.«

»Mensazuschuss?«, Kindlein meinte, sich verhört zu haben, »stand das wirklich so in den Auszügen? Seltsam. Nun gut, was gibt es denn sonst noch zu seiner Person? War er vorbestraft, oder waren irgendwelche von seinen Geschäften unsauber?«

»Kindlein, ich sage dir, der war so sauber, dass es beim Hinsehen blendet. Mal abgesehen davon, dass man sich über den moralischen Wert seiner Dienstleistungen streiten kann, gibt es sonst nichts Auffälliges an ihm. Da er alle seine Zahlungen über ein einziges Girokonto laufen ließ und auch ansonsten alles offen gehalten hat, kann man davon ausgehen, dass er seine Einkünfte sogar ordnungsgemäß versteuert hat. Vorstrafen gibt es keine und auch keinerlei Einträge in unserem Register. Blütenweiß, der Kamerad.«

»Hm!« Mehr fiel Kindlein nicht dazu ein.

»Ich hab übrigens auch mit Paracelsus telefoniert«, sagte Morgenthaler und meinte damit Professor Dr. Wesselin, den Leiter der Gerichtsmedizin, »und der hat vorläufig schon mal den Todeszeitpunkt bestätigt, den ja schon der Onkel Doktor heute Morgen geschätzt hat. Demnach ist Martens gestern etwa um fünfzehn Uhr ermordet worden. In der Zeit ist aber keinem einzigen der Befragten irgendetwas Außergewöhnliches aufgefallen, und niemand hat auch nur eine fremde Person im Haus gesehen. Und das, obwohl die ganze Bagage dort sich ansonsten bestens informiert weiß. Kindlein, ich sage dir, das ist wieder, wie in all diesen Fällen ... einfach bescheiden.«

Das hätte Morgenthaler gar nicht sagen müssen. Kindlein hatte nach allem, was er über die bisherigen Fälle gelesen hatte, nichts anderes erwartet. Sein Blutdruck war im Keller, und er spürte auch wieder dieses gemeine Stechen im Magen. Aber das Schlimmste war, dass er nicht eine einzige Idee hatte, wie sie weiter verfahren sollten. Alles, was er über methodisches Vorgehen gelernt hatte, fiel ihm im Moment nicht ein. Dazu kam, dass er sich auch noch aus einer ganz anderen Richtung unter Druck fühlte. Er arbeitete schließlich – Morgenthaler hin, Morgenthaler her – mit einem Mann zusammen, der bislang eine Größe wie Windgassen zum Partner gehabt hatte. Sicher würde Morgenthaler auch von ihm erwarten, dass er irgendeine kluge Entscheidung fällt. Aber er war wie blockiert. Die wenigen Partikel, aus all den Gedankenfetzen, die sein Kopf produzierte, erzeugten in ihm den tiefen Wunsch, sich auf irgendeine Art aus der Affäre zu ziehen. Verdünnisieren, unsichtbar werden, krankmelden oder einfach den Fall abgesprochen bekommen – das wär's. Oder Kollegen, die plötzlich zurückkehren und den Fall unbedingt übernehmen wollen. Vielleicht würde aber auch jemand den Fall einfach einstellen. Er war sowieso aussichtslos. Kündigung war auch eine Möglichkeit! Berufswechsel! Könnte er nicht einfach Morgenthaler bitten, die Leitung zu übernehmen?

Plötzlich traf ihn ein unsanfter Klaps an der rechten Schulter. Er war von Morgenthaler mitten in die Realität zurückgeholt worden.

»So Kindlein, ich glaube, wir fahren am besten gleich los, oder was sagst du?«

»Gleich los? Wohin?«

»Mensch Kindlein, zu der Mutter natürlich!«

»Ach so, klar, zu der Mutter. Zu welcher Mutter denn?«

»Na der von Peter Martens. Ist doch möglich, dass sie jetzt Auskünfte geben kann.«

Morgenthaler war in allerbester Laune, steckte sich noch das letzte Stück von seinem Plunder in den Mund, schnappte sich seine Bomberjacke und hängte sie über seine breite Schulter.

Die Fahrt zu Frau Martens war für Kindlein eine willkommene Abwechslung. Endlich war er nicht mehr in diesem Büro, und allein die Tatsache, dass er nun einen kleinen, aber immerhin schon praktischen Schritt tun konnte, ließ ihn auch seine düsteren Gedanken vergessen. Dazu kam, dass das Wetter sich verändert hatte. Der leichte Dunst des Morgens war verflogen, und nun kam sogar die Sonne hinter den trüben Wolken hervor.

Die Region Kur- und Vorderpfalz ist recht sonnenverwöhnt, und selbst im November kommt es vor, dass man noch komplette Sonnentage erleben kann. Und wenn auch die Kraft der Sonne dann nicht mehr so groß ist, um wirkliche Wärme zu erzeugen, so wirkt doch allein ihre Anwesenheit anregend auf die Stimmung.

Für die Menschen in Ludwigshafen war das ein Trost. Denn als Kindlein und Morgenthaler, von Mannheim kommend, über die Konrad-Adenauer-Brücke den Rhein überquert hatten, hatten sie mit dieser kurzen Überfahrt nicht nur die Bundesländer gewechselt, sondern auch eine ganz andere Welt betreten – die Welt, in der Kindlein geboren und aufgewachsen war. Und jedes Mal verspürte er dann Wehmut. Seine Heimatstadt hatte schwer wiegende Probleme, und die waren deutlich sichtbar. War schon der erste Blick von der Brücke herab auf die Stadt nicht sonderlich attraktiv gewesen, so konnte Kindlein links und rechts der Zollhofstraße wirkliche Bausünden entdecken. Rechts war der Blick zum Rhein durch einen trostlosen Containerbahnhof verbaut, und linker Hand taten sich triste Beispiele nachkriegszeitlicher Profanarchitektur auf – nichts sagende Bauten des noch weniger sagenden Innenstadtbereichs.

Als sie auf dieser Hauptstraße weiterfuhren, sah Kindlein das eigentliche Dilemma seiner Heimatstadt. Die Kunst, Gold in Beton zu verwandeln, hatten die Stadtväter von einst in hervorragender Weise beherrscht. Der Reichtum der Stadt rieselte in früheren Zeiten noch in Form von Steuern aus dem größten Chemiekonzern der Welt, und Beton schien ein probater Werkstoff, um ihn der Welt zu demonstrieren. Jetzt, Jahrzehnte später, bestätigte sich diese Annahme. Beton hatte tatsächlich die Eigenschaft, eindrucksvoll auf die aktuelle Finanzlage der Stadt hinzudeuten: Die Fassaden der Bauten von einst waren nun grau, trostlos und rissig.

Der Chemieriese hatte inzwischen eine Familie gegründet und viele Töchter gezeugt. Und wie alle Familien, so musste auch sie sparsam haushalten. Einige schnell heranwachsende Töchter lebten zudem im Ausland, und deren Unterhaltskosten waren beträchtlich. So hatte der Riese eines Tages beschlossen, am Unterhalt der Mutter zu sparen und Ausgaben für Haus und Hof auf ein Mindestmaß zu reduzieren.

Als sie das Verwaltungsgebäude des Konzerns erreichten, war Kindlein froh, dass sie hier nicht in die Bruckstraße einfahren mussten, denn sie waren schon mitten im Feierabendverkehr. Diese Straße führte direkt an maßgeblichen Konzernbauten vorbei, und Kindlein wusste, dass der Koloss beginnen würde, im Minutenabstand Kolonnen von Autos in diese Straße zu spucken. Für den Geradeausverkehr würde dies bedeuten, dass die Ampelschaltungen im Bereich der Fabrikausfahrten mit verkürzten Grünphasen arbeiteten.

Das war das Feierabendkonzept. Der tägliche Wahnsinn. Nach wenigen Sekunden schon schalteten die Ampeln wieder von Grün auf Rot, sodass immer nur einer Hand voll Autos das Weiterfahren möglich war. Mitunter stahlen sich deshalb Wagen von besonders Ungeduldigen bei Rot mit durch. Diese Fahrzeuge standen dann häufig noch mitten auf den Kreuzungen, wenn von der Seite her schon die nächsten Pulks freizeithungriger Chemiearbeiter aus den Ausfahrten des Firmengeländes drängten. Dadurch wurden die Fußgängerübergänge versperrt, sodass Arbeiter, die die Straßenbahnen auf dem Mittelstreifen erreichen wollten, lauthals fluchten und schimpften, während aus den stehenden Autos ständig gehupt wurde.

So ging das tagein und tagaus, und Kindlein war deshalb froh, dass sie geradeaus auf der Carl-Bosch-Straße direkt in den Stadtteil Friesenheim fahren konnten.

Morgenthaler saß seelenruhig hinter dem Steuer des BMW, mit einer gespiegelten Sonnenbrille auf der Nase. Er pfiff zur Musik im Radio, oder besser – dagegen. Den Wagen lenkte er sicher durch den Verkehr, und wenn er überhaupt einmal eine Äußerung von sich gab, dann war es ein Kommentar zu der Wärme, die die Sonne im Auto erzeugte.

Seine Jacke hatte er schon beim Einsteigen auf den Rücksitz geworfen, und so saß er nur im Hemd da. Aber auch das schien noch zu viel. Nach und nach öffnete er deshalb seine Hemdknöpfe. Ein mächtiger Busch von dunklen Brusthaaren erkämpfte sich den Weg ins Freie und hob ein dünnes goldenes Halskettchen an. Und immer wenn er einen weiteren Knopf seines Hemdes öffnete, rutschte eine schwere silberne Armbanduhr den Unterarm hinunter. Nahm er den Arm zum Schalten wieder herab, rutschte sie wieder zurück, manchmal bis über den Handrücken. Erst jetzt stellte Kindlein fest, dass Morgenthaler schwarzes welliges Haar hatte, das er mit Haarcreme nach hinten gekämmt hatte. Zusammen mit seinem dicken Schnauzer, der seitlich am Mund herunterwuchs, den Tätowierungen an den Unterarmen und seinen Accessoires sah er alles andere als seriös aus. Eigentlich, so dachte Kindlein, bediente Morgenthaler optisch sämtliche Klischees eines Zuhälters. Und er machte sich wieder Sorgen um seine Zukunft.

Bald hatten sie Friesenheim erreicht. Dicht neben dem Chemiegiganten gelegen, war dies einer der Stadtteile Ludwigshafens, in denen es am häufigsten und widerwärtigsten stank. Meistens waren Gase, die von Ammoniak- und Schwefelverbindungen herrührten, dafür verantwortlich, und die hatten zudem die Eigenschaft, in der Nase zu stechen. Kindlein erinnerte der Gestank an die Gerüche in der Waschküche seiner Großmutter, wenn sie an festgelegten Tagen die Unterwäsche der ganzen Familie durchgekocht hatte.

Es war eine Belästigung, mit der sich die Menschen hier jedoch irgendwie zu arrangieren schienen, denn trotz allem galt der Stadtteil als beliebt.

Auch Kindlein mochte dieses gewachsene Ambiente und fand, dass es irgendwie ehrlich war. Es gab weder Szenekneipen noch In-Cafés, und es gab auch keine En-vogue-Boutiquen und Neureichendistrikte. Friesenheim versteckte sich keinesfalls, gab aber auch nicht vor, etwas zu sein, das es nicht war.

Viele der Häuser stammten noch aus den Anfängen des letzten Jahrhunderts. In aller Regel handelte es sich dabei um Mehrfamilienhäuser, drei- bis vierstöckig und noch grundsolide gebaut. Teils mit schön verzierten Fassaden, teils aber auch schlicht, wirkten sie in ihrer Gesamtheit charmant. In einem Großteil der Seitenstraßen dominierten kleine, einfache Einfamilienhäuschen, ehemals für die Arbeiter des Chemiekonzerns erbaut.

Viele junge Familien waren in den letzten Jahren in diesen Stadtteil gezogen und veränderten nach und nach sein Bild. Im Sommer fielen die reichhaltigen Bepflanzungen von Gärten, Höfen und Häusern auf, die die engen Straßen mit bunten Farbtupfern verzierten. Jetzt, da es auf den Winter zuging, sah man davon natürlich nichts. Dennoch war jene Intimität spürbar, die einstmals durch das nahe Zusammenrücken der kleinen einfachen Arbeiterhäuschen entstanden war.

Kindlein liebte seine Heimatstadt. Er wusste aber nicht genau warum, auf den ersten Blick erschloss sich Ludwigshafen niemandem. Seine einzige Erklärung war eine banale: Er hatte sich irgendwann dazu gezwungen, hier Liebenswertes mit aller Gewalt zu suchen, und es dann sogar gefunden. Die Hässlichkeit hatte er einfach durch eine kleine Änderung seiner Blickgewohnheit in skurrile Ästhetik verwandelt und die wenigen Ecken mit Charme und Flair als Kleinode inmitten der Einförmigkeit betrachtet. Mit Großmut und der Fähigkeit zu relativieren hatte er sogar ein kulturelles Angebot ausgemacht. Aber seine Liebe war nie erwidert worden. Die Stadt hatte kein Herz für Menschen aufbringen wollen, die Ansprüche stellen. Er war schweren Herzens weggezogen.

Dabei bot das Leben in dieser Arbeiterstadt durchaus auch Vorteile. Der Mietspiegel lag unter dem der Nachbarstadt Mannheim, auch die sonstigen Lebenshaltungskosten waren im Allgemeinen geringer und der Schritt über den Rhein nach Mannheim war klein.

Noch etwas hatte Ludwigshafen vielen anderen Städten voraus. Durch den Zwang, aus allen Himmelsrichtungen den Chemieklops zu erreichen, hatte man hier ehemals eine Infrastruktur geschaffen, die Ludwigshafen einem Schweizer Käse ähneln ließ. Um es jedem binnen kürzester Zeit möglich zu machen, seinen Arbeitsplatz zu erreichen, hatte man viele Käselöcher in Form von Zubringern geschaffen. Durch diese war es via Stadtautobahn aber genauso schnell möglich, den ganzen Käse wieder zu verlassen.

Hatte man das getan, wurde man mit einem fantastischen Rundumblick auf Pfälzer Wald und Odenwald belohnt, konnte überall die Schönheiten einer von Weinbergen und Ackerbauflächen geprägten Landschaft wahrnehmen, und schon unweit der Stadt war es möglich, in kleinen Ortschaften Ruhe und Entspannung zu finden. Kindlein liebte auch diesen Kontrast und die Möglichkeiten, die sich daraus ergaben.

Doch, hier war seine Heimat, trotz allem.

Er hatte Frau Martens an diesem Morgen schon kurz gesehen. Von zwei Sanitätern gestützt, war sie gerade aus der Tür gekommen, als er in die Wohnung des Opfers wollte. Er hätte sich nicht mehr an ihr Aussehen erinnern können, aber nun, da sie vor ihm stand, erkannte er sie wieder. Eine kleine runde, grauhaarige Frau, mit blassem Gesicht, dicken Tränensäcken und starrem, nach vorn gerichtetem Blick. Und er erinnerte sich auch an sein tölpelhaftes

Verhalten. Er hatte die beiden Sanitäter sofort gefragt, wer sie sei. Und als ihm einer der beiden daraufhin leise etwas ins Ohr geflüstert hatte, hatte er nicht sofort verstanden. Er hatte deshalb noch mal, aber in lauterem Ton, nachgefragt: »Wer soll das sein?« »Die Mutter!« Darauf hatte er die saublöde Antwort gegeben: »Okay, kann gehen!« Es hatte völlig unbeabsichtigt wie ein Kommando geklungen.

Er kam sich schäbig vor. Nicht nur wegen des Vorfalls am Morgen, sondern auch, weil sie überhaupt da waren. Was sollte es für einen Sinn haben, eine trauernde Mutter zu ihrem soeben grausam ermordeten Sohn zu vernehmen? Aber es war ihre Pflicht, alles Erdenkliche zu tun, den Täter zu finden, und dazu gehörte, die Aussagen von Angehörigen aufzunehmen. Das sagte er der alten Frau und nahm auf einem Stuhl in der einfachen, aber sauberen Küche Platz.

»Frau Martens, bevor mein Kollege und ich Ihnen Fragen zu Ihrem Sohn stellen, bräuchte ich erst einmal Informationen über Sie, ist Ihnen das recht?« Er begann ganz behutsam. Einerseits wollte er die Frau nicht überfahren, andererseits wollte er in Gegenwart von Morgenthaler alles richtig machen.

Der rundliche Körper der alten Frau fing sofort an zu beben. Sie schluchzte mehrmals tief und begann bitterlich zu weinen. Es war ein herzzerreißender Anblick, denn die kleine Frau wurde dabei noch kleiner, und außer einem hellgrünen Stofftaschentuch und den grauen Dauerwellen sah man nichts mehr von ihr. Sie sank auf ihrer Küchenbank zusammen. Kindlein fühlte sich völlig deplatziert und wusste nicht, was er tun sollte.

»Sollen wir lieber gehen, Frau Martens? Ich denke, wir können das ruhig verschieben. Das ist kein Problem, wirklich nicht.«

Aber die Frau schien gar nichts zu hören, sie zerfloss in Tränen und brachte nur noch kurze keuchende Laute hervor. Es klang wie Schluckauf und schien ihr das Einatmen zu erschweren, mitunter musste sie deutlich hörbar nach Luft schnappen. Es war aussichtslos. Bei solchen Befragungen kam nie viel heraus.

Er wollte gerade aufstehen, als er sah, wie Morgenthaler sich auf die Küchenbank setzte, einfach zu der kleinen Frau rüberrutschte und sie, ohne ein Wort zu sprechen, behutsam in seine

Arme nahm. Die alte Frau ließ es geschehen und legte ihren Kopf auf seine Schulter, während er mit einer Hand zart über ihr Haar strich. Frau Martens wurde ruhiger, und ihr Schluchzen verebbte nach und nach. Dann hörte Kindlein, wie Morgenthaler ganz leise mit ihr zu sprechen begann, während er mit seiner riesigen Hand weiter ihren Kopf streichelte.

»Frau Martens«, sagte er, beinahe fragend und für Kindlein kaum hörbar, »kommen Sie, weinen Sie nur. Weinen Sie, so viel Sie können. Sie dürfen das. Es macht uns gar nichts aus, und wir bleiben auch bei Ihnen, wenn Sie das möchten. Sie sind nicht allein.«

Es war erstaunlich, wie sich diese eben noch völlig gebrochene Frau daraufhin allmählich zu fangen schien. Und schon bald konnte sie auch die ersten Worte hervorbringen.

»Ich habe ihn so lieb gehabt. Ich habe meinen Peter so lieb gehabt, und nun? Nun ist er einfach weg, ist mir auf so eine Art genommen worden.«

Noch einmal kamen die Tränen und auch einige tiefe Schluchzer, aber sie erreichten bei weitem nicht mehr die gleiche Stärke wie zuvor. Schon bald machte sie sich auch sanft aus der Umarmung Morgenthalers frei, lehnte sich zurück, atmete tief durch und sah ihn durch kleine wässrige Augen an. Dann begannen beide einen Dialog, den Kindlein nicht mitschreiben musste. Vom ersten Satz an wusste er, dass er ihn nicht vergessen würde.

»Herr Morgenthaler, das ist doch Ihr Name, stimmt's?«

»Ja, Frau Martens. Konrad Morgenthaler.«

»Herr Morgenthaler, haben Sie Kinder?«

»Nein, Frau Martens, meine Frau und ich hätten schon gern Kinder gehabt, aber wir konnten leider keine bekommen.«

»Das tut mir sehr Leid für Sie und ihre Frau, Herr Morgenthaler. Sehen Sie, ich hatte auch nur meinen Peter, aber ich weiß, dass einem Kinder alles sein können. Peter war immer schon mein Glück und meine Freude. Er war mein Leben. Ich weiß wirklich nicht, wie es ohne ihn weitergehen soll.«

Sie machte eine kleine Pause, und Kindlein befürchtete, dass sie nun wieder zu weinen beginnen würde. Aber ihr schien zu helfen, dass Morgenthaler mittlerweile ihre beiden Hände hielt, denn sie fuhr fort:

»Wissen Sie, ich bin so stolz auf ihn. Er hatte es nie leicht. Als er fünf Jahre alt war, starb sein Vater an den Folgen einer Darmoperation. In der Schule wurde er immer gehänselt, weil er auch damals schon dick war. Aber trotzdem – er hat sogar sein Abitur gemacht. Mein Gott, wie war ich glücklich.«

Und wieder musste sie eine Pause einlegen, und man sah ihr deutlich an, dass sie dabei an ihren neunzehnjährigen Peter dachte, der gerade stolz erhobenen Hauptes mit dem Abiturzeugnis nach Hause kommt.

»Sehen Sie, Herr Morgenthaler, mein Mann ist sehr früh gestorben. Vier Jahre vor seinem Tod haben wir eine kleine Bäckerei eröffnet. Am Anfang war es uns aber einfach nicht möglich, in eine Lebens- oder Rentenversicherung einzuzahlen, geschweige denn, Geld zu sparen. Und nach seinem Tod lagen viele Schulden auf dem Geschäft. Somit standen wir praktisch vor dem Nichts, und ich musste für meinen Sohn und mich Geld verdienen gehen. Als ungelernte Frau habe ich damals nur bescheidene Einkünfte gehabt, aber sie haben gereicht, um uns beide durchzubringen. Glauben Sie mir, Herr Morgenthaler, ich habe alles getan, damit es Peter an nichts fehlt.«

Morgenthaler nickte und drückte dabei ihre Hände ein wenig stärker.

»Mein Gott, Herr Morgenthaler, wer macht so etwas Schreckliches? Der Junge hat doch niemandem was getan. Immer war er so fleißig, und er hat auch alles gemacht, was man ihm auftrug. Bald wollte er mit seinem Studium fertig sein, und dann wollte er heiraten, das hat er mir erst letzte Woche gesagt.«

Sie wirkte wieder verzweifelter, fing sich aber dennoch und sprach weiter: »Ich habe mich so gefreut, das können Sie sich nicht vorstellen. Es war ja auch für mich nie leicht, Herr Morgenthaler, jeden Monat von meiner kleinen Rente – seine Wohnungsmiete und diese hohen Autokosten. Aber wovon hätte er als armer Student das alles bezahlen sollen? Alles ist doch so teuer geworden. Und ein Studium dauert heutzutage ja auch so unendlich lang. Aber jetzt war er bald so weit. Jetzt hatte er doch fast seinen Doktor. Und dann hätte er seine eigene kleine Familie gegründet. Dafür hätte es sich doch gelohnt, oder?«

Kindlein wusste nicht, ob er schon die ganze Zeit mit offenem Mund dagesessen hatte, aber nun musste er ihn bewusst schließen. Und er sah, dass auch Morgenthaler einen mitgenommenen Eindruck machte. Dennoch schien der die Situation wieder richtig einzuschätzen, denn er sagte der Frau:

»Frau Martens, ich bewundere Sie. Und Sie haben alles genau richtig gemacht. Welche Mutter hätte nicht das Gleiche getan? Ich glaube, Ihr Sohn war sehr froh, dass Sie ihm das alles ermöglicht haben, obwohl es Ihnen nicht leicht fiel. Und ich bin sicher, dass seine Verlobte Ihnen in mancher Hinsicht ähnelt.«

»Ach, Herr Morgenthaler, die Simone ist in Ordnung. Und wissen Sie was, Herr Morgenthaler? Sie ist obendrein auch noch hübsch. Ich hätte nie gedacht, dass mein Sohn mal so ein schönes Mädel kriegt, ganz ehrlich.« Jetzt lächelte die alte Frau sogar.

»Haben Sie Simone gut gekannt, Frau Martens?«

»Oh ja, doch, sie war ja schließlich schon ein paar Mal bei mir.«

»Können Sie uns sagen, wie wir Simone finden können?«, fragte Morgenthaler jetzt direkt, aber immer noch ruhig und überaus freundlich.

»Natürlich, Herr Morgenthaler. Ich habe doch ihre Telefonnummer. Aber ich sage es Ihnen gleich – sie ist nicht leicht zu erreichen. Tagsüber ist sie an der Uni, genau wie Peter, und abends arbeitet sie viel, um ihr Studium zu finanzieren. Ihre Eltern sind wirklich sehr arme Leute.«

»Mein Gott, was ist mit den Eltern?«

»Simone hat noch vier jüngere Geschwister, zwei davon sind sogar noch ganz klein, ihre Mutter ist schwer krank und der Vater ist seit langer Zeit arbeitslos. Mitunter habe ich ihr deshalb mal etwas Selbstgebackenes mitgegeben. Ich dachte, dass die Mutter vielleicht entlastet wäre und die Geschwister etwas hätten, worüber sie sich freuen können.«

Morgenthaler gab einen leichten Seufzer von sich, schaute die Frau an, öffnete seine Arme und umarmte sie.

»Frau Martens, Sie sind eine herzensgute Frau. Ich wünschte, alle Menschen wären so. Und ich möchte mich ganz herzlich bei Ihnen bedanken. Sie haben uns wirklich geholfen. Glauben Sie mir, Frau Martens, und ich meine das wirklich so, wie ich es sage –

wir, mein Kollege und ich, werden den Mörder Ihres Sohnes finden!«

Kindlein dachte bei dem letzten Satz, er hätte sich verhört. War Morgenthaler wirklich so einfältig, so primitiv? Er konnte doch nicht allen Ernstes so einen ausgemachten Blödsinn von sich geben. In Kindlein kochte die Wut, und er hätte ihm am liebsten ins Gesicht geschrien: Morgenthaler, hör auf. Hör auf, solch eine aussichtslose Schmierenkomödie zu spielen! Wir haben keine Chance! Nicht die geringste Chance!

»Auf Wiedersehen, Frau Martens«, hörte er Morgenthaler sagen.

Frau Martens hatte sich wohl schon von Morgenthaler verabschiedet, denn sie wandte sich Kindlein zu und streckte ihm die Hand entgegen. »Wie war gleich Ihr Name, junger Mann?«

»Äh, Kindlein, Frau Martens. Oberkommissar Frieder Kindlein.« Er nahm dabei spontan Haltung an und legte auch noch seine Hände an die Hosennaht.

»Ah ja.«

»Eine Schmierenkomödie, nicht wahr Kindlein?«, meinte Morgenthaler, als sie wieder im Auto saßen.

Schmierenkomödie? Hat Morgenthaler etwa …? Nein, das kann nicht sein. Kindlein hatte sich gerade erst von seinem peinlichen Abgang bei der alten Frau erholt und bekam schon wieder einen roten Kopf.

»Was meinen Sie damit, Konrad?«

»Kindlein, ich glaube, das war der zweite Akt eines üblen Dramas. Und ich hab so den Eindruck, dass der dritte Akt uns nicht besser gefallen wird. Die Welt ist einfach schlecht.«

Es klang bitter, wie Morgenthaler das sagte, aber Kindlein musste ihm Recht geben. Nach dem, was sie eben gehört hatten, war es nicht mal mehr möglich, mit dem Opfer zu sympathisieren.

Morgenthaler fuhr diesmal über die Kurt-Schuhmacher-Brücke zurück nach Mannheim. Der Berufsverkehr lag schon lange hinter ihnen, und sie kamen im frühen Nachtverkehr gut voran. Bald würden sie das Polizeipräsidium erreicht haben.

Kindlein nahm deshalb all seinen Mut zusammen. Er musste

ihm jetzt die Frage stellen, die ihn seit dem Besuch bei Frau Martens quälte.

»Konrad, darf ich Sie was fragen?«

»Klar Kindlein, frag nur. Nur zu!«

»Wie können Sie so sicher sein, dass wir beide den Fall lösen werden? Wie soll das bitte funktionieren?«

Morgenthaler schaute Kindlein überrascht an. Dann richtete er seinen Blick wieder nach vorn auf den Verkehr und schien einige Zeit mit ernster Miene nachzudenken. Plötzlich aber begann er zu schmunzeln, wandte sich, wie vom Blitz getroffen, wieder Kindlein zu und klopfte ihm mit der Handfläche auf den Oberschenkel. »Weil wir ein super Team sind, Kindlein. Nur wir beide können das schaffen, sonst niemand.« Er hob den rechten Arm und ballte seine Hand zu einer Faust, so groß wie ein Fußball.

Kindlein war beeindruckt. Das war genau die Antwort, die er hören wollte.

*

Dass er nicht würde einschlafen können, war ihm nicht neu. Selten fand er nachts im Bett Ruhe. Er brauchte lange, um seinen Körper in eine zufrieden stellende Position zu bringen. Immer wieder musste er dazu die Haltung seiner Gliedmaßen verändern. Dabei kontrollierte und korrigierte er deren Lage ständig. Ein langwieriges Procedere, für ihn aber unabdingbare Notwendigkeit. Niemals hätte er sonst Schlaf gefunden. Überhaupt konnte er nur auf der Seite liegend einschlafen. Aber dazu mussten die Arme und Beine mit kleinen Kissen so gepolstert werden, dass nirgendwo Haut mit Haut in Berührung kam.

Er hasste es, wenn seine Knie aufeinander lagen. Er hatte die Vorstellung, dass sie im Laufe der Nacht aneinander reiben könnten und dass an den Knieinnenseiten offene Stellen entstehen würden. Solche Wunden konnten zu nässen beginnen, womöglich würden sogar die Knochen freigelegt. Von einem kalten, sandigen Kratzgeräusch begleitet, würden diese aufeinander schmirgeln und Schmerzen allergrößten Ausmaßes erzeugen.

Sein besonderes Augenmerk galt jedoch den Armen. Sie bedurften einer ganz speziellen Behandlung. Damit sie während des Schlafs, der immer von allerschlimmsten Träumen begleitet war, nicht umherirrten, lagerte er sie besonders penibel, immer seitlich vom Körper, immer unter der Bettdecke.

Jeden Morgen durchlebte er das gleiche abscheuliche Szenario. Ein übergroßer, fetter, lederner Wurm, dick wie ein Tau, lag kalt und leblos auf seinem Gesicht. Sein Blut gefror jedes Mal, aber er konnte nie schreien. Die Angst, dass der fette, eklige Wurm in seine Mundhöhle kriechen würde, lähmte ihn.

Mit geschlossenem Mund und in höchster Panik versuchte er jedes Mal, an der abstoßenden Kreatur zu ziehen, aber er schaffte es nie, sie loszuwerden. Dieser Kampf dauerte ewig. Schweißgebadet und röchelnd erwachte er schließlich.

Aber immer kurz bevor er sein Bewusstsein vollständig wiedererlangte, bemerkte er zu seinem Entsetzen, dass noch etwas Fremdes, Glattes über seinen Körper glitt. Kurz darauf immer der gleiche Wahnsinn: Ihm fehlte ein Arm – da war nichts mehr. Der Arm war an der Schulter abgetrennt, nein, abgefressen. Der Wurm hatte seinen Arm aufgefressen! Er war weg, einfach weg! Mit der anderen Hand griff er sofort an die Stelle, wo jener Arm eigentlich hätte sein müssen. Dort lag auch etwas, aber kein Arm, sondern ein Ekel erzeugendes Ding. Und es erinnerte ihn an das, was kurz zuvor über seinen Körper geglitscht war. Und das war *er*! Das konnte nur *er* gewesen sein! Er hielt diesen toten Wurm in der Hand!

Dann riss er in aller Regel die Augen auf, und sein hin und her wandernder Blick versuchte sofort, jedes Detail zu erfassen – bis er merkte, dass er tatsächlich etwas in der Hand hielt. Einen Arm!

Damit war der Schrecken aber nie ausgestanden. Er sah zwar einen Arm, sah auch, dass es sein eigener Arm war, aber konnte ihn überhaupt nicht spüren. Sein Gehirn war noch nicht so wach wie sein adrenalingepeitschter Körper. Erst nach endlos erscheinenden Sekunden die Klarheit: Sein Arm war in der Nacht wieder einmal eingeschlafen und bei einer Drehung seines Körpers auf sein Gesicht gerutscht.

In dieser Nacht verfinsterte jedoch etwas anderes seine Stimmung, und zwar massiv und nachhaltig. Es waren seine düsteren Erinnerungen an jenen verfluchten Nachmittag. Und er merkte, dass es keinen Sinn machte, auf den Schlaf zu warten. Also stand er auf und ging hinunter in sein Arbeitszimmer.

Er liebte die Ruhe, und das Haus schien in dieser Nacht sogar stiller denn je. Gewöhnlich nutzte er solche Zeiten, um Musik zu hören oder ein Buch zu lesen. Aber dafür war er jetzt zu nervös, und zudem hatte er noch nicht alle Gedanken zu Ende gedacht. Er musste noch einmal von vorn beginnen. Er musste die Vorgänge des Nachmittags rekonstruieren.

Seine Tasche lag noch genau so auf dem Schreibtisch, wie er sie am gestrigen Nachmittag abgelegt hatte. Er setzte sich davor und starrte sie an. Er wünschte sich, dass sie ihm irgendetwas mitteilen könnte. Oder dass er durch sie eine Art Eingebung bekommen würde, mit deren Hilfe er wenigstens das Ende jenes Fadens aufnehmen könnte, der die Ereignisse dieses Nachmittags zusammenhielt.

Die Tat war fachmännisch durchgeführt worden, wie immer. Dieser Drecksack war tot. Danach hatten sie sich getroffen, genau nach Reglement.

Dann hatte sich ein Streit unter ihnen entfacht. Ein wichtiger Teil ihres Reglements sollte gebrochen werden. Er war dagegen gewesen. Als Einziger war er dagegen gewesen, den zeitlichen Abstand bis zur nächsten Maßnahme so kurz anzusetzen. Er war außer sich geraten. Das hatte es noch nie gegeben. Immer war Sicherheit das oberste Gebot gewesen. Und sie waren immer gut gefahren damit. Und dann? Er hatte in diesem Wagen gesessen. Er hatte regelrecht festgesessen. Absurd. So absurd, dass er sich noch mal aufgeregt hatte. Das Fahrzeug war zuvor angeblich fachmännisch inspiziert worden. Auch eine Regel. Und niemals war bis dahin irgendetwas schief gelaufen, niemals.

Er musste sich fragen, ob nicht vielleicht auch diese Regel gebrochen worden war.

Natürlich war nichts eilig gewesen, und man hätte sich Zeit lassen können. Das wusste er jetzt. Aber dann hatte er im Seitenspiegel den Bus kommen sehen, und plötzlich hatte ihn irgendein Teufel geritten. Vielleicht hatte er in dem Moment gedacht, dass die außergewöhnliche Situation ein rasches Handeln erfordere. Oder er hatte sich einfach nur zu sehr über seine Kameraden geärgert. Er wusste es nicht mehr, und nun war es zu spät. Er hatte panisch, ja geradezu triebhaft reagiert. Wie ein wildes Tier. Auf jeden Fall war er viel zu hastig aus dem Auto gestiegen. In dem Moment war der Passant an dem Auto vorbeigelaufen. Er hatte ihn nicht rechtzeitig bemerkt und war ziemlich derb mit ihm zusammengestoßen. Dabei war die Tasche auf den Gehweg gefallen.

Erst als er schon lange zu Hause war, hatte er gemerkt, dass seine Tasche nicht mehr richtig verschlossen war, und dabei entdeckt, dass ein wesentlicher Teil ihres Inhalts fehlte. Er hätte nach der Kollision sofort nachsehen müssen, ob die Tasche noch verschlossen war. Das nicht getan zu haben war schon fahrlässig. Aber der Wahnsinn, nach dieser Rempelei einfach blind zur Bushaltestelle gerannt zu sein und sich dann auch noch in den Bus hineingesetzt zu haben, war vollkommen unverzeihlich.

Es war ein Moment absoluten Kontrollverlusts gewesen. Niemals vorher war ihm so etwas passiert.

Er dachte an den Bus. Dachte an dieses elende Pack. Diese Kreaturen, die sich in den Bus hatten hineinquetschen müssen. Überall diese Horden. Es gab viel zu viele von ihnen – und *sie* waren auch schuld an seiner jetzigen Misere.

Er vertraute sich selbst. Allen anderen hingegen war zu misstrauen. Sie waren nicht zu kontrollieren, besonders nicht als Gruppe. Schon als Kind hatte er unter ihnen gelitten. Unberechenbar waren sie, hinterhältig und gemein. Genau wie gestern, in diesem Drecksbus.

Menschenmassen waren ihm unerträglich. Er ekelte sich schon vor ihrem Anblick, ihrer kollektiven Hässlichkeit. Sie waren abstoßend – mit Knochen, Fleisch und gelbem Fett gefüllte Säcke aus Haut.

An den unsäglichsten Stellen entwuchsen diesen Hautsäcken Haare, aus denen schmierige Schuppen rieselten. Und es war ihm widerlich, dass sie bevorzugt in der Nähe von Körperöffnungen wuchsen, aus denen trübe Sekrete austraten, die immer übel rochen. Und er dachte, dass er am meistem ihre Köpfe hasste: ihre durch den Talg in den Poren wachsig, teigig und schwammig wirkenden Fratzen.

Nun wusste er auch, wie es in dem Bus zu diesem plötzlichen Erbrechen hatte kommen können. Es war trivial: Mensch und Sekret. Er erinnerte sich an diesen Moment. Da war der Ärger über die Kameraden gewesen. Und diese verdreckte stickige Luft. Und da waren so viele von diesen Widerlingen. Dann hatte er die verschleimte Scheibe neben sich entdeckt. Und fast gleichzeitig war diese Berührung gekommen. Nur allzu gut erinnerte er sich, mit welcher Heftigkeit er sich hatte übergeben müssen. Ohne Vorwarnung war es aus seinem Mund gespritzt. Und mit demselben Druck, den seine Eingeweide dabei auf den Magen ausgeübt hatten, hatte sein Gehirn auf sein Augeninneres gedrückt. Die Augäpfel waren ihm dabei fast aus den Höhlen getreten, und eine Flut von Tränen war ihm über das Gesicht gelaufen.

Noch immer wurde ihm bei dem Gedanken an diese Berührung übel – eine Berührung von einem Menschen. Sie hatte ihn an das Gefühl erinnert, das der Wurm erzeugte, wenn er sich nachts kalt über sein Gesicht legte.

Aber da war noch mehr, und es hatte wieder mit der Tasche zu tun. Da war diese Person gewesen. Sie war blitzartig aufgeschnellt und hatte laut geschrien. Im Stehen hatte sie das Gleichgewicht verloren. Heftig mit den Armen rudernd und nach Halt suchend war sie, dumpfe Stöhnlaute von sich gebend, sofort nach hinten in den Mittelgang des Busses gekippt. Dort war sie auf Fahrgäste gefallen, die auf der anderen Seite des Mittelgangs saßen. Noch mehr Schreie waren hinzugekommen. Es war schlagartig laut geworden. Und er erinnerte sich, wie auch er aufgesprungen war. Und jetzt sah er es: Dabei war ihm die Tasche vom Schoss gerutscht! Sie war hart auf den Boden aufgeschlagen. Und nachdem er sie wieder aufgenommen hatte, hatte er fluchtartig versucht, aus der Sitzreihe herauszukommen, war noch über ein Hindernis gestolpert. Dabei musste ein Teil ihres Inhalts herausgefallen sein.

Bei dem ganzen Durcheinander wäre er beinahe auf andere Fahrgäste gefallen, hätte er sich nicht im letzten Moment noch an einem der Haltegriffe festgehalten. Dann war er durch den Gang in Richtung Fahrer gestürmt, hatte sich dort zur Tür hinausgeflüchtet und war einfach nur noch gerannt. Irgendwann hatte er einen rettenden Taxistand erreicht.

Natürlich würde dieser Gegenstand, sollte er von irgendwem gefunden werden, niemals identifiziert werden. Es würde niemand wissen, was er darstellt. Zudem hatte er ihn abgewischt. Und er wusste auch, dass niemand in der Lage wäre, ihn mit seiner Person in Verbindung zu bringen.

Aber das war kein Trost, denn der Verlust bedeutete sein endgültiges Aus. Er war für zukünftige Einsätze nicht mehr zu gebrauchen und war damit für immer raus aus dem Geschehen. Auch das war eine Regel.

Und nachdem er sich mehr als die Hälfte seines Lebens einer Aufgabe verschrieben hatte, würde er sich nun von ihr lossagen müssen. Und damit würde er fortan dem Leben und all diesen Menschen da draußen ausgeliefert sein.

Und da, plötzlich, überwältigte ihn ein lang vergessen geglaubtes Gefühl. Selbst nach Jahren der Ruhe erkannte er es sofort wieder.

Es war – Hilflosigkeit.

*

»Sag mal, wird das heute noch was?«

»Witzbold. Mach du's mal. Die Scheiß-Dinger wollen einfach nicht kleben.«

Der blondhaarige Junge mühte sich schon seit geraumer Zeit ab, drei Zigarettenpapierchen aneinanderzukleben, aber es wollte ihm einfach nicht gelingen. Immer wieder leckte er die Klebestreifen an, scheiterte aber jedes Mal beim Aneinanderheften der einzelnen Blättchen.

»Unfähig, was?«

»Hey, wenn's dir nicht passt, kannst du's ja mal probieren.«

»Bleib cool Mann, is' ja schon in Ordnung. Wird nur langsam 'n bisschen kalt.«

Unter der Brücke war es zugig. Nach einem recht milden Sonntag blies in dieser Nacht ein eiskalter Wind durch den Garten des Mannheimer Schlosses. Scharf war der Wind zudem. Die beiden Jungen hatten schon rote, spitz schmerzende Ohren. Aber aufgeben wollten sie nicht.

Vor zwei Stunden hatten sie Zankie getroffen. Der hatte immer was dabei. Und diesmal hatte er ihnen auch tatsächlich was gegeben. Normalerweise rückte Zankie nie was raus. Meinte, sie wären zu jung – würde nur Ärger bringen. Zankie war schon sechzehn.

Aber heute blieb ihm nichts anderes übrig, schließlich hatten sie ihn mit Jule zusammengebracht – wenn man das so nennen konnte. Eigentlich hatten sie Jule nur ein bisschen von ihm vorgeschwärmt. Er sei ein cooler Typ, würde total auf sie abfahren und hätte sämtliche Marilyn-Manson-CDs, und so. Das schien gezogen zu haben; jedenfalls war Zankie diesmal richtig zugänglich gewesen.

»Du bist der Schärfste. Guckst dir die heißen Heftchen an und erzählst mir was von Kälte. Sieh dir lieber mal meine Finger an. Ganz eingefroren. Wie soll ich damit jemals 'nen Joint drehen? So eine Scheiße!« Jetzt hatte er es zwar geschafft, die Papierchen zusammenzukleben, scheiterte aber am Einrollen des bröseligen Gemischs aus Zigarettentabak und Haschischkrümeln.

»Komm, lass mal rüberwachsen«, sagte der rothaarige Junge deshalb. »Vielleicht krieg ich's ja hin. Mit den blauen Griffeln hast du sowieso keine Chance.« Sie wechselten das fragile und inzwischen auch klebrig verkrümelte Gebilde. Der Blonde schnappte sich daraufhin die Pornoheftchen und begann darin rumzublättern. Sie hatten sie kurz zuvor auf ihrem Weg durch den Schlossgarten in einer schwarzen Tüte neben einer Mülltonne gefunden.

»Geil! Ach du Scheiße. Das ist ja der Wahnsinn.«

Der Junge sah im Dunklen wenig. Und auch als er sich zur Seite lehnte, um einige Lichtstrahlen von der Hochstraßenbeleuchtung einzufangen, war auf den Bildern nicht alles zu erkennen. Dennoch wurde sein Glied sofort steif.

»Ich glaub's nicht. Ich glaub's einfach nicht«, johlte er und griff sich in den Schritt, um dort Platz zu machen.

»Ja, jetzt komm mal wieder runter, Mann. Gleich hab ich's. Guck!« Der Rothaarige war gerade dabei, das Papier mit Inhalt zu einer Tüte zusammenzurollen. Dabei zitterten seine Finger aber derart, dass das Papier überall Falten schlug.

»So ein Dreck. Das kann doch nicht wahr sein«, fluchte nun auch er.

»Hey Mann, guck dir mal diese Möpse an.« Der Blonde drehte eines der Heftchen zu seinem Kumpel, um zu zeigen, was er meinte.

»Mann du Arschgeige, meinst du, dass mich das jetzt interessiert?«

»Is' ja schon gut. Is' ja schon gut, Mann. Ich hab ja nur gemeint. Na, wohl auch unfähig, wie?« Er wollte ihn jetzt aufziehen und lästerte deshalb: »Hey Mann, kennst du den Film ›Eddi mit den Scherenhänden‹? Den Typ mit den schneidigen Fingern? Oder Struwwelpeter? Die hätten jetzt das gleiche Problem wie du.«

»Halt's Maul, Mensch.«

»Oder was würde ›Die Fliege‹ machen. Hast du den Film gesehen? Hihi, wie der vorn aus seinen Fingern ...«

»Mensch, du sollst die Schnauze halten.«

»Wenn der mit seiner rauen Zunge ...«

»Halt endlich die Klappe, da war was«, schrie der Rothaarige jetzt.

»Wie, da war was?«

»Ein Geräusch. Da war irgendein Scheiß Geräusch.«

»Äh, was für ein Geräusch?«

»Da, von da kam es. Hat sich angehört, wie wenn ein Sack Mehl dahin geplumpst wäre. Ein richtiges Plumpsgeräusch«, stellte der Rothaarige fest, flüsterte jetzt aber. Seine verfrorenen Hände zitterten noch mehr. Sein Unterkiefer begann zu vibrieren. Mit erschreckten Augen und einer Bewegung seines Kopfes zeigte er zu einer Stelle, unweit der beiden.

»Wo, da drüben?«, fragte der Blonde.

»Dort, da wo die Büsche sind.«

»Komm, lass uns mal hingehen.«

»Nee, ich hab keine Lust.«

»Ach Mensch, los komm. Wer weiß, was das war?«

»Lass uns lieber gehen.«

»Hey, du Pfeifenkopf. Hab dich nicht so.« Der Blonde zog am Arm seines Freundes.

Gemeinsam gingen sie langsam auf das Gebüsch zu, der Rothaarige dabei immer leicht bremsend. Ein wenig Licht fiel zwar schon auf die Blätter der Sträucher, aber auch als sie näher kamen, konnten sie nicht erkennen, ob sich innerhalb des Buschwerks überhaupt irgendetwas befand. Erst als sie schon recht dicht davor standen, fiel ihnen etwas auf. Der Blonde bog die Zweige der ersten Buschreihe auseinander und lugte hinein. Der Rothaarige blieb zurück. Und im gleichen Moment, da er merkte, dass der Blonde in seiner Bewegung erstarrte, und er gerade fragen wollte, was denn los sei, war auch schon ein Laut zu hören. Ein winziger Seufzer, kläglich und schauererregend zugleich – wie Wehklagen eines Kindes, das unsägliches Leid erfährt. Er ging durch Mark und Bein und ließ den Pulsschlag der beiden für einen Moment aussetzen, um ihn anschließend jäh in die Höhe zu treiben. Sie konnten nicht mal schreien. Sie rannten einfach los. Sie rannten und rannten.

*

»Der Mann muss von da runtergefallen sein«, sagte der junge Polizeibeamte. Er zeigte mit dem Finger nach oben zur Hochstraße.

Kindlein sah, dass es steil nach oben ging. Die rhythmisch aufflackernden Blinklichter der Einsatzfahrzeuge reflektierten an der hohen Betonwand und erzeugten dadurch eine surreale, fast gespenstige Atmosphäre. Den höchsten Punkt bildeten der Straßenrand und die Leitplanken der Hochstraße. Sie waren die obere räumliche und optische Begrenzung dieser Szenerie. Darüber gab es nur das Schwarz der Nacht. Das hier unten war lediglich Treffpunkt all derer, die zu spät gekommen waren.

Kindlein war schon häufig an Orten wie diesem gewesen. Und jedes Mal stellte er sich erneut die Frage, ob es überhaupt einen angemessenen Ort und eine angemessene Art geben könne, um sein Leben zu beenden.

Der Selbstmord beendet mühevoll aufgebaute Biografien innerhalb eines Augenblicks. Lässt die Phasen der Kindheit, der Jugend, des Erwachsenseins und auch die Mühen sich sorgender Eltern mit einem Mal unbedeutend erscheinen, ebenso wie die vielen Jahre der Schulzeit, der Ausbildung und der Arbeit. Meistens sind es Verzweiflungstaten, häufig an Orten durchgeführt, die die Einmaligkeit der Biografien dieser Menschen verhöhnen, entwerten oder sogar nichtig machen. Nicht selten sorgen die Opfer selbst durch die Auswahl des Ortes dafür, dass ihr Andenken in den Schmutz gezogen wird, ihre Person entwürdigt oder der Lächerlichkeit preisgegeben wird.

Die Pietät, so dachte Kindlein, untersagt es Menschen in aller Regel, bei einem Mord zuerst nach der Vorgehensweise des Täters zu fragen. Die meisten Menschen fragen opferbezogen, *was* ihm geschehen ist, oder *warum* es geschehen konnte. Bei Selbstmord aber, wo Opfer und Täter eine Person sind, stellen die Menschen viel schneller die täterbezogenen Fragen. Sie fragen danach, *wie* es geschah. Und es scheint besonders wichtig, *wo* es geschah.

Er hat sich in seiner eigenen Scheune erhängt!

Sie schnitt sich zu Hause in ihrer Badewanne die Pulsadern auf!

Er erschoss sich in seinem eigenen Büro!

Es waren viele, die er im Wasser treibend, auf Straßen zerschmettert, an Bäumen hängend oder in Autos vergast hatte ansehen müssen.

Und dennoch musste Kindlein sich eingestehen, dass ihm trotz des traurigen Anlasses ein riesiger Stein vom Herzen fiel. Zuerst hatte er befürchtet, mit noch einem Mord konfrontiert zu werden, als er mitten in der Nacht gerufen wurde. Schließlich hatte er noch immer nicht die leiseste Ahnung, wie er in dem Fall Martens überhaupt vorgehen sollte.

»Ich denke, wir können hier ruhig von einem Selbstmordversuch ausgehen«, sagte er dem Kollegen von der Schutzpolizei. »Auch wenn wir da oben noch genauer nachsehen müssen.«

»Wie können Sie das denn wissen?«, fragte der Beamte daraufhin. »Vielleicht war es ja ein Tötungsdelikt.«

Kindlein hatte eigentlich keine Lust auf größere Ausführungen, er war todmüde. Es war kurz vor halb fünf; seine Nacht war sehr kurz gewesen. Und so wie es aussah, würde er wohl nicht mehr ins Bett kommen, bevor sein Dienst begann. Trotzdem versuchte er es dem jungen Mann zu erklären.

»Sehen Sie, der alte Mann lag hier, nicht wahr?« Er zeigte auf das Gebüsch. »Und sehen Sie da oben die Straße? Der Abstand ist einfach zu nah. Bei Fremdeinwirkung, also, wenn ihn jemand über die Leitplanken gestoßen hätte, dann …«

»Hey, wer sind Sie? Was suchen Sie hier?«, rief der junge Beamte auf einmal, den Blick in Richtung des Polizeiwagens gerichtet.

Kindlein blickte daraufhin in dieselbe Richtung, erkannte aber gleich, dass er den Polizisten beruhigen konnte. »Lassen Sie ruhig, ich kenne den Mann.«

»So?«

»Das ist mein Kollege, Hauptkommissar Morgenthaler.«

Die Absperrung machte Morgenthaler zu schaffen. Zum Drübersteigen waren seine Beine zu kurz, und um unter dem Plastikband hindurchzukommen, hätte er über den Boden kriechen müssen. Letzteres hatte er wohl versucht, hatte sich aber zu früh aus der Beuge erhoben und dadurch einen Teil des Absperrbandes zerrissen.

»Mann Kindlein, so früh schon Gymnastik. Das ist nichts für Conny.« Er trug einen königsblauen Trainingsanzug, in den er sich wohl noch schnell hineingequetscht hatte, als er angerufen worden war. Das Alter des Anzugs schätzte Kindlein auf ungefähr dreißig Jahre, und er schien schon bessere Zeiten erlebt zu haben. Vorn waren Vereinsembleme vom MERC, vom SV Waldhof Mannheim 07 und vom 1. FCK aufgenäht. Zwei obligatorische weiße Streifen zierten die Außenseiten der Ärmel und Beine. Kindlein dachte zwangsläufig an seinen Onkel Helmut, der früher jeden Sonntag im Trainingsanzug seinen Opel Kadett im Hof gewaschen hatte. Onkel Helmut hatte darin sogar noch eine halbwegs passable Figur gemacht. Morgenthaler hingegen schien seinen bald zu sprengen. Er sah aus, als wenn er aus dem siebten Stock in sein gutes Stück hineingesprungen wäre. Dazu trug er natürlich seine schwarzen Sicherheitsschuhe.

»Tut mir Leid, dass ich später gekommen bin, aber in den Schlossgarten hineinzufahren war schwieriger, als ich dachte. Hast du schon irgendwas?«, fragte er Kindlein.

»Ja, ich denke, dass wir hier nicht mehr gebraucht werden«, antwortete Kindlein und holte sein Notizbüchlein hervor. »Ein älterer Mann, etwa siebzig Jahre alt, wurde hier in den Büschen von zwei Jungen gefunden, nachdem diese ein Aufprallgeräusch gehört haben. Als sie bemerkten, dass der Mann noch Lebenszeichen von sich gab, sind sie erst mal weggerannt. Erst etwa eine

Stunde danach haben sie die Kollegen von der Schutzpolizei anonym angerufen.«

»Und warum so spät und anonym?«

»Die beiden sind erst vierzehn und fünfzehn. Und hier unten wollten sie heimlich einen Joint rauchen. Zuerst hatten sie deshalb Angst, sich bei der Polizei zu melden. Aber dann haben sie doch ein schlechtes Gewissen bekommen.«

»Und wie kamen die Kollegen darauf, dass gerade sie es waren, die anriefen?«

»Sie konnten die Handynummer rückverfolgen!«

»Ah ja. Und die Kollegen sind dann zum Anrufer hingefahren und haben ihn interviewt?«

»Genau. Das Problem ist nur, dass diesem alten Mann hier diese Stunde nun fehlt. Und eine weitere, weil durch die ungenauen Angaben der Jungen die Suche nach ihm fast ebenso viel Zeit in Anspruch genommen hat. Dadurch war es schon kurz vor vier, als der Arzt bei ihm war. Nach kurzer Untersuchung hat er gemeint, dass der Mann noch leben würde – zwar auf niedrigem Niveau, aber immerhin. Na ja, so hat der Arzt sich tatsächlich ausgedrückt. Und daraufhin haben sie ihn gleich in die Unfallklinik nach Ludwigshafen abtransportiert. Dort sei man auf Querschnittlähmungen spezialisiert.«

»Querschnittlähmung?«

»Der Arzt hat gemeint, ein normal gesunder Mensch hätte einen Sturz aus dieser Höhe und in dieses Gebüsch mit Sicherheit heil überstanden. Aber dieser Mann hier war alt und hatte eine Knochenerkrankung – Modus Breschnew oder so ähnlich. Und deshalb scheint er sich die Wirbelsäule gebrochen zu haben.«

»Morbus Bechterew, Kindlein. Eine ganz üble Sache. Hast du schon was zur Person?«

»Nichts Genaues, aber einer der Sanitäter war sich sicher, ihn zu kennen, er wuchs nämlich im Quadrat R4 auf. Und in der Nähe hätte es damals ein Antiquitätengeschäft gegeben, dessen Besitzer dieser Mann sei. Er konnte nur nicht mehr genau sagen, in welchem der benachbarten Quadrate es genau war. Aber der Alte muss damals bei allen Kindern der Gegend einen enormen Eindruck hinterlassen haben.«

»Wieso?«

»Na ja, der Sanitäter meinte, sie hätten sich vor ihm gefürchtet. Die Erwachsenen hätten den Kindern erzählt, er sei in der Irrenanstalt gewesen und wäre nicht ganz richtig im Kopf, und in seinem Laden wären schon die schrecklichsten Dinge passiert. Angeblich sogar ein bestialischer Mord, oder Ähnliches.«

Der kleine Laden war in der Dunkelheit nicht leicht auszumachen gewesen, obwohl der Sanitäter recht gute Angaben gemacht hatte. Eine halbe Stunde war er dafür durch die kleinen Straßen der Quadratestadt gelaufen.

Dabei gibt es kaum einen Ort, wo es leichter ist, eine Adresse ausfindig zu machen, als die Innenstadt von Mannheim. Ein intelligentes Rastersystem, das schon seit dem 17. Jahrhundert existiert und später immer wieder ausgebaut wurde, macht es jedem, der damit vertraut ist, leicht, sich zurechtzufinden. Die Straßen haben keine Namen. Sie trennen aber alphabetisch geordnete Reihen voneinander. Jede dieser Reihen besteht wiederum aus einzelnen Parzellen, den so genannten »Quadraten«. Diese sind wiederum durch kleinere Straßen voneinander getrennt und innerhalb ihrer entsprechenden Reihe durchnummeriert. Den Häusern eines jeden »Quadrats« sind ganz normale Hausnummern zugeordnet. Deshalb ist es hier möglich, ähnlich wie auf einem Schachbrett, einen Standort ausschließlich durch die Angabe von Ziffern und Zahlen zu beschreiben.

Hätte Kindlein die Adresse genau gewusst, hätte er nur zum dritten Quadrat der Q-Reihe fahren und dann nach der Hausnummer 15 Ausschau halten müssen. So aber war er von einem Quadrat zum nächsten gelaufen, bis er endlich Erfolg hatte.

Eigentlich war es auch nicht seine Aufgabe, die Adresse eines Selbstmordkandidaten herauszufinden. Aber da er sowieso auf dem Weg nach Hause gewesen war, hatte er den kleinen Umweg noch machen wollen. Die Kollegen von der Schutzpolizei bräuchten dann nicht mehr extra raus, und sein Bericht würde nachher auch schneller geschrieben sein.

Kindlein hatte nur nicht damit gerechnet, dass der Laden so unscheinbar war. Mehrmals musste er daran vorbeigelaufen sein, denn die Geschäfte in der Nachbarschaft von Q3,15 waren ihm schon bekannt. Der Sanitäter hatte sie gut beschrieben. Außerdem machten sie durch mehr oder weniger bunte Reklame oder originelle Schaufensterdekorationen auf sich aufmerksam und versprühten, trotz allgemeiner Rezession, Optimismus.

Nicht so dieser Laden. Die Trostlosigkeit und Hoffnungslosigkeit, die er vermittelte, schlug Kindlein unmittelbar aufs Gemüt. Vielleicht lag es an der Tageszeit oder auch einfach nur an seiner Müdigkeit, dass ihn beim Anblick des kleinen Ladens sofort eine tiefe Traurigkeit überfiel. Er fragte sich, was hier geschehen war. Was war diesem alten Mann passiert? Der Laden war in einem elenden Zustand. Alles war völlig verwahrlost und runtergekommen. So beginnt niemand, dachte Kindlein. Nein, so sieht es höchstens kurz vor dem Ende aus, und dann? Dann wirft man sein Leben von der Brücke. Hier musste es irgendwann einen Knick gegeben haben, einen furchtbaren Knick in der Biografie dieses Menschen. Und anscheinend war er danach auch nicht mehr in der Lage gewesen weiterzuführen, was er einst begonnen hatte. Oder hatte sich der Besitzer einfach nur allzu lange stur einer folgenschweren Illusion hingegeben? Der Illusion, dass alles trotzdem irgendwie weitergehen würde, auch wenn er gar nicht mehr in der Lage war weiterzumachen?

Kindlein berührten diese Fragen, und natürlich wusste er auch warum. Sie hatten unmittelbar mit seiner eigenen Person, mit seinem eigenen Leben zu tun. Könnte auch er so enden? Würde es auch mit ihm eines Tages so abwärts gehen? Würde auch er es vielleicht gar nicht merken?

Nein, dachte Kindlein, er würde Abwehrstrategien entwickeln. Er wäre nicht bereit, sich seinen Untergang mit anzusehen, so wie es dieser Mann ganz offensichtlich getan hatte. Er würde einfach alles hinschmeißen, bevor es so weit käme. Kündigung. Dienst quittieren.

Aber war es wirklich so einfach? Denn was wäre dann? Er hatte nichts anderes gelernt und war schon über dreißig. Versetzung? Auch das wäre Flucht. Hatte er es sich vielleicht zu einfach gemacht? Er wusste doch schon lange, dass er für seinen Beruf nicht geeignet war. Warum hatte er keine Konsequenzen daraus gezogen? Er gab sich die harten Antworten selbst: Naivität, Bequemlichkeit und Kurzsichtigkeit. Irgendwie war es trotzdem immer gelaufen.

So, und nun? Jetzt lief es eben nicht mehr, und deshalb waren andere Tugenden gefragt. Besaß er die? Hatte er sie je besessen?

Er war ratlos, und es war auch nicht der beste Zeitpunkt, sich darüber Gedanken zu machen. Es war kurz vor sechs, er fror, und bald würde der morgendliche Berufsverkehr einsetzen und die Mannheimer Innenstadt mit allerhand Fahrzeugen verstopfen. Er lief zu seinem Auto, stieg ein und fuhr los.

Nach ein paar hundert Metern merkte er, dass er in die falsche Richtung fuhr – er war vor kurzem erst umgezogen. Er wendete und fuhr in Richtung Rosengarten, zu seiner neuen Wohnung in der Sofienstraße.

*

Ester hatte es dem Postboten schon viele Male gesagt, aber wieder einmal hatte er sich nicht daran gehalten. Auch an diesem Morgen klemmte ein Katalog, in der Mitte zusammengefaltet, im Schlitz des Briefkastens. Er hätte ihn einfach vor die Haustür legen sollen. Hier im Hinterhaus gab es keinen Publikumsverkehr und somit auch niemanden, der sich daran hätte vergreifen können.

Ester ärgerte sich, sie war sicher, dass auch diesmal durch das Reinstopfen in den engen Briefschlitz das äußere Blatt beschädigt sein würde. Und vor allem musste sie aus der Haustür treten und den Katalog von außen aus dem Briefkasten ziehen, um ihn nicht noch mehr zu beschädigen. Das war lästig. Sie trug zwar einen dicken Baumwollpyjama, aber einen Kontakt mit der kalten Luft dieses Novembermorgens hätte sie sich gern erspart. Sie mochte es überhaupt nicht, derart bekleidet draußen vor dem Briefkasten zu stehen, mit zwei Händen an einem Katalog zerrend. Die Nachbarn im Vorderhaus hatten auch Fenster zum Hinterhof.

Als sie die Türklinke niederdrückte, hörte sie plötzlich ein dumpfes, plumpsendes Geräusch, und beim Aufdrücken der Tür spürte sie, dass unten an der Türkante irgendwas zu schleifen schien. Sie warf einen Blick hinaus und sah auf dem Boden einen Leinenbeutel liegen.

Oben in der Küche schaute sie hinein. Ein kleines Paket, handschriftlich an sie adressiert, befand sich darin. Irgendjemand musste den Beutel im Laufe der Nacht oder früh morgens an ihre Haustürklinke gehängt haben. Der Postbote konnte es nicht gewesen sein. Wenn er bei Katalogen auch ein Versager war, Pakete gab er absolut zuverlässig ab oder brachte sie zurück zur Poststelle. Und in Beuteln hatte er noch nie welche gebracht.

In dem Paket lag der seltsame Gegenstand von vorgestern Abend. Er war in dicken Polsterstoff eingewickelt. Außerdem befand sich darin noch ein Briefkuvert mit dem verschnörkelten Adressaufdruck von Leopold Katzbach. Demnach war der Antiquitätenhändler der Bote dieser Post gewesen. Der Mann war ein seltsamer Kauz.

Der Umschlag enthielt auch nicht etwa einen gewöhnlichen Brief, sondern vielmehr eine ganze Abhandlung. Das konnte sie schon an der Länge des Textes festmachen. Das Schriftbild bestach durch einen schwung- und kunstvoll geführten Federstrich – eine kaligrafische Meisterleistung in schwarzer Tinte. Ester fand das alles ein wenig aufwendig. Wenn es nur darum gehen sollte zu erklären, was dieses Ding sei, hätten es ihrer Ansicht nach eine kleine Notiz oder ein Anruf ebenso getan.

»Nun gut«, alberte sie, »ich werde Sie, Sir, also schnellstmöglich und höchstpersönlich wieder aufsuchen, um Ihnen, Sir, meinen allerwertesten Dank auszusprechen. Oh yes, I will!« Dabei hob sie mit spitzen Fingern ihre Teetasse an, machte einen ebenso spitzen Mund und begann zu lesen.

Liebe Frau Schilling,
ich möchte gern an Zufälle glauben und daran, dass Sie mit diesem Gegenstand nichts zu tun haben. Das fällt mir schwer. Und dennoch muss ich eine Entscheidung treffen. Ich weiß, dass Sie die Tasche schon kennen. Ihr Inhalt scheint Ihnen aber unbekannt zu sein, da mir sonst schon längst etwas zugestoßen wäre. Natürlich weiß man nie etwas ganz genau, aber ich habe mich entschlossen, Ihnen zu vertrauen.

Wie Sie gesehen haben, bin ich ein alter Mann in schlechtem Gesundheitszustand, und das Einzige, was mir je Halt gab, verlor ich vor über zwanzig Jahren. Jetzt habe ich nicht mehr viel zu verlieren, und ich weiß, dass meine Zeit bald abgelaufen sein wird, so oder so.
Ihr Fund – dieser Gegenstand, den Sie mir heute gebracht haben – wird Dinge an die Oberfläche bringen, denen ich nicht mehr gewachsen bin. Ich bin dazu nicht nur zu alt und zu krank, sondern auch zu ängstlich geworden.
Ich habe mich auch deshalb entschlossen, diesen Brief an Sie zu schreiben, da Sie noch viel zu jung sind, um an gewissen Machenschaften beteiligt sein zu können. Aber selbst wenn ich mich geirrt haben sollte und mich jetzt einer völlig falschen Person anvertraue, so kann mir das von nun an nicht mehr schaden, glauben Sie mir.
Wieder wurde ein Mensch umgebracht. Sie können das nicht wissen. Aber sie müssen mir glauben – es ist geschehen. Und wieder einmal wird die Tat auf besonders grausame Art begangen worden sein. Schon in der Vergangenheit geschahen unzählige Morde auf genau die gleiche Weise. Das Leben vieler Menschen wurde dabei von einem Augenblick zum nächsten einfach ausgelöscht.
Und Ihr Fund ist die Tatwaffe!
Mit ihr ist ein Mensch ermordet worden!

Ester stellte ihre Teetasse beiseite. Die ganze Zeit hatte sie fortwährend hineingeblasen, um den Inhalt zu kühlen. Jetzt erst merkte sie, dass sich gar kein Tee darin befand. Der Brief erschreckte und verwirrte sie. Dieser Mensch war in jeder Weise eigentümlich, das wusste sie schon. Aber jetzt ging er ihr zu weit. Sie betrachtete den Gegenstand. Er besaß eine Klinge. Okay. Aber sonst? Sie umfasste den schweren gedrechselten Kopf mit einer Hand, hob ihn hoch und versuchte, damit eine Stechbewegung auszuführen. Viel zu klobig und viel zu schwer, dachte sie. Dieses Werkzeug, und als solches wollte sie es noch immer betrachten, wäre durchaus als Stichwaffe zu gebrauchen. Aber dass irgendjemand sie planmäßig zur Durchführung eines Mordes, nein, *meh-*

rerer Morde einsetzten würde, bezweifelte sie doch. Dafür gab es weitaus praktischere Instrumente. Darüber wollte sie im Moment aber nicht näher nachdenken. Der Brief hatte ihr schon ausreichend Angst gemacht.

Aber wozu diente dieser Gegenstand überhaupt? Zum Schneiden war seine Klinge natürlich scharf genug, aber der merkwürdig geformte Griff war für ein Schneideinstrument denkbar ungeeignet. Er war am ehesten dafür gedacht, ihn zu umgreifen und das Gerät wie einen Faustkeil einzusetzen. Dafür hatte der Griff aber wiederum einen zu großen Durchmesser. Ester schätzte den auf mindestens zehn Zentimeter. Und es wäre ihrer Ansicht nach ergonomischer Unfug, einem Stech- oder Schneideinstrument solch einen massiven und knollenförmigen Griff zu verleihen. Kein Werkzeugmacher dieser Welt würde sich einen derartigen Blödsinn ausdenken. Nicht einmal eine größere Hand als die ihre könnte dieses Ding längere Zeit sicher halten. Bei jeder Armbewegung, zumal wenn sie mit großer Geschwindigkeit und Kraft erfolgte, würde sich dieses Ding dem Zugriff der Hand entziehen können. Darin aber lag schließlich der Sinn gewöhnlicher Messergriffe. Eine Hand sollte ihn eng umschließen können, um das Messer sicher führen zu können, zumal dann, wenn viel Kraft beim Schneiden und Stechen aufgebracht werden musste.

Außerdem war da auch noch das Gewinde zwischen Griff und Klinge. Es war so exakt geschnitten, dass es sich nicht nur um eine Verzierung handeln konnte. So viel meinte Ester zu verstehen.

Aber so recht beruhigen konnten all diese technischen Erwägungen sie nicht. Sie musste weiterlesen. Und sie musste wissen, was der Alte eigentlich wollte.

Am 13.6.1982 wurde mein Bruder Philipp im Alter von nur siebenunddreißig Jahren mit genau solch einer Waffe getötet. Wie ich heute weiß, war er damals, schon lange vor seiner Ermordung, in üble Machenschaften verwickelt. Das Schlimme für mich aber ist, dass er mir in all den Jahren, die wir miteinander verbracht haben, schon genug darüber erzählt hat. Ich hätte also vieles verhindern können.

Er machte immer wieder Andeutungen über dubiose Menschen, mit denen er in Kontakt stehen würde. Diese Kontakte, so behauptete er, hätten sein gesamtes Welt- und Menschenbild verändert.
Aber damals liefen unsere Geschäfte außergewöhnlich gut, und wir hatten einfach so viel zu tun, dass ich über manche Dinge vielleicht schon deshalb zu wenig nachdachte. Ich stellte nur fest, dass sich sein Geschäftsgebaren mit der Zeit zu ändern begann. Ich hatte das Gefühl, dass er kälter wurde. Er redete zunehmend verächtlicher über andere Menschen – auch über unsere Kundschaft. Und ich bin heute leider sicher, dass er auch illegale Geschäfte betrieb.
Aber ich liebte meinen Bruder, und damals, in jener Zeit, war ich voll von blindem Vertrauen zu ihm. Ich wollte manches einfach nicht wahrhaben. Erst als es zu spät war, wurde mir klar, dass ich seine Anspielungen hätte ernster nehmen sollen. So aber wurde er an jenem Tag kaltblütig ermordet, und ich musste ihn auch noch finden. Es war der schrecklichste Tag meines Lebens.
Ich habe der Polizei damals alles gesagt, was ich wusste. Aber niemand dort hat mir geglaubt. Und ich war sicher, das Gesicht des Mörders vorher schon mal in der Zeitung gesehen zu haben. Aber Polizei und Staatsanwaltschaft verhielten sich völlig ignorant. Vielleicht hätten sie anders reagiert, wenn ich eine Waffe wie diese hätte vorzeigen können. Und vermutlich wären viele dieser Morde verhindert worden.
Ich bitte Sie deshalb, umgehend zur Polizei zu gehen und diesen Gegenstand dort abzugeben. Es sind schon so viele Menschen sinnlos umgekommen. Meine Hoffnung, dass diese Verbrechen jemals aufgeklärt werden, ruht nun auf Ihrem Fund, auf neuen Ermittlungsmethoden und auf einer neuen Ermittlergeneration. Vielleicht hat sich in den Jahren bei Polizei und Staatsanwaltschaft so viel geändert, dass Hinweise diesmal ernst genommen werden.
Bei all dem kann ich Ihnen versichern, dass Sie auf keinen Fall in Gefahr sind. Sie verfügen nicht über ausreichendes Wissen und sind viel zu jung, um in Verdacht geraten zu können. Au-

ßerdem sollten Sie dieses Schreiben mit dazugeben: Es entlastet Sie!
Für mich indes gibt es keine Hoffnung. Dadurch, dass ich die Waffe identifizieren kann und Details aus dem Leben meines Bruders damit in Verbindung bringen könnte, müsste ich von nun an jeden Tag mit der Angst leben, selbst Opfer zu werden. Ich will auf gar keinen Fall in die falschen Hände geraten. Ich will meine Würde erhalten und selbst entscheiden dürfen, wie mein Leben endet.
Ich grüße Sie vielmals
Leopold Katzbach

*

Kindlein kam hoffnungslos zu spät. Das war ihm noch nie passiert. Es war beinahe elf Uhr, als er sein Büro im Präsidium betrat. Er musste noch mal eingeschlafen sein, nachdem er am frühen Morgen nach Hause gekommen war. Er erinnerte sich nur, dass er sich kurz nach sechs einen starken Kaffee gemacht hatte und nach draußen gegangen war, um ein Zigarillo zu rauchen. Später hatte er einige Klamotten aus einem der Umzugskartons geholt und sie auf seiner Couch abgelegt. Völlig übermüdet hatte er sich zwischen die beiden Kleiderstapel gesetzt.

Egal, er hatte verschlafen und kam sich wie ein Versager vor. Sein erster wirklich schwieriger Fall, und er verschlief einfach. Es wäre notwendig, eine Wende herbeizuführen, dachte er. Eine Wende in ihm selbst. Er musste sich von nun an einfach zusammenreißen. Angst ist ein schlechter Berater, und auch Pessimismus und eine negative Grundhaltung brachten ihn nicht voran. Er musste endlich aktiv werden. Irgendetwas tun. Nur was?

Auf seinem Schreibtisch stapelten sich noch immer die Akten zu den Fällen der Vergangenheit, aber es war auch etwas Neues hinzugekommen. Er nahm den neuen Ordner in die Hand und sah, dass es der vorläufige Bericht der Gerichtsmedizin war. Wie er vermutet hatte. Der Mord an Peter Martens gehörte definitiv in die Serie. Genau dieselben Verletzungsmuster. Blieb nur ein Anruf bei der Kriminaltechnik. Gab es dort Neuigkeiten?

Auch vom Leiter der Kriminaltechnik, Jürgen Leibig, kamen nur Antworten, die Kindlein erwartet hatte. Der Tatort war wieder übersäht von Härchen und Schuppen, und die Auswertung von Fußspuren ergab, dass die Täter mit Schutzanzügen bekleidet gewesen sein mussten. Es gab keine Fingerabdrücke, und es gab keinerlei Anzeichen für ein gewaltsames Eindringen in die Wohnung des Opfers.

Kindlein legte frustriert den Hörer auf und bekam einen Schreck, als das Telefon beinah gleichzeitig ein Klingelzeichen von sich gab. Er hob verwirrt ab.

»Mensch Kindlein, Gott sei Dank. Gut, dass du da bist. Ich bin's, Conny. Hör mal, ich bin gerade bei einer Nachbarin von dieser Simone, der Bekannten von Peter Martens. Und gerade habe ich auch einen Anruf vom Präsidium bekommen. Die haben versucht, dich zu erreichen, aber du warst noch nicht da. Eben vor einer halben Stunde haben die dort nämlich einen Anruf von einer Frau entgegengenommen. Und die hat angegeben, einen Gegenstand erhalten zu haben, der als Waffe in einem Mordfall gedient haben soll. Jedenfalls hätte sie auch so eine Art Bestätigungsschreiben, von jemandem, der das felsenfest behauptet. Er meint darin sogar, dass es sich bei dem Mord um eine aktuell begangene Tat handle.«

»Wer ist denn der Verfasser?«

»Eben, das ist das Merkwürdige. Es soll sich dabei um einen Antiquitätenhändler aus den Quadraten handeln.«

»Wie? Etwa unser Selbstmörder von heute Nacht?«

»Na ja, wäre schon ein arger Zufall, wenn wir es an einem Tag mit zweien von der Sorte zu tun hätten, oder?«

»Stimmt. Ich denke, dass ich mal zu dieser Frau fahre. Tut mir übrigens Leid, dass ich heute verschlafen habe, aber irgendwie …«

»Mann Kindlein, hör auf. Ist alles in bester Ordnung. Wir kommen doch gut voran.«

»Ja? In welcher Hinsicht?«

»Na in jeder, Kindlein. In jeder.«

»Stimmt, ich vergaß.«

Er verstand Morgenthaler einfach nicht. Wenn diese Frau tatsächlich einen Gegenstand besaß, mit welchem gerade ein Mord begangen worden war, dann hieße das schließlich nichts anderes, als noch einen weiteren Fall am Bein zu haben. Würde Morgenthaler selbst dann noch seine gute Laune behalten?

»Was ist mit der Nachbarin von dieser Simone«, fuhr Kindlein fort. »Weiß die irgendwas?«

»Sie sagt, dass Simone nicht da ist. Aber kannst du dich noch an die Story erinnern, die Simone der alten Mutter von Peter Martens aufgetischt hat? Tja, Kindlein, sie ist seit drei Tagen im teuren London. Ein Geschenk ihres Onkels. So viel zum Thema ›familiäre Armut‹. Kommt auch erst morgen zurück, sagt diese Nachbarin. Aber ich muss die Frau noch befragen. Vielleicht erfahren wir ja etwas mehr über Simones Beziehung zu Peter Martens. Vielleicht sogar über ihn selbst.«

»Das wäre mal was. Freunde scheint er ja nicht gehabt zu haben, oder?«

»Habe ich auch schon versucht herauszufinden. Aber ich befürchte, der war ein richtiger Einzelgänger. Ich fahre nachher mal an die Hochschule, wo er laut seiner Mutter studiert haben soll. Vielleicht hat er das ja wirklich irgendwann mal getan.«

»Gute Idee, Konrad. Können Sie mir vielleicht Namen und Adresse von dieser Frau durchgeben? Der mit dem ominösen Gegenstand?« Er nahm einen Zettel zur Hand und notierte die Adresse. Dann legte er den Hörer auf und steckte den Zettel in seine Hosentasche. Aber mit einem Mal stutzte er. Eben war etwas Merkwürdiges geschehen – der Zettel. Er holte ihn wieder aus der Hosentasche – die Adresse. Er hatte sich noch nicht daran gewöhnt, weil sie neu war. Es war *seine* Adresse!

*

»Nanu, was wollen Sie denn von mir?«

Ester Schilling war so überrascht, diesen Mann vor sich zu sehen, dass ihr in dem Moment keine bessere Frage einfiel. Es war der Typ, der seit kurzem vorn in der Durchfahrt rumstand. Der Nachbar aus dem Vorderhaus. Nur trug er heute einen spießigen kakifarbenen Trenchcoat, einen dunkelbraunen Anzug, ein Hemd und eine grüne Krawatte. Jetzt stand er direkt vor ihrer Haustür und fragte, ob er sich einmal kurz mit ihr unterhalten könne.

»Es geht um diesen Gegenstand, Frau Schilling.«

Sie war erstaunt, dass er ihren Namen kannte. Und sie war entrüstet. Was wusste dieser Mensch über ihren Fund?

»Was meinen Sie?«, fragte sie. »Ich verstehe nicht.«

»Ich meine diesen Gegenstand von heute Morgen.«

»Was wissen *Sie* denn darüber?«

»Äh, *ich* weiß gar nichts darüber, aber Sie.«

»Entschuldigen Sie bitte, aber das Einzige, was ich weiß, ist, dass ich nichts weiß. Zum Beispiel weiß ich nicht, wer Sie sind und was Sie von mir wollen.« Sie wurde langsam ungehalten.

Der Mann griff in seine Jackentasche und zeigte ihr ein kleines Kärtchen.

»Was soll das sein?«, fragte Ester.

»Mein Dienstausweis, Frau Schilling.«

»Nun gut, aber was will die Stadtsparkasse von mir. Ich habe mein Konto woanders.«

Der Mann betrachtete irritiert das Kärtchen, fasste sich an den Kopf und meinte: »Entschuldigen Sie, aber ich komme gleich wieder. Das ist meine EC-Karte. Ich habe heute Morgen in der Eile den falschen Mantel angezogen. Aber das ist kein Problem, schließlich wohne ich ja gleich im Vorderhaus.« Dann wollte er sich davonmachen.

»Nein, nein, kommen Sie ruhig rein, ich glaube, ich verstehe jetzt langsam. Sie sind bei der Polizei, richtig?«

»Ja, aber ich bin ja selber schuld« sagte der Mann. »Ich hätte mich gleich richtig vorstellen sollen. Ich heiße Kindlein, Kriminal-Oberkommissar Frieder Kindlein. Wir haben uns ja schon öfter gesehen, uns einander aber nie vorgestellt.«

»Tut mir Leid, dass ich so reagiert habe, Herr Kindlein. Aber das liegt bestimmt daran, dass meine Nerven heute schon ein bisschen strapaziert wurden. Man bekommt schließlich nicht alle Tage solche Nachrichten wie die heute Morgen. Und es stimmt, wir sind uns schon begegnet. Ich glaube, Sie wohnen auch erst seit kurzer Zeit hier, nicht wahr? Mein Gott, dann sind Sie also ein Kommissar, das hätte ich nie gedacht.«

Diese Bemerkung war ihr nur so herausgerutscht, aber in ihren Augen sah er wirklich nicht so aus, wie sie sich einen Kommissar immer vorgestellt hatte. Er war groß gewachsen und schmal. Sein dichtes blondes Haar trug er akkurat zur Seite gekämmt. Er sah noch recht jung aus. Sein Gesicht war bartlos und strahlte wegen seiner biederen Langweilerbrille leider eine gewisse Unreife aus. Auch sonst machte er auf Ester einen eher unsicheren Eindruck. Er schien sogar regelrecht verlegen zu sein, und sein Blick war nicht eben fest. Das wunderte sie. In der Durchfahrt hatte er ihr immer sehr bestimmt in die Augen gesehen, aber nun senkte er den Blick und wich ihrem aus. Sie schaute ihn deshalb noch mal genauer an und fand zu ihrer Überraschung sofort eine Antwort: Er hatte in der Durchfahrt nie eine Brille aufgehabt. Daran schien es zu liegen. Dass er sie immer so eindringlich angesehen hatte, lag daran, dass er ohne Brille einfach nicht gut sah. Und deshalb hatte er so angestrengt hinschauen müssen, um zu erkennen, wer an ihm vorbeiging. Sie hatte ihn deshalb für dreist und unhöflich gehalten. Aber das war er überhaupt nicht. Im Gegenteil: Auf ihre Bitte, doch hereinzukommen, hatte er sie erst einmal gefragt, ob sie überhaupt Zeit habe, denn er könne auch später noch einmal kommen. Aber es war ihr recht gewesen.

Und jetzt wo er hier saß, musste sie sogar zugeben, dass es ihr *sehr* recht war. Fortan würde sie ihm endlich unvoreingenommener begegnen können.

*

Kindlein war begeistert. Frau Schillings Wohnung war hell und großzügig geschnitten. Sie wirkte schon auf den ersten Blick überaus gefällig, war dezent und mit Geschmack eingerichtet. Alles hatte einen Charme, den Kindlein nur intuitiv erfassen konnte, da er absolut kein Spezialist für Wohnkultur war. Aber dass die Möbel in dieser Wohnung Einzelstücke waren, merkte selbst er. Alle Hölzer hatten wunderbar warme Farbtöne und schimmerten in einer Weise, dass man den Eindruck hatte, ihren Duft sehen zu können. Und tatsächlich nahm seine Nase einen Hauch von Honig und Wachs wahr. Ging er von den Möbeln oder dieser Frau aus? Interessant war, dass sie genau hierher passte, so als wenn alles auf sie zugeschnitten wäre. Auch bewegte sie sich wieder ganz normal. Das letzte Mal, als er sie gesehen hatte, schien sie irgendein Problem mit den Beinen gehabt zu haben. Das war, als er für Morgenthaler Bier holen gegangen war.

»Möchten Sie etwas trinken?«, wiederholte sie ihre Frage.

»Ein Bier.«

»Ein Bier?«

»Quatsch, Entschuldigung. Äh, natürlich Kaffee.«

»Ich dachte schon«, sagte sie. »Tut es auch Tee?«

Tee tat es auch.

Als Erstes legte ihm Ester Schilling aber wortlos einen Leinenbeutel auf den Küchentisch. Sie griff hinein und überreichte Kindlein das merkwürdige Objekt. Dazu übergab sie ihm ein Briefkuvert. Dann ging sie zum Herd und stellte Teewasser auf.

Kindlein betrachtete indessen den Gegenstand. Er konnte sich beim besten Willen nicht erklären, was er darstellte und wozu man ihn gebrauchen könnte. Natürlich hätte man damit auf irgendeine Art einen Menschen umbringen können, aber so richtig taugen tat er dazu nicht. Er fand das ganze Teil eher nichts sagend, bis auf das schöne Holz, das weich und samten in der Hand lag.

Dann nahm er den Brief. Die Adresse auf dem Kuvert stimmte mit der des kleinen Ladens überein, den er am Morgen aufgesucht hatte. Er erinnerte sich auch an den Namen Leopold Katzbach, denn der hatte noch kaum lesbar über dem Schaufenster gestanden. Damit war der Verfasser des Briefs jener arme Alte, der sich in der vorangegangenen Nacht im Schlossgarten das Leben nehmen wollte. Kindlein hatte ein ungutes Gefühl. Er las den Brief, und er las ihn gründlich. Beim Lesen der handgeschriebenen Zeilen veränderte sich etwas in ihm. Das spürte er, aber ohne sagen zu können, was es war, warum es so war oder wie es sich auswirken würde. Etwas veränderte sich einfach.

Der Tee tat gut, denn Kindlein hatte mit einem Mal einen ganz ausgetrockneten Mund gehabt. »Frau Schilling, ich muss sie bitten, mir ganz präzise zu erzählen, was sich im Einzelnen zugetragen hat.«

Und sie erzählte. Erzählte vom Nachmittag vor zwei Tagen. Sie erzählte von ihrem Erlebnis im Bus, als der Mann sich auf sie übergab, vom Fund in ihrer Papiertüte, vom Besuch bei Leopold

Katzbach am Tag danach und von seiner merkwürdigen Reaktion, als sie ihm den Gegenstand gezeigt hatte. Sie berichtete ihm auch von ihrer ersten Begegnung mit dem Antiquitätenhändler, damals als sie das Sofa gekauft hatte. Und sie erklärte Kindlein, was sie empfand, während sie Leopold Katzbachs Brief gelesen hatte.

Kindlein hörte zu, und tief in seinem Inneren begann eine schlimme Ahnung heranzureifen. Auch wenn er Leopold Katzbach bisher nie kennen gelernt hatte, so hatte er doch immerhin seinen Laden gesehen. Und genau den sah er jetzt vor sich, während Frau Schilling erzählte.

War da nicht wieder jener Knick in der Biografie des alten Mannes zu spüren, an den er heute Morgen gedacht hatte? Jene Wende, nach der alles anders kam? Heute Morgen, da vor dem kleinen Laden, hatte Kindlein nur eine leise und traurige Stimme vernehmen können. Jetzt aber, nur wenige Stunden später, schrie sie ihn schon regelrecht an. Und hatte nicht noch jemand von diesem Knick gesprochen? Hatte nicht auch der Sanitäter in jener Nacht schon davon gesprochen? Von Geschichten über schreckliche Vorkommnisse? Damals, in seiner Kindheit? Von einem verwirrten alten Mann? Dort, in jenem Laden?

Dann las Kindlein den Brief noch einmal, hielt aber an einer Stelle an, um Frau Schilling etwas zu fragen:

»Tja, Frau Schilling, Sie haben es selbst gemerkt. Es ist ein Brief mit außergewöhnlich tragischem Inhalt. Aber ich muss versuchen, das Ganze nüchtern zu betrachten. Leopold Katzbach stellt darin schließlich Behauptungen auf, denen ich nachgehen muss – die näher untersucht werden müssen. Sagen Sie, ist Ihnen vielleicht noch irgendetwas an ihm aufgefallen? An seiner Person, an seiner Stimme, oder Details, die Ihnen merkwürdig erschienen? Irgendetwas, was vielleicht nicht in dem Brief steht, was aber von Bedeutung sein könnte?«

Sie überlegte.

»Ja, Herr Kindlein, es gab einen Moment, an den ich mich gut erinnere. Da sprach er von diesem Ding hier als dem Teil eines Ganzen. Und dieses Ganze wiederum sei gänzlich frei von Humor. Das machte mir Angst. Und auch die Art und Weise, wie er das sagte, machte mir Angst. Deshalb erinnere ich mich auch gut daran. Es war der Moment, in dem ich einfach nur noch wegwollte.«

»Haben Sie eine Ahnung, was er damit gemeint haben könnte?«

»Nein, Herr Kindlein, absolut keine. Aber fragen Sie ihn doch einfach selbst.«

»Das geht nicht, Frau Schilling.«

»Wieso?«

»Er ist im Moment nicht vernehmungsfähig. Herr Katzbach liegt im Koma auf einer Intensivstation. Er hat heute Nacht versucht, sich das Leben zu nehmen.«

Als Kindlein Jürgen Leibig das Objekt übergab, reagierte der ziemlich skeptisch. Außerdem sah er so aus, als ob er ins Bett gehörte. Der Leiter der kriminaltechnischen Abteilung hatte rot unterlaufene Augen, war aschfahl im Gesicht, und seine Nase war ordentlich geschwollen. Ständig musste er sich schnäuzen, und ein Berg von Taschentüchern quoll schon über den Rand seines Papierkorbs.

»Ich weiß nicht, ob wir das heute noch schaffen. Wir sind im Moment bis über beide Ohren voll mit Arbeit und haben haufenweise Ausfälle durch die Grippe.«

Kindlein hatte diese Antwort erwartet.

»Mir würde es ja schon reichen, wenn Sie nur herausfinden können, ob da überhaupt Blut dran ist. Dann weiß ich wenigstens, wie ich dieses Ding und den Inhalt des Briefes einschätzen muss.«

»Ich denke, das werden wir noch schaffen, Herr Kindlein. Und die Blutgruppe werden wir auch herausbekommen, aber größere Geschichten sind heute nicht mehr drin. Außerdem werden wir das Ding der Gerichtsmedizin zeigen müssen. Die in Professor Wesselins Gruselkabinett sollten wenigstens ein Statement darüber abgeben, ob die Verletzungen an eurem Opfer überhaupt durch die Klinge dieses Objekts hervorgerufen werden konnten. Sonst, Herr Kindlein, haben Sie einen zusätzlichen Fall auf dem Tisch. Ich glaube, das wäre im Moment ziemlich Scheiße, oder?«

Kaum im Büro angekommen stürzte sich Kindlein gleich auf die Akten. Und es dauerte nicht lange, da sollte er darin tatsächlich einen Fall Katzbach finden. Allein dieser umfasste neun Ordner. Neun dicke Ordner, die den Zeitraum Juni 1982 bis Oktober 1982 abdeckten. Etwa vier Monate lang hatte man ermittelt und dann die Akten geschlossen.

Kindlein nahm sich als Erstes die Zusammenfassungen des Falles vor. Schon die erste Seite bestätigte die Angaben in Leopold Katzbachs Brief. Aus ihr ging hervor, dass sein Bruder, Philipp Katzbach, damals tatsächlich in ihrem gemeinsamen Laden tot aufgefunden wurde. Leopold Katzbach, Hauptinhaber des Geschäfts, hatte ihn am Morgen des 13.6.1982 im privaten Hinterraum in einen Sack verpackt gefunden. Der Sack war an zwei Stellen durchlöchert gewesen, und der Mann darin wurde von den Ermittlern später als schrecklich zugerichtet beschrieben, obgleich ihnen auffiel, dass er, im Gegensatz zu den bis dato vorliegenden Fällen, nur mit zwei Stichen niedergestreckt worden war. Zudem hatten die Schlagspuren gefehlt. Beides wurde damals als Eigentümlichkeit hervorgehoben.

Dieser Fall unterschied sich demnach deutlich von den vier vorangegangenen Morden. Und es war sehr merkwürdig, dass es solch einen Ausnahmefall überhaupt gegeben hatte. Aber noch viel merkwürdiger war, dass er ausgerechnet diese Akte in den Händen hielt. Er musste sich ein genaues Bild der damaligen Verhältnisse machen.

Leopold Katzbach, der Bruder des Ermordeten, war zur Tatzeit bei einem Kunden gewesen, wo er kleine Reparaturarbeiten auszuführen hatte. Dieses Alibi wurde später bestätigt.

Zum Zeitpunkt der ersten Tatortbegehung durch die ermittelnden Beamten war der Mann schon etwa zwei Stunden tot gewesen. Die Rechtsmediziner und Techniker hatten später bestätigt, dass Tathergang, Tötungsart und alle anderen Tatcharakteristika denen von vier unaufgeklärten Morden zwischen 1973 und 1982 entsprachen.

Wie Kindlein jetzt, zweiundzwanzig Jahre später, wusste, entsprachen sie auch denen acht nachfolgender Morde. Wieder begann sich sein Magen zu krümmen.

Da waren die Andeutungen, Behauptungen und Feststellungen in dem Brief. Und es gab die Fakten aus den damaligen Ermittlungen und dem aktuellen Fall. Es lag durchaus nahe, dass bei beiden Morden dieser Gegenstand eine Rolle gespielt hatte. Aber er hatte Angst, sich zu schnell in vage Theorien zu verstricken und damit in eine Sackgasse zu geraten. Dennoch schien es möglich, dass der Gegenstand eine Brücke zwischen beiden Fällen schlug. Er musste auf den Befund der Kriminaltechniker und der Gerichtsmediziner warten. Bis dahin war er gezwungen, einfach nur nüchtern und sachlich Informationen zu sammeln. Das hieß nichts anderes, als über die nächsten Stunden akribisch die Akten zu wälzen – reine Fleißarbeit. Außerdem wollte er Morgenthaler informieren. Es war wichtig, dass sich beide auf dem gleichen Wissensstand befanden.

Morgenthaler ließ nicht lange auf sich warten. Er erschien schon bald nach Kindleins Anruf. Und nachdem er eine Tüte mit Süßteilchen und eine Broschüre mit dem Titel »Schnäppchenführer Mannheim« auf seinen Schreibtisch gelegt und es sich in seiner üblichen Position auf dem Stuhl bequem gemacht hatte, berichtete er über seine Recherchen. Sie hatten sich auf diese Reihenfolge geeinigt, da Morgenthalers Ausführungen voraussichtlich den kleineren Teil des Gesprächs ausmachen würden.

»Oh Mann, Kindlein, dieser Martens war das Unterste vom Letzten, wenn du mich fragst. Der gute Mann hat an der Fachhochschule für Sozialpädagogik studiert, und da kann man wirklich alles Mögliche tun, aber nicht den Doktor machen. Vor allem dann nicht, wenn man, so wie er, gerade mal zwei Semester eingeschrieben war. Von Oktober 1988 bis November 1989 hat er dort nach seinem Abi studiert. Das war's. So viel zu seiner akademischen Laufbahn. Danach jobbte er mehrere Jahre hinter dem Tresen einer Studentenkneipe, vermittelte nebenbei dubiose Versicherungen und begann so etwa 1997 mit seinem Tingeltangel-Stripteasekram umherzufahren. Erst hatte er eine ehemalige Bedienung aus besagter Kneipe als Partnerin und seit drei Jahren nun diese Simone Wörtz. Sie ist neunundzwanzig Jahre alt und hat an der Heidelberger Uni Physik studiert. So Kindlein, und jetzt halt dich fest: Sie ist dort in der nuklear-physikalischen Forschungsanstalt als Assistentin beschäftigt und promoviert noch dieses Jahr in diesem Fachbereich. Im Moment hält sie sich, wie gesagt, in London auf, aber ist dort leider nicht erreichbar. Das Einzige, was an Peter Martens überhaupt zu stimmen scheint, ist, dass er wohl tatsächlich ein Verhältnis mit dieser Simone hat. Jedenfalls hat die Nachbarin von ihm als Simones Partner gesprochen – ›Die Schöne und das Biest‹ eben. Wie dem auch sei, ansonsten war der Mann ein Charakterschwein hoch fünf. Hat seiner Mutter in all den Jahren, in denen sie jeden Pfennig hat umdrehen müssen, weisgemacht, ein fleißiger, aber bedürftiger Studiosus zu sein. Nebenbei aber hat er ein kleines Vermögen zusammengekratzt und trotzdem weiterhin monatlich seinen ›Mensazuschuss‹ abkassiert – super Typ. Das war's im Wesentlichen, Kindlein. Ein kleiner Ausflug in die Niederungen menschlichen Daseins.«

Kindlein schüttelte den Kopf. Wieder, so dachte er, könnte eine Biografie eine folgenschwere Wende erfahren, nämlich dann, wenn die alte Frau Martens das Erbe ihres Sohnes antrat. Hoffentlich würde sie nicht erfahren, auf welche Art er zu so viel Geld gekommen war.

»So, jetzt bist du aber dran. Komm, leg los. Du hast mir am Telefon ja schon tolle Geschichten erzählt. Mannomann, Kindlein.« Morgenthaler rieb sich die Hände und schaute Kindlein mit glänzenden Augen an, ähnlich einem Kind vor einem Haufen Geburtstagsgeschenke.

Obwohl das, was er Morgenthaler zu berichten hatte, nicht unbedingt von fröhlichem Charakter war, konnte er ihn diesmal sogar verstehen. Immerhin hatten sie nun etwas in der Hand – was auch immer. Und das war besser als gar nichts. Und nach etwa einer halben Stunde war er an dem Punkt angelangt, wo es darum ging herauszufinden, wie und wo der Fall Peter Martens mit dem Fall jenes Philipp Katzbach vor zweiundzwanzig Jahren zusammenhängen könnte.

Morgenthaler hatte die ganze Zeit geschwiegen und äußerst konzentriert zugehört. Er hatte mittendrin sogar seine Sitzposition verändert und fortan aufrecht auf seinem Stuhl gesessen. Und als Kindlein fertig war, stand er plötzlich auf, nahm seinen Stuhl und ging damit, ohne ein Wort zu reden, zu Kindleins Schreibtisch herüber. Dort setzte er sich direkt neben ihn.

»Tja, Kindlein«, sagte er bedächtig. »Das ist der Stand der Dinge.« Dann lehnte er sich zurück und sah Kindlein an. Seine Augen hatten aber nicht mehr den Glanz von vorher.

»Ich denke, wir müssen immer im Auge behalten, dass es sich bei unseren Fällen um Taten handelt, deren Geschichte über dreißig Jahre alt ist. Der Fund dieser Waffe, wenn es denn eine ist, würde in gewisser Weise natürlich einem Meilenstein gleichkommen. Aber ob sie uns auch etwas über die Identität der Täter verrät, wage ich zu bezweifeln. Was ich damit sagen will, ist, dass wir vorsichtig sein müssen. Wir könnten tief fallen, wenn wir uns zu früh falschen Hoffnungen hingeben. Wir werden wohl einen eher langen Atem benötigen. Und wir werden auch Glück brauchen, Glück, Enthusiasmus, Kreativität und den Willen, selbst allergrößte Hürden zu nehmen. Zudem sollten wir – und dürfen das auch ruhig – auf Fehler bauen, die unser Gegner gemacht hat, gerade macht oder noch machen wird. Und das Wichtigste: Wir müssen an uns glauben, Kindlein. Wie steht es da um dich?«

Kindlein erschrak. Er hatte mit dieser Frage gerechnet, eines Tages, irgendwann. Aber so früh? Sie kam überraschend und traf ins Mark. Er musste Zeit rausschinden. Er musste noch schärfer mit sich ins Gericht gehen. Aber er wollte Morgenthaler gegenüber auch nicht unehrlich sein.

»Geben Sie mir etwas Zeit, Konrad. Bitte!«

Morgenthaler sah ihn daraufhin ernst an. Dann aber lächelte er, nickte leicht mit dem Kopf, stand auf, ging zu seinem Schreibtisch, öffnete die Tüte vom Bäcker und steckte sich einen Plunder in den Mund.

»So, auf geht's. Genug Trübsal geblasen. Ich ruf jetzt mal bei Leibig an. Irgendwas muss der schon haben.« Er nahm den Telefonhörer in die Hand und wählte die Nummer der Kriminaltechnik.

»Hallo Jürgen, hier Conny. Hör mal, der Kollege Kindlein war heute mit diesem Dings bei dir. Los komm, ganz schnell, was weißt du schon?«

Leibig schien einen größeren Vortrag zu halten, jedenfalls schwieg Morgenthaler die meiste Zeit, gab hin und wieder mal einen Laut der Zustimmung oder des Erstaunens von sich, schaute aber ansonsten zur Decke. Dann, endlich, bedankte er sich und legte den Hörer auf.

»Also, Kindlein. Viel hat er noch nicht. Das ganze Gerät scheint von dieser Frau Schilling ordentlich geschrubbt worden zu sein. Aber in dem Gewinde, zwischen Klinge und Griff, hat Leibig organische Substanzen gefunden. Unter anderem Blut der Blutgruppe AB positiv. Und genau dieselbe Blutgruppe hatte Peter Martens. Mehr gibt's aber noch nicht, denn die weiteren Analysen stehen noch aus. Deswegen hat Leibig auch Geschiss gemacht, noch ist nichts offiziell. Aber immerhin, Kindlein, wir können jetzt die Vermutung anstellen, dass wir die Tatwaffe im Mordfall Martens haben. Die Blutgruppe AB positiv kommt sehr selten vor.« Dazu machte Morgenthaler seine typische Geste, indem er den Unterarm hob und seine Faust ballte.

Kindlein atmete deutlich hörbar auf. Wenigstens ein Anfang, dachte er.

Dies warf aber auch sogleich zwei entscheidende Fragen auf. Warum wusste Leopold Katzbach von der Waffe, und wer war die Person, deren Gesicht er damals angeblich von den Zeitungen her gekannt haben wollte? Interessant in dem Zusammenhang waren auch seine Bemerkungen über dubiose Machenschaften seines Bruders.

Kindlein hatte sich diese Fragen schon bei der Lektüre des Briefs gestellt. Um seine innere Spannung zu lösen, wollte er auch sofort darüber sprechen.

»Ich denke«, begann er deshalb, »dass wir Leopold Katzbach als Täter ausschließen können. Soweit ich den Unterlagen entnehmen konnte, war er schon damals ein kranker Mann. Und ich weiß nun auch, was Morbus Bechterew für einen Menschen bedeutet. Er musste schon zu der Zeit mit einer schmerzhaften Versteifung seiner Wirbelsäule leben. Alle Taten setzten aber eine gute körperliche Verfassung voraus. Einen Menschen festzuhalten, der chloroformiert wird, ist eine Sache, ihn in einen Sack zu stecken, aber etwas ganz anderes. Und mit gewaltigen Hieben auf jemanden einzustechen, sodass Verletzungen von solchen Ausmaßen entstehen, war ihm garantiert nicht möglich.«

»Schon, Kindlein, aber sein Bruder wurde immerhin mit erheblich geringerem Aufwand getötet. Das war ja gerade an dem Fall so außergewöhnlich«

»Aber in einen Sack hätte er ihn vorher trotzdem stecken müssen.«

»Okay, aber wie kommt der Mann überhaupt darauf, dass dieser Gegenstand die Waffe sei, durch welche auch sein Bruder damals umkam. Ich habe unseren Unterlagen nicht entnehmen können, dass er damals irgendwem gegenüber solch eine Waffe erwähnt hätte, obwohl er ansonsten allerhand starke Behauptungen aufgestellt hat.« Morgenthaler war sofort beim Wenn und Aber und sah Widersprüche. Kindlein musste zugeben, dies nicht erwartet zu haben.

»Darüber habe ich mir auch schon den Kopf zerbrochen. Nehmen wir an, er *wollte* nichts über die Waffe sagen, weil man ihn dann vielleicht verdächtigt hätte. Sein Vertrauen in die Polizei war ja nicht eben groß. Dem widerspricht aber, dass er ja auch behauptete, den Mörder gekannt zu haben. Mit der Beschreibung der Waffe hätte er diese Behauptung untermauern können.«

Morgenthaler stimmte ihm nickend zu.

»Er könnte auch einfach *vergessen* haben, etwas über die Waffe zu erzählen. Aber das glaube ich am wenigsten. Dazu ging es um zu viel, und die Ermittlungen dauerten dafür zu lang. Irgendwann in dieser Zeit hätte er sich bestimmt daran erinnert.«

Auch dieser Erklärung schien Morgenthaler zuzustimmen.

»Es ist natürlich auch möglich, dass er sie zu diesem Zeitpunkt *noch gar nicht kannte*, sondern sie erst später gesehen hat. Nur wo, und bei welcher Gelegenheit? Das kann leider nur er uns sagen. Ich glaube aber, dass die erste Version die wahrscheinlichste ist.«

Jetzt blickte Morgenthaler allerdings skeptisch drein.

»Nein Kindlein, ich glaube, dass ich dir da widersprechen muss. Ich bin der Meinung, dass er die Waffe damals wirklich noch nicht gekannt hat. Genau aus dem Grund, den du eben selbst genannt hast. Er hätte alles, und auch wirklich alles, in die Waagschale geworfen, um den Mörder seines Bruders anzuzeigen.«

»Ja, aber er gab in seinem Brief auch an, vielleicht selbst Opfer werden zu können. Was ist, wenn er einfach Angst hatte? Zum

Beispiel vor der Rache des Mörders, falls die Polizei diesen nicht dingfest machen könnte?«

»Das glaube ich nicht, dazu hat er sich zu Beginn der Ermittlungen schon viel zu weit aus dem Fenster gelehnt. Da hat er sehr genau angegeben, *wer* seiner Ansicht nach der Mörder war. Und diese Person zu finden, fiel der Polizei nun wirklich nicht schwer.«

»Äh, entschuldigen Sie, Konrad, das verstehe ich jetzt nicht.«

»Ganz einfach. Er beschuldigte als Allererstes gleich mal niemand anderen als unseren Kollegen Dankwart Windgassen.«

»Wie, Windgassen?«

»Ja, deshalb sage ich ja auch, dass Katzbach schon vieles behauptet hat. Leopold Katzbach hat bei seiner ersten Befragung angegeben, dass er den Mörder kennt, da er sein Bild schon mal in der Zeitung gesehen habe. Natürlich wurden ihm daraufhin alle möglichen Zeitungen vorgelegt. Darin hat er gemeint, Windgassen wiederzuerkennen. Er hat behauptet, dass dies der Mann gewesen sei, welcher am Morgen noch zu seinem Bruder in den Laden kam, kurz bevor er selbst zu seinem Kunden ging. Er hätte Windgassen angeblich vom Hinterzimmer aus das Geschäft betreten sehen. Dankwart Windgassen war damals noch Assistent von Harald Goedecke und gerade ein paar Jahre bei der Kripo. Gab natürlich einen Riesenwirbel, schon allein wegen der Presse, kannst du dir ja vorstellen. Vor allem deshalb, weil Windgassen einen Tag zuvor noch im ›Mannheimer Morgen‹ riesig gefeiert wurde. Die Zeitung hat von Windgassen als ›Mannheimer Persönlichkeit des Jahres‹ berichtet. Dem damals erst einunddreißigjährigen Windgassen war einige Wochen zuvor ein ganz großer Coup gelungen, bei dem ein vierfacher Kindermörder geschnappt wurde. Die Zeitungen waren tagelang voll von Berichten darüber. Und nun stell dir mal den Aufhänger vor: Kinderretter als Mörder verdächtigt!«

»Das habe ich alles gar nicht gewusst, Konrad. Tut mir Leid, ich habe einfach noch nicht alle Akten durchsehen können. Aber das ist schon eine verrückte Geschichte.«

»Eben, sag ich doch. Windgassen hatte für die Tatzeit selbstverständlich ein absolut hieb- und stichfestes Alibi. Kripochef und Staatsanwalt haben deshalb noch am selben Tag eine Pressemitteilung rausgegeben, in der sie Windgassen definitiv entlasteten. Darüber hat die Presse am nächsten Tag zwar auch berichtet, aber dennoch hat es erst einmal einen Fleck auf Windgassens Weste verursacht. Und natürlich mussten *alle* Zweifel restlos beseitigt sein, bevor man Windgassen wieder in den Dienst nehmen konnte. Deshalb hat Harald Goedecke Katzbach am darauf folgenden Tag nochmals zu seinen Behauptungen befragt. Er wollte seine Zurechnungsfähigkeit nicht in Frage stellen, war aber der Ansicht, dass Katzbach vielleicht unter Schock gestanden hat, als er die Anschuldigungen gegenüber Windgassen ausgesprochen hatte. Und siehe da, tatsächlich war sich Katzbach auf einmal gar nicht mehr sicher, gab nur noch ziemlich wirres Zeug von sich und zeigte in den vorgelegten Zeitungen immer wieder auf andere Personen, einmal sogar auf ein Bild von Willy Brandt.«

»Ein starkes Stück«, sagte Kindlein. »Wie ist Windgassen damit fertig geworden?«

»Nun, ich kannte ihn zu der Zeit noch nicht, aber ich vermute, dass ihn das sehr stark mitgenommen hat. Ich meine sogar, dass ihn dieses Ereignis in gewisser Weise geprägt hat.«

Morgenthalers Stimme hatte plötzlich einen nachdenklichen Unterton. Dann starrte er einige Augenblicke lang völlig entrückt auf den Boden. Es war, als wenn für kurze Zeit ein Schalter umgelegt worden wäre, und Kindlein spürte eine merkwürdige Spannung.

»Wissen Sie, was dann mit Katzbach geschah? Er schien ja einen regelrechten Zusammenbruch erlitten zu haben.«

Morgenthaler sah ihn wieder an. »Soweit ich weiß, kam er in psychiatrische Behandlung und verbrachte dort einige Monate stationär. In der Klinik entwickelte er so etwas wie paranoide Wahnvorstellungen – behauptete von jedem Patienten, Pfleger und Arzt, dass er der Mörder seines Bruders sei. Ich glaube, Anfang 1983 wurde er aber als geheilt entlassen. Dennoch ist es ihm nie wieder gelungen, richtig Fuß zu fassen.«

»Den Eindruck hatte ich auch, Konrad. Ich habe seinen Laden heute Morgen gesehen. Aber das bringt uns wohl alles nicht weiter. Ich denke, wir müssen uns noch einmal die Frage stellen, wo und wann Katzbach diese Waffe gesehen haben kann.«

Morgenthaler zuckte schweigend mit den Schultern.

»Und was war mit diesem Bruder los?«, fragte Kindlein. »Katzbach hat in seinem Brief angedeutet, dass der vor seinem Tod in irgendwas Illegales oder zumindest Suspektes verwickelt schien.«

»Die Geschäftsunterlagen der Firma waren wohl in Ordnung, und auch ansonsten waren die Brüder unbeschriebene Blätter. In der Nachbarschaft galten sie zwar als Sonderlinge, aber bei den Behörden war nur Philipp Katzbach mit einem Vermerk versehen. Doch der bezog sich nur auf einen Eintrag beim Verfassungsschutz.«

»Wie, beim Verfassungsschutz?«

»Nun ja, Kindlein, so etwas ging damals sehr schnell. Ein düsteres Kapitel deutscher Nachkriegsgeschichte. Philipp Katzbach war in den sechziger Jahren Lehramtsstudent an der Uni in Mannheim. Und Ende der sechziger Jahre ist er Mitglied der DKP geworden, wie so viele Studenten in damaliger Zeit. Später wurde über ihn im Rahmen des so genannten Extremistenerlasses Berufsverbot verhängt. Für ihn hieß das, dass er nicht als Lehrer angestellt wurde und damit praktisch umsonst studiert hatte. Aber er war nachweislich nie politisch aktiv gewesen, weder in jener kommunistischen Partei noch in irgendeiner wie auch immer gearteten Gruppe. Trotzdem blieb es bei dem Urteil, sodass ihm wohl nichts weiter übrig blieb, als in das Geschäft seines Bruders einzusteigen.«

Kindlein war ratlos. Alles lag so ewig weit zurück. Und er war mit Morgenthalers Antworten noch nicht zufrieden.

»Aber der Antiquitätenhändler schrieb doch von Kontakten seines Bruders zu dubiosen Menschen, die dessen Menschen- und Weltbild verändert haben sollen. Also wird Philipp Katzbach Verbindungen zu irgendeiner Gruppe gehabt haben, und das noch weit über seine Studienzeit hinaus, oder?«

»Tja Kindlein, schon denkbar. Es wäre gut gewesen, wenn er darüber mehr berichtet hätte. Aber sein Brief war nicht an uns gerichtet, denn sein Vertrauen zur Polizei ist schließlich völlig zerstört. Bedenke, dass er damals aus der Psychiatrie kam und der Mord an seinem Bruder Monate zuvor als ungelöst zu den Akten gelegt worden war.«

Es grenzte für Kindlein an ein Wunder, dass Morgenthaler sich all diese Details hatte merken können. Er hätte ihn gern danach gefragt, aber im Moment war es wichtiger, die aktuellen Sachverhalte erst einmal in den eigenen Kopf einzusortieren.

Außerdem musste er etwas essen. An diesem Tag war er noch nicht mal dazu gekommen, ein Frühstück zu sich zu nehmen, da er es morgens so eilig gehabt hatte, zum Dienst zu kommen. In dieser Hinsicht hatte er den Eindruck, von Morgenthaler wirklich noch etwas lernen zu können. Der hatte immer was Essbares in seiner Nähe.

Schon auf der Fahrt nach Ludwigshafen hatte Kindlein gehofft, bei einem Besuch seiner Eltern vielleicht auch ein kleines Abendessen zu bekommen. Diese Hoffnung war schon geschwunden, als er vor der Wohnungstür seiner Mutter gestanden und von dort wohlbekannte dumpf klingende Murmellaute vernommen hatte. Sie hielt wieder eines ihrer wöchentlichen Buddhisten-Treffen, bei dem alle Teilnehmer unisono im Dreiertakt die sechs Silben eines altchinesischen Verses rezitierten und ihn in monotonem Singsang und rhythmischer Folge immer und immer wieder repetierten.

Nun, da er in der Wohnung seines Vaters stand und sich darin umsah, sank seine Hoffnung auf ein Essen endgültig. Der Vater hatte inzwischen auch den letzten Raum, seine Küche, zu einem botanischen Garten umfunktioniert. Er besaß nicht mal mehr einen Kühlschrank, und da, wo einst der Herd gestanden hatte, befand sich nun ein mit Speziallampen beleuchtetes Mini-Treibhaus.

»Das war die Idee deiner Mutter, Frieder. August, hat sie neulich gesagt, ich wundere mich, dass du nicht auch noch deine Küche mit dem Gemüse zustopfst. Sie kommt nachher sicher noch rüber, Frieder. Also Geduld. Im Moment hat sie wieder die Irrgläubigen um sich versammelt. Du kennst das ja schon. Die werden jetzt noch etwa eine halbe Stunde lang beten, oder wie sie es nennen *chanten*, und dann gibt es Kartoffelsuppe mit Lachseinlage. Auf die wird sich die Bande dann gierig stürzen. Aber keine Angst, bis jetzt ist immer was übrig geblieben. Es wird für uns beide reichen.«

Kindlein hasste Kartoffelsuppe. Die Hoffnung starb.

»Lass mal gut sein, ich wollte bloß mal bei euch vorbeisehen.

Du kannst aber von mir aus ruhig rübergehen. Mutti würde sich bestimmt freuen.«

»Quatsch, Frieder. Jetzt, wo du mal hier bist? Niemals. Außerdem kann ich mir das da drüben nicht noch mal antun. Deine Mutter würde mir nur zusetzen und wieder und wieder behaupten, dass gerade mir der Buddhismus enorm viel bringen würde. Dass das gemeinsame Erlebnis des Chantens meine Seele reinigen, mein Bewusstsein erweitern und meine Kräfte steigern würde. Und sie würde erst aufhören, auf mich einzureden, wenn ich bei ihr im Wohnzimmer auf dem Boden knie. Ich will aber nicht noch mal so erleuchtet sein wie das letzte Mal. Drei Tage hat diese Erleuchtung angehalten, so lang, wie ich gebraucht habe, meine innere Buddhaschaft wieder loszuwerden, die sich als schmerzhafte Versteifung der Lendenwirbelsäule bemerkbar gemacht hat. Nein, ich freue mich, dass ich dich mal sehe. Wie geht es dir?«

»Na ja, geht so.«

»Klingt aufregend.«

»Tja, wie würde es dir gehen, wenn du plötzlich völlig überfordert wärst?«

»Hm, keine Ahnung. Ist mir noch nie passiert.«

»Ach Papa, du bist goldig. Aber im Ernst, ich bin völlig im Eimer. Mir ist in den letzten beiden Tagen so richtig klar geworden, dass ich bis jetzt immer unheimliches Glück gehabt habe. Ich habe mit guten und erfahrenen Kollegen gearbeitet, und in den Fällen, die ich geleitet habe, kam entweder im letzten Moment noch ein entscheidender Hinweis auf den Tisch oder irgendein Beweismittel an die Oberfläche, oder die Täter haben sich durch Dummheit selbst verraten. Danach waren alle glücklich, die Angehörigen der Opfer, die Kollegen, der Dienststellenleiter, der Staatsanwalt und die Öffentlichkeit. Aber jetzt arbeite ich an einem Fall, dem ich nicht im Geringsten gewachsen bin.«

»Puh, das klingt natürlich übel. Aber deine Vorgesetzten werden sich doch irgendwas dabei gedacht haben. Ich meine, die werfen dich doch nicht einfach so ins offene Messer, Frieder. Und vermutlich bist du nicht allein. Du hast doch sicher wieder einen Kollegen an deiner Seite, oder?«

»Ja, das schon.«

»Na also.«

»Nur was für einen, Papa. Ich darf jetzt mit unserer Betriebsnudel zusammenarbeiten, so einem kumpelhaft hemdsärmeligen Typen, wenn du verstehst, was ich meine. Fachlich ist er zwar völlig inkompetent, aber dafür versprüht er ständig einen derben, oberflächlichen Optimismus, und wenn es darum geht, Geburtstags-, Jubiläums- oder Betriebsfeste zu organisieren, ist er unschlagbar.«

»Aber das ist doch super. Ich wäre froh gewesen, wenn wir so einen bei uns gehabt hätten. Bei uns war es immer nur langweilig.«

Kindleins Vater war Leiter der Ausgabestelle für Jagd- und Angelscheine in der Stadtverwaltung gewesen.

»Gut, dann stelle ich dir mal eine Frage. Was hältst du von Ameisen?«

»Fleißige Tierchen. Warum?«

»Ganz einfach, weil dieser Morgenthaler bei uns *Ameise* genannt wird. Der ist fleißig und stark wie eine Ameise und kann Unmengen auf seine Schultern laden, kann aber leider, genau wie sie, immer nur nach einem übergeordneten Plan handeln. Und diesen Plan muss man ihm jedes Mal aufs Neue erstellen. Der Einzige, der mit ihm klar kommt, ist unser erster Kriminal-Hauptkommissar. Das grenzt an ein Wunder, denn wenn er anderen Kollegen zugeteilt ist, entzieht er sich jeglicher gedanklichen Auseinandersetzung mit der Arbeit. Immerzu fragt er dann ›Okay Jungs, und was kann der liebe Conny als Nächstes tun?‹. Teilen sie ihm eine Aufgabe zu, erledigt er sie mit Fleiß – diesen Teil, aber sonst nichts. Anschließend fragt er wieder, was er als Nächstes tun könne. Das ist eine Bierholer-Mentalität, aber doch keine Berufsauffassung.«

»Hm. Und du bist wirklich sicher, dass dieser Mann außer seinem Fleiß keine weiteren Qualitäten hat?«

»Kann ich mir nicht vorstellen. Na ja, vielleicht, dass er sich ungeheuer viel Zeug merken kann. Aber ansonsten?«

»Komm, Frieder, gib nicht auf. Vielleicht müsst ihr euch einfach nur besser kennen lernen.«

»Kennen lernen? Oh Mann, Papa. Ich glaube nicht, dass ich das wirklich will. Ich glaube eher, dass ich diesen ganzen Mist niemals heil überstehe.«

»Blödsinn. Komm, ich zeige dir mal was.«

Kindlein folgte seinem Vater. In seiner Hosentasche vibrierte das Handy.

Es war ein kurzes Gespräch. Er steckte das Handy schon bald wieder ein.

»Die Arbeit?«, fragte der Vater.

»Unser Pathologe. Ich muss wieder rüber nach Mannheim. Was wolltest du mir denn zeigen?«

»Schau dir mal die Pflanze an, Frieder. Die da hinten.«

Kindlein blickte in die Richtung, sah aber nicht, welche sein Vater meinte. Schließlich stand das ganze Wohnzimmer voll mit Pflanzen. Und alle sahen ähnlich aus. Dicke, klumpige Leiber hatten sie – Wasserspeicherorgane, adaptiert an das Leben in der Wüste. Sie glichen übergroßen, monströs anmutenden Kartoffeln oder Rüben. Manche von ihnen besaßen lange wurmartige Auswüchse, die zum Teil chaotisch ineinander verdreht als wüstes Konglomerat der obersten Polspitze dieser Knollen entsprangen. Blätter und Blüten würden diese Pflanzen erst wieder ab April ausbilden. Bis dahin benötigten sie nicht einen Tropfen Wasser. *Zygosicyos tripartitus, Cephalopentandra ecirrhosa, Pachypodium lealii ssp. saundersii.* Kindlein konnte die Namen auf den kleinen Schildchen kaum aussprechen.

»Die da meine ich«, sagte der Vater. »*Ibervillea sonorae.*«

Kindlein sah erst das Schild und dann die Pflanze. Sie sah aus wie ein mit Beulen und Warzen übersäter grauer Klumpen aus Tonresten.

»Oh, schön. Und warum willst du mir gerade die zeigen?«

»Weil ich dir zeigen will, dass man auch noch so schwierige Situationen irgendwie meistern kann. Ein sieben bis acht Kilogramm schweres Exemplar von *Ibervillea sonorae* wurde von 1902 bis 1909 in einem New Yorker Museum in einem verschlossenen, aber lichtdurchlässigen Behälter aufbewahrt. In diesen Jahren erhielt es nicht einen Spritzer Wasser. Es überlebte diese Zeitspanne nicht nur, sondern bildete jedes Jahr sogar erneut Zweige und Blätter aus. Nach diesen sieben Jahren wog die Pflanze zwar nur noch die Hälfte ihres ursprünglichen Gewichts, aber sie hat überlebt.«

Weil Kindlein dazu nichts einfiel, sagte er: »Hm, schon erstaunlich, was Menschen so alles erforscht haben.«

Der Vater erhob demonstrativ einen Zeigefinger. »Da muss ich dir Recht geben, Frieder. Der Mensch hat schon vieles erforscht und auch erklären können. Aber lass dir eins gesagt sein: Es gibt eine, die ist immer noch klüger als der Mensch! Natürlich würde deine Mutter behaupten, dass sie es wäre. Aber nein, mein Junge, es ist … die Evolution! Sie allein entscheidet, was stark genug ist und überleben darf, und mustert aus, was nichts taugt.«

Beide schwiegen daraufhin für einen Moment.

»Dann wärst du schon längst abserviert, mein Lieber.« Die beiden Männer erschraken. Ihnen war nicht aufgefallen, dass sie während ihrer Unterhaltung einen heimlichen Zuhörer gehabt hatten. »Du solltest dich vorsehen, vielleicht kommt die Evolution ja auch mal zu uns.« Mit verschränkten Armen stand die Mutter in der Zimmertür und sah den Vater mit gespielt strengem Gesicht an. Dann wandte sie sich Kindlein zu.

»Aber wenn man deinen Vater so anguckt, hat man das Gefühl, dass sie schon da war. Sie hat ihn zwar nicht gleich ausgemustert, aber entschieden, dass auch er die Fähigkeit zur Wassereinlagerung haben soll. Im Hirn hat das gleich funktioniert. Aber inzwischen hat auch sein Körper die Form seiner Klumpmonster angenommen. Ich weiß nicht, ob so einem meine Kartoffelsuppe überhaupt gut tut. Und was ist mit dir, Frieder?«

»Tut mir Leid, Mutti, aber ich muss noch mal rüber ins Präsidium.«

Als Kindlein am Präsidium ankam, sah er Professor Wesselin rauchend vor dem Haupteingang stehen. Der Mann war etwa fünfzig und nicht zu übersehen. Er maß etwas über zwei Meter und war dabei auch noch elend dünn. Mit seinem Hut, dem langen dunklen Kaschmirmantel und den schwarzen glänzenden Schuhen sah er aus, als wenn er gleich in die Oper oder ins Konzert wollte.

»Ah, hallo, Herr Kindlein!«, rief er, als Kindlein auf ihn zukam. »Prima, dass sie gleich kommen konnten. Ich will nämlich noch in die *Tosca*.«

Gemeinsam gingen sie hoch ins Büro.

Als sie eintraten, sah Kindlein zu seiner Überraschung, dass auch Jürgen Leibig dort war. Der Kriminaltechniker war noch immer ordentlich verschnupft, machte aber körperlich einen besseren Eindruck. Als sie sich begrüßt hatten, kam er gleich zur Sache.

»Professor Wesselin und ich haben uns heute Nachmittag kurzgeschlossen und ein paar Überlegungen zu diesem Teil hier angestellt.« Leibig hielt den Gegenstand von Frau Schilling in der Hand. »Und da er heute Abend sowieso nach Mannheim kommen wollte, haben wir uns hier bei Ihnen im Präsidium verabredet. Wir möchten etwas demonstrieren.«

»Vorab muss ich aber noch was klären, Herr Kindlein«, sagte Wesselin. »Bei dem Fund, den diese Dame machte, handelt es sich nicht um eine komplette Waffe, sondern nur um ein Fragment. Die Klinge passt zwar eindeutig zu den Schnittverletzungen und Stichwunden der Opfer, aber das erklärt noch nicht, wie sie herbeigeführt werden konnten. Ich habe deshalb noch mal diese Prellmarken eingehend betrachtet. Und da mir fiel auf, dass es genaue Übereinstimmungen zwischen Form und Größe dieser Marken und dem schweren hölzernen Knauf dieses Gegenstands gibt. Demnach könnten den Opfern, bevor sie durch die Klinge den Tod gefunden haben, zuerst mit diesem Holzknauf Schläge zugefügt worden sein.«

Leibig nickte zustimmend. Wesselin fuhr fort.

»Die Stärke der Blutergüsse und die Kompressionsschäden des Unterhautgewebes haben aber nicht dadurch erzeugt werden können, dass der Täter das Instrument einfach nur in die Hand nahm und damit zuschlug.« Wesselin nahm es Leibig aus der Hand, umgriff das Gewinde zwischen Klinge und hölzernem Knauf und deutete eine abwärts schlagende Bewegung an. »Ich hatte zwar recht bald eine Vermutung, wie es trotzdem gehen könnte, aber um einen entsprechenden Versuch durchführen zu können, benötigte ich Herrn Leibigs Fähigkeiten.«

Wesselin übergab den Gegenstand wieder an Leibig. Der ging damit rüber zu Morgenthalers Schreibtisch. Wesselin redete weiter.

»Am Rande der Einstichstellen habe ich, genau wie meine Amtsvorgänger, einseitige Einblutungen gefunden, die bei Verletzungen durch Äxte und Picken entstehen, wenn ihr Stiel nach dem

Eindringen des Eisens auf die Haut aufschlägt. Es lag nahe, dass die zentrale Einrichtung der Waffe noch fehlt. Und da hat Herr Leibig nun die einzig plausible Lösung gefunden. Sie werden staunen, Herr Kindlein. Aber ich muss jetzt los, zu meinen nächsten Opfern.«

Kindlein sah ihn verdutzt an. »Wie, ich dachte Sie wollen in die Oper?«

»Eben, *Tosca.* Vier Tote. Zwei Morde und zwei Suizide.«

Wesselin ging. Kindlein wandte sich daraufhin Leibig zu, der jetzt hinter Morgenthalers Schreibtisch stand und nun auch noch eine Metallstange in der Hand hielt.

»Also, passen Sie auf, Herr Kindlein. Meiner Ansicht nach fehlte noch ein Stiel oder langer Griff, um als Hebelarm zu dienen. Erst damit hätte der Täter die für diese Verletzungen nötige Kraft aufbringen können. Und dieser Stiel musste im Bereich des Gewindes zwischen Klinge und Kopf des Instruments angebracht worden sein.« Er zeigte auf die Stelle. »Ich hab entsprechende Versuche gemacht. Und das ist das Ergebnis.«

Kindlein ging zu ihm und sah, dass die lange runde Stange an einem Ende plattgedrückt war. Dadurch war an dieser Stelle eine rechteckige Fläche entstanden. Durch diese hatte Leibig ein Loch gebohrt. Innen war dieses Bohrloch mit einem Gewinde versehen. Dann steckte Leibig die Klinge des Gegenstandes durch das Loch. Das Gewindestück passte nicht mehr hindurch. Erst als Leibig am Holzknauf zu drehen begann, drehte es sich in das Innengewinde der Metallstange. So hatte er mit einem Mal eine Art Picke in der Hand, die auf einer Seite mit einer langen Klinge und auf der anderen Seite mit einem schweren Holzknauf versehen war.

»O Gott, das kann nicht wahr sein.«

»Doch leider, Herr Kindlein. Auf die Art ist ein regelrechtes Kombinationsinstrument daraus geworden. Ein Hieb-, Stech- und Schneidewerkzeug, dessen Rückseite durch den schweren Palisanderkopf auch noch wie ein Holzhammer als Schlagwaffe eingesetzt werden kann. Beide Seiten des Instruments sind durch den langen Hebel der Eisenstange zur absolut todbringenden Waffe geworden.«

Kindlein schluckte.

»Nach Wesselins Einschätzung kann man allein mit der hölzernen Seite tödliche Schlagverletzungen herbeiführen. Passen Sie mal auf.«

Leibig umgriff die Metallstange am äußeren Ende, drehte sich ein Stück herum und holte weit aus. Der Gegenstand wirbelte plötzlich durch die Luft. Kindlein zuckte zusammen. Dann schlug der hölzerne Knauf mit irrsinniger Wucht und einem lauten dumpfen Rumsen auf etwas auf.

»Meine Versuchseinrichtung, Herr Kindlein. Aus unserer Sporthalle.«

Kindlein lugte hinter den Schreibtisch. Leibig hatte auf einen prall gefüllten ledernen Sandsack eingeschlagen, der neben Morgenthalers Bürostuhl auf dem Boden lag. Darin hatte sich eine tiefe Mulde gebildet.

»Wahnsinn.«

»Genau, und jetzt stellen Sie sich mal vor, ich würde das Gleiche mit der Klingenseite machen und anschließend an der Stange zerren. Hier würde nur Leder zerfetzt werden, und es wäre auch nur Sand, der auslaufen würde. Ein brauchbares Gerät, bei objektiver Betrachtung, höchst effizient und geräuschlos im Einsatz. Der Erfinder war Praktiker. In einer Luxusausführung, zum Beispiel mit Teleskopstange, könnte man es sogar in kleineren Behältnissen transportieren.«

Es war spät geworden, als Kindlein nach Hause gekommen war. Und gerade als ihm der Sprecher der Abendnachrichten eine geruhsame Nacht wünschte, klingelte es an seiner Wohnungstür. Ohne sich vorstellen zu können, wer ihn um elf noch aufsuchen wollte, ging er zur Tür und öffnete sie.

Er war mehr als überrascht. Vor ihm stand Frau Schilling.

»Guten Abend, Herr Kindlein. Ich weiß, es ist schon spät, aber ich glaube, ich habe da noch etwas, was Ihren Fall betrifft. Und ich habe gedacht, dass es wahrscheinlich das Beste wäre, wenn ich Ihnen das gleich zeige. Es dauert auch nicht lange.«

Sie hatte einen Ordner unter dem Arm und wirkte sehr aufgeregt. Kindlein bat sie einzutreten. Erst dann fiel ihm ein, dass es bei ihm alles andere als einladend aussah.

»Tut mir Leid, Frau Schilling, aber im Moment hause ich mehr, als dass ich wohne. Deshalb müssen Sie leider damit vorlieb nehmen.« Er zeigte auf seine Couch. Dort war zwischen zwei großen Kleiderhaufen gerade noch Platz, um einer einzelnen Person eine Sitzgelegenheit zu bieten. Kindlein selbst setzte sich auf einen Umzugskarton ihr gegenüber.

Ester Schilling versank in den weichen Sitzpolstern, und die beiden Kleiderberge links und rechts von ihr neigten sich gefährlich weit auf sie zu. Aber sie war so aufgewühlt, dass sie das gar nicht zu bemerken schien. Sie öffnete gleich den Ordner und holte einige Papierbögen daraus hervor.

»Sehen Sie, Herr Kindlein, als Sie heute Mittag bei mir waren, habe ich erst so richtig verstanden, um was es eigentlich geht. Mir ist plötzlich klar geworden, dass ich da neulich im Bus schließlich nicht irgendwem, sondern einem eiskalten Mörder begegnet bin. Das hat mir im Nachhinein Angst gemacht. Wissen Sie inzwischen schon mehr über diesen Gegenstand?«

»Na ja, Frau Schilling. Ich darf natürlich nicht über unsere Ermittlungen sprechen, aber so viel kann ich im Moment sagen: Es ist tatsächlich ein Mensch damit umgebracht worden.«

»Das habe ich mir fast schon gedacht. Ich habe mir nach Ihrem Besuch die heutige Zeitung besorgt, und darin stand ein Artikel über den Mord an einem jungen Mann. Und die schrieben auch, dass es schon mehrere dieser Morde gab. Stimmt das?«

»Leider, Frau Schilling. Warum fragen Sie?«

»Wissen Sie, man hält nicht jeden Tag so einen Brief in der Hand. Das macht einem schon Gedanken. Und da er immerhin so eine Art Abschiedsbrief ist, glaube ich Leopold Katzbachs Äußerungen auch. Deshalb habe ich über einige Passagen des Briefes noch mal nachgedacht und festgestellt, dass er viele Aussagen darüber enthält, wer der Täter sein könnte.«

»Hm, welche Passagen sollten das sein?«

Ester Schilling räusperte sich kurz. Dann atmete sie tief durch.

»Leopold Katzbach schrieb, dass er das Gesicht des Mörders vorher schon mal in der Zeitung gesehen hatte. Die Polizei schien ihm aber aus irgendwelchen Gründen nicht zu glauben. Und ich glaube, ich weiß auch warum.«

»Aha, ja und warum?«
»Befangenheit.«
»Wie, Befangenheit?«
»Ganz einfach, Herr Kindlein. Es war ein Mensch aus dem öffentlichen Leben. Und man hatte Katzbach nicht geglaubt, weil man der Person nicht schaden wollte und die Zusammenhänge einfach nicht sah – oder nicht sehen wollte.«

Ester Schilling war ganz aufgeregt und sprach deshalb immer lauter. »Ich habe eine Freundin, die beim ›Mannheimer Morgen‹ arbeitet. Die habe ich gebeten, aus dem Zeitungsarchiv Kopien einiger Ausgaben von damals zu machen. Ich habe darin herumgestöbert und denke, dass ich auf die richtige Person gestoßen bin.« Sie kramte in ihrem Ordner und holte nach kurzem Suchen einen Bogen Papier hervor. Den überreichte sie Kindlein.

»Da ist er. Das ist die Person, die ich meine.«

Kindlein nahm den Bogen. Es war eine Kopie der Titelseite des »Mannheimer Morgen« vom 12.6.1982, also einem Tag vor der Ermordung Philipp Katzbachs. Er kannte den Artikel aus den Akten und sah deshalb auch sofort, wen Ester meinte. Rechts unten war sein Bild ganz deutlich abgebildet. Er war darauf natürlich viel jünger als heute, aber er hatte den gleichen, etwas harten Gesichtsausdruck. Und die strenge Körperhaltung war schon damals typisch für ihn. Und dann stand da auch wieder: Mannheimer Persönlichkeit des Jahres.

Das war alles? Einen Artikel über Dankwart Windgassen? Kindlein wusste nicht, was er sagen sollte. Er war total müde. Und nun saß eine Hobbydetektivin bei ihm und stahl ihm die Zeit. Dabei fand er sie wirklich sehr nett und wollte sie auf gar keinen Fall kränken.

»Bitte sein Sie nicht böse, Frau Schilling, aber die Polizei ist dieser Spur damals nachgegangen, glauben Sie mir.«

Ester schaute ihn betreten an.

»Aber das Foto. Das ist doch alles ganz eindeutig.«

Kindlein spürte ihre Aufregung und wollte sie beruhigen.

»Haben Sie auch die Ausgabe vom Tag nach dem Mord angesehen? Die Ausgabe vom 14.6.1982? Da wird alles klarer.« Er meinte damit den Artikel, in dem der »Mannheimer Morgen« sich zu den haltlosen Verdächtigungen Leopold Katzbachs geäußert hatte und in dem über das absolut einwandfreie Alibi Windgassens berichtet worden war.

Frau Schilling sah ihn unverhohlen skeptisch an und antwortete in schnippigem Ton:

»Nein, habe ich natürlich nicht, Herr Kommissar. Aber wie Ihnen nicht entgangen sein wird, nahm Leopold Katzbach Bezug auf Zeitungsartikel, die *vor* dem Mord an seinem Bruder erschienen waren, und selbstverständlich nicht auf Artikel, die erst anschließend geschrieben wurden. Die konnte er zu dem Zeitpunkt noch gar nicht gekannt haben. Er war schließlich kein Hellseher.«

Nun reichte es Kindlein. Er hatte sich in dieser Frau getäuscht. Anscheinend hatte auch sie nur laienhafte detektivische Ambitionen, wie so viele andere. Mit solchen Menschen hatte er häufig zu tun, und fast immer waren sie nervig und extrem penetrant. Und in aller Regel gingen sie ihren »Spuren« nur halbherzig nach oder interpretierten viel zu früh.

»Frau Schilling, ich weiß, dass Leopold Katzbach damals diesen Mann in Verdacht hatte. Aber glauben Sie mir doch bitte – Sie sind da auf einer falschen Spur. Das ist alles genauestens untersucht worden.«

Kindlein sah, dass sie mit seiner Antwort nicht zufrieden war. Sie war enttäuscht.

»Wissen Sie was, Herr Kindlein? Ich glaube, Sie wollen gar nicht verstehen. Aber ich lasse Ihnen den ganzen Kram gerne da. Vielleicht gucken Sie ja mal rein und überzeugen sich. Und vielleicht geht dann sogar Ihnen ein Licht auf.«

Sie stand auf, mied demonstrativ seinen Blick und lief in Richtung Wohnungstür.

»Danke, ich weiß, wo der Ausgang ist.«

Die Tür rumste, und Kindlein war wieder allein.

*

In dieser Nacht war der Wurm nicht erschienen. Andere Träume hatten ihn geplagt. Sie waren zwar nicht unmittelbar Furcht einflößend, aber beunruhigend. Und er wusste, dass sie ihn daran erinnern sollten, dass sein Leben eine Zäsur erfahren hatte. Dass fortan nichts mehr so sein würde wie bisher. Dass er sich für die Zukunft nicht nur auf neue Träume einzustellen hatte, sondern dass auch die Realität von nun an ein Albtraum werden würde.

Er hatte es ihnen am Tag zuvor gesagt. Das war seine Pflicht. Er hatte ihnen mitgeteilt, dass er einen Teil seiner Waffe verloren hatte. Daraufhin hatten sie lange geschwiegen und ihm dann unmissverständlich klar gemacht, dass er kein Recht mehr hatte, unter ihnen zu weilen. Dass er dem Kreis nicht mehr angehören könne. So waren nun mal die Regeln. Man hatte sich um den Erhalt, die Vollständigkeit und die ständige Einsatzfähigkeit der Waffe zu kümmern. Das galt nicht nur für immer und für alle Zeiten, sondern auch für jeden. Gerade weil sie keine noch so kleine Ausnahme zugelassen hatten, waren sie immer völlig unbehelligt geblieben.

Und noch bevor sie beginnen wollten, ihre nächste Maßnahme zu planen, hatte er, einstmals Mitbegründer dieses Zirkels, die Versammlung zu verlassen. Sie hatten bestürzt gewirkt.

Aber waren sie das wirklich? Er war gegen ihre nächste Aktion gewesen, das hatte er mehrmals unmissverständlich gesagt. War ihnen sein Ausschluss da nicht sogar gelegen gekommen? Jedenfalls hatte er ihnen unter diesen Umständen nicht mehr sagen können, dass noch etwas Schlimmes geschehen war. Er hatte nämlich noch etwas verloren. Aber er hatte sich dann einfach nicht mehr getraut – er war zu feige gewesen.

Sie hätten ihn sofort getötet. Sie hätten ihn töten *müssen*.

Wie aber sollte das Leben fortan weitergehen? Welche Art von Leben würde ihm bevorstehen? Er konnte sich die Frage selbst beantworten. Genau das Leben, welchem er schon im Alter von fünfzehn Jahren entsagt hatte. Ein Leben, das allein vom Glück, vom Zufall und der Gunst anderer Menschen abhing. Und er wusste, dass die Träume der letzten Nacht ihn an den erinnern wollten, der Opfer eines solchen Lebens gewesen war.

An seinen Vater wollten sie ihn erinnern. Den Vater, den sie immer gezwungen hatten zuzusehen und der weinend in der Ecke saß, wenn die Männer sich an seinen Kindern vergingen. Daran, dass die beiden Geschwister sich hatten berühren müssen, während die Schweinemänner sich an sich selbst vergingen. Und auch daran, dass diese fetten Kerle sie gezwungen hatten, es zu trinken, derweil der Vater in der Ecke ein leises »Verzeiht mir, Kinder!« und »Oh Gott, verzeiht mir!« wimmerte.

Noch immer riss die Erinnerung daran an seinen Eingeweiden. Der Vater war ein Opfer gewesen, schwach und abhängig. Ihm war ein grober Fehler unterlaufen – ein Kunstfehler, eine falsche Diagnose, eine fehlerhaft durchgeführte Operation. Die Existenz der Familie hatte auf der Kippe gestanden.

Von da an waren sie gekommen, hatten regelmäßig etwas vom Schweigegeld abgehoben. Anfangs war nur sein Vorgesetzter gekommen, später auch dessen Freunde. Und erst als die Scham beider Kinder mit Haaren bedeckt war, hatte alles ein Ende.

Drei Jahre später fand auch die Scham des Vaters ein Ende, als er ein letztes Mal die kleine Pistole aus seinem Schreibtisch holte. Und die unwissende Mutter hatte ein Jahr darauf die Trauer über den Verlust ihres Mannes mit ins Wasser genommen.

*

… Im Zusammenhang mit dem Mord an Philipp Katzbach hat die Mannheimer Kriminalpolizei gestern bekannt gegeben, dass der Bruder des Ermordeten, Leopold Katzbach, bei einer ersten Befragung schwerste Anschuldigungen gegenüber einem Beamten der Kripo ausgesprochen habe. Um Gerüchten schon im Vorfeld entgegenzuwirken, hat man sich in den Reihen der Kriminalpolizei und der Staatsanwaltschaft gemeinsam mit dem Beschuldigten darauf verständigt, sofort offen zu legen, dass es sich hierbei um Kriminalkommissar Dankwart Windgassen von der Mannheimer Kripo handelt. Dieser hat sich in der letzten Zeit durch spektakuläre und erfolgreiche Ermittlungsarbeit einen Namen gemacht. (Über seine Ernennung zur »Mannheimer Persönlichkeit des Jahres« berichtete MM vorgestern ausführlich. Anm. d. Red.).

Die Leitung des Polizeipräsidiums gab bekannt, dass Kriminalkommissar Windgassen für den Tatzeitpunkt ein Alibi vorweisen kann und dass der Verdacht damit völlig haltlos ist.

Kindlein hatte sich an den Computer gesetzt und unter dem Suchbegriff *Dankwart Windgassen* den Artikel des »Mannheimer Morgen« vom 14.6.1982 gefunden. Ester Schillings nächtlicher Besuch hatte ihn daran erinnert, dass er selbst den Inhalt dieses Artikels nicht studiert hatte, sondern nur die Stegreifversion von Morgenthaler kannte. Und auch jetzt musste er wieder feststellen, dass Morgenthalers Gedächtnis wirklich ausgezeichnet war, denn er hatte alles genauso wiedergegeben, wie es damals dokumentiert wurde.

Das einzig Neue für Kindlein war das Foto von Windgassen. Auch neben diesem Artikel hatte die Zeitung damals eine Aufnahme von ihm veröffentlicht. Und es war für Kindlein seltsam, diesen sonst so elegant gekleideten Mann darauf in Freizeitkleidung zu sehen.

Aber noch jemand war dort abgebildet. Ein Mann, etwas hagerer, aber größer als Windgassen, stand neben ihm und hatte freundschaftlich seinen Arm um dessen Schulter gelegt. Beide hatten hinter der Reling einer Jacht gestanden und zufrieden in die Kamera geschaut.

Unter das Foto hatte der »Mannheimer Morgen« einen kleinen Hinweis gesetzt:

Mit diesem langjährigen Freund verbrachte Krim.-Kom. Dankwart Windgassen die letzten beiden Tage. Eine Mannheimer Persönlichkeit ersten Ranges lud die »Mannheimer Persönlichkeit des Jahres« auf eine Fahrt rheinabwärts ein.

Auch in den Ausgaben vor dem Tatzeitpunkt war Windgassen häufig abgebildet. Er war tatsächlich eine gefeierte Person, und ständig wurde über ihn berichtet, oder man interviewte ihn zu Fragen der Verbrechensbekämpfung. Kindlein las deshalb Auszüge aus diesen Interviews und war erstaunt, welch hohe Kompetenz ihr erster Hauptkommissar damals schon besaß.

Kindlein schaltete den Computer wieder aus. Er war mit Morgenthaler bei dieser Simone verabredet. Sie war endlich aus London zurück, und damit bestand Hoffnung, mehr über Peter Martens und dessen Umfeld in Erfahrung zu bringen.

Simone Wörz war eine wirklich schöne Frau. Sie hatte eine makellose Figur, der man Pflege und sportliche Betätigung sofort ansah. Ihr ganzes Erscheinungsbild ließ auf eine selbstbewusste und intelligente Person schließen. Sie hatte langes, frisch gekämmtes Haar, in das sehr dezent einige hellere Strähnchen eingearbeitet waren. Es lag schwer auf ihren schmalen Schultern, und das Tageslicht vom Wohnzimmerfenster ließ es zudem seidig schimmern. Sie hatte volle rosige Lippen, hinter denen strahlende, gesunde Zähne hervorglänzten, und ihre Nase war zart und ebenmäßig. Kindlein griff unwillkürlich an seinen Krawattenknoten, um dessen Sitz zu überprüfen.

Simone Wörz' große hellblaue Augen waren leicht gerötet, und ihr Make-up war verlaufen. Sie hatte ganz offensichtlich geweint. Dennoch betrachtete sie Kindlein mit hellwachem und festem Blick, als er ihr seinen Dienstausweis überreichte. Und als er ihr Morgenthaler vorstellte, hatte er das Gefühl, als wenn für einen kurzen Moment ein kleines Schmunzeln über ihre Lippen ging. Es war wirklich nur für den Bruchteil eines Augenblicks. Er blickte zu Morgenthaler hinüber.

Kindlein wäre am liebsten in den Erdboden versunken. Der Anblick war so peinlich, dass er schnell wieder wegsah. Morgenthaler trug einen viel zu kleinen grauen Pullover, der seine Stämmigkeit und seinen Hüftspeck so richtig zur Geltung brachte. Und den trug er auch noch doppelt falsch herum. Die linke Seite war nach außen gekehrt und das Rückenteil war vorn. Ein verräterisches kleines weißes Firmenzettelchen an der Vorderseite seines Kragens trug die Aufschrift »ERROR«, demonstrierte somit Morgenthalers Fauxpas ebenso unzweifelhaft wie passend. Dass er sein Goldkettchen über diesem Pullover trug, machte nichts besser. Und die raue Oberfläche der Wolle gereichte ihm auch nur zum Nachteil. In ihr hatten sich nämlich all jene kleinen Plunderkrümel verhakt, die es nicht geschafft hatten, an seinem Bart hängen zu bleiben.

»Sie müssen mir Fragen zu Peters Tod stellen, richtig?« Simone Wörz kam mit fester Stimme gleich zum Thema. Morgenthaler hatte sie schon am Telefon darauf vorbereitet.

»Ja, Frau Wörz, das müssen wir, leider. Wie Sie wissen, ist Peter

Martens vor drei Tagen Opfer eines Gewaltverbrechens geworden. Wir ermitteln in dieser Sache und müssen auch Ihnen einige Fragen dazu stellen. Sie hatten ja, soweit wir wissen, zumindest eine geschäftliche, wenn nicht sogar eine private Beziehung zu ihm.«

»Ja, Herr Kommissar, das hatten wir. Ich habe Peter Martens geliebt. Und ich weiß, dass diese Feststellung schon gleich die nächste Frage impliziert. Was macht eine attraktive Frau mit so einer fetten Wurst? Antwort, Herr Kommissar: Ficken und lachen! Und warum mit ihm?, werden Sie sich fragen, wo so eine doch jeden kriegen kann. Antwort: Weil er beides am besten konnte und weil ich auf fette Männer stehe! Und warum Sex auch in aller Öffentlichkeit? Antwort: Weil es uns beiden Spaß gemacht hat, und weil es dafür richtig gut Geld gab! Mehr Geld als an der Uni, wo man sich für ein Taschengeld unter lauter Langweilern aufhält. Wo den ganzen Tag über Kram geredet wird, den nur eine kleine Elite versteht, der aber von vielen bezahlt werden muss, die gar nichts davon verstehen. Da geht es beim Verkauf von Sex viel ehrlicher zu: Alle wissen, um was es geht, und jeder bezahlt, und das auch noch freiwillig. So, und jetzt wollen Sie noch wissen, was das mit Liebe zu tun hat? Ich sage es Ihnen: Wir beide, der Peter und ich, waren wie Zwillinge. Es gab nichts auf dieser Welt, zu dem wir nicht die gleichen Ansichten vertraten. Unser Humor war geradezu identisch, unsere Leidenschaften die gleichen, und wir liebten unsere Lebenseinstellung. Wir provozierten beide gleich gern, und unsere Harmonie wuchs umso stärker, je weiter wir uns von den gesellschaftlichen Konventionen lösen konnten. Jawohl, Herr Kommissar, wir waren ein unglaublich glückliches Paar. Und wir waren glücklich, weil wir nach unseren eigenen Regeln leben konnten.«

Kindlein schluckte. Das hatte er nicht erwartet. Er brauchte einige Augenblicke, um das soeben Gehörte zu verdauen. Dabei merkte er, dass ihm nichts einfiel, was er noch hätte fragen müssen. Auch auf seinem Notizblock, den er hektisch durchwühlte, stand dazu gar nichts.

Morgenthaler schien seine Verlegenheit zu bemerken.

»Wenn ich Sie richtig verstehe, Frau Wörz, so meinen Sie damit, dass Ihre Beziehung nicht nur auf gegenseitiger Sympathie, sondern auch auf einer gemeinsamen Lebensphilosophie und gemeinsamen Wertevorstellungen beruhte?

Simone Wörz antwortete prompt: »Ja, Herr Morgenthaler. Es ging immer um Geben und Nehmen. Es ging um unser eigenes Glück, das durch Glückserfahrungen anderer erhöht werden konnte. Wir haben mit dieser Lebensweise niemals jemandem geschadet, obwohl wir dabei häufig viel genommen haben. Aber wir waren dabei eben auch immer bestrebt, anderen das zu geben, was sie für ihr Glück brauchten.«

Kindlein fand diese Aussage empörend, aber natürlich musste er höflich bleiben. »Nun, Frau Wörz«, mischte er sich deshalb wieder ein, »wenn ich an die arme Mutter von Herrn Martens denke, dann kann ich dem nicht so ganz zustimmen.«

Simone Wörz sah ihn wieder an. Nur hatte ihr Blick jetzt etwas Hartes, und sie sprach mit gereiztem Unterton.

»Ja, aber nur, weil es nicht in Ihr kleinkariertes Weltbild passt, Herr Kommissar. Peters Mutter wollte es so, ob Sie das glauben wollen oder nicht. Sie war glücklich mit der Realität, so wie sie sich für sie dargestellt hat. Und in dieser, ihrer eigenen Realität, war ihr Sohn ein fleißiger, armer Student, der ihrer Unterstützung bedurfte. Und ich war darin gottlob nichts Besseres, sondern in genau der gleichen bemitleidenswerten Situation, da auch ich und meine Familie Bedürftige waren. Dadurch konnte sie sich einbringen, fühlte sich nützlich und wertvoll. Das war das, was sie bekam, weil sie gerne gab. Sie behielt nicht nur eine Sinn machende Aufgabe, sondern bekam noch eine dazu. Und damit behielt sie auch ihr positives Selbstbild. Das war unsere Form ehrlicher Wertschätzung, und sie kam von ganzem Herzen. Echte Wertschätzung, weil wir ihre kleine Welt so ließen, wie sie war und sie nicht etwa gefährdeten. Denn was, frage ich Sie, Herr Kommissar, wäre wohl in dieser Frau vorgegangen, wenn ihr hässlicher und fetter Sohn plötzlich mit einer Mieze aufkreuzt, die ein rotes Kabriolett fährt und deren Eltern wohlhabend sind? Ich muss es Ihnen wohl sagen, weil Ihnen dafür wahrscheinlich die Fantasie fehlt: Ihr Beschützerinstinkt wäre geweckt worden. Sie hätte weder unserer Beziehung getraut, noch hätte sie mir je ihr volles Vertrauen schenken können. Ich aber habe sie geschätzt und vom ersten Tag an in mein Herz geschlossen. Ja, ich habe sie geliebt. Und wäre es Frau Martens irgendwann wirklich einmal schlecht gegangen, Herr Kommissar, dann hätten Peter und ich unsere ganze Kraft, jeden Cent und alles, was wir bewegen können, dafür eingesetzt, ihr zu helfen. Das können Sie mir glauben. Und auch wenn Sie das genauso wenig verstehen werden: Wir haben unsere Liebe immer ganz bewusst in den Dienst anderer Menschen gestellt. Wir haben nicht in trauter Zweisamkeit heimlich vor uns hinvegetiert und niemand anderen an unserem Glück teilhaben lassen. Oder eifersüchtig darüber gewacht, dass keiner unsere penibel geheim gehaltene und auf ewig konservierte Intimsphäre stört. Wenn wir Sex auf der Bühne hatten, haben sich andere daran aufgeilen können. Und wenn wir in der Straßenbahn geschmust haben oder auch nur Händchen hielten, so konnten sich die einen entrüsten und die anderen darüber lachen. Und beides, Herr Kommissar, hat uns jedes Mal unendliches Glück gebracht. Ich werde so etwas nie wieder mit jemandem erleben. Und deshalb bin ich heute der traurigste Mensch der Welt.«

Kindlein fühlte sich alles andere als wohl. Und wieder hatte er das Gefühl, dass er sich öffnen musste. Dass er das Unwahrscheinliche und sogar das Unmögliche mit einkalkulieren musste, weil es letztlich nur *aus seiner Sicht* unwahrscheinlich oder unmöglich war.

Aber wie, dachte er, wenn man nur eine Haut hat und aus dieser nicht herauskann?

Außerdem hatte er immer mehr den Eindruck, dass Morgenthaler diese Gabe zu besitzen schien. Der hatte es geschafft, das Gespräch in die richtige Richtung zu lenken. Und damit waren genau die Fragen beantwortet worden, die zu dem Zeitpunkt hatten gestellt werden müssen.

Simone Wörz stand auf und ging in Richtung Wohnzimmertür. »Wenn Sie keine weiteren Fragen mehr haben, meine Herren, würde ich mich freuen, wenn Sie mich nun allein lassen würden.«

»Nein, Frau Wörz, wir haben keine weiteren Fragen. Wir möchten uns für die Störung entschuldigen und uns bei Ihnen für Ihre Unterstützung bedanken.«

»Kein Problem«, meinte sie, »und grüßen Sie bitte meinen Onkel von mir.«

»Entschuldigung, Ihren Onkel?«

»Ja, meinen Onkel. Der arbeitet doch in Ihrer Abteilung, oder? Windgassen heißt er, Dankwart Windgassen.«

Während der Fahrt zum Präsidium pfiff Morgenthaler nicht mal ein Lied, und Kindlein drückte es im Bauch. Sie kamen einfach nicht voran, dachte er wieder. Stattdessen hatte er das Gefühl, dieser Fall diene nur dazu, ihn ständig im Mist herumwühlen zu lassen. Wahrscheinlich würden sie als Nächstes in irgendwelchen Nachtbars oder Stripteaselokalen nach Verdächtigen suchen müssen. Ein aussichtsloses Unterfangen und außerdem immer mit der Frage verbunden, was irgendwelche Rotlichtbrüder mit den übrigen Fällen zu tun gehabt haben könnten. Die meisten Opfer waren Menschen wie Philipp Katzbach gewesen, Menschen, die mit diesem Milieu nichts zu tun hatten. Oder wie wäre es mit der Versicherungsbranche? Hier hatte Peter Martens auch Kontakte gehabt. Ebenfalls ein weites Feld.

»Haben Sie gewusst, dass Windgassen eine Nichte hat?«

»Nein.«

»Wie? Sie haben das nicht gewusst?«

»Nein.«

»Ja, aber Sie arbeiten doch schon seit Urzeiten zusammen.«

»Tja.«

Dann schwiegen beide wieder für eine kurze Zeit.

»Konrad, wir müssen zu Windgassen fahren«, beschloss Kindlein.

Morgenthaler schaute ihn skeptisch an.

»Was willst du da, Kindlein?«

»Ich muss mit ihm reden. Der Partner seiner Nichte ist ermordet worden.«

»Kindlein, das bringt nichts, glaube mir.« Morgenthaler sagte das in ernstem Ton, aber Kindlein dachte, er hätte einen Scherz gemacht.

»Wie, das bringt nichts?«

»So wie ich es sage, Kindlein. Es bringt nichts.«

Kindlein war irritiert. »Ich kann Sie nicht verstehen, Konrad. Es ist doch selbstverständlich, dass man es nicht unkommentiert lässt, wenn in der Familie eines Kollegen solch ein tragischer Todesfall eingetreten ist. Das gehört sich doch so.«

»Okay, Kindlein, wir fahren hin. Mach dir selbst ein Bild. Aber überlege auf dem Weg auch bitte, warum sich Windgassen noch nicht bei uns gemeldet hat. Er liest schließlich Zeitung.«

»Na ja, vielleicht, weil in der Zeitung der Nachname des Opfers nicht angegeben wurde, sondern nur seine Initialen.«

»Schön und gut, aber wer sagt dir, dass er den Freund seiner Nichte überhaupt gekannt hat?«

»Und wer kann mit Sicherheit sagen, dass er ihn nicht gekannt hat? Es ist doch nur ein kleiner Akt der Höflichkeit. Und er ist schließlich unser Vorgesetzter.«

»Kindlein, ich habe dich vorgewarnt.« Und damit drehte Morgenthaler um und fuhr in die entgegengesetzte Richtung.

Irgendwas stimmte an dem Verhältnis zwischen Morgenthaler und Windgassen nicht so ganz. Kindlein hatte das schon einmal empfunden, er kam aber im Moment nicht darauf, wann das gewesen war.

*

Über eine Stunde lang hatte sie vom Auto aus das Firmengebäude beobachtet. Und beinahe hätte sie aufgegeben, als endlich ein Mann aus der Eingangstür der Firma trat. Sie erkannte ihn sofort, auch wenn er nun sehr viel älter aussah. Er hatte zwar erheblich weniger Haare auf dem Kopf und trug einen Vollbart, aber der Mann, den sie da über den kleinen Parkplatz auf ein rotes Fahrzeug zulaufen sah, war eindeutig Theodor Lösching gewesen.

Wieder stieg Groll in ihr auf. Sie verstand nicht, warum dieser Kindlein so ignorant gewesen war. Die Polizei hatte damals eindeutig etwas übersehen. Er hätte doch nur eins und eins zusammenrechnen müssen. Aber er hatte nichts begriffen, gar nichts.

Theodor Lösching war damals tagelang in allen Zeitungen der Region abgebildet gewesen. Und es war nicht etwa sein Posten im Stadtrat, der ihn in die Schlagzeilen gebracht hatte. Seine dubiosen

Geschäfte waren es, die für Interesse gesorgt hatten. Damals hatte der »Mannheimer Morgen« sehr ausführlich recherchiert, und beinahe jeden Tag wurden neue Tatsachen ans Tageslicht befördert. In Zigaretten- und Alkoholschmuggel war dieser Lösching involviert.

Aber erheblich bedeutsamer, vor allem im Zusammenhang mit dem Mord an Philipp Katzbach, waren seine nachweisbaren Beteiligungen am organisierten Handel mit gestohlenen und gefälschten Antiquitäten. Mit diesem Mord hatte die Polizei ihn aber nicht ein einziges Mal in Verbindung gebracht. Hatte man nicht gewollt, nicht gedurft oder einfach nicht gekonnt?

Acht Monate später hatte sich der Stadtrat Theodor Lösching zwar vor Gericht verantworten müssen, aber lediglich wegen Hehlerei. Man hatte ihn daraufhin zu zwei Jahren Haft verurteilt.

Da wurde vor zweiundzwanzig Jahren ein junger Mann ermordet, und der Bruder konnte sogar angeben, von wem die Tat verübt wurde, da dessen Abbild des Öfteren in der Zeitung erschienen war.

Nun, Jahre später, gibt dieser Bruder an, dass das Opfer vor seiner Ermordung in dubiose Machenschaften verwickelt war und dass ihre gemeinsamen Geschäfte mit Antiquitäten zu jener Zeit außergewöhnlich gut liefen. Da hätte es doch schon damals auf der Hand liegen müssen, den Mörder des Opfers auch in dem Milieu zu suchen, in welchem sich dieser Stadtrat Lösching einen so derart zweifelhaften Ruf erworben hat, dass sein Gesicht beinahe täglich in der Zeitung abgebildet war.

Dazu kam Katzbachs Hinweis auf eine Gruppe, deren Einfluss auf den Bruder damals sehr groß gewesen sein musste. Mit Sicherheit hatte es sich dabei um Theodor Löschings Ganovenring gehandelt. Wie auch immer, die Polizei war damals schlampig vorgegangen. Mit Sicherheit hatte das an der hohen Position Theodor Löschings gelegen. Er musste einfach gute Beziehungen zu einem hohen Tier der Polizei haben.

Oh ja, Ester Schilling war wirklich sauer.

Schon früh am Morgen hatte sie im Krankenhaus angerufen und sich nach den Besuchszeiten erkundigt. Aus Mitgefühl für den alten Mann, der ihr schon irgendwie Leid tat, hatte sie sich vorgenommen, Leopold Katzbach einen Besuch abzustatten. Schließlich hatte sie die Nummer der Klinik im Telefonbuch gefunden und ihren Besuch dort für den Mittag angekündigt.

Dann hatte sie aus reiner Neugier noch im Telefonbuch herumgestöbert. Sie hatte nur mal wissen wollen, ob es diesen Theodor Lösching überhaupt noch gab. Zwei Eintragungen hatte sie dann tatsächlich gefunden, die Adressen waren dieselben. Eine private Nummer war dort angegeben und die einer Firma T. Lösching, Bauunternehmungen.

Sie hatte zudem Glück gehabt. Marlene hatte an diesem Tag ihr Auto nicht gebraucht, sodass Ester es wieder ausleihen konnte. Die Freundin arbeitete in der Nähe beim »Mannheimer Morgen« und ging den Weg lieber zu Fuß.

Also war Ester zu der Adresse von Theodor Löschings Bauunternehmen gefahren. Sie wollte wissen, was dieser Mann für ein Typ war und was er so trieb. Aber neben dieser reinen Neugier schwang die vage Hoffnung mit, irgendetwas über diesen Mann in Erfahrung zu bringen, was die Polizei schließlich dazu brächte, sich genauer mit dieser Person und seiner Vergangenheit auseinander zu setzen.

Als Lösching sich in seinen roten Audi setzte, überlegte Ester, ob ihre Aktion überhaupt irgendeinen Sinn machte. Sie war schließlich keine Detektivin. Aber sie war immerhin diejenige, die ihn in den alten Zeitungskopien entdeckt hatte, und nun wäre es eine Schande, ihn gleich wieder aus den Augen zu verlieren. Als der rote Wagen losfuhr, beschloss sie, ihm einfach zu folgen. Umdrehen konnte sie jederzeit.

Zuerst fuhren sie einige Zeit quer durch die Mannheimer Innenstadt in östliche Richtung. Als sie das Planetarium und auch das Carl-Benz-Stadion hinter sich gelassen hatten, durchquerten sie den Stadtteil Neuostheim. Dahinter verließ Lösching den Stadtbereich. Beide fuhren sie daraufhin ein Stück auf der Seckenheimer Landstraße den Neckar entlang. Nach kurzer Zeit hatten sie Seckenheim erreicht. Ester sah auf ihre Uhr. Eigentlich wollte sie noch ins Krankenhaus nach Ludwigshafen rüber, aber nun war sie genau in der entgegengesetzten Richtung unterwegs. Schon deshalb erschien es ihr einigermaßen idiotisch, diesen Menschen noch weiter zu verfolgen. Und als sie sich auf der Brücke nach Ilvesheim, einer Gemeinde jenseits des Neckars, befanden, beschloss sie, alsbald umzudrehen.

Aber als Lösching kurz nach der Brücke in einen unscheinbaren Feldweg einbog, wurde Esters Neugier wieder geweckt. Sie hielt an, wartete kurz ab und folgte dem roten Audi in größerem Abstand.

Fast am Rande des Neckars, dort wo der Feldweg eine Biegung machte, um später in einen schmalen Uferweg überzugehen, entdeckte sie ein reichlich heruntergekommenes Anwesen. Zwei Fahrzeuge parkten davor, eins davon war das von Lösching. Ester fuhr auf dem Feldweg weiter, um ihr Auto außer Sichtweite abstellen zu können. Dann lief sie zurück zum Zaun des Grundstücks. Von hier aus konnte sie das Anwesen gut überblicken.

Lösching traf sich an diesem stillen Ort mit einem Mann. Der Mann hatte graues glattes Haar, trug einen Dreitagebart und ein blaues Jackett. Beide Männer befanden sich auf dem Grundstück und hatten offensichtlich Wichtiges zu besprechen. Sie gestikulierten jedenfalls heftig und redeten aufeinander ein, während sie in das Haus gingen.

Ester entdeckte nach kurzem Suchen ein Loch im Zaun, kletterte hindurch und schlich sich vorsichtig zum Haus. Dort, durch die stark verstaubten Fenster, sah sie, dass darin alles voll mit antiquaren Gegenständen stand. Möbel stapelten sich dort, genauso wie Porzellanwaren aller Art und alte Bilderrahmen mit und ohne Gemälde. Und überall standen Kisten mit den Aufschriften der bekanntesten Zigarettenmarken herum. Es waren mehrere hundert. Das Haus musste schon seit vielen Jahren Versteck für Diebesgut und Hehlerware sein. Lösching hatte es also nicht aufgegeben.

Dann, nach nur kurzer Zeit, kamen die Männer wieder heraus. Ihr konspiratives Treffen war offensichtlich beendet. Aber ihre Stimmen waren inzwischen lauter geworden. Sie schienen aufgebracht zu sein. Und so bekam Ester einige Bruchstücke ihres Gespräches mit.

Die Stimme des Mannes im blauen Jackett war am lautesten.

»Also, über den Preis müssen wir noch mal reden. Der ist ein Witz.«

Lösching schien das völlig anders zu sehen. Er schrie zurück: »Ich glaube eher, dass Sie hier der Witz sind. Was denken Sie denn, was das hier alles wert ist. Es ist wohl das Beste für uns beide, wenn wir uns noch mal treffen, nachdem Sie sich über die reale Größenordnung informiert haben. Ansonsten ist für mich die Sache hier erledigt.«

Daraufhin schrie der andere wutentbrannt: »Wissen Sie was? Mit so Typen wie Ihnen mach ich sowieso keine Geschäfte. Ihnen geht's doch bloß um die schnelle Kohle. Und darum, mich hier über den Tisch zu ziehen. Mir reicht's. Ich düse ab.«

Der Grauhaarige schloss das Tor hinter sich ab, und Ester bekam nur noch mit, wie zwei Autotüren zuknallten. Dann fuhren die beiden, dichte Staubwolken aufwirbelnd, eilig davon.

Ester spürte erst jetzt, wie ihr Puls raste und dass sie trotz des kalten Wetters vollkommen nass geschwitzt war. Sie setzte sich erst einmal an die Hauswand, um zu überlegen, was sie als Nächstes tun sollte.

*

Windgassen lebte im nobelsten Viertel der Oststadt. Dieser Stadtteil wurde im 19. Jahrhundert zur ersten Adresse von Mannheim, als reiche Fabrikbesitzer sich hier prächtige Villen erbauen ließen. Und noch heute zählte gerade das Gebiet um den Luisenpark herum zu den teuersten Wohngegenden der Stadt. Windgassen bewohnte eine der schmucken Jugendstilvillen, was den Schluss zuließ, dass er tatsächlich vermögend war.

Kindlein drückte mehrmals auf den Messingknopf der Haustürklingel, bis hinter der Tür ein Geräusch zu vernehmen war. Dann öffnete Windgassen persönlich.

Kindlein räusperte sich und versuchte, sich ganz behutsam dem Grund ihres Besuchs zu nähern.

»Guten Tag, Herr Kollege Windgassen, verzeihen Sie die Störung, aber wir sind in einer dringenden und leider auch sehr betrüblichen Sache hier. Ist es möglich, dass wir kurz hereinkommen dürfen?«

Windgassen sah Kindlein aus kleinen, aber überaus wachsamen

Augen an. Er hatte einen stählernen Blick, der auf Kindlein irritierend durchdringend wirkte. Diesen Blick wandte er aber recht schnell von Kindlein ab und richtete ihn stattdessen auf Morgenthaler.

»Ach, der Herr Morgenthaler«, sagte er, ohne Kindlein weitere Beachtung zu schenken. »Wir kennen uns ja, nicht wahr?«

Morgenthaler antwortete nicht. Und zu Kindleins Entsetzen schwieg er nicht nur, sondern stand einfach nur da, mit steinernem Gesicht und den Händen in den Hosentaschen.

»Und Sie, junger Mann, wer sind Sie eigentlich – wenn ich fragen darf?« Dabei blickte Windgassen aber immer noch auf Morgenthaler.

»Oh, Entschuldigung. Kindlein, Herr Windgassen, Oberkommissar Frieder Kindlein. Äh, aus derselben Abtei ...«

»Ist mir kein Begriff. Na, wie dem auch sei, kommen Sie herein und erzählen Sie, was Sie zu berichten haben. Aber machen Sie es kurz.« Mit knarrender Stimme hatte Windgassen ihn jäh unterbrochen. Und dass Kindlein ihm zum Gruße die Hand reichte, schien er zu ignorieren, denn er drehte sich um und ging ins Haus hinein. Kindlein trottete hinterher wie ein nasser Hund.

»So, junger Mann, was gibt es so Dringendes?« Sie standen alle drei im riesigen Foyer der Villa, auf einem außergewöhnlich kunstvoll gearbeiteten Parkettboden, der mit kostbaren Marketerien versehen war. Und Kindlein nahm auch die überaus reich verzierten Geländersprossen einer umlaufenden Galerie wahr, von der er vermutete, dass sie ebenso viele Zimmer miteinander verband, wie er hier unten sehen konnte. Er fühlte sich ganz klein, und ihm klopfte das Herz.

»Herr Kollege Windgassen, zuallererst hoffen wir natürlich, dass es Ihnen gesundheitlich wieder besser geht.«

Kindlein wartete auf eine Reaktion, aber Windgassen schwieg.

»Nun gut«, sagte Kindlein, »wir haben leider erst heute erfahren, dass es in Zusammenhang mit Ihrer Familie einen tragischen Todesfall gegeben hat. Und wir sind hier, um Ihnen unser ehrlich empfundenes Beileid auszudrücken.« Kindlein versuchte dabei, eine möglichst würdevolle Haltung anzunehmen, auch um zu zeigen, dass es ihm nicht leicht fiel, dem Kollegen diese Botschaft zu übermitteln.

»Wie, ein Todesfall? Junger Mann, was reden Sie da? Wer sollte das sein?« Windgassen hatte offensichtlich keine Ahnung.

»Es handelt sich bei dem Toten um Peter Martens, den Partner Ihrer Nichte Simone. Ich weiß natürlich nicht, inwieweit Sie sich nahe stehen. Aber wie gesagt, es tut mir sehr Leid, Ihnen das mitteilen zu müssen.« So, jetzt war es heraus. Alles Weitere würde lediglich Faktenübermittlung sein.

Windgassen sah ihn an, aber seine Miene zeigte keinerlei Regung.

»Herr ... Wie war doch gleich Ihr Name?«

»Kindlein, Oberko ...«

»Ja, ja, ist schon gut, Herr Kindlein. Wie geht's meiner Nichte? Ist sie schon wieder aus London zurück?«

Kindlein war einigermaßen erstaunt. Hatte er nicht begriffen? »Natürlich, wir haben ja vorhin mit ihr gesprochen und dabei erf...«

»Ja gut, Herr Kindlein, das ist schön. Kann ich sonst noch was für Sie tun?«

Kindlein blieb die Luft weg.

»Äh, ich kann nicht so ganz folgen, Herr Windgassen. Ich sagte Ihnen ja, dass ...«

»Ja und? Junger Mann, wenn Sie nicht folgen können, was suchen Sie dann bei der Kriminalpolizei? Mir scheint sowieso, dass Sie nicht so recht vorankommen. Füllen Sie deshalb die Zeit, in der Sie nicht folgen können, damit, andere Leute mit Lappalien zu belästigen? Entschuldigen Sie mich jetzt bitte, aber ich möchte gern die Gelegenheit nutzen, ein paar Worte mit dem Kollegen Morgenthaler zu wechseln. Auf Wiedersehen! Sie können gerne noch hier im Foyer warten. Ansonsten empfehle ich mich hiermit.« Dann drehte sich Windgassen auf der Stelle um und ging auf eines der vielen Zimmer zu. Morgenthaler folgte ihm, aber nicht ohne sich noch mal nach Kindlein umzusehen und ihm ein aufmunternd gemeintes Lächeln zu schenken.

Kindlein fühlte sich wie durch den Wolf gezogen. Seine Wangen glühten, und er war sicher, dass sein Gesicht eine knallrote Farbe hatte. Er kochte vor Wut auf Windgassen, der ihn so gedemütigt hatte. Aber er kochte auch aus Wut auf sich selbst. Er hätte auf Morgenthaler hören sollen. Und dass Windgassen überaus arrogant sein konnte, hatten ihm schon die Kollegen erzählt.

Natürlich war es möglich, dass diese Simone in ihrem Leben schon wer weiß wie viele Typen nach Hause geschleppt hat. Und wenn Windgassen davon nur einen Bruchteil kennen gelernt hatte, so waren es wahrscheinlich immer noch genug Namen und Gesichter, um nicht gleich in tiefe Trauer zu verfallen, wenn einer von ihnen plötzlich gestorben war. Aber einen Mord als Lappalie abzutun? Und wie stand es um den Schmerz seiner Nichte? Interessierte ihn das auch nicht?

Er stand allein in dem Foyer und sah sich um. Die alten massiven Holztüren zu den Zimmern waren reichhaltig mit Schnitzwerk und kunstvoll verarbeiteten Rahmen versehen. Sie taten es ihm sofort an. Eine von ihnen hatte fein geschliffene Glaseinsätze. Er wollte sie aus der Nähe betrachten. Und als er vor ihr stand und durch das Glas lugte, sah er, dass sie eine mondän eingerichtete Bibliothek verschloss. Hohe Bücherregale aus Eichenholz gab es dort, in denen unzählige Bücher mit zum Teil fantastischen Ledereinbänden standen. Und auch hier lag ein exzellent gearbeitetes Parkett. Oben von der Decke hing ein schwerer kristallener Lüster herunter, und am Ende des Raums, in der Nähe des Fensters stand ein mächtiger Schreibtisch mit aufwendigen Intarsien. Alles zeugte von noblem Geschmack, aber auch vom Wohlstand des Hausherrn.

Kindlein seufzte und ging weiter. An der Ostwand des Foyers befand sich ein riesiges Fenster, das sowohl Tageslicht in die untere Etage einließ, als auch den Blick auf eine kleine Parkanlage freigab. An dieses Fenster stellte sich Kindlein und genoss den Ausblick auf die alten Bäume und Hecken. Auch dort war alles sehr ästhetisch arrangiert. Und wenn es überhaupt etwas gab, was hätte stören können, so war es Windgassens Garage. Aber selbst diese war harmonisch in das Gesamtbild des Parks integriert worden, indem man sie aus hellem unverputztem Sandstein errichtet und mit groben grauen Schieferplatten gedeckt hatte. Das grüne Auto darin schien englischer Herkunft zu sein, genauso wie die Parkbänke in der Grünanlage und die Gartenmöbel auf der Terrasse.

Dies war wohl der Traum eines jeden Menschen, sinnierte Kindlein und merkte, dass er Windgassen für kurze Zeit vergessen hatte. Und dieser kleine Abstand hatte ausgereicht, um ihn wieder zur Ruhe kommen zu lassen und in dem Mann einfach nur noch ein arrogantes Arschloch zu sehen.

Und dann kam das Arschloch auch schon zurück, Morgenthaler im Schlepptau, und stolzierte in aristokratischer Arschlochmanier auf Kindlein zu, ohne ihn auch nur anzusehen oder gar anzusprechen.

Kindlein wandte sich deshalb auch nur an seinen Kollegen.

»Konrad, können wir gehen?«

»Nein, wir sollten.«

*

Box nannten sie es, und eine Schwester sagte, dass Herr Katzbach in Box 7 liegen würde. Dabei hatte sie auf eine Glastür gedeutet und war plötzlich wieder verschwunden.

Ester schritt langsam den Gang entlang und hatte das Gefühl, ein Fremdkörper zu sein. Sie wäre am liebsten wieder gegangen. Vielleicht war es falsch, hierher zu kommen, aber sie hatte den Kommissar nicht erreichen können.

Auf der Station herrschte ein hektisches Treiben, und ständig lief jemand in hohem Tempo an ihr vorbei. Alle trugen hier die gleiche blaue Baumwollkleidung, die Ester auch tragen musste. Und es war nicht erkennbar, wer Schwester, Pfleger oder Arzt war. Dazu kam ein hoher Geräuschpegel. Immer wieder ertönten piepende Alarme von irgendwelchen Geräten. Darunter lag ein kontinuierlicher Klangteppich aus Geräuschen, die an Blasebälge oder Dampfmaschinen erinnerten. Unweigerlich wanderten Esters Augen umher und griffen dabei schnappschussartig Eindrücke vom Geschehen in den einzelnen Zimmern auf. Menschen lagen dort flach in ihren Betten und waren mit einer Unzahl von Schläuchen und Kabeln an Maschinen gekoppelt, die ständig blinkten und unter lautem Gepiepse Warnhinweise von sich gaben. Bildschirme produzierten kaskadenartig verschiedenfarbige Kurven und Zahlen. An chromfarbenen Haken hingen Flaschen mit durchsichtigen Flüssigkeiten. Übereinander gestapelte Spezialgeräte waren mit überdimensionierten Spritzen bestückt und pumpten tröpfchenweise Medikamente in die Patienten.

Es war eine künstliche, mit Kacheln verkleidete und von Neonlicht beleuchtete Welt. Etwas Vergleichbares hatte Ester nie zuvor gesehen. Eine Spezies päppelte hier ihre Artgenossen auf, um ihre Funktionstüchtigkeit wiederherzustellen. Hatte sich hoch spezialisierte Einrichtungen geschaffen, um deren Organsysteme zu überwachen und technisch zu unterstützen. In ein künstliches Koma versetzt, schienen die Menschen zu pausieren, derweil Fachkräfte alle Hände voll zu tun hatten, bis ein Organ nach dem anderen wieder hinreichend Lebenszeichen von sich gab.

Als Ester endlich in Box 7, dem Zimmer von Leopold Katzbach stand, waren es nicht die Geräusche, die fremdartig wirkten. Hier war es sogar recht still. Es war der Anblick und vor allem der Geruch. Leopold Katzbachs Gesicht wirkte eingefallen, und obgleich er die Augen geschlossen hatte, schienen die Augäpfel noch größer zu sein, als Ester sie in Erinnerung hatte. In seiner Nase steckte ein gebogenes Rohr, durch das eine Maschine über dicke Schläuche Luft in ihn hineinpumpte. In die Venen am dünnen Hals und an den knochigen Armen hatte man Kanülen gelegt, um Flüssigkeit in den Körper zu infundieren. Seitlich am Bett trat ein Schläuchlein unter der Bettdecke hervor und führte in einen rechteckigen Kunststoffbehälter. Es schien den Urin abzuleiten.

Der gekrümmte Körper Leopold Katzbachs wirkte jetzt noch magerer und war auf einem Berg kleinerer und größerer Kissen gelagert. Dieser Anblick wirkte auf Ester nicht beängstigend, sondern hatte eher etwas Friedliches. Aber da waren eben diese Gerüche, die sich für sie nicht mit einem sauber im Bett liegenden Menschen vertrugen. Es roch nach Fäkalien.

»Querschnitt«, hörte sie plötzlich jemanden neben sich sagen. »Hohe Querschnittlähmung, durch den Sturz herbeigeführt.« Es war ein Arzt oder Pfleger, der direkt neben ihr stand.

»Irreversibel! Er wird Zeit seines Lebens an Armen und Beinen gelähmt bleiben. Vielleicht wird er seine Oberarmmuskeln mal so weit trainieren können, dass er sich im Rollstuhl bewegen kann. Wenn er das hier überhaupt überlebt! Aber selbst dann wird er immer Probleme mit der Blasen- und Darmentleerung haben. Daher der Geruch.« Vom Gang kam ein Ruf. Der Mann schrie daraufhin zurück, dass er kommen würde. »Sorry, aber da ist gerade wieder Action.«

Dann war dieser Ausbund an Sensibilität verschwunden.

Ester stand wieder allein in dem Raum. Sie musste an ihre Eltern denken. Auch sie hatten damals auf solch einer Station gelegen, weit weg in der Nähe von Hamburg. Beide Eltern waren aber schon wenige Stunden nach der Einlieferung gestorben, und so hatte Ester es nicht erleben müssen. Und sie dankte dem Schicksal, dass es ihr und ihren Eltern so etwas erspart hatte.

Wohl auch deshalb musste sie plötzlich an Leopold Katzbachs Brief denken. Hatte er nicht am Schluss seines Briefes geschrieben, dass er auf gar keinen Fall in die falschen Hände geraten wolle? Und hatte er nicht auch gewünscht, dass seine Würde erhalten bliebe, er also selbst entscheiden möchte, wie sein Leben endet? Ester hätte dies dem Blödmann von eben am liebsten mitgeteilt, aber der war ja nun da, wo *Action* ist.

Und Leopold Katzbach hatte noch etwas geschrieben. Irgendetwas Wichtiges war es, sie kam jetzt nur nicht drauf.

Aber in dieser Atmosphäre war es sowieso nicht möglich, einen klaren Gedanken zu fassen. Sie musste schnell weg von diesem Ort. Vor allem, bevor dieser Kerl von eben wieder zurückkehren würde.

Ester war traurig, aber auch ziemlich geladen. Und sie wusste, dass dies die beste Voraussetzung war, um den nächsten Schritt zu tun. Sie würde diesen Kindlein persönlich aufsuchen. Am Telefon konnte er sie abwimmeln, aber nicht, wenn sie jetzt einfach zu ihm ins Präsidium fahren würde.

*

Einige Male hatte etwas an Zumstegs Körper gezerrt. Manchmal an den Armen, manchmal an den Beinen, manchmal an anderen Stellen. Einmal war sein Körper auch hart aufgeschlagen. Aber nie hatte er etwas gespürt oder etwa Schmerzen gehabt. Er hatte es nur registriert. Es war sogar irgendwie in Ordnung gewesen.

Das war lange her. Jetzt war Ruhe, und er öffnete die Augen.

Aber da war kein Unterschied. Es blieb dunkel. Und selbst das war in Ordnung. Also hielt er sie lieber geschlossen. So war es leichter, denn er war auf angenehme Weise müde.

Nach und nach kamen ihm Zweifel. Warum war es dunkel, wenn er die Augen öffnete? Träumte er vielleicht nur, dass er sie öffnete? *Hey, was ist hier los?* Er rief, aber er hörte sich nicht. Jetzt stimmte auf einmal alles nicht mehr. Sonst kam er aus solchen Träumen immer wieder raus, indem er schrie oder versuchte, nach etwas zu greifen. Aber er konnte nicht greifen. Seine Hände ließen sich nicht bewegen. Alles war anders als sonst, und er erkannte nun auch, dass er keinesfalls träumte. Außerdem kitzelte ständig etwas in seiner Nase und in seinen Ohren. Es juckte überall, und er konnte nichts dagegen unternehmen.

Auf einmal vernahm er Geräusche: Schritte direkt neben seinen Ohren. Er konnte noch immer nichts sehen außer irgendwelchen winzigen Lichtpünktchen, wie durch grobes Gewebe hindurch. Sie tanzten direkt vor seinem Gesicht herum.

Hey, was ist das für eine Scheiße hier? Jetzt ist es genug. Wieder hörte er sich nicht. Um den Mund herum spannte es. Durch ihn zu atmen war auch nicht möglich. Er wollte seine Hände zum Mund führen, aber die waren irgendwie fixiert. Mit aller Gewalt versuchte er deshalb, seine Arme hochzureißen. Dabei spürte er einen Schmerz. Sie waren mit seinem Körper eng verschnürt. Jetzt rann ihm salziger Schweiß in die Augen, und er hatte Angst.

Wieder hörte er Schritte, und diesmal von irgendwo her auch eine Stimme: »Na, er bewegt sich ja. Passt gut. Dann können wir wohl endlich anfangen.«

Ein harter Gegenstand schlug mit brachialer Gewalt gegen seinen rechten Ellenbogen. Er schrie. Aber in seinen Ohren klang es nicht nach einem Schrei, sondern nur nach einem kehligen Laut. Dafür kam aus seiner Nase ein prustendes Geräusch, und seinen Augen entwichen Tränen. Beim Einatmen kitzelte wieder etwas in seiner Nase. Er musste niesen, aber es ging nicht. Jetzt juckte und kratzte es auch im Rachen.

»Gib ihm ruhig ordentlich viel«, vernahm er wieder die Stimme. Sie kam nicht aus der Nähe. »Der nimmt gern. Er hat schon immer gern genommen.«

Wieder schlug etwas seitlich brutal auf ihn ein. Es krachte in seinem Oberschenkel. Zumsteg biss sich auf die Zunge. Der Schmerz war unsäglich.

»Ach, du bist ein Nehmertyp. Da hast du aber Glück, an uns geraten zu sein. Wir geben lieber. Und nun sollst du mal spüren, um wie viel seliger das ist.« Es war eine andere Stimme, und sie kam aus seiner unmittelbaren Umgebung. »Man bekommt nichts gratis, du Dreckschwein. Spätestens wenn man vor seinem Richter steht, muss man bezahlen – für alles. Du, mein Lieber, stehst vor deinem Richter. Und im Gegensatz zu dir pfuscht er nicht.«

Diesmal wurde der Schlag von oben geführt, denn der harte Gegenstand schlug direkt in seinen Bauch ein. Reflektorisch zog er seine Beine an, aber es war zu spät. Der enorme Schmerz erzeugte schlagartig Übelkeit. Sein Mund, seine Nase und sein Rachen füllten sich mit Mageninhalt. Den versuchte er auszuspucken, aber es ging nicht. Er war gezwungen, einen Teil in seine schmerzenden Eingeweide zurückzuschlucken, als der nächste Hieb folgte. Der löste neben einem höllischen Schmerz auch ein lautes Knacken aus. Es schienen Rippen zu brechen, als das harte Ding auf seinem Brustkorb einschlug. Luft und Erbrochenes pressten sich mit Gewalt aus seiner Nase. Und als er unter irrsinnigen Schmerzen versuchte einzuatmen, aspirierte er einen Teil des sich noch in Nase und Rachen befindenden Magenbreis. Das verursachte einen Hustenreiz, der die Schmerzen in seinem Körper bis zum Wahnsinn vergrößerte. Er merkte, wie er einnässte und sich Stuhl entleerte, vor allem aber, dass er panische Angst hatte zu ersticken. Die nächsten Hiebe spürte er daher fast nur beiläufig, obwohl sie mit noch unbarmherzigerer Brutalität erfolgten.

Dann aber kam ein Schlag, der sich von allen vorangegangenen unterschied. Der Schmerz, der darauf folgte, war nicht mehr steigerbar und von solch einer Stärke, dass sich Zumstegs gesamter Körper nach hinten verbog. Irgendetwas war bei diesem Schlag mit einem gewaltigen Ruck in ihn eingedrungen und steckte für einen Moment in seiner rechten Flanke. Dieses kalte Etwas war schlecht, böse und fremd in ihm, und es erzeugte Ekel. Im nächsten Augenblick aber wurde es mit barbarischer Gewalt wieder aus ihm herausgezogen. Und beinahe fließend stellte sich ein warmes wohliges Gefühl der Erleichterung ein.

*

Kindlein stieg aus dem BMW. Vom Präsidium in Mannheim nach Ilvesheim waren es vielleicht fünfzehn Kilometer, und trotzdem hatten er und Morgenthaler weit über eine Stunde gebraucht, um das kleine Anwesen am Neckarufer zu erreichen. Etliche Baustellen und ein zäher Berufsverkehr hatten sie teilweise nur im Schritttempo vorankommen lassen. Dazu war ein anhaltender und heftiger Regenfall gekommen, der die Sicht erheblich einschränkte, und eine Unterhaltung, die alles andere als erbaulich war.

Es hatte damit begonnen, dass diese Ester Schilling zwei Stunden zuvor in sein Büro gestürzt war. Und innerhalb einer Stunde hatte sie alles auf den Kopf gestellt, was bis dahin gültig war. Kindlein war eine harte Lektion erteilt worden, und er hatte dabei das Gefühl gehabt, dass sein roter Kopf bald zu einem Dauerzustand werden könnte. Er hatte am Abend zuvor, bei Ester Schillings Besuch, einfach nicht genau nachgefragt. Sie hatte über eine völlig andere Person geredet als er. Er war zu voreilig gewesen. Und damit hatte er genau den Fehler gemacht, den er Laien immer vorwarf.

Er hatte sich die Zeitungsseite nicht genau genug angesehen und deshalb nur das Foto von Windgassen registriert. Dass auf der gleichen Seite eine ebenso bekannte Persönlichkeit der damaligen Zeit abgebildet war, war ihm entgangen.

Peinlich war auch, dass ihm, dem Profi, dieser Lösching nicht im Geringsten aufgefallen war. Schließlich hatte er sich immer unter dem Stichwort *»Dankwart Windgassen«* im Computer eingeloggt. Dadurch waren nur Artikel erschienen, in denen Dankwart Windgassen irgendeine Rolle spielte. Und somit waren ihm alle anderen Artikel der damaligen Ausgaben verborgen geblieben, wie eben auch die über Theodor Lösching. Eine schlampige und einseitig ausgerichtete Recherche.

Richtig geschockt war er über die Information, dass Theodor Lösching später zu zwei Jahren Haft verurteilt worden war. Und genau in diesen beiden Jahren war zufällig nicht einer jener grausamen Morde geschehen.

Aber es gab noch einen weiteren ärgerlichen Faktor, und der hieß Konrad Morgenthaler. Nicht ein einziges Mal hatte er sich in das Gespräch mit Ester Schilling eingebracht. Stattdessen hatte er die ganze Zeit in seiner üblichen Pose am Schreibtisch herumgelungert, geschwiegen und immerzu einen dieser krümelnden Plunder in sich hineingestopft. Und das, obwohl sich endlich eine echte Spur auftat. Gut, sie war nicht auf ihrem Mist gewachsen, das stimmte. Aber sie war ernst zu nehmen.

Erst später, als sie im Auto saßen, um in Regen und Berufsverkehr zu Theodor Löschings Anwesen rauszufahren, hatte Morgenthaler endlich gesprochen. Er fände es eine gute Idee, dort hinauszufahren, hatte er gemeint, aber Kindlein solle seine Erwartungen lieber nicht zu hoch hängen und vor allem – die Ruhe bewahren.

Sie hatten das Anwesen nach Frau Schillings Wegbeschreibung leicht gefunden, und der Regen hatte auch aufgehört. Aber es war dunkel geworden, und hier draußen gab es keinerlei künstliche Beleuchtung. Sie mussten ihre Taschenlampen einsetzen.

Das Loch im Zaun, das Ester Schilling auch beschrieben hatte, fanden sie schnell. Morgenthaler hatte zwar einige Schwierigkeiten hindurchzukommen, aber er schaffte es letztendlich. Daraufhin überquerten sie das Grundstück. Das Erdreich war aufgeweicht, sodass sie immer wieder darin einsanken oder in tiefe Pfützen traten.

An einer Seitenwand des Hauses befanden sich drei alte, aber noch recht stabile Fenster. Sie leuchteten durch das staubige Glas in das Innere. Ester Schilling hatte Recht gehabt. Alles was dort herumstand, war ein Leckerbissen für die Kollegen von der Zollfahndung und vermutlich auch für das Dezernat für Einbruchsdelikte. Sie aber waren nun mal bei der Mordkommission und deshalb primär an Material interessiert, das der Aufdeckung ihrer Mordfälle diente.

Die Vorderseite des Hauses war baufällig. Der Putz war nur noch an manchen Stellen erhalten, und tiefe Risse in der maroden Hauswand zeugten davon, dass das Haus sich nach und nach zu senken schien. Die verrotteten Fenster waren mit Holzplatten vernagelt, aber eine recht neu erscheinende Metalltür war fest verschlossen. Kindlein drehte sich um und leuchtete auf das Eingangstor des Grundstücks. Auch dieses war noch nicht alt und ebenfalls komplett aus Metall. Es stand in krassem Kontrast zu dem alten, längst hinfälligen Holzzaun, der das Anwesen umgab.

Dann gingen sie um die Ecke zur anderen Seitenwand des Hauses. Dort konnten sie im Schein ihrer Taschenlampen noch die Reste einer ehemaligen Terrasse ausmachen. Kindlein war sehr erstaunt, dass hier gut gepflegte Pflanztöpfe herumstanden, in die irgendwer Buchsbäume und Koniferen eingepflanzt hatte. Auch die großen Fensterscheiben zur Terrasse waren recht sauber und nicht mal durch Rollläden verschlossen. Alles deutete darauf hin, dass Lösching das Haus zumindest sporadisch noch nutzte. Sie stellten sich auf die Terrasse und richteten die Strahlen ihrer Taschenlampen durch das große Terrassenfenster in das Innere des Hauses. Dann ging alles ganz schnell.

Sie brauchten einen kurzen Augenblick, um zu realisieren, was sie sahen. Fast gleichzeitig hatten sie einen Sack auf dem Boden des großen Raumes angestrahlt. Von dessen Gewebe war kaum noch etwas zu sehen, aber das Licht ihrer Taschenlampen erzeugte auf einer Unzahl rotbrauner Flecken einen feinen matten Glanz. Die Größe des Sacks, seine Form und die Spuren um ihn herum ließen nur einen Schluss zu. Kindlein war wie paralysiert. Er hörte nur, wie Morgenthaler im Präsidium anrief und alle möglichen Fachleute anforderte.

Die Szenerie war Grauen erregend. Es hatte wieder angefangen zu regnen, und die Tropfen schlugen von außen an die große Scheibe des Terrassenfensters. Die aufgestellten Leuchten im Inneren des Raumes sorgten mit ihren grellen Lichtern für eine Atmosphäre, die an einen Drehort erinnerte. Aber hier spielte der echte Tod mit, und dieser war auch zu riechen. Das unterschied ihn wesentlich vom Filmtod. Und dieser riechende echte Tod führte zudem auch Regie. Er bestimmte schweigend, wie die Akteure zu verfahren hatten. *Kümmert euch nur um mich,* schienen seine Anweisungen zu lauten. Und alle Anwesenden versammelten sich um ihn, um ihre lang einstudierten Rollen darzubieten.

Da war zum Beispiel Leibig von der Kriminaltechnik. Er war höchstpersönlich erschienen. Seine Mitarbeiter markierten emsig Spuren und Funde mit kleinen Nummernschildern. Manche von ihnen pinselten an Gegenständen herum, während andere herumgingen und in Schränke und Schubladen sahen. Einer lief mit einem Fotoapparat umher und blitzte Momentaufnahmen aus dem Halbdunkel heraus. Aber sie hielten plötzlich inne, als ein weiß gekleideter Mann neben dem Sack kniend seinen letzten Schnitt mit der Verbandschere tat. Und sie alle sahen für einen kurzen Moment hin.

Der Leichnam war bis zur Unkenntlichkeit entstellt. Nur ein blaues Jackett deutete darauf hin, dass es sich bei ihm einmal um ein menschliches Wesen gehandelt haben musste. Ziemlich schnell fand der Gerichtsarzt heraus, dass der gleiche Waffentyp benutzt wurde und auch der Tathergang höchstwahrscheinlich identisch mit allen früheren Morden war. Er konnte zudem feststellen, dass der Tod etwa fünf Stunden zuvor eingetreten war. Kindlein rechnete. Der Mann musste um etwa dreizehn Uhr verstorben sein. Zudem stellte der Mediziner fest, dass der Mann graue Haare hatte. Zusammen mit dem blauen Jackett entsprach er Frau Schillings Beschreibung von Löschings Besucher an diesem Morgen. Und sie hatte ihn um elf Uhr hier im Haus von Theodor Lösching noch gesehen. Also musste er zwei Stunden danach getötet worden sein, und zwar ebenfalls hier im Haus von Lösching. Zudem waren sowohl das Eingangstor zum Grundstück, als auch die Tür zum Haus verschlossen. Und da es keinerlei Einbruchsspuren gab, musste der Eindringling über Schlüssel verfügt haben. Spuren vor dem Haus waren nicht sichtbar, da der Regen den Boden hier, wie auch auf dem restlichen Grundstück, in ein Schlammfeld verwandelt hatte.

Theodor Lösching war nun in höchstem Maße verdächtig. Kindlein bat Morgenthaler, sofort mit einer Polizeistreife loszufahren, um den Mann zu verhaften. Er selbst wollte am Tatort zurückbleiben, um weitere Hinweise auf die Identität des Toten zu erhalten.

Sie hatten einen Verdächtigen. Und wenn auch diesmal wieder nur der Zufall schuld war, wie in all seinen Fällen zuvor, so war

Kindlein dennoch über alle Maßen erleichtert. Denn wenn alles gut ging, wäre er den Fall schon in den nächsten Tagen los. Rein statistisch konnten die nächsten Fälle nur leichter sein.

Schon nach einer halben Stunde kam die Erlösung. Morgenthaler rief an. Er hatte Lösching in seinem Privathaus in Mannheim aufgegriffen. Von dort aus hatte er ihn sofort ins Präsidium gebracht.

Er sollte noch in derselben Nacht verhört werden.

*

Der Dienststellenleiter Petzold war umstritten. Sein Auftreten und sein Verhalten gegenüber seinen Mitarbeitern war zwar immer höflich, aber dennoch hatte er nicht wenige Gegner in seiner Abteilung. Es gab Kollegen, die ihm das Leben schwer machen wollten. Und die wurden natürlich nie müde, fortwährend seine fachlichen Kompetenzen anzuzweifeln oder ihm mangelnde Kenntnis der aktuellen Fälle zu unterstellen.

Kindlein schloss sich den Ansichten seiner Kollegen weitgehend an. Häufig hatte er erlebt, dass Petzold Fragen an die Mitarbeiter stellte, die weit von der eigentlichen Arbeit entfernt waren. Und immer, wenn eine fachliche Frage an ihn gerichtet wurde, wich er aus und wurde persönlich. Viele sahen in ihm den lieben Onkel der Abteilung, und mitunter hatte auch Kindlein den Eindruck, dass Petzold nur noch seine Zeit bis zur Pensionierung absaß. Seine Interessen schienen mehr seinen Hobbys zu gelten als dem Beruf.

So war es für Kindlein auch wieder ein ganz normaler Anblick, dass der Schreibtisch seines Chefs von einem Haufen auseinander gebauter Pfeifen übersät war. Von denen besaß er mehrere hundert. Kindlein wusste von Kollegen, dass »Die Pfeife« bei sich zu Hause etliche bis zum Bersten angefüllte Vitrinen davon stehen hatte. Allein auf dem Tisch lagen etwa dreißig Stück.

Hier im Büro schien er die Zeit dafür zu verwenden, seine guten Stücke auseinander zu nehmen und sorgfältig zu putzen. Zu diesem Zweck waren sie akkurat auf einer Samtunterlage ausgebreitet, wohl, damit die kostbaren Pfeifenköpfe beim Ablegen nicht zerkratzten. Die für das aufwendige Reinigungsprocedere nötigen Spezialwerkzeuge, Säuberungstinkturen und Pflegeöle lagerte er in einem Zedernholzkästchen. Und dieses stand immer geöffnet auf dem Tisch, wie um zu demonstrieren, dass es Wichtigeres im Leben gab, als sich um Berufliches zu kümmern. Er war gerade dabei, einen von diesen flauschigen Pfeifenputzern durch ein Mundstück zu ziehen, als Kindlein in sein Büro trat.

Ohne etwas zu sagen, wies Petzold ihn mit einer kleinen Geste an, auf dem Stuhl vor dem Schreibtisch Platz zu nehmen. Dann legte er das Mundstück vorsichtig neben einen Pfeifenkopf, ohne aber den kleinen Putzer wieder herauszunehmen.

»Der kleine wuschelige Kerl soll jetzt erst einmal alles aufsaugen, wissen Sie?«

»Ah ja«, meinte Kindlein.

Petzold lehnte sich zurück und sah Kindlein lange an, bevor er in ruhigem Ton zu sprechen begann: »Herr Kindlein, wir brauchen Sie. Ganz ehrlich, wir brauchen Menschen in Ihrem Alter. Menschen, die einige Berufserfahrung haben, aber die auch noch lange bei uns arbeiten werden. Wenn wir Kollegen wie Sie jetzt verlieren, haben wir nicht nur heute ein Problem, sondern auch später. Dann ist nämlich niemand mehr da, der sich auskennt und Erfahrungen vermitteln kann. Dann würden wir endgültig von Technokraten abgelöst werden, die meinen, dass man Verbrechen mit dem Computer und der Lösung mathematischer Gleichungen bekämpfen kann.«

Kindlein hatte es schon geahnt. Petzold würde nicht über das Verteilen reiner Allgemeinplätze hinauskommen. Und er ärgerte sich, dass er überhaupt hier saß. Das Ganze hätte er auch schriftlich erledigen können.

»Also reden wir doch einmal unter Kollegen, Herr Kindlein. Was ist Ihr Problem? Sie haben um dieses Gespräch gebeten, weil Sie der Meinung sind, nicht der richtige Mann für die aktuellen Fälle zu sein. Habe ich das richtig verstanden?«

Jetzt war es schneller so weit, als er dachte. Kindlein musste Farbe bekennen, ein Zurück gab es nicht mehr.

»Herr Petzold, ich weiß nicht, womit ich beginnen soll, aber am besten kann ich es am Beispiel der letzten Nacht deutlich machen.« Kindlein atmete tief ein: »Wissen Sie, ich war absolut sicher, einen Hauptverdächtigen entdeckt und zum Verhör gebracht zu haben. Aber schon nach zwei Stunden hat sich alles als völliger Fehler erwiesen und sich herausgestellt, dass ich der größte Idiot bin, der herumläuft. Dass ich dem größtmöglichen Irrtum erlegen bin, der überhaupt denkbar ist. Das alles war so peinlich, dass der Anwalt von Herrn Lösching mich völlig zurecht als unfähigen Träumer und Fantasten bezeichnen durfte. Theodor Lösching war gar nicht der Besitzer dieses Anwesens in Ilvesheim. Und somit ist der gestrige Mord auch nicht in *seinem* Haus geschehen. Die alten Sachen darin gehörten demnach auch nicht ihm. Das ganze Areal war im Besitz *des Opfers*, eines gewissen Gernot Zumsteg, Inhaber des Autohauses Zumsteg hier in Mannheim. Die ganzen alten Gegenstände waren auch keine Antiquitäten, wie vermutet, sondern Nachlass aus dem Besitz von Zumstegs Eltern, die bis vor sechs Jahren noch in dem Haus gewohnt haben, bevor sie verstorben sind. In den Zigarettenkisten befanden sich nur private Kleinutensilien. Ich habe Herrn Lösching in Verdacht gehabt, weil er sich dort mit Zumsteg getroffen hat und es dabei laut der Augenzeugin zu einem Disput über finanzielle Fragen kam. Aber dabei wurde nicht um den Preis irgendwelcher Hehlerwaren gefeilscht, sondern um den dieses Ilvesheimer Anwesens. Gernot Zumsteg hatte Herrn Lösching das Areal zum Kauf angeboten. Nur aus diesem Grund haben sich die beiden, die sich im Übrigen zuvor nicht kannten, auf dem Grundstück in Ilvesheim getroffen. Für die Folgezeit, den Zeitraum, in dem Gernot Zumsteg ermordet wurde, hat Herr Lösching außerdem nachweisbare Alibis, die von mehreren Menschen unabhängig voneinander bestätigt wurden. Zudem unterlag ich dem Irrtum, es mit einem Vorbestraften zu tun zu haben. Wie ich von Herrn Löschings Anwalt aber erfahren musste, ist dessen Verurteilung damals schon nach zwei Monaten für nichtig erklärt worden. Es ist ein eindeutiger und Aufsehen erregender Justizskandal gewesen. Herr Lösching war demzufolge nie in irgendwelche Schmuggelgeschäfte oder Antiquitätenfälschereien verwickelt. Und deshalb saß er auch nicht zwei Jahre ein. Ich habe diesen Mann für fähig gehalten, ein Massenmörder zu sein, weil während dieser zwei Jahre angeblicher Haft keiner dieser Morde geschah. Deshalb, Herr Petzold, glaube ich, dass es besser wäre, den Fall jemand anderem zu übertragen.«

Petzold hatte die ganze Zeit aufmerksam zugehört und sich dabei eine seiner Pfeifen gestopft. Nun steckte er sie in Brand, und ein milder aromatischer Duft erfüllte das Büro.

»Es ist also genau wie im Leben, richtig?«

Kindlein war nicht klar, worauf Petzold hinauswollte.

»Ja, wohl schon wie im Leben. Aber ich bin Polizist und habe immer gedacht, mir durch meine Qualifikation die Fähigkeit erworben zu haben, solche Irrtümer durch korrekte Recherchearbeit auszuschließen.«

»Natürlich, Herr Kindlein, Sie sind Polizist, und wie ich meine sogar ein guter. Aber das allein hilft niemandem und schon gar nicht Ihnen. Sonst wären Sie ja ein Nichts, wenn ich Sie aus dem Polizeidienst entlassen würde. Aber Sie wären immer noch ein Mensch. Und das sind Sie in allererster Linie. Und, wenn ich noch etwas sagen darf: Es ist von allergrößter Wichtigkeit, dass Sie das bleiben. Deshalb müssen Sie nicht Ihre fachlichen, sondern Ihre persönlichen und höchst menschlichen Stärken und Schwächen erkennen und ausbauen. Und ich habe aufgrund Ihrer selbstkritischen Schilderungen schon den Eindruck, dass Sie das tun.«

»Hm, ich weiß nicht.«

»Sehen Sie, Herr Kindlein, ich appelliere immer wieder an meine Mitarbeiter, ihre persönliche menschliche Seite zu pflegen. Wir sind nicht einfach nur gefühllose Erfüllungsgehilfen einer maroden Gesellschaft. Wir verknüpfen nicht nur Daten und Fakten und finden eine Kausalkette, an deren Ende schließlich ein Täterlein hängt. Nein, wir sind Menschen, die durch ihre berufliche Tätigkeit erleben, was sich unter der Oberfläche dieser Gesellschaft abspielt, was sich dort verbirgt und was dort gedeiht. Diese Abgründe erweitern unseren Horizont und vergrößern unsere Erfahrungen, beruflich, aber vor allem persönlich. Das erscheint mir besonders bei den Fällen wichtig, mit denen sich unsere Abteilung beschäftigt. Gewaltverbrechen, also auch Tötungsdelikten, liegen immer nur menschliche Motive zugrunde, da die Täter selbst auch Menschen sind. Und selbst das Fehlen eines Motivs ist menschlich, da nur der Mensch in der Lage ist, ohne Motiv zu töten. Was ich damit meine ist, dass wir diese Arbeit nicht an Maschinen delegieren können. Die sind uns zwar bei Wahrscheinlichkeitsrechnungen um etliches voraus, aber sie sind nicht in der Lage zu überlegen, ob ein nach allen Regeln der Mathematik Verdächtiger überhaupt in der Lage ist, eine entsprechende Tat zu begehen. Deshalb gebe ich Ihnen in einem Punkt Recht: Sie haben zu wenig versucht, Ihren Verdächtigen kennen zu lernen. Aber Sie haben auch richtig gehandelt, indem Sie einer Spur gefolgt sind, die Sie als Mensch subjektiv als die richtige empfunden haben. Das ist mehr wert, als einer richtigen Spur deshalb nicht zu folgen, weil sie nach den Regeln der Statistik nicht die richtige sein kann. Und daher richte ich einen Appell an Sie, Herr Kindlein: Machen Sie weiter! Machen Sie noch mal einen Anfang! Und machen Sie *immer wieder* einen Anfang. Irgendwann kommt unweigerlich der Erfolg. Der Erfolg in Form von Erfahrung. Und beherzigen Sie eine Sache, auch wenn es Ihnen im Moment schwer fällt und Sie diesen Ratschlag vielleicht sogar lächerlich finden: Bringen Sie Freude in Ihren beruflichen Alltag! Und egal, woraus Sie diese schöpfen, Sie werden merken, dass Sie neben Ihrer Erfahrung Ihr höchstes Gut wird. Denn durch Freude steigt die Qualität Ihrer Arbeit. Und das wiederum generiert Freude. Das ist übrigens das Prinzip, nach dem vor allem Konrad Morgenthaler verfährt. Beobachten Sie ihn mal. Beobachten Sie Konrad Morgenthaler ganz genau, und Sie werden einen Schatz ernten. Und im Übrigen, aber das bleibt unter uns, Herr Kindlein, ist es eine Auszeichnung, von ihm erwählt worden zu sein.«

Die Pfeife war aus, und Petzold entfachte sie neu, nachdem er vorher mit seinem Zeigefinger den Tabak im Pfeifenkopf noch ein wenig niedergedrückt hatte.

»Was meinen Sie mit ›erwählt‹?« Kindlein hatte immer gemeint, dass Petzold Morgenthaler und ihn wegen der Krankheitswelle zusammengelegt hatte.

»Ganz einfach. Konrad Morgenthaler wollte schon lange mit jemand anderem arbeiten als mit dem Kollegen Windgassen. Natürlich habe ich nichts dagegen gehabt, obwohl er nie darüber gesprochen hat, warum er wechseln wollte. Aber frei nach dem Motto ›*Never change a winning team*‹ gebe ich zu, dass es mir nicht wirklich recht war, denn Windgassen und er sind seit Jahren unser erfolgreichstes Gespann. Hin und wieder habe ich Konrad Morgenthaler die verschiedensten Kollegen vorgeschlagen, aber er tat sich regelmäßig schwer, sich für einen von ihnen zu entscheiden. Als Windgassen ausfiel und ich jemanden auf den Fall Peter Martens ansetzen musste, war klar, dass dies nur Konrad sein konnte. Er bestand jedoch darauf, nur mit Ihnen – und vor allem ausdrücklich unter Ihrer Leitung! – zusammenzuarbeiten. Das war das erste Mal, dass ich ihn so erlebt habe. Er hat sich spontan und voller Freude für Sie entschieden.«

»Konrad Morgenthaler hat also …? Und dann auch noch unter meiner Leitung?«

»Ja, Herr Kindlein, und ich darf Ihnen ruhig sagen, warum er das wollte. Seiner Ansicht nach sind Sie ein außergewöhnlich kompetenter Kollege mit großem Potenzial, aber vor allem genau das, wovon ich eben sprach: ein Mensch! Und genau deshalb bitte ich Sie: Bleiben Sie bei uns.«

*

Es war eine vage Idee. Bei einem Zechgelage mit den Kameraden war sie irgendwann Anfang der siebziger Jahre in der Ecke einer dumpfen Kellerkneipe entstanden.

In der Folge hatten sie sie durch Anspielungen am Leben erhalten. Mitunter war da auch schon ihre Realisierung in Erwägung gezogen worden. Irgendwann und rein hypothetisch hatten sie dazu verschiedene Möglichkeiten am Tisch durchgespielt, nur so. Jeder hatte dabei die gleiche Stimme gehabt.

Dann waren ihre Diskussionen häufiger und mit zunehmender Ernsthaftigkeit geführt worden, und ein jeder hatte vom anderen ein Maximum an Disziplin und Kreativität gefordert. Jeder noch so abwegige Gedanke, jeder noch so kühne Plan war vorgestellt worden, und so entstand ihr erstes Modell. Es war nur ein Modell, aber schon bald hatten sie gemerkt, dass sie sich einem Punkt genähert hatten, der eine Entscheidung forderte, nämlich der, ob sie es in diesem Stadium belassen oder noch weiterentwickeln sollten.

Da sie alle weitergehen wollten, hatte sich die Frage gestellt, welche Voraussetzungen nötig waren, um das Modell überhaupt praxistauglich zu machen. Die persönliche Haltung jedes Einzelnen, das war ihnen bald klar gewesen, war dabei von entscheidender Bedeutung. Das Modell musste zu jedem von ihnen passen. Jeder hatte sich demnach Fragen zu stellen. Wie sah sein persönliches Menschenbild aus, und wie stand es um das Selbstbild? Welche Werte waren ihm von Bedeutung, und auf welche konnte er verzichten? Auf welche *wollte* er fortan sogar verzichten? Würde es mithilfe dieses Modells Hoffnung für die eigene Zukunft geben?

Zu all diesen Fragen hätten ihre Antworten übereinstimmend ausfallen müssen. Erst dann hätten sie die Frage nach der Konsequenz gestellt. Und diese hätte nur darin bestehen können, das Modell auch rigoros in die Praxis umzusetzen.

Wohl auch deshalb hatten sie kurz vor Schluss, als es genau darum ging, zu eben dieser letzten Frage Stellung zu beziehen, Angst bekommen. Es hatte ihnen noch am nötigen Vertrauen zueinander gefehlt, aber sie hatten vor allem Angst, weil sie erkannten, wozu sie imstande waren und – dass sie es wollten. Es war noch Zeit nötig. Sie hatten sich erst noch einmal trennen wollen.

Es war nur eine Trennung auf Zeit gewesen. Jeder von ihnen hatte letztlich genug Gründe gehabt, das Modell für sich anzunehmen, und sah, dass einem geringen Risiko lebenslange Sicherheit und Unantastbarkeit gegenüberstanden. Das Modell würde die Phase der Ohnmacht und Schicksalsergebenheit für immer beenden. Es würde den Erhalt ihrer Würde und Selbstachtung für alle Zeiten sichern.

Bald hatten sie sich wieder getroffen, und alle waren gekommen – ein gutes Zeichen.

Sie hatten wieder von vorn begonnen, hatten jeden Aspekt erneut aus jeder erdenklichen Perspektive betrachtet. Jeder Gedanke und jeder Zweifel war wieder sorgfältig analysiert worden. Irgendwann waren dabei Mauern gebrochen, wurden letzte Tabus überwunden. Und da, mit einem Mal, hatten sich alle Grenzen geöffnet. Da hatten sie gewusst: Wenn das Modell funktionierte, dann würden sie nie wieder Eingriffe anderer in ihr Leben erdulden müssen. Sie würden sich fortan effektiv, mithilfe klar definierter und geplanter Maßnahmen, zur Wehr setzen können.

Der Gedanke hatte sie fasziniert.

Aber es war immer noch nur ein Modell. Bekenntnisse und Schwüre waren allein noch kein ausreichender Beweis für Aufrichtigkeit und Treue. Es ging um lebenslange Kameradschaft. Jedem war klar, dass es nur einen echten Vertrauensbeweis würde geben können.

Sie hatten deshalb sofort ihre erste Maßnahme geplant, und ein jeder hatte gewusst, welche es sein musste.

*

Ein hässlicher und fetter Egomane war der fürsorgliche Sohn einer armen betrogenen Mutter gewesen, die immer das bekommen hatte, was sie glücklich machte. Eine intelligente und schöne Akademikerin hatte diesen monströsen Loser auch noch geliebt. Das Foto, das er in einer Zeitung gesehen hatte, war gar nicht das Foto, das gemeint war. Und ein vorbestrafter Hausbesitzer, der nie vorbestraft war, war gar nicht der Besitzer des Hauses gewesen.

Nun war auch noch ein anerkannt unfähiger Kollege ein überaus fähiger und hoch anerkannter Kollege, weil offenbar alles immer anders war, als er dachte. Wie konnte das sein?

Kindlein griff nach seinem Handy und wählte die Nummer von Morgenthaler. Und während die Verbindungszeichen in seinem Ohr erklangen, versuchte er Antworten zu finden.

Sein Bild von der Welt war nicht in Ordnung. Er sah immer nur auf die Oberfläche. Er betrachtete das Motiv im Vordergrund des Bildes, aber sah nie den Hintergrund dazu. So erhielt er nur unzureichende Informationen. Und er fragte nicht mal richtig nach, denn sonst würde er zumindest aus der Art der Antworten heraushören, wie dieser Hintergrund aussehen könnte.

Nach endlos vielen Verbindungszeichen hatte er Morgenthaler endlich in der Leitung.

»Hallo, hier ist Kindlein. Wie läuft es bei Ihnen, Konrad?«

»Mann, Kindlein, schön von dir zu hören. Tja, was soll ich sagen? Bis eben lief es nicht so gut, aber jetzt, wo du anrufst, ist alles wieder anders. Du bist doch wieder im Boot, oder?«

»Ja, ich bin wieder im Boot. Und ich werde noch mal versuchen zu rudern. Aber nur, weil man außerhalb des Bootes schwimmen müsste. Und ich befürchte, dass ich dazu noch weniger tauge.«

»Unser Boot, Kindlein, segelt. Und schwimmen musst du schon überhaupt nicht, denn unser Boot kann nie sinken.«

Kindlein dachte, dass es wohl langsam an der Zeit war, Morgenthaler näher kennen zu lernen. Aber sie hatten nun noch einen Mord zu bearbeiten. Und damit waren die Prioritäten klar, und die hießen: Arbeit und Arbeit.

Morgenthaler war schon zu Geschäftsbeginn in das Autohaus Zumsteg gefahren. Dort hatte er allen Mitarbeitern die traurige Botschaft vom Tod ihres Chefs übermitteln müssen. Dann hatte er erste Befragungen durchgeführt und mit einer Durchsuchung des Büros und der privaten Räume begonnen. Dabei hatte Morgenthaler einiges entdeckt, was über Zumstegs weit verbreitete Kontakte Auskunft geben konnte. Und von den Mitarbeitern hatte er Aussagen aufgenommen, die Rückschlüsse auf Zumstegs gestrigen Tagesablauf zuließen.

»Ich kann dir das nur nicht alles am Telefon erzählen, Kindlein. Aber notiere dir mal eine Adresse. Da fahre ich jetzt hin, um jemanden zu befragen, der Zumsteg vielleicht als Letzter gesehen hat. Wir können uns ja einfach dort treffen und vor seiner Haustür alles Weitere besprechen.«

Kindlein schrieb die Adresse auf und beeilte sich, aus dem Präsidium herauszukommen.

Morgenröte hieß eine kleine Straße im Norden des Stadtteils Käfertal, und sie befand sich am Rand einer Siedlung, die großteils aus Ein- und Zweifamilienhäusern bestand. In dieser waren eigenwillige Straßennamen die Regel. Rund um die Auferstehungskirche waren neben Morgenröte auch Abendröte, Aufstieg, Zuflucht und Obhut gängige Adressen. Kindlein war es deshalb nicht schwer gefallen, die Straße zu finden, und als er dort einbog, sah er auch schon den BMW seines Kollegen. Er parkte sein eigenes Dienstfahrzeug genau dahinter und stieg zu ihm ins Auto. Morgenthaler war gerade dabei, einen Prospekt vom Räumungsverkauf eines Schuhhauses zu studieren. Wollte er nun doch auf einen anderen Schuhtyp wechseln?

»Mensch Kindlein, schön, dass du da bist. Ich sitze hier schon einige Zeit und habe mir so meine Gedanken gemacht. Wir sollten irgendwann mal miteinander reden.« Er warf den Prospekt nach hinten auf den Rücksitz. Kindlein schaute dem fliegenden Heftchen nach und sah, dass hinter dem Beifahrersitz ein zusammengeklapptes Metallgestell stand, zum Großteil in Karton verpackt. Das obere Drittel war aber dennoch sichtbar, da es nur mit Folie verschweißt war. Offenbar hatte Morgenthaler so etwas wie einen Gartenstuhl erstanden.

»Aber ich denke, jetzt werde ich dir erst mal erzählen, was ich im Geschäft unseres Opfers herausbekommen habe.« Morgenthaler stellte seinen Fahrersitz fast auf Liegeposition ein und griff in eine Papiertüte, die sich in der Aufbewahrungsmulde der Mittelkonsole befand. Dort holte er einen Puddingplunder heraus und biss ein riesiges Stück ab.

»Das Autohaus hat schon mal bessere Zeiten erlebt, das sieht man, und das haben auch die Mitarbeiter bestätigt. Das einzig Vorzeigbare ist die neue Werkstatt. Gernot Zumsteg hat sie erst vor kurzem modernisieren lassen, was auch der Grund war, weshalb er das Haus in Ilvesheim verkaufen wollte. Das erfuhr ich von seiner Büroangestellten. Die war mir bei der Durchsuchung seiner Unterlagen, Adressbücher und Terminkalender behilflich. Sein Terminplaner hat für gestern dieses Treffen mit Theodor Lösching vorgesehen und anschließend noch einen Termin bei seiner Bank. Für nachmittags hatte er den Besuch eines Vertreters vorgemerkt und abends einen Kurs in Rhetorik an der Volkshochschule. Für mich war natürlich besonders interessant, was Zumsteg gestern Vormittag nach seinem Treffen mit Lösching getrieben hat. Und da wiederum hat mir der Werkstattmeister weiterhelfen können. Er hat gestern so kurz nach elf noch bei Zumsteg anrufen müssen. Zumsteg war da gerade unterwegs, hatte aber sein Handy dabei. Der Werkstattmeister hat ihm ausgerichtet, dass einer seiner Kunden zum wiederholten Mal darum gebeten hat, dass Zumsteg sich doch endlich um sein Auto kümmern solle. Ist wohl irgendwie nicht mehr angesprungen. Na ja, wie dem auch sei, Zumsteg hat versprochen hinzufahren. Sicher sei das aber dennoch nicht, hat der Meister mir gesagt. Besonders in der letzten Zeit habe er seine Verpflichtungen ziemlich oft vernachlässigt. Und auf meine Frage, woran das seiner Ansicht nach gelegen haben könne, meinte er, dass er und die anderen Mitarbeiter sicher seien, dass Zumsteg seit einigen Monaten ein Verhältnis zu einer Frau gehabt habe. Und anscheinend hat ihn das emotional stark in Anspruch genommen. Manche hätten schon vermutet, dass dort vielleicht auch sein Geld hinwanderte.«

»Das ist ja schon mal mehr als im Fall Peter Martens. Und hat jemand aus der Belegschaft etwas zur Person dieser Frau gewusst?«

»Nein, Kindlein, nichts. Aber ich habe in seinem Adressbuch einen merkwürdigen Eintrag gefunden.«

»Merkwürdigen Eintrag?«

»Ja, sieh mal Kindlein, alle seine Kontakte waren fein säuberlich mit schwarzer Tinte aus einem Füller oder in Form eingeklebter Visitenkarten im Kalender verzeichnet – alles Geschäftskontakte, wie deutlich zu erkennen war. So weit so gut. Dann gab es Einträge, die seine Mitarbeiter betrafen, und die waren auf separaten Seiten aufgezeichnet. Namen, Adressen, Telefon- und Faxnummern – aber mit blauer Tinte. Und es gab weitere mit grüner Tinte, und die wiederum bezogen sich auf sein privates Umfeld: Bruder, Schwester, Freunde und Bekannte. Alles akribisch und genau aufgezeichnet. Bis auf die letzte Seite! Hier habe ich plötzlich einen abgerissenen Zettel gefunden, den er dort mit Tesafilm eingeklebt hat. Darauf stand mit rotem Kuli eine Telefonnummer.«

»Sein Verhältnis«, schoss es aus Kindlein heraus.

»Genau Kindlein. Das habe ich auch sofort vermutet und deshalb dort angerufen. Ein Anrufbeantworter hat mir zwar erklärt, dass seine Besitzerin Juliane Kallmann heißt, wollte mir aber leider nicht verraten, wo sie wohnt. Aber das ist für uns ja kein Problem.«

»Ist das hier ihre Adresse?«

»Nein Kindlein, knapp daneben. Ich habe die Frau erst einmal hintenangestellt. Hier sind wir bei diesem Kunden von Zumsteg, dem, der sein Auto gestern endlich repariert haben wollte. Den sollten wir fragen, ob sich Zumsteg mit ihm getroffen hat. So wüssten wir zumindest mal, wo sich Zumsteg nach dem Verlassen seines Ilvesheimer Anwesens aufgehalten hat. Chronologisches Vorgehen sozusagen.«

»Kriminalpolizei?«, fragte der hoch gewachsene, hagere Mann, lugte aus der Haustür und sah sich einmal nach links und dann ebenso auffällig nach rechts um. »Na, kommen Sie mal schnell rein, bevor die Nachbarn was spitzkriegen.« Er lachte und begrüßte Kindlein und Morgenthaler mit Handschlag, wobei er noch scherzend erwähnte: »Ehrlich meine Herren, ich bin in jeder Hinsicht unschuldig, und ich bin nicht der Mörder.« Dazu fasste er sich mit der rechten Hand ans Herz, hob die linke zum Schwur und lachte wieder.

Dr. Bernhard Fock, der Hausherr, hatte anscheinend Humor. Aber er hatte auch einen ausgezeichneten Geschmack. Und letztlich hatte er wohl das nötige Kleingeld, um sich ihn leisten zu können. Er war jetzt im November braun gebrannt, trug saloppe, aber teure Kleidung und wirkte dadurch erheblich jünger, als sein lichter dünner Haarkranz erahnen ließ. Ein kleines, zart gestutztes Schnäuzerchen ließ ihn zudem distinguiert wirken. Und da er auch über Witz zu verfügen schien, erinnerte er Kindlein an jene spleenigen Lords aus den englischen Spielfilmen seiner Jugendzeit.

Das Haus von Dr. Fock lag in einem gehobenen Wohnviertel Mannheims, doch sein tatsächlicher Wohlstand kam erst im Haus zur Geltung. Durch ein riesiges Glasdach hindurch schien Tageslicht, welches einen weiträumigen Eingangsbereich durchflutete. Die hiervon abgehenden Räume schienen nur durch lose aufgestellte Zwischenwände abgetrennt. Dadurch wurde Kindlein an moderne Museen erinnert, in denen flexible Wände die verschiedenen Ausstellungsräume voneinander trennten.

Überhaupt schien diese stilistische Anlehnung bei der Konzeption des Hauses tatsächlich eine Rolle gespielt zu haben. Denn jeder dieser Räume war sehr individuell gestaltet und unterschied sich stark vom jeweiligen Nachbarraum. Dabei änderte sich nicht allein die Farbgestaltung, sondern, soweit Kindlein sehen konnte, auch der Einrichtungsstil, der je nach Zimmer von antik bis postmodern reichte. Der Eingangsbereich selbst wirkte durch einige dorische Säulen aus weißem Marmor wie ein antikes griechisches Vestibül. Und um einen Freiluftcharakter zu erzeugen, hatte man um die Basis einer jeden Säule einen Pflanzrand geschaffen, in welchem Efeu gedieh, der bis zu den Kapitellen emporrankte. Ein im Zentrum des Raumes installiertes Wasserspiel unterstrich den antiken Gesamteindruck. Sein leises Plätschern sorgte für Ruhe.

Dr. Fock bat die beiden Beamten in einen hellblauen Raum, der dezent mit einer antiquaren Kommode und zwei Bauhaus-Sesseln eingerichtet war und an dessen Wänden einige großformatige Schwarz-Weiß-Fotografien hingen.

»Haben Sie keine Angst, Herr Dr. Fock, wir wollen Sie nicht verhaften.« Kindlein war über sich selbst erstaunt. Aber die Begrüßung durch diesen grauhaarigen Herrn, den er auf etwa sechzig schätzte, war so entspannt, dass Kindlein auch zum Scherzen aufgelegt war.

»Nur leider, Herr Dr. Fock, sind wir tatsächlich in einer Mordsache hier und versprechen uns von Ihnen eine Auskunft, die uns da eventuell ein Stück weiterhelfen könnte.«

»Oh je, meine Herren, da bin ich ja in ein Fettnäpfchen getreten. Darf ich fragen, um wen es geht?«

»Wir ermitteln im Zusammenhang mit dem Mord an Herrn Zumsteg, dem Besitzer des Autohauses Zumsteg.«

»Der Mann ist mir bekannt, aber ich muss gleich sagen, dass ich ihn nicht persönlich kenne. Wir sind uns neulich zum ersten und letzten Mal in meinem Leben begegnet. Tut mir Leid, dass ich über diesen Mann so spreche. Aber ich kenne, oder besser gesagt kannte ihn eigentlich nur als unzuverlässigen Inhaber einer offenbar ziemlich schlampigen Autowerkstatt der gehobenen Preisklasse, wenn man so sagen darf.« Dabei ging ihm wieder ein süffisantes Grinsen über das Gesicht. Aber er schien sofort zu merken, dass es irgendwie unpassend war, er setzte jedenfalls schnell eine neutralere Miene auf.

»Ja, wir haben schon gehört, dass Sie sich wiederholt darum bemühen mussten, eine Reklamation bei Herrn Zumsteg durchzubringen. Und konkret dazu bräuchten wir Auskünfte von Ihnen.«

»Im Grunde genommen ist das ganz einfach. Das Autohaus Zumsteg hatte einen Auftrag von mir erhalten, der vorsah, mein Fahrzeug einer Inspektion zu unterziehen und dabei auch gleich alles zu reparieren, was nicht mehr in Ordnung ist. Kurz nachdem ich das Auto abgeholt hatte, fuhr ich damit nach Feudenheim und stellte es dort in der Nähe meines Geschäfts ab. Als ich später wieder damit fahren wollte, sprang es nicht an. Daraufhin hatte ich Herrn Zumsteg gebeten, noch mal nachzusehen und gegebenenfalls nachzubessern. Allerdings hat mich dieser Mann ständig vertröstet, sodass ich ihm die Pistole auf die Brust gesetzt und mit Klage gedroht habe. Daraufhin fuhr er gestern endlich nach Feudenheim, sah sich das Fahrzeug vor Ort an, manipulierte irgendwie daran herum und brachte es zum Fahren.«

»Also haben Sie Herrn Zumsteg gestern noch gesehen. Wann war das?«

»Nein, nein, ich persönlich habe ihn gestern gar nicht gesehen. Ich habe einen Freund von mir gebeten, nach Feudenheim zu fahren, weil ich den Verdacht hatte, dass mich Herr Zumsteg sowieso nicht ernst nehmen würde und mich übers Ohr haut. Sie müssen wissen, meine Herren, dass ich null Ahnung von Autos habe. Dieser Mann hätte mir jeden Bären aufbinden können. Nein, ich wollte, dass jemand dort hinfährt, der über Sachverstand verfügt und beurteilen kann, was mit dem Fahrzeug los ist. Deshalb habe ich einen Freund gebeten, an meiner Stelle dorthin zu fahren. Der hat nämlich festgestellt, dass schon die von Herrn Zumsteg ausgestellte Rechnung nicht ganz koscher war. Ich denke, dass mein Freund Friedrich so gegen Viertel vor zwölf an meinem Auto war.«

»Verstehe ich das richtig«, fragte Kindlein noch mal nach. »Es war Ihr Bekannter, der zu Ihrem Auto fuhr und sich mit Herrn Zumsteg traf?«

»Ja, wie gesagt, so war es geplant. Mir hätte der Mann schließlich was vom Pferd erzählen können. Selbst Friedrich wollte er reinlegen. Vermutlich hat er ihn für einen Laien gehalten. Jedenfalls hat mir Friedrich später berichtet, dass Zumsteg mehrmals am Anlasser des Autos rumhämmern musste, damit der Motor überhaupt ansprang. Fragen Sie mich nicht, was ein Anlasser ist, aber ich weiß jetzt, dass mir Zumsteg neulich einen neuen in Rechnung gestellt hat. Wie ich weiß, ist ganz offensichtlich immer noch der alte drin, und der ist zudem defekt. Ich wollte noch heute zum Gutachter gehen und die Sache einem Anwalt übergeben.«

»Und was geschah, nachdem Zumsteg die *Reparatur* durchgeführt hatte, Herr Dr. Fock?«

»Friedrich hat mir erzählt, dass sie anschließend eine kleine Probefahrt gemacht haben. Und nachdem die zu seiner Zufriedenheit ausfiel, hat er mir das Auto hierher nach Käfertal gefahren.«

Kindlein war von der Person des Dr. Fock überrascht. Nicht alle Tage hatte er mit Menschen zu tun, die wohlhabend waren, aber gleichzeitig auch eine derart sympathische Ausstrahlung hatten. Ganz anders als bei Windgassen war hier die Atmosphäre einfach freundlich. Und noch immer erinnerte ihn das Ambiente an eine Kunstgalerie. Deshalb hätte er sich auch gern einmal umschauen wollen, aber er war wegen einer Vernehmung hier und nicht, um eine Führung durch eine Ausstellung zu genießen.

»Gut, vielen Dank, Herr Dr. Fock, ich denke, das war es von unserer Seite aus. Aber ich hoffe, Sie haben Verständnis dafür, dass wir Sie noch fragen müssen, ob jemand bestätigen kann, was Sie in der Zeit zwischen elf Uhr und vierzehn Uhr gestern gemacht haben. Und Sie müssten uns natürlich auch noch den vollständigen Namen und die Anschrift Ihres Freundes nennen. Er scheint im Moment der Letzte gewesen zu sein, der Herrn Zumsteg lebend gesehen hat. Das gehört leider zu unseren Routinemaßnahmen.«

»Aber, Herr Kindlein, ich bitte Sie, das ist doch gar kein Problem. Zwischen zehn Uhr und circa zwölf Uhr zwanzig war ich in meiner Firma in meinem Büro. Das wird meine Sekretärin Frau Wedekind bestätigen können. Dann fuhr ich nach Hause, da ich ja Friedrich mit dem Auto erwartete. Von der Firma hierher brauche ich etwa zehn Minuten, sodass Friedrich wohl so gegen zwölf Uhr vierzig kam, um das Fahrzeug abzuliefern. Und ich denke, dass wir vielleicht noch eine viertel Stunde über diese Fahrzeuggeschichte gesprochen haben. Dann hatte er Hunger, und ich habe uns hier noch ein kleines Mittagessen gezaubert. Das war recht schnell getan, da Friedrich alles andere als ein Gourmet ist. Ich habe schnell etwas Tiefgekühltes zubereitet und dafür wohl auch noch mal etwa eine halbe Stunde gebraucht. Danach, so gegen halb zwei habe ich ihn nach Feudenheim gefahren. Da stand schließlich noch sein eigenes Fahrzeug, mit dem er zuvor zum Abstellort meines Autos gefahren war. Dort haben wir uns verabschiedet, aber die genaue Uhrzeit kann ich leider nicht sagen. Da müsste ich erst nachrechnen. Ich selbst war jedenfalls erst wieder so gegen halb vier im Büro, da ich von zu Hause aus noch etwas zu erledigen hatte. Reichen Ihnen diese Auskünfte?«

»Das war recht ausführlich. Wir müssen das, wie gesagt, natürlich überprüfen. Aber Herr Dr. Fock, was ist das für eine Firma, die Sie da leiten?«

»Wir sind Unternehmensberater, Consulting auf Neudeutsch. Beratung von Firmen in betriebswirtschaftlichen Fragen und zu Marketingstrategien, und so weiter. Dröge, aber seinen Mann ernährend.«

Kindlein war so weit zufrieden und notierte deshalb lediglich noch die Angaben zu Dr. Focks Freund, einem gewissen Friedrich Keller. Der besaß eine Stahlbaufirma in Viernheim, einem Ort unweit von Mannheim.

Morgenthaler, der die ganze Zeit gar nicht gesprochen hatte, stand vor einer der großen Schwarz-Weiß-Fotografien und schien ganz in sich versunken das Motiv zu betrachten. Kindlein sah aus der Entfernung nur, dass es sich dabei um kugelartige Gebilde handelte, die ihn an aufblasbare Wasserbälle erinnerten. Er war verwundert, denn sonst hatte sich der Kollege bei den Befragungen immer eingebracht. Aber diese Aufnahme schien seine Aufmerksamkeit mehr in Anspruch genommen zu haben. Auch Dr. Fock bemerkte Morgenthalers Interesse. Er ging zu ihm und zeigte mit dem Finger auf eine Stelle der Fotografie.

»Das war mal eine wirklich denkwürdige Promotionaktion für einen Kunden von uns. Ist lange her.«

»Hm«, machte Morgenthaler, ging zwei Schritte zurück und betrachtete das Foto aus einer größeren Entfernung und mit einem

Blick, der einen Kenner vermuten ließ. Kindlein hatte nicht gewusst, dass sich Morgenthaler für Fotografie begeisterte und war deshalb einigermaßen erstaunt, als er ihn fragen hörte: »Sagen Sie mal, Herr Dr. Fock, wer hat bloß diese wunderbare Aufnahme gemacht? Ich nehme doch an, dass Sie den Fotografen kennen, wenn es einer Ihrer Aufträge war.«

Dr. Fock war sichtlich freudig überrascht, dass jemand dafür Interesse zeigte, jedenfalls antwortete er in enthusiastischem Ton: »Natürlich kenne ich ihn. Und ich denke, ich kann mich zu den größten Fans dieses Mannes zählen. Ich darf sogar ohne Übertreibung behaupten, lange Zeit so etwas wie sein Entdecker, Freund und Mentor gewesen zu sein. Wieland Bach ist für mich einer der ganz großen Fotografen, und ich habe ganz besonders die Phase seiner Luftbildaufnahmen geliebt. Später hat er dieses Genre verlassen und es leider nie wieder aufgegriffen. Schade, wie ich meine. Aber ich bin Gott sei Dank im glücklichen Besitz einiger der ausdrucksstärksten Werke dieser Zeit. Und dieses hier ist eben die Erinnerung an seine Anfänge, als er für mich seine ersten Luftbilder schoss. Damals war er noch weitgehend unbekannt.«

Morgenthaler hatte bei jeder von Dr. Focks Ausführung zustimmend mit dem Kopf genickt und dabei seine Kennermiene bewahrt.

»Einfach großartig«, bemerkte er, als Dr. Fock fertig war. »Einfach fantastische Aufnahmen. Aber Herr Dr. Fock, ein bisschen Eitelkeit spielt bei Ihrer Begeisterung für dieses Bild schon auch eine Rolle, oder?«

»Haben Sie es gemerkt? Ja?« Dr. Fock sah Morgenthaler mit einem schelmischen Grinsen auf den Lippen tief in die Augen.

Morgenthaler schwieg.

»Na ja, jünger waren wir damals schon«, stellte Dr. Fock fest.

Morgenthaler trat daraufhin noch mal näher an die Fotografie heran, beugte sich vor, peilte einen eng begrenzten Punkt an und betrachtete ihn eingehend. Dann richtete er sich wieder auf. »Tja, wir werden eben alle mal älter. Wissen Sie vielleicht noch, wer der Mann da neben Ihnen war?«

»Wahrscheinlich ein Mitarbeiter des Kunden damals.« Aber Fock sah sich das Foto gar nicht richtig an. Stattdessen schien der

Mann seinen Blick nach innen zu richten. »Mein Gott«, seufzte er. »Das ist jetzt mehr als zwanzig Jahre her. Wahnsinn!«

Da sie mit zwei Fahrzeugen gekommen waren, mussten sie getrennt zum Präsidium zurückfahren. Kindlein hätte sich lieber mit Morgenthaler unterhalten. Dieser Fall begann erheblich angenehmer als der Fall Peter Martens. Gernot Zumsteg hatte wenigstens ein Umfeld gehabt, das man beackern konnte. Bei Peter Martens war ihnen ja im Wesentlichen nichts anderes zu tun geblieben, als eine trauernde Mutter und eine ebenso trauernde Partnerin über seinen Tod zu informieren. Mehr hatte sich bisher nicht ergeben, und Kindlein befürchtete, dass das so bleiben würde.

Der Fall Zumsteg bot für den Anfang zumindest mehr Substanz und deshalb eine bessere Perspektive. Außerdem, und das kam ihm jetzt erst in den Sinn, war es wohl das erste Mal in der gesamten dreißigjährigen Geschichte dieser abscheulichen Morde, dass zwei Taten so eng aufeinander folgten. Und auch wenn man davon ausgehen musste, dass zu den inzwischen vierzehn bekannten Morden etliche Unentdeckte dazuzurechnen waren, so lag dennoch niemals ein so geringer zeitlicher Abstand zwischen ihnen. Kindlein rechnete. Es waren vier Tage. Es waren nur knappe vier Tage.

Morgenthaler war offensichtlich schon vor ihm im Büro gewesen, denn auf seinem Schreibtisch lag ein beschriebener Bogen Papier:

Hallo Kindlein,
ich fahre zu Friedrich Keller, diesem Freund von Dr. Fock. Auf dem Weg dahin sehe ich bei Leibig rein. Der hat eben angerufen. Hat anscheinend noch was herausbekommen. Außerdem muss ich noch einer anderen Sache nachgehen.
Könntest du inzwischen Kontakt zu dieser Frau aus Zumstegs Adressbuch aufnehmen? Sie heißt Juliane Kallmann und wohnt in Edingen-Neckarhausen. Telefonnummer und genaue Adresse auf der Rückseite! Bis später im Präsidium.
Conny

Frau Kallmann war eine arme Wurst. Wenn sie eine Zigarette fertig geraucht hatte, dann zündete sie sich schon wieder die nächste an. Mitunter griff sie schon zu einer neuen, obwohl die alte noch glimmend im Aschenbecher lag. Kindlein hatte bis zu diesem Zeitpunkt noch nie eine Frau gesehen, die Kettenraucherin war. Obwohl er es nicht hätte erklären können, fand er diesen Anblick widerwärtiger als bei einem Mann. Vielleicht, dachte er, lag es aber nicht an ihrer Geschlechtszugehörigkeit, sondern an der Person selbst.

Kindlein schätzte sie auf Mitte fünfzig, aber ihre Haut hatte schon jene pergamentartige Konsistenz, wie sie eher bei Siebzigjährigen zu sehen war. Am auffälligsten an ihr waren neben den gelbbraunen Fingernägeln ihre Beine. Da die Frau einen Rock trug, konnte Kindlein sie deutlich sehen, als sie sie im Sitzen übereinanderschlug. Sie waren dünn und mit starken schwarzen Härchen bewachsen. Sie weckten in Kindlein die Assoziation an Spinnenbeine. Ihm lief es bei ihrem Anblick eiskalt den Rücken hinunter. Zudem litt sie an Krampfadern, was er an den dicken bläulichen Schnüren erkannte, die durch die Haut der ausgemergelten Waden schimmerten.

Die Wohnung hatte wohl ehemals Charme besessen, litt aber schon zu lange Zeit unter dem Zigarettenrauch. Und somit fehlte gänzlich die Farbe Weiß. Kindlein konnte in dem kleinen Wohnzimmer von Juliane Kallmann kaum atmen. Aber er dachte, dass es dieser nervösen Gestalt auf der großen Ledercouch vielleicht helfen würde, wenn ihr Gesprächspartner ebenfalls rauchen würde. Er nahm deshalb seine Zigarillos aus dem Jackett und steckte sich eines davon in den Mund. Dann suchte er sein Feuerzeug. Aber weder im Jackett noch in den Hosentaschen konnte er es finden. Er hatte es wohl am Morgen im Büro liegen gelassen.

Juliane Kallmann sah seine Verlegenheit und reichte ihm ein Streichholzbriefchen.

»Das können Sie behalten, ich habe noch genug.« Sie zeigte dabei auf eine Glasschüssel, in der ein ganzer Berg dieser roten Briefchen lag.

Kindlein bedankte sich, steckte sein Zigarillo in Brand und begann, von dem Eintrag ihrer Telefonnummer in Zumstegs Adressbuch zu erzählen. Und er berichtete von den Gerüchten unter den

Mitarbeitern des Autohauses, wonach Zumsteg seit einiger Zeit eine engere Beziehung zu einer Frau gehabt haben sollte.

Juliane Kallmannn antwortete mit einer Frage: »Und Sie möchten jetzt wissen, ob ich das bin, richtig?«

»Deswegen bin ich hier, Frau Kallmann.«

Jetzt drückte die Frau das erste Mal seit Kindleins Anwesenheit ihre Zigarette aus, ohne sich gleich eine neue anzuzünden. Stattdessen lehnte sie sich zurück und schien eine kurze Zeit zu überlegen, was sie sagen sollte.

»Ich denke, ich komme nicht drum herum, Ihnen die Wahrheit zu sagen, oder?«

»Sagen wir so: Es wäre hilfreich!«, antwortete Kindlein.

»Nun gut. Nein, Herr Kommissar, ich hatte kein Verhältnis zu Herrn Zumsteg. Es ist eine gute Freundin von mir. Ich war sozusagen nur Alibi.«

»Alibi? Wie muss ich das verstehen?«

»Na ja, ganz einfach. Meine Freundin ist verheiratet. Ihr Mann durfte von ihrer Liaison mit Herrn Zumsteg nichts erfahren. Das hat bisher auch tadellos geklappt. Und es hat deshalb so gut funktioniert, da sich beide nur über meinen Anschluss miteinander verabredet haben. Der Mann meiner Freundin kennt mich seit fast dreißig Jahren und hat deshalb niemals Verdacht geschöpft, wenn seine Frau ein Wochenende bei mir verbrachte oder sogar mal für mehrere Tage bei mir war. Seit fast einem Jahr hat sie auf diesem Weg jedoch ihren Kontakt zu Herrn Zumsteg gepflegt.«

»War das nicht riskant für die beiden?«

»Eigentlich nicht, Herr Kommissar. Wenn Herr Zumsteg sich mit ihr verabreden wollte, dann hat er einfach hier angerufen. Dann habe ich anschließend mit meiner Freundin telefoniert und den Termin durchgegeben. Und selbst wenn ihr Mann ans Telefon ging, habe ich ihm frei heraus gesagt, worum es ging: nämlich darum, ein Treffen zwischen mir und seiner Frau auszumachen.«

»Und sind Sie sicher, dass der Mann wirklich nie etwas erfahren hat?«

»Absolut sicher, Herr Kommissar. Und so soll es auch bitte bleiben. Das ist meine Bedingung. Wenn Sie meine Freundin vernehmen wollen, müssen Sie mir versprechen, dass ihr Mann nichts davon erfährt, niemals. Das ist im Übrigen auch ihre Bedingung. Ich habe sie vorhin noch angerufen, nachdem Sie sich bei mir gemeldet hatten. Sie stellt sich nur dann freiwillig für ein Gespräch zur Verfügung, wenn ihr Mann nichts erfährt.«

Kindlein überlegte kurz, inwiefern er hier Zugeständnisse und Zusagen machen konnte. Er hatte eine Idee.

»Ich könnte ihre Freundin natürlich einfach aufs Präsidium bestellen. Aber gut, wenn Sie nichts dagegen haben, dann könnte ich mich auch hier bei Ihnen mit ihr unterhalten. Am besten gleich morgen früh. Das wären ja sozusagen die gleichen Bedingungen, unter denen sie sich immer mit Herrn Zumsteg verabredet hat. Ist das in Ordnung?«

»Ich denke, das ist in ihrem Sinne.« Dann ging Juliane Kallmann zu einem Sideboard, schrieb mit schneller Schrift etwas auf einen Notizzettel, um ihn sodann Kindlein zu überreichen.

Kindlein schluckte, als er die Notiz las. »Ist das der Name Ihrer Freundin?«

»Ja, Herr Kommissar. Vera Fock.«

»Mannomann, Kindlein, das ist ja ein Knaller. Heute ist ein absoluter Glückstag.«

Morgenthaler lief wie aufgezogen im Büro umher. Dabei rieb er sich immer wieder die Hände. Kindlein hatte ihm gerade mitgeteilt, dass die Geliebte von Zumsteg niemand anderes war als die Frau von Dr. Fock. Aber diesmal wollte er nicht sofort eine Vermutung aussprechen, er war ein gebranntes Kind.

Dennoch musste alles in Erwägung gezogen werden, und so fragte er wenigstens vorsichtig nach: »Warum soll heute ein Glückstag sein, Konrad? Denken Sie etwa, dass dieser Dr. Fock ein Motiv haben könnte? Dass er gewusst hat, dass seine Frau ihn mit Zumsteg betrogen hat?«

Morgenthaler schien gar nicht zugehört zu haben, er lief zum Büroschrank und zog aus der Lücke zwischen Schrank- und Bürowand einen Gegenstand hervor, der Kindlein irgendwie bekannt vorkam. Es war der Gartenstuhl aus Morgenthalers Auto. Kindlein hatte ihn am Morgen hinter dem Beifahrersitz des BMW stehen sehen.

Morgenthaler stand erst ganz andächtig davor, verstaute dann aber das ganze Teil gleich wieder in der Lücke. Daraufhin setzte er sich an seinen Schreibtisch und sah Kindlein an.

»Ein Geburtstagsgeschenk für meine Frau. Du kannst dir nicht vorstellen, wie lang ich danach gesucht habe. Und der Preis ist ein Witz – ich kann es noch immer nicht fassen.« Morgenthaler schien wirklich außer sich.

Kindlein war sprachlos. Das hatte wieder einmal gar nichts mit dem zu tun, was er gerade angesprochen hatte.

»Und weißt du was, Kindlein? Ich hätte dich gern dabei.«

»Bei was denn?«

»Ich möchte dich gern meiner Frau vorstellen. Deshalb lade ich dich jetzt einfach zu ihrer Geburtstagsfeier ein. Die ist übermorgen. Was sagst du dazu?«

»Äh, gern Konrad. Danke.«

»Aber ich möchte noch was, Kindlein. Ich möchte, dass du endlich mit diesem Sie aufhörst.«

Kindlein überlegte kurz.

»Gut, Konrad, aber dann heiße ich ab jetzt endlich Frieder und nicht Kindlein.« Er war froh. Er mochte seinen Nachnamen nicht. Als Kind hatte man ihn oft damit aufgezogen, und nicht selten erlebte er, dass einige Leute es noch heute gern taten. »Und auch nur, wenn du mir eine Antwort auf meine Frage von vorhin gibst, Konrad. Die Frage, ob Fock vielleicht Grund zur Eifersucht auf Zumsteg gehabt haben könnte und damit ein Motiv für seine Ermordung.«

Morgenthaler dachte erst nach, bevor er zu antworten begann.

»Okay, Frieder. Du hast Recht. Wir müssen weitermachen. Wir sollten vorwärts schreiten und nicht auf der Stelle treten. Und wir sollten dabei sammeln, Frieder. Einfach nur sammeln, was uns wichtig erscheint. Aber nichts vorschnell deuten oder schon eine Erklärung dafür haben wollen. Wir sollten unsere Kräfte und Fähigkeiten vorerst in die Beobachtung investieren. Denn wenn sich Hinweise oder Erkenntnisse kreuzen, benötigen wir schließlich auch noch Energie, um sinnvolle Schlüsse ziehen zu können. Deshalb meine ich, dass wir feststellen sollten, dass es sich bei Zumstegs Geliebter um die Frau eines Mannes handelt, der schon mal Kontakt zu ihm hatte. Und natürlich dürfen wir an diese Information einen Hinweis mit der Frage ›Zufall?‹ anheften. Mehr sollten wir aber im Moment nicht tun. So legen wir diese Information erst einmal in unsere Schachtel.«

»Schachtel?«, fragte Kindlein.

»Ja, Schachtel. Irgendeine Ecke in unserem Kopf, wo wir Informationen einfach nur aufbewahren, ganz neutral.«

»Meinst du damit diese Kiste, in der seit vier Tagen gähnende Leere herrscht?«

»Gähnende Leere nennst du das? Du selbst hast doch eben was hineingetan. Und pass mal auf, was Onkel Conny noch alles dazugelegt hat. Der war nämlich gerade unterwegs und hat ein paar Sammelstücke am Wegrand aufgelesen.«

Kindlein musste grinsen. Aber er musste auch zugeben, dass Morgenthaler Recht hatte. Die Information über Frau Fock war ein guter Anfang, aber tatsächlich nicht mehr. Und es war noch nicht lange her, dass er gedacht hatte, dass es diesmal besser anlaufen würde. Also sollte man vielleicht wirklich Ruhe bewahren.

»Ich war eben da draußen in Viernheim bei diesem Friedrich Keller, dem Freund von Fock. Der ist Inhaber einer Stahlbaufirma und produziert dort Fenster, Türen, große Gitterkonstruktionen und all so was. In seiner Werkhalle herrscht ein infernalischer Krach, Frieder, man kann es kaum glauben. Dort wird geschweißt, gehämmert, gesägt, gebohrt und was weiß ich noch alles. Der einzige Ort, wo Ruhe herrscht, ist die Lackiererei, aber da stinkt es wie in der Hölle. Wie auch immer, Friedrich Keller konnte alle Informationen bestätigen, die wir von Fock erhalten haben. Er hat sich gestern mit Zumsteg getroffen und mit ihm auch eine Probefahrt unternommen, nachdem Zumsteg das Auto in einen fahrbaren Zustand versetzt hat. Schließlich sind die beiden wieder zurück zum Abstellort gefahren, und anschließend fuhr Keller Focks Auto noch nach Käfertal zu dessen Haus. Die beiden, Keller und Fock, speisten dort miteinander, und Fock brachte Keller zurück nach Feudenheim zu dessen Fahrzeug, damit der wieder nach Viernheim zurückfahren konnte.«

»Tja«, machte Kindlein, »dann ist dieser Keller einstweilen tatsächlich der letzte Mensch, der Zumsteg lebend gesehen hat. Sehe ich das richtig?«

Morgenthaler zuckte mit den Achseln. »Aus unserer momentanen Sicht schon. Und Friedrich Keller hat Zumsteg zum Abschied nicht gefragt, was der anschließend noch so vorhat.«

Dann ging Morgenthaler zu seinem Stuhl und zog aus seiner Bomberjacke ein braunes Kuvert hervor. Das drückte er Kindlein in die Hand. »So Frieder, und das ist unser nächstes Sammelstück. Es ist von Leibig.«

Kindlein riss das Kuvert auf, wobei ihm ein Plastiktütchen entgegenflog und auf seinem Schoss landete. Er öffnete das Tütchen an einer Perforationslinie und entdeckte darin ein kleines rotes Streichholzbriefchen. Es kam ihm sofort bekannt vor. Er fasste in seine Jackentasche. Da war es.

»Das ist schon seltsam«, meinte er. »Ich habe auch so eins. Erst vorhin bekommen.« Er gab es Morgenthaler.

»Interessant. Und woher stammt deins?«

»Frau Kallmann hat es mir geschenkt. Die hat davon ein ganzes Arsenal. Das braucht sie auch – diese Frau ist ganz schlimme Kettenraucherin.«

»Hm, hast du mal gelesen, was da draufsteht?« Er gab Kindlein das Briefchen zurück.

»Nein, bis jetzt noch nicht. Ich habe es ja nur einmal benutzt. Zeig mal. Foccons! Was soll das sein?«

»Foccons steht für Dr. Fock Consulting, das ist der Firmenname von Focks Laden.«

»Ach so, dann sind die Streichholzbriefchen wohl so eine Art Werbegeschenk? Das erklärt auch, warum Frau Kallmann so viele davon hat. Frau Fock hat sie anscheinend regelmäßig damit beliefert. Nun gut, liegt nahe, wenn sie aus der Firma ihres Mannes stammen.«

»Ja, Frieder, aber eins lag eben auch am Tatort«, sagte Morgenthaler und erhob dazu einen Zeigefinger.

»Am Tatort?«

»Ja, genau dort. Direkt in der Nähe der Leiche.«

»Das ist natürlich ein Hammer. Aber dafür kann es eine ganz harmlose Erklärung geben, zu Beispiel, dass Frau Fock es bei einem Stelldichein in Zumstegs Haus liegen gelassen hat oder ihm einfach eines mitgebracht hat.«

»Nun gut, aber es könnte auch einem Täter gehört haben.«

»Da bin ich eher skeptisch. Dazu waren die Täter in der Vergangenheit viel zu vorsichtig. Aber wie verhält es sich mit Zumsteg. War der Raucher?«

»In seinem Büro im Autohaus gab es einen Aschenbecher, und auch am Tatort stand neben dem Lotterbett ein Aschenbecher herum.«

»Nun gut, gibt es Fingerabdrücke auf dem Streichholzbriefchen, oder Ähnliches?«

»Zu viele Fingerabdrücke und auch leider nie vollständige. Zudem sind sie nicht registriert. Bekannt sind nur die von Zumsteg. Und andere Spuren gab es darauf nicht.«

»Dann sollten wir vielleicht abwarten, was Frau Fock dazu zu sagen hat. Womöglich hat eben doch sie Zumsteg das Briefchen mitgebracht. Dann ist die Sache schnell geklärt. Alles andere wäre im Moment reine Spekulation.«

»Gut Frieder, damit bin ich einverstanden. Legen wir es in unsere Schachtel mit dem Hinweis ›Am Tatort gefunden!‹ und ›Frau Fock fragen!‹, in Ordnung?«

»Völlig Konrad, völlig«, antwortete Kindlein, der Morgenthalers Schachtelspiel kurios fand.

»So, dann fügen wir jetzt als Nächstes gleich noch einen Punkt dazu«, sagte Morgenthaler. »Dabei handelt es sich aber nicht um ein Faktum, einen Hinweis oder eine Erkenntnis, sondern vielmehr um eine Gedankenblase. Auch so etwas lege ich in meine Schachtel. Gedankenblasen sind leicht und belasten sie deshalb nicht übermäßig. Und da es sich bei diesen Gedankenblasen um noch undurchsichtige Teile handelt, kann man sie auch deutlich sehen. Sollte sich solch eine Blase als überflüssig oder nicht ermittlungsrelevant erweisen, sticht man einfach hinein, und sie zerplatzt, ohne weiterhin Platz in der Schachtel einzunehmen.«

Kindlein musste wieder grinsen. Morgenthalers Welt war einfach. Ihm hingegen war diese Schachteltheorie jetzt endgültig suspekt, gerade weil sie so einfach war.

»Okay, Konrad, nennen wir es Blase. Und um was für eine Blase geht es dabei?«

»Bei dieser Sache geht es nicht nur um eine Blase, sondern es geht um Ballons.«

»Aha, also um Riesengedankenballonblasen?« Jetzt musste Kindlein wirklich lachen. Diese Morgenthaler'sche Schachtel- und Blasentheorie sprengte allmählich die Dimensionen des Albernen. Aber er fand sie auch lustig, da sie zu Morgenthalers Erscheinungsbild passte, das auch etwas Kistenartiges hatte.

»Du lachst, Frieder, aber ich rede von der Fotografie in Focks Haus. Du erinnerst dich noch, wie ich davor stand und sie mir angesehen habe?«

»Ja, noch sehr gut.« Kindlein kämpfte mit den Tränen, die ihm die Wangen herunterliefen.

»Siehst du. Und auf der Fotografie waren Heißluftballons abgebildet. Wahrscheinlich von einem anderen Ballon aus aufgenommen. Das konntest du aus deiner Perspektive vermutlich nicht sehen. Hätte sich auch nicht gelohnt, wenn du mich fragst. Das Motiv war absolut öde. Aber da stach mir das erste Mal dieser Name Foccons ins Auge. Die abgebildeten Ballons trugen alle die Aufschrift Foccons GmbH – Unternehmensberatungen, Mannheim. Damit war mir klar, dass es die Firma von diesem Fock sein musste. Als der Mann aber gesagt hat, dass die Ballons damals zum Zweck einer Werbekampagne für einen Kunden geflogen sind, war ich einigermaßen empört. Unter einer Werbung für einen Kunden stelle ich mir vor, dass dessen Schriftzug am deutlichsten zu sehen sein muss. Und natürlich stand der auch ganz groß auf den Ballons. Focks Firmenname allerdings stand auch drauf, viel kleiner zwar, aber erheblich besser positioniert. Der stand nämlich auf der unteren Hälfte der Ballons, also da, wo er vom Publikum auf der Erde am besten zu sehen war. Und obendrein kontrastierte er viel stärker mit der Farbe des Ballons.«

»Ach, jetzt ist mir auch klar, warum du ihn auf seine Eitelkeit angesprochen hast. Du hast gedacht, dass Fock dieses Bild deswegen dahin gehängt hat, weil darauf der Name seiner Firma so schön deutlich abgebildet ist, oder?«

»Na ja, eigentlich schon. Nur war der Ausdruck Eitelkeit nicht passend. ›Unlauterer Geschäftsgeist‹ hätte besser gepasst. Aber aufgrund meiner Wortwahl hat er vermutet, dass ich nicht die Ballons, sondern sein Konterfei meinte. Das hatte ich aber bis dahin noch gar nicht gesehen. Und deshalb habe ich näher hingeguckt. Und siehe da, tatsächlich winkte mir da aus der Gondel dieses Ballons der zwanzig Jahre jüngere Fock in einem gestreiften T-Shirt entgegen. Der war aber gar nicht so interessant. Vielmehr hat es mir auf Anhieb der Mann angetan, der damals genau neben Fock gestanden hat. Dessen Gesicht konnte ich aber nicht richtig erkennen, da ein Teil davon hinter einem Gondeltau verborgen lag. Aber ich war sicher, diesen Mann schon einmal gesehen zu haben.«

»Hat Fock nicht irgendwas von einem Mitarbeiter dieses Kunden gesagt?«

»Ja, das hat er. Aber ich bleibe dabei – ich kenne den Mann irgendwo her.«

»Nun gut. Hast du inzwischen herausgefunden, wer er sein könnte?«

»Na ja, ich habe versucht, diese Firma anzurufen. Aber die existiert schon lange nicht mehr. Focks Werbekampagne hat ihr anscheinend nicht geholfen. Deshalb bin ich zu dem runtergekommenen Atelier dieses Fotografen gefahren, der die Fotos damals gemacht hat. Fock hat uns ja von ihm erzählt. Wieland Bach heißt der Knilch. Ich habe gehofft, dass er noch Abzüge oder sogar Negative der Aufnahmen hat. Aber dem war nicht so. Der Herr Künstler hat seine Luftbildphase vor langer Zeit hinter sich gelassen. Und er ließ mich wissen, dass er seither nicht mehr bereit sei, irgendwelche stinkreichen Knacker in Ringelhemden beim Spielen mit Luftballons abzulichten. Eines legendären Morgens sei er im wahrsten Sinne des Wortes erwacht. Da hatte sein gesamtes Ich diese Schreckensphase binnen einer Nacht mit brachialer Gewalt aus seiner Künstlerbiografie hinfortgeschnippt. Mit der Urgewalt eines kosmischen Knalls sei er erleuchtet worden, sodass er beschloss, fortan konsequent allem Konventionellen zu entsagen. Seither arbeite er ausschließlich mit Einwegkameras und rein experimentell.« Morgenthaler musste dabei leicht prusten, und auch Kindlein spürte wieder einen Kitzel im Zwerchfell.

Die Verwertbarkeit von Morgenthalers Ausführungen für die laufenden Ermittlungen erschloss sich Kindlein aber dennoch nicht. Sie sagte höchstens etwas über Focks Geschäftsgebaren aus, aber sonst schien sie Kindlein nicht von großer Bedeutung. Morgenthaler sollte sie ruhig als Luftblase konservieren.

»Nun gut, so weit zu diesem Ereignis«, meinte Morgenthaler. »Aber du solltest dir vielleicht mal ansehen, was Leibig mir noch mitgegeben hat.« Er deutete auf das braune Kuvert in Kindleins Hand. Darin befand sich noch etwas. Kindlein hatte das gar nicht bemerkt.

Es war ein Bericht der kriminaltechnischen Abteilung, und er bezog sich auf die Waffe, mit der Peter Martens getötet wurde. Leibig gab dort an, die Waffe einer erweiterten Untersuchung zugeführt zu haben. Dabei wurden DNA-Tests an organischem Material aus dem Gewinde der Waffe durchgeführt. Sie bestätigten definitiv, dass es sich dabei um einen Teil der Tatwaffe im Fall Peter Martens handelte. Kindlein las den Bericht sehr genau. Es war im Grunde eine erfreuliche Nachricht. Dennoch hielt sich seine Begeisterung in Grenzen. Die DNA eines von sechs Milliarden Menschen – und dazu noch von einem toten – lud schließlich noch nicht zu Optimismus ein.

»Sag mal, Konrad, ganz ehrlich. So richtig viel haben wir noch nicht zusammen, oder?«

»Doch, Frieder, das haben wir wohl. Wir haben ein Streichholzbriefchen vom Tatort. Wir wissen, dass es ursprünglich aus dem Hause Fock stammt. Wir haben Vera Fock, die auch die Geliebte Zumstegs war. Und wir wissen, dass, im Gegensatz zum Fall Martens, bei Zumsteg jemand einen Schlüssel besessen haben muss. Hier wurde nach der Tat nicht nur eine Tür zugezogen, sondern auch noch das Grundstückstor abgeschlossen. Wir haben Friedrich Keller, der Zumsteg als bisher Letzter lebend gesehen hat. Und wir wissen die Uhrzeit, nämlich zwölf Uhr fünfzehn. Der Tod Zumstegs trat um etwa dreizehn Uhr ein. Fehlt gerade mal eine Dreiviertelstunde. So dicht, Frieder, war noch niemand vorher an diesen Morden dran. Und noch niemals ist der Abstand zweier aufeinanderfolgender Morde so klein gewesen. Wir sind Glückspilze, Frieder. Und dabei ist das noch nicht alles. Wir haben schließlich noch eine wichtige Person zur Vernehmung vor uns, Vera Fock, und wir haben die Waffe, mit der Peter Martens getötet wurde. Und wir wissen, dass es mindestens zwei solcher Waffen auf dieser Welt geben muss, da auch Zumsteg mit einer solchen ermordet wurde. Unsere Schachtel kann nun schon so einiges aufweisen.«

»Alles schön und gut«, erwiderte Kindlein. »Aber wir haben doch niemals genug Material, um hier vorwärts zu kommen, geschweige denn welches, das zu all den vergangenen Morden passen würde. Wir können im Moment ja nicht mal einen aussagekräftigen Zusammenhang zwischen unseren beiden aktuellen Fällen herstellen.«

»Hm, ich weiß nicht. Davon bin ich gar nicht so überzeugt. Ich glaube es gibt ihn, Frieder. Wir haben ihn nur noch nicht gesehen. Das glaube ich ganz fest. Wir müssen noch arbeiten. Und manche Dinge nehmen ihren Lauf, ohne dass man was dazu tut.«

In diesem Augenblick klingelte das Telefon.

*

Ferdinand Sulzbrenner war in der sechsten Generation Geigenbaumeister. Seine Werkstatt ließ dies nicht erkennen. Sie befand sich in der oberen Etage eines zweistöckigen Hauses aus den sechziger Jahren, ursprünglich Wohnsitz und Arbeitsplatz eines Architekten.

Vor sieben Jahren hatte Ferdinand Sulzbrenner seine ehemalige Werkstatt in der Innenstadt verlassen müssen, da das uralte Haus, in dem sie sich befand, immer baufälliger wurde und die Erben der einstmaligen Besitzer kein Geld mehr in die Modernisierung investieren wollten.

Ferdinand Sulzbrenner waren die heutigen Zeiten suspekt. Kinder erbten große Vermögen von ihren Eltern und waren nicht mal bereit, sich um den Nachlass verantwortungsvoll zu kümmern. Ganze Lebensleistungen wurden auf diese Art ignoriert, und ausschließlich ihr materieller Gegenwert fand bei den Erben noch Beachtung. Da wurde das schnelle Geld gemacht und innerhalb kürzester Zeit an der Börse oder sonst wo verjubelt. Wofür die Eltern noch viel Arbeit und Jahre ihres Lebens investiert hatten, fiel damit schlussendlich in die Hände von Fremden.

Obwohl er das missbilligte, musste er zugeben, dass sein Schicksal dadurch eine glückliche Fügung erfahren hatte. Natürlich hatte er die alte Werkstatt geliebt, sie war schließlich seine Heimat gewesen. Der Vater, der Groß- und der Urgroßvater hatten in ihr gearbeitet, und auch er war im elterlichen Betrieb in die Lehre gegangen. Aber das lag beinahe sechzig Jahre zurück, und nun war er ein alter Mann von dreiundsiebzig. Schon lange waren seine Augen nicht mehr so gut wie früher, und im Winter hatte er in der alten Werkstatt häufig mit Rheuma zu kämpfen gehabt. Jahrelang hatte er das Eindringen dieser leisen, sich durch alle Fenster- und Türritzen arbeitenden Luftzüge ertragen. Nun aber hatte er gut gedämmte Räume mit großen Fenstern, die großzügig Tageslicht einließen. Auch wenn er mitunter bedauerte, dass seine jetzige Umgebung so gänzlich geschichtslos war, so war er dennoch froh, hier zu arbeiten, und bereute fast, nicht schon früher umgezogen zu sein.

Er arbeitete gerade mit einem Hohleisen an der Schnecke einer Bratsche, als er von draußen ein lautes und lang gezogenes Knarrgeräusch hörte. Irritiert schaute er aus dem Fenster neben seiner Werkbank, sah aber zu seiner Befriedigung, dass man vorn an der Zufahrt zum Gelände vor seiner Werkstatt schon an der Arbeit war. Im Allgemeinen sagte man der Polizei nach, dass sie sich bei einfachen Beschwerden sehr viel Zeit lasse. Aber nun sah Ferdinand Sulzbrenner, dass sogar zwei Beamte persönlich zugegen waren, während der Kran eines Abschleppwagens den großen Wagen hinten auf seine Ladefläche hob. Den zweiten Tag blockierte dieser Geländewagen schon die Zufahrt zu seiner Werkstatt.

Er wusste nur nicht so richtig, wie er sich verhalten sollte. Würde die Polizei zu ihm kommen, oder sollte er zu ihnen hinausgehen? Er hatte zwar seine Personalien angegeben, als er anrief, aber sie würden vermutlich auch irgendetwas Schriftliches von ihm haben wollen. Da wegen dieser Angelegenheit aber noch etwas auf seiner Seele brannte, zog er sich seine Strickjacke über und verließ die Werkstatt.

»Einen schönen guten Tag, die Herren«, sagte er, als er den Abschleppwagen erreicht hatte.

Niemand antwortete, und der Polizist, der ihn hatte kommen sehen, stand nur da, hielt sich die Ohren zu, nickte und deutete mit einer Kopfbewegung zum Abschleppwagen. Wieder knarrte es beim Anheben des Fahrzeugs. Aus der Nähe war der Lärm ohrenbetäubend. Auch der andere Polizist hätte sich besser die Ohren zugehalten. So musste er sich das Gekeife einer Passantin anhören. Die brachte sehr lautstark ihren Unmut darüber zum Ausdruck, dass in ihrer Nachbarschaft viel zu viele Hunde lebten, und sie wollte endlich wissen, ob es dafür eine gesetzlich festgelegte Zumutbarkeitsgrenze gab.

»Mein Name ist Sulzbrenner, Ferdinand Sulzbrenner. Ich bin derjenige, der die Anzeige gemacht hat«, stellte er sich vor, nachdem wenigstens der Lärm vom Abschlepper nachgelassen hatte.

»Ja richtig, Herr Sulzbrenner. Wir wären auf jeden Fall auch noch zu Ihnen gekommen, aber wir mussten erst noch die Fahrzeugdaten aufnehmen. Außerdem muss der Fahrer des Abschleppwagens bald los, damit der Wagen so schnell wie möglich der kriminaltechnischen Untersuchung zugeführt werden kann.«

Der Polizist war jung, und er hatte eine freundliche Ausstrahlung.

»Untersuchung, sagen Sie? Hoffentlich habe ich dem Besitzer jetzt nicht irgendwelche Probleme bereitet. Ich muss ausdrücklich erwähnen, dass ich diese Anzeige nicht leichtfertigerweise gemacht habe. Ich möchte dem Fahrzeughalter wirklich keinen Ärger machen. Aber sehen Sie, dies ist quasi die Zufahrt zu meiner Werkstatt.« Er zeigte mit der Hand in deren Richtung. »Besonders nachmittags, wenn die Parkplätze in der Umgebung alle besetzt sind, freuen sich meine Kunden, wenn sie auf dem Gelände parken können.«

»Das verstehe ich gut, Herr Sulzbrenner.« Der junge Polizist war wirklich freundlich. »Ich muss zugeben, dass es nicht immer so schnell geht, bis wir einschreiten können. Diesem Fall liegt aber ein Ereignis zugrunde, das uns zu sofortigem Handeln zwang.«

»Oh, darf man fragen, um was es dabei geht?«, fragte Ferdinand Sulzbrenner.

»Leider darf ich Ihnen im Moment nur sagen, dass der Besitzer einem Gewaltverbrechen zum Opfer gefallen ist. Und aufgrund

Ihrer Angaben zum Kennzeichen des Wagens konnten wir erkennen, dass es sich hierbei um sein Fahrzeug handelte.«

Ferdinand Sulzbrenner war erschüttert, nicht allein wegen dieser Geschichte, sondern auch, weil er noch etwas auf dem Herzen hatte, das wichtig war, womöglich sogar sehr wichtig. Aber er konnte sich beim besten Willen nicht mehr daran erinnern. Das bestürzte ihn, denn schon lange hatte er das Gefühl, immer mehr zu vergessen.

»Herr Sulzbrenner?«, hörte er noch mal die Stimme. Er hatte sich, ohne es selbst zu merken, schon auf den Rückweg zur Werkstatt begeben.

»Ja bitte?« Er drehte sich um.

»Ich denke, dass unsere Kollegen von der Kripo schon bald zu Ihnen kommen werden, um Ihnen ein paar Fragen zu stellen. Ich hoffe, Sie haben nichts dagegen?«

»Nein, nein, selbstverständlich nicht.« Vielleicht würde er sich bis dahin wieder erinnern können.

*

Kindlein hatte das Gefühl, über einen Schulhof zu laufen, als er mit Morgenthaler auf das gesichtslose graue Schalbeton-Bauwerk zuging. Der zweistöckige Wohnklotz stand auf dem hinteren Teil eines unbegrünten, vollständig mit Betonplatten ausgelegten Areals. Das Grundstück war seitlich und zur Straße hin von einem weitmaschigen, mannshohen Metallgitterzaun umsäumt und konnte nur durch ein schlichtes Einfahrtstor aus mattiertem Edelstahl betreten werden. Um vom Ausblick auf diesen trostlosen Meilenstein des Purismus nicht übersättigt zu werden, hatten die Nachbarn ihre Grundstücke am Rand mit Nadelgehölzen bepflanzt. Die waren inzwischen höher als der Zaun und bildeten dichte Sichtbarrieren.

So war Kindlein äußerst überrascht, als sie die Werkstatt des Geigenbauers betraten. Hier drinnen herrschte eine unerwartet heimelige Atmosphäre. Der große Raum, mit breiten Holzdielen ausgelegt, war hell, freundlich und warm. An den Wänden hingen archaisch anmutende Schneide- und Stechwerkzeuge sowie Holzzwingen in allen erdenklichen Größen und Formen. Und auf zwei uralten Werkbänken lagen auseinander gebaute Streichinstrumente.

Ein riesiges Wandregal beherbergte eine Unzahl beschrifteter Gläser und Dosen. Aus einigen lugten Pinselstiele hervor. Zwischen dem Regal und einer Wand waren Schnüre gespannt, an denen, wie an Wäscheleinen, Violinen und Bratschen herabhingen. Manche waren noch unlackiert, andere hatten schon einen Honigfarbenen Überzug erhalten.

»Guten Tag, Herr Sulzbrenner, mein Name ist Kindlein, und das ist mein Kollege Morgenthaler. Wir kommen von der Kripo. Es geht um das Fahrzeug, das heute vor Ihrer Hofeinfahrt gestanden hat. Die Kollegen von der Schutzpolizei haben uns angerufen, da Sie die Anzeige aufgegeben hatten. Wir wollten Ihnen dazu nur ein paar Fragen stellen.«

Ferdinand Sulzbrenner war ein freundlicher alter Herr, der sofort mit ruhiger Stimme zu berichten begann. Und dabei war er sichtlich bemüht, auch Details möglichst genau wiederzugeben. Kindlein merkte, dass der Geigenbauer es gewohnt war, seine Sinne einzusetzen und auf Kleinigkeiten zu achten.

»Wissen Sie, junger Mann, ich brauche bei meiner Arbeit das Tageslicht. Deshalb steht meine Werkbank direkt am Fenster. Und gestern nun, so gegen zwölf Uhr höre ich von draußen plötzlich ein Hämmern auf Metall. Und als ich aus dem Fenster schaue, sehe ich, dass direkt vor meinem Einfahrtstor eines dieser neuartigen Fahrzeuge steht, bei denen ich mich immer frage, wozu Stadtmenschen so was brauchen.«

»Ein Geländewagen«, flocht Kindlein ein.

»Von mir aus. Aber er stand dort eben. Und vor diesem parkte ein silberner Mercedes. Unter dem hat ein Mann in einer blauen Jacke gelegen und mehrmals gegen irgendein Teil des Fahrzeugs gehämmert. Die ganze Zeit hat neben ihm ein sehr gut gekleideter Mann gestanden, der ihm bei seiner Tätigkeit zusah.« Nach der Hämmerei sind beide in den Mercedes gestiegen und einige Augenblicke später damit auch zusammen weggefahren. Der Mercedes war zwar weg, aber der andere, der …«

»Geländewagen.«

»… stand immer noch da und hat seither die Einfahrt zu meinem Grundstück versperrt.«

Die Erzählung des alten Mannes deckte sich in jedem Punkt mit der Schilderung Dr. Focks. Der besser gekleidete Mann musste demnach dessen Freund Friedrich Keller gewesen sein.

»Haben Sie gesehen, ob der Mercedes wieder zurückkam?«, fragte Kindlein.

»Tat er das? Ich weiß davon nichts. Ich bin die ganze Zeit davon ausgegangen, dass er nicht zurückgekommen ist. Nun gut, ganz sicher bin ich natürlich nicht, da ich ja nicht den ganzen Tag aus dem Fenster gucken kann. Aber da der große Wagen immer noch dastand, habe ich angenommen, dass er nicht zurückgekommen ist.«

Stimmt eigentlich, dachte Kindlein. Der alte Mann konnte schließlich nicht wissen, was ihnen Dr. Fock erzählt hatte.

Kindlein wollte es genau wissen, deshalb bat er ihn, vom Fenster aus noch mal genau zu zeigen, was er wo beobachtet hatte. Dazu mussten sie zur Werkbank gehen, wo Morgenthaler stand und sich sichtlich begeistert für die Arbeiten des alten Mannes zu interessieren schien.

»Du, Konrad, hör du auch mal zu, was Herr Sulzbrenner zu berichten hat. Du warst ja bei diesem Keller und weißt, wie er aussieht.«

Dann wiederholte Sulzbrenner seine Geschichte und zeigte dazu aus dem Fenster in Richtung Straße. Er konnte den beiden Beamten sogar typische Gesten und Bewegungsmuster der Männer beschreiben.

»Sie haben eine gute Beobachtungsgabe, Herr Sulzbrenner«, meinte Kindlein daraufhin.

»Tja, in der Ferne funktionieren meine Augen bestens, aber da wo ich sie brauche, verlassen sie mich langsam. Wird wohl Zeit für eine Lesebrille. Na ja, und gegen ein neues Gedächtnis hätte ich offen gesagt auch nichts.«

»Wieso, Herr Sulzbrenner, Sie haben sich doch an wirklich jedes Detail erinnern können. Das ist doch fantastisch. Ich wünschte, wir hätten immer solche Zeugen.«

»Nein, nein, Herr Kommissar. Da ist leider noch was, an das

ich mich nicht so recht erinnere. Und ich überlege jetzt schon längere Zeit, was es wohl sein könnte.«

»Aber, aber, das ist doch kein Problem, Herr Sulzbrenner. Wenn Sie sich wieder erinnern und es mit dieser Sache zu tun hat, dann können Sie sich doch einfach mit uns in Verbindung setzen.«

Morgenthaler mischte sich jetzt ein. »Sagen Sie mal, kennen Sie eine Frau Schilling?«

Der Geigenbauer schaute ihn ganz überrascht an. »Die Ester? Natürlich. Ester Schilling kenne ich, seit sie so klein war.« Der alte Mann hob seine Hand in Hüfthöhe. »Kennen Sie sie denn auch?«

»Ein wenig«, antwortete Morgenthaler.

»Die Ester. Ja, die war neulich auch hier. Hat ihren Kontrabassbogen gebracht. Da mussten neue Haare drauf.« Dann fasste sich der Mann ans Kinn. »Wann war das bloß?«

»Am Montag, oder?«

»Ja, genau, Herr Kommissar. Woher wissen Sie das?«

»Sie hat es uns erzählt.«

Jetzt ging dem Mann noch etwas durch den Kopf. Es war deutlich zu sehen.

»An dem Nachmittag war es übrigens. Ich meine das, an was ich mich die ganze Zeit zu erinnern versuche. Ester lief über das Gelände in Richtung Tor, und ich habe ihr hier vom Fenster aus hinterhergeschaut. Und dann passierte irgendwas. Aber was war das nur?« Er schüttelte den Kopf. »Nein, ich krieg's nicht zusammen, ich komme nicht drauf. Aber vielleicht kann sich Ester ja erinnern, fragen Sie die doch mal. Es hat irgendwie mit ihr und einem Bus zu tun, sagen Sie ihr das.«

»Hm, Frau Schilling hat sich an dem Abend in einen Bus gesetzt. Meinen Sie das?«

»Nein, nein, ich glaube, es hat mit einem Bus zu tun, der gerade kam, als sie da unten durch die Einfahrt lief.«

»Gut, wir gehen der Sache nach, Herr Sulzbrenner.«

»Woher wusstest du, dass Frau Schilling am Montag bei ihm war«, fragte Kindlein, als sie draußen vor der Toreinfahrt standen.

»Aus ihrer Vernehmung, Frieder. Du selbst hast sie doch befragt. Hier in Feudenheim stieg sie doch neulich Abend in den Bus. Und vorher war sie noch bei dem Geigenbauer.«

»Stimmt, hier war das. Hier wurde sie ange …«

»Genau. Angekotzt. Und in dem Bus ist auch die Waffe in ihre Papiertüte gefallen.«

Beide schauten nach rechts. Deutlich sahen sie die Endhalteschleife für die Busse und Straßenbahnen.

»Hier ist überhaupt so einiges geschehen, Frieder. Nur nicht der Mord an Peter Martens. Der geschah zwei Stunden vorher, so gegen fünfzehn Uhr, aber eben in der Krappmühlstraße im Stadtteil Schwetzingerstadt. Fragt sich nun, warum die Waffe um kurz nach siebzehn Uhr gerade hier draußen in Feudenheim in einem Bus verloren ging.«

Kindlein zuckte mit den Schultern.

»Dieser Dr. Fock, Frieder, der hat doch seinen Laden auch hier in Feudenheim. Hast du dein Streichholzbriefchen dabei?«

Kindlein hatte es noch dabei und gab es Morgenthaler.

Morgenthaler holte einen Stadtplan aus dem Auto. Er blätterte in den Seiten und hatte nach kurzer Zeit gefunden, was er suchte.

»Sieh mal Frieder. Die Firma Foccons hat ihren Sitz in der Straße dort drüben.« Morgenthaler zeigte auf eine kleine Gasse schräg gegenüber ihrem Standort. »Ich denke, wir sollten uns das Ganze mal ansehen, wenn wir schon hier sind.«

Gerade mal zwei Minuten später standen sie vor dem Grundstück der Firma Foccons. Das Geschäftsgebäude war zweistöckig und nicht größer als ein Zweifamilienhaus. Die beiden schätzten, dass sich darin auf jeder Etage etwa drei Büroräume befinden konnten. Diese wurden wahrscheinlich durch einen Treppengang in einem kleinen Foyer miteinander verbunden. Das äußere Erscheinungsbild war gediegen, aber unauffällig. Lediglich ein graviertes Edelstahlschild gab Auskunft über den Namen und das Tätigkeitsgebiet der Firma: *Foccons GmbH, Unternehmensberatungen, Geschäftsführer Dr. B. Fock*.

Vor dem Gebäude befand sich ein Kundenparkplatz, der für drei Autos Platz bot. Dieser war gerade erst neu gepflastert worden, was nicht zu übersehen war, da die Zwischenräume der Knochensteine noch nicht mit Sand aufgefüllt waren.

»Erstaunlich«, sagte Kindlein mehr zu sich selbst, »dass man mit so einer kleinen Firma so großes Geld machen kann.«

Morgenthaler hatte es aber gehört, und auf einmal verfinsterte sich sein Gesicht.

»Das ist normal geworden, Frieder. Man kann sogar mit noch viel weniger noch viel größeres Geld machen. Sogar mit nichts, mit einem virtuellen Nichts. Und es zeichnet dich aus, dass du das noch erstaunlich finden kannst. Schau doch nur mal zehn Minuten zurück. Da standen wir noch in der Werkstatt dieses alten Geigenbauers. In dieser kurzen Zeitspanne und auf dem kleinen Stück Weg, den wir gelaufen sind, haben wir einen Zeitsprung von Jahrhunderten absolviert. In der Werkstatt arbeitet ein alter siebzigjähriger Mann etwa hundertfünfzig Arbeitsstunden am Bau einer einzigen Geige. Ich habe mal was darüber gelesen. Und damit die Qualität seiner Instrumente so hoch wie möglich ist, feilt er nun fast schon ein Leben lang immer wieder an seinen Fähigkeiten und damit am Ergebnis seiner Arbeit. Dabei kann er nur den einen Weg gehen: mit seinen Händen, seinen Sinnen und seinem Verstand immer wieder aufs Neue Instrumente zu erschaffen, die besser sind, als seine vorhergehenden. Instrumente, die durch handwerkliche Perfektion ein Höchstmaß an Vollkommenheit in Klang, Schönheit und Verarbeitungsqualität erreichen sollen. Schätze nun aber einmal, wie viel diesem Mann für eine solche Geige bezahlt wird, und dividiere diese Summe durch die Arbeitszeit. Ich gebe dir einen Tipp Frieder – lass es sein! Für solche Beträge würden Herrschaften wie diese hier noch nicht mal gähnen. Sie sind schließlich ›moderne Dienstleister‹, oder wie sich der ganze Kram schimpft. Die ganze Welt redet von ihnen, diesen Schmarotzern der Gesellschaft. Sie kassieren als Makler, Berater, Agenten oder Vermittler Unsummen, ohne dass dadurch der eigentliche Wert der Produkte zunimmt. Nur deren Preis steigt, oder aber – was viel schlimmer ist – der Lohn für den Hersteller sinkt. Eine Schande. Für mich ist das alles andere als eine ehrliche Arbeit. Ich nenne so was Parasitentum.«

Kindlein verstand Morgenthaler in gewisser Weise, aber auf eine gesellschaftskritische Debatte wollte er sich weiß Gott nicht einlassen. Und was diesen Geigenbauer betraf, so fand er ihn zwar auch nett, aber zur Lösung ihrer Fälle hatten dessen Ausführungen seiner Ansicht nach nicht beitragen können. Er hatte lediglich Dr. Focks Angaben bestätigt.

Sie gingen zurück zum BMW.

»Konrad, darf ich dich mal etwas fragen?« Kindlein lag schon länger etwas auf der Seele.

»Klar Frieder, um was geht's denn?«

»Ich wollte dich mal fragen, was Windgassen gestern von dir wollte, als wir bei ihm waren. Ich hatte so das Gefühl, als wenn er irgendwas gegen mich hätte.«

»Ach, dem schwimmen die Felle davon, Frieder. Der sieht in dir einen Konkurrenten, ganz einfach.«

Kindlein musste fast lachen, denn mit dieser Antwort hatte er nicht gerechnet. »In mir? Einen Konkurrenten? Windgassen? Soll das ein Scherz sein?«

»Nein, absolut nicht. Der große Windgassen hat durchaus auch seine Leichen im Keller, und das weiß er. Und er weiß, dass ich das weiß. Und deshalb hat er mich gestern zur Seite genommen. Es war, wie immer, ein übles Gespräch, Frieder. Und es war unser erstes außerdienstliches Gespräch seit zwölf Jahren. Ich bereue jetzt, dass ich mich darauf eingelassen habe.«

Kindlein war geschockt. Die beiden arbeiteten seit siebzehn Jahren zusammen, führten aber seit zwölf Jahren kein privates Gespräch mehr miteinander?

»Entschuldige, dass ich danach gefragt habe, Konrad. Ich wollte nicht indiskret sein.«

»Quatsch, Frieder, ist schon in Ordnung. Aber lass Windgassen Windgassen sein. Er ist ein humorloser Mensch, ohne Familie, ohne Freunde und ohne Freude.«

»O je, das habe ich gar nicht gewusst. Ich meine, wo er doch sonst alles hat, was man sich nur wünschen kann.«

»Ach Frieder, daran hat er sich doch schon längst gewöhnt. Seine Eltern hatten schon Geld, und er hat es einfach nur geerbt. Und du siehst ja, was man sich damit kaufen kann, eine Burg mit Wehrtürmen – das war's. So was baut einen nicht wirklich auf. Vielleicht ist er jetzt auch noch körperlich krank und deshalb eifersüchtig auf einen jüngeren Kollegen, wer weiß. Jedenfalls hat er mich gestern gefragt, wie es so mit uns laufen würde. Eigentlich kein Problem, und jedem anderen hätte ich diese Frage auch beantwortet, aber ich kenne ihn einfach schon zu lange. Und als ich ihm gesagt habe, dass ihn das nichts angehen würde, ist er ausfällig geworden. Er sei immerhin mein Vorgesetzter, hat er geschrien, und überhaupt solle ich mir überlegen, wie ich mit ihm rede. Das ist typisch für ihn. Ich habe das schon so oft erlebt. Aber gestern hat es mir gereicht. Ich habe ihm gesagt, dass ich von nun an nicht mehr mit ihm zusammenarbeiten werde.«

Kindlein schluckte. Er wusste nicht, was er dazu sagen sollte. Was Morgenthaler da von sich gab, klang hart und so überhaupt nicht zu seinem Wesen passend. Er hatte an einer Wunde gekratzt. Und weiter wollte er es auf gar keinen Fall kommen lassen. Auch Morgenthaler beließ es bei dem Gesagten.

*

Sechs junge Männer waren sie damals gewesen, und zu sechst wollten sie bleiben. Sechs waren auch die anderen, die sie gleich ausgemacht hatten. Sechs alte Männer, deren Lebensberechtigung sie schon lange abgestritten hatten, deren Existenz keinem der sechs Jungen irgendetwas bedeutete. Nun sollte das Band der Treue besiegelt und ihr aufrichtiger Kameradschaftsgeist unter Beweis gestellt werden. Und es war nicht allein darum gegangen, sich grausamer Peiniger aus Kindheit und Jugend zu entledigen. Es war ihnen auch wichtig gewesen, schon mit dieser ersten Maßnahme die Grundfeste ihres neuen Lebens so zu errichten, dass darauf eine stabile Zukunft erschaffen werden konnte.

Und die alten Männer hatten es leicht gehabt, allzu leicht. Sie hatten nur ihre Köpfe nach oben zu halten brauchen. Sie erfuhren sogar, weshalb sie vom Stuhl zu springen hatten. Solche Privilegien hatten die Jungen nie gehabt. Ihnen war vorher niemals gesagt worden, warum man sie im nächsten Augenblick verachten, demütigen, misshandeln und quälen würde. Ihnen hatten die Alten niemals gestattet, den Kopf zu erheben.

Wie erbärmlich der letzte Anblick war, den diese sechs einst so mächtigen Männer ihnen geboten hatten – blaue Zungen, die sie so wenig im Körper halten konnten wie Pisse und Stuhl. Sie hatten sich nicht mal zusammengerissen, sondern zappelten und zuckten noch mehrere Sekunden unwürdig am Seil. Die Jungen hatten dabei lachen müssen.

Aber alles war so schnell gegangen, viel zu schnell. Und es war zu konventionell gewesen.

Aber wenigstens waren sie von da an eins, jeder hatte es dem anderen bewiesen. Und sie hatten gewusst, dass sie es besser machen konnten.

Dann wurden Methode und Technik überarbeitet. Dabei hatten sie auch ihre zukünftige Vorgehensweise festgelegt. Und sie hatten sich ein Werkzeug erdacht, einen Modus für den Umgang damit gefunden, und auch einen Modus für den Umgang miteinander:

Jedem Mitglied die gleichen Rechte.

Jeder darf Maßnahmen beantragen.

Jeder hilft jedem bei der Ausführung der Maßnahmen.

Aus sechs waren in den Jahren vier geworden. Einer war früh abtrünnig geworden. Das war sehr lange her. Er hatte nicht die Konsequenz daraus ziehen wollen und war deshalb den Statuten entsprechend behandelt worden. Aber das hatte er vorher gewusst, deshalb durften sie es tun.

Auch ein Zweiter starb, vor zwei Jahren – an einem Tumor.

Er indes würde nicht getötet werden. Das war im Regelwerk nicht so vorgesehen. Er zählte nur nicht mehr dazu. Aber das kam auf dasselbe heraus.

Heute Morgen hatte es in der Zeitung gestanden. Die anderen hatten tatsächlich gehandelt. Viel zu schnell. Ein Novum. Niemals zuvor war das der Fall gewesen. Zumsteg würde ihr Schicksal werden, das fühlte er.

So war es nun nicht mehr nur Hilflosigkeit, die er spürte, sondern auch nackte Angst.

Und er war sicher, dass in dieser Nacht der Wurm wiederkommen würde.

*

Sie waren für acht Uhr morgens verabredet. Kindlein kannte die Wohnung schon, aber diesmal war anscheinend gelüftet worden. Es roch nach kaltem Rauch, und auf dem Tisch stand ein unbenutzter Aschenbecher. Kindlein war nicht sicher, welchen Geruch er weniger mochte, den von frischem oder kaltem Zigarettenrauch. Er konzentrierte sich lieber auf die Frau, die dieses Mal auf der großen Ledercouch saß. Es war Vera Fock. Sie war allein. Die Freundin hatte die Wohnung kurz nach Kindleins Eintritt verlassen.

Er hatte sich die Ehefrau des groß gewachsenen und noch recht gut aussehenden Dr. Fock ganz anders vorgestellt. Vielleicht lag es daran, dass sie die Geliebte eines anderen Mannes gewesen war, dass er eine attraktive, intelligente, lebenslustige und anspruchsvolle Dame erwartet hatte, die zudem jünger als ihr Ehegatte wäre.

Frau Fock war zwar etwas jünger als ihr Mann – so um die fünfzig –, aber alles in allem eine unscheinbare Person. Sie war mittelschlank und mittelgroß, und die Farbe ihres Haars, das sie mittellang trug, lag auch irgendwo zwischen Mittelblond und Mittelbraun. Ihre Gesichtszüge deuteten auf starken Stress hin. Ihre angeschwollenen Augenlider und Tränensäcke rührten von Trauer her, aber ihre fahle Gesichtsfarbe und die tiefen Falten zwischen Nase und Mundwinkel deuteten auf chronische Magenprobleme hin. Und während sich ihre Freundin Juliane Kallmann von Zigaretten zu ernähren schien, so war sie wohl eher dem Alkohol zugetan. Vor ihr auf dem Tisch stand eine Flasche Cognac und daneben eine Dose Coca Cola. Beides, so dachte Kindlein, war nicht nur für ihren Magen ein schlechter Tagesbeginn.

Von Kleidung verstand Kindlein nicht viel, aber dass Frau Fock eher billigere Ware anhatte, fiel ihm dennoch auf. Der wenige Schmuck, den sie trug, konnte ebenfalls keinen bedeutenden Wert haben. Auch hier hatte er etwas anderes erwartet, insbesondere wenn er an das Haus der Focks dachte, das von exklusivem Geschmack und Wohlstand zeugte.

Er fragte sich unweigerlich, was die beiden zusammenhielt. Dr. Fock sprach eine gewählte und von gehobener Bildung zeugende Sprache, während seine Frau einen ausgeprägten pfälzischen Dialekt pflegte.

Auch ihre Körperhaltung passte nicht in das Bild, das Kindlein von Frauen erfolgreicher Geschäftsmänner hatte. Frau Fock hätte er in ihrem Haus vermutlich für eine Angestellte gehalten.

Es war mühsam, sie zu vernehmen. Ein Gespräch kam immer nur dann zustande, wenn Kindlein Fragen stellte. Sie antwortete extrem einsilbig. Damit hing der Gesprächsfluss während der gesamten Vernehmung allein davon ab, wie Kindlein fragte und welche Fragen er stellte. Nach zwei endlos erscheinenden Stunden war er froh, die miefige Wohnung von Frau Kallmann wieder verlassen zu können. Und er war vor allem froh, trotz des zähen Verlaufs der Vernehmung, alle Informationen erhalten zu haben, die für seine Arbeit nötig waren.

Die Rückfahrt war angenehm. Die Sonne schien, und vom Auto aus betrachtet verwandelte sie diesen Novembermorgen in einen Frühlingstag. Nur die in Winterkleidung eingemummelten Passanten und ihre deutlich sichtbaren Atemdämpfe verrieten, dass es sich um einen kalten Tag handelte. Dennoch hielt Kindlein an seiner Illusion fest, denn er war das erste Mal seit vielen Tagen in richtig guter Stimmung.

Das war in der wenig einladenden Atmosphäre von Frau Kallmanns Wohnung und während des farblosen Gesprächs mit Frau Fock nicht unbedingt abzusehen gewesen. Aber dann hatte er etwas Entscheidendes entdeckt. Es betraf ihn und Morgenthaler und ihr Verhältnis zueinander. Er hatte mitten in der Vernehmung gespürt, dass er Konrad Morgenthaler vermisste. Zuerst nur vage und unbestimmt. Aber so nach und nach und in dem Maß, wie ihm die Fragen ausgingen, hatte er erkannt, was Morgenthaler auszeichnete – seine Fähigkeit, die richtigen Fragen am richtigen Ort zur richtigen Zeit der richtigen Person zu stellen. Und da hatte er auf einmal auch an Petzolds Worte denken müssen. Der hatte metaphorisch von einem Schatz gesprochen, den Kindlein fände, wenn er Morgenthaler beobachten und von ihm lernen würde.

Kindleins euphorische Stimmung wurde zudem durch ein Ereignis verstärkt, das sich auf einem der brachliegenden Felder am Rande der Straße abspielte. Eine kleine Menschenmenge aus schaulustigen Erwachsenen und freudig erregten Kindern starrte hoch zum Himmel einem soeben gestarteten Fesselballon hinterher. Und da er noch keine große Höhe erreicht hatte, war es Kindlein möglich zu erkennen, wie ein Teil der Gondelbesatzung der Menge am Boden zuwinkte, während einer von ihnen die Gaszufuhr erhöhte, um der Flamme mehr Größe und Kraft zu geben. Das Ganze wurde von einem starken Rauschen des Gasbrenners untermalt, das immerhin so laut war, dass Kindlein es im Auto noch vernehmen konnte.

Das Leben war schön, dachte er und wunderte sich dabei zunehmend mehr über sich. Und wieder musste er an Morgenthaler denken. Hatte der nicht am Tage zuvor auch ein Erlebnis mit Ballons gehabt? Und hatte Morgenthaler nicht aus der Suche nach einem unsichtbaren Mann auf einem Foto eine undurchsichtige Gedankenblase gemacht? Und hatte er sie nicht anschließend in diese Gedächtniskiste verstaut? Vielleicht sollte er Morgenthaler fragen, was aus ihr geworden war.

Die Nummer mit der Kiste war schon gut, dachte Kindlein still vor sich hingrinsend, aber die trübe Blase war wirklich die Krönung. Dann musste er laut lachen.

Sie hatten es schon am Tag zuvor verabredet. Morgenthaler müsse an diesem Samstagvormittag noch etwas »organisieren«, hatte er gesagt, aber Kindlein solle ihn einfach bei einer bestimmten Adresse abholen, und danach könnten sie gemeinsam noch mal zu Dr. Fock nach Käfertal fahren.

Die verabredete Stelle lag mitten in der Mannheimer Innenstadt. Kindlein parkte direkt vor einem Mietshaus, in dessen unterer Etage sich vier Geschäfte befanden. Im Schaufenster eines Sanitätshauses wurde für Wärmedecken, wollene Unterwäsche und Heizlampen geworben. Daneben stellte ein Sex-Shop riesige Dildos und aufreizende Dessous aus. Das dritte Geschäft handelte mit Kinderausstattungen, und im Schaufenster des Vierten standen drei Urnen auf einem weißen Tuch mit schwarzem Kreuz.

Er hatte noch etwas Zeit und beschloss deshalb, im gegenüberliegenden Blumengeschäft einen Strauß zu bestellen. Morgenthaler hatte ihn zum Geburtstag seiner Frau eingeladen. Der war am nächsten Tag. Aber bisher war er noch nicht dazu gekommen, auch nur ein einziges Geschenk zu besorgen. Außerdem kannte er Frau Morgenthaler gar nicht, was die Suche nach einem wirklich passenden Präsent ohnehin schwer gemacht hätte.

Als er aus dem Laden wieder heraustrat, sah er auf der anderen Straßenseite Konrad Morgenthaler mit strahlendem Gesicht neben dem Auto stehen. In der einen Hand hielt er zwei Mäntel für Fahrradreifen und in der anderen zwei dazu passende Felgen. Alles schien nagelneu, denn das Chrom der Felgen blitzte im Schein der Sonne und die Mäntel waren tiefschwarz und absolut sauber.

»Hallo Frieder!«, rief Morgenthaler, als Kindlein noch gar nicht ganz auf seiner Gehwegseite war. »Schnell, lass uns alles ins Auto packen und abdüsen, bevor der Typ es sich anders überlegt.«

Kindlein ging zum Auto und öffnete den Kofferraum, während Morgenthaler ihm zuflüsterte: »Mannomann, Frieder. Zum halben Preis, das musst du dir mal vorstellen. Zum halben Preis.«

Seine Erregung schien auch während der Fahrt zu Dr. Fock nicht nachzulassen. Ständig rieb er sich die Hände und pfiff Melodien, die Kindlein nicht erkannte.

Aber ganz plötzlich hielt er inne und drehte sich zu Kindlein um. »O Mann, Frieder. Wir müssen zuerst noch woanders hin, bevor wir nach Käfertal fahren. Ich hab da noch etwas dazwischen geschoben.«

Den ganzen Morgen schien Morgenthaler schon auf Achse gewesen zu sein, um sein Schnäppchen aufzuspüren, und nun wollte er anscheinend noch mal etwas Privates erledigen. Das war eigentlich kein Problem, aber schließlich hatten sie mit Dr. Fock einen Termin vereinbart, und der Mann würde bestimmt zu Hause warten. Aber es kam viel schlimmer.

»Heute Morgen habe ich im Präsidium zwei Anrufe erhalten. Einer kam von Frau Schilling. Sie hat von dem Geigenbauer erfahren, dass wir gestern bei ihm waren, und nun hat sie gemeint, sich im Zusammenhang mit dem Montagabend noch an etwas erinnern zu können, was der Geigenbauer wieder vergessen hat. Sie hat mich zudem gebeten, ihr eine Kopie des Briefes von Leopold Katzbach zuzufaxen. Und einige Zeit später hat sie sogar noch einmal angerufen, weil sie sich absolut sicher war, wichtige Informationen für uns zu haben. Die könne sie uns allerdings nicht einfach nur per Telefon mitteilen, hat sie gemeint. Wir müssten dazu schon zu ihr kommen. Sie hat außerdem befürchtet, dass du sie am Telefon sowieso nur abblocken würdest.«

»Womit sie nicht Unrecht haben dürfte. Konrad, sei mir nicht böse, aber ich halte von dieser Frau als Detektivin nicht sehr viel. Und ich frage mich ernsthaft, was sie nun wieder Wichtiges hat. Ich denke, dass wir uns inzwischen selbst ein ausreichendes Bild von den geschilderten Vorgängen machen können, der alte Mann hat gestern doch alles hervorragend dargestellt.«

»Ja, aber an eine ihm wichtige Sache konnte er sich nicht mehr erinnern«, antwortete Morgenthaler. »Und du hättest dieses Telefonat erleben sollen. Frau Schilling klang absolut überzeugt.«

»Ich habe schon mal einen persönlichen Besuch von ihr erlebt, Konrad. Ich kann es mir also sehr gut vorstellen.«

»Okay, Frieder, gib ihr fünf Minuten. Es liegt auf dem Weg.« Dabei buffte Morgenthaler Kindlein in die Rippen.

»Na dann, fahren wir hin. Ich erzähle dir währenddessen, was ich inzwischen erlebt habe. Das dürfte zwar weniger spannend sein, dafür aber authentisch.«

Zuerst berichtete Kindlein von seinen Eindrücken, die er von Frau Fock gewonnen hatte. Dann schilderte er kurz, was bei der Befragung herausgekommen war.

»Ihre Beziehung zu Zumsteg bestand seit etwas mehr als einem Jahr. Und wie schon die Freundin, so ist auch sie ganz sicher, dass ihr Mann von dieser Liaison nichts erfahren haben konnte. Dass ihr Mann sein Auto in Zumstegs Werkstatt reparieren ließ, hat sie nicht gewusst. Damit hatte sich das Thema Ehemann auch schon erschöpft. Sie bestand darauf, nicht über ihr Eheleben zu sprechen, sondern sich auf ihr Verhältnis mit Zumsteg zu beschränken.«

»Spricht bisher alles nicht für eine glückliche Zweisamkeit, oder?«, unterbrach Morgenthaler kurz.

»Nein, nicht wirklich. Aber mit Zumsteg schien es gut zu laufen. Als das Thema auf ihn kam, hatte ich das einzige Mal das Gefühl, dass diese Frau auch schon mal positive Erlebnisse hatte. Ansonsten war sie kurz angebunden und verbreitete destruktive Schwingungen.«

»Gut.«

»Was ist daran gut?«

»Gut, dass du so etwas bemerkst, und gut, dass du es in deinen Bericht einfließen lässt. Keine gewaltige Feststellung, die ich da mache, sondern nur eine Bemerkung.«

»Aha.«

»Und weiter?«

»Die Streichholzbriefchen, die ja überall in Frau Kallmanns Wohnung herumfliegen, waren tatsächlich von ihr. Und auf meine Frage, ob sie auch Gernot Zumsteg irgendwann mal eines gegeben hat, antwortete sie, dass sie das wohl getan habe, dass dieser sich aber vor zwei Monaten das Rauchen abgewöhnt hatte. Seither haben sie nur noch ab und an Streichhölzer zum Anzünden einer Kerze oder zum Entfachen eines Feuers im Kamin benutzt. Auf die Frage, wer alles einen Schlüssel zu Zumstegs Haus und Grundstück besaß, sagte sie, dass es nur zwei gebe. Das wisse sie ganz genau. Einen hätte Zumsteg immer bei sich gehabt, und den anderen hat sie dauerhaft bei Frau Kallmann versteckt gehalten.«

»Darum ging's übrigens auch bei diesem anderen Anruf.«

»Welchen anderen Anruf?«

»Na ja, Frieder, ich habe dir doch vorhin gesagt, dass ich heute Morgen im Präsidium saß und zwei Anrufe erhielt. Der eine von Frau Schilling hat uns vorhin beide so in Beschlag genommen, dass ich über den zweiten gar nicht geredet habe. Es war Leibig. Die Techniker haben nämlich diesen Geländewagen von Zumsteg auseinander genommen. Aber die haben an dem Fahrzeug nichts Auffälliges gefunden. Nur eine Sache war von Bedeutung. Der Fahrzeugschlüssel steckte noch. Und an diesem hing ein ganzer Schlüsselbund. Unter anderem auch der Schlüssel zum Grundstück und zum Haus in Ilvesheim.«

»Das heißt ja, dass unsere Täter entweder diesen Schlüssel benutzt und anschließend wieder in Zumstegs Wagen gehängt haben, oder aber, dass sie selbst einen hatten. Dem widerspräche aber die Aussage von Frau Fock. Die war ganz sicher, dass es nur zwei Ausfertigungen gibt. Den von Zumsteg selber und den, den sie immer bei Frau Kallmann deponierte.«

»Die erste Version funktioniert aber schon mal nicht, da an den Schlüsseln ausnahmslos Fingerabdrücke von Zumsteg waren.«

»Hm. Gibt es eine dritte Variante, Konrad?«

»Natürlich könnte Frau Kallmann den Schlüssel von Frau Fock nachgemacht haben und an die Täter weitergegeben haben. Ich schließe das aber aus. Ich schließe überhaupt bei all diesen Morden eine Frau als Täter oder Mittäterin aus.«

»Wieso?«

»Tja, das weiß ich auch nicht. Es hat sich in all den Jahren einfach so ergeben.«

»Hey Konrad, das kann jetzt aber nicht sein. Warst nicht du es, der erst vor kurzem noch gemeint hat, dass wir alles vorurteilsfrei beobachten sollten? Dass wir dazu *alle* Informationen sammeln müssen?«

»Richtig, Frieder, und wir dürfen aus ihnen nie auf weibliche Beteiligung schließen, weil wir dann auf dem falschen Weg wären. Das vergaß ich zu sagen.«

»Ah ja.«

»Genau«

»Also nur so ein Gefühl?«

»Ja genau, ein Gefühl, eine Intuition.«

»Verzeih mir bitte, aber das verstehe ich überhaupt nicht.«

»Ich auch nicht. Und darüber bin ich sehr froh.«

Zuerst hatten sie mehrmals an Esters Wohnungstür geklingelt. Als dort niemand öffnete, betätigten sie die Klingel mit der Aufschrift »Werkstatt«. Nach kurzer Zeit öffnete sich die Tür und Frau Schilling stand vor ihnen.

»Ach hallo, die Herren. Kommen Sie herein. Kennen tun wir uns ja schon, oder?« Dabei schaute sie vor allem Kindlein tief in die Augen. Er quittierte, indem er eine verdrießliche Miene zog. Kein Wort aus meinem Munde, hatte er sich vorgenommen, auch wenn es albern erscheinen mochte. Außerdem wusste er immer noch nicht, was diese Frau eigentlich war: Schreinerin, Musikerin, Hobbydetektivin oder doch Schreinerin. Wohl eher eine Chaotin, wenn man das Durcheinander in der Werkstatt betrachtete.

»Ich denke, dass es besser ist, wenn wir uns in meiner Wohnung unterhalten.«

Oben angelangt sah Kindlein, dass Morgenthaler seinen Blick sofort umherschweifen ließ und am liebsten das Mobiliar in Augenschein genommen hätte. Aber er war dran, das hatten sie so ausgemacht.

»Frau Schilling, ich bin absolut begeistert. Sie haben die Möbel alle selbst hergestellt, nehme ich an?«

»Alle, Herr Morgenthaler. Es sind ausnahmslos eigene Entwürfe, die unten in meiner Werkstatt entstanden sind.«

»Fantastisch. Aber leider haben mein Kollege und ich im Moment nicht genügend Zeit, uns umzusehen. Würde es Ihnen etwas ausmachen, wenn Sie uns stattdessen schildern, was Ihnen noch eingefallen ist. Am Telefon wollten Sie ja nicht darüber sprechen, wenn ich Sie recht verstanden habe.«

»Das ist wahr, Herr Morgenthaler. Ich denke, das liegt daran, dass wir alle gebrannte Kinder sind. Ich möchte noch mal betonen, dass mir die Geschichte mit diesem Herrn Lösching sehr Leid tut. Ich war da wohl ein wenig zu vorschnell und habe für viel Verwirrung gesorgt. Das lag wirklich nicht in meiner Absicht. Und ich habe absolut kein Interesse daran, mich in irgendeiner Art aufzuspielen oder mich in ihre Arbeit einzumischen.« Dabei sah sie wieder sehr auffällig zu Kindlein hinüber. Und es war klar, dass sie sich insbesondere bei ihm entschuldigen wollte. Kindlein merkte, wie sein Widerstand aufzuweichen begann.

»Ich sehe das ganz anders, Frau Schilling«, sagte Morgenthaler. »Wenn wir Ihre Hinweise nicht erhalten hätten, dann würde das zweite Opfer womöglich immer noch in dem verlassenen Haus in Ilvesheim liegen. Und abgesehen von dem Zustand, in dem es sich jetzt befinden würde, wäre auch der zeitliche Abstand zu der Tat mit jeder Minute größer geworden. Das hätte unsere Ermittlungen deutlich erschwert. Eigentlich müssten wir Ihnen sogar danken.«

»Wie auch immer, Herr Morgenthaler. Ich denke, ich sollte Ihnen lieber erklären, warum ich wollte, dass sie hierher kommen. Aber dazu muss ich Ihnen zuerst einmal etwas zeigen.«

Ester Schilling ging an den Küchentisch und holte von dort ein bedrucktes DIN-A4-Blatt. »Das ist das Fax, das Sie mir freundlicherweise zugeschickt haben. Es ist der Brief von Leopold Katzbach. Einen Satz darin habe ich markiert, damit Sie wissen, um was es geht.« Sie überreichte Morgenthaler den Ausdruck.

Morgenthaler sah sich das Blatt an und las die in Leuchtgelb hervorgehobene Stelle. Währenddessen ging Ester zu einem der Küchenschränke und kam mit einem Leinenbeutel zurück.

»Herr Kindlein, was ist das?« Sie hielt ihm den Beutel direkt vor die Nase.

Kindlein verschränkte die Arme. »Frau Schilling, wir sind hier nicht zum Rätselraten gekommen, und mein Kollege sagte Ihnen bereits, dass unsere Zeit begrenzt ist. Also was soll diese Frage? Es ist ein Leinenbeutel. Ein ganz normaler Leinenbeutel zum Einkaufen von mir aus.«

»Danke, Herr Kindlein. Sie haben hundert Punkte. Und nun Sie. Was ist das Ihrer Ansicht nach?« Dabei wandte sie sich Morgenthaler zu.

»Dito«, sagte dieser. »Es ist ein Leinenbeutel, eine Leinentasche oder ein Leinensack.«

»Genau das meine ich auch. Und was meinen Sie, würde ein Antiquitätenhändler mit geschultem Blick für die unterschiedlichsten Gegenstände und seinem Repertoire an Fachbegriffen dazu sagen? Würde er dies als Tasche bezeichnen?«

Morgenthaler überlegte kurz. »Nein«, antwortete Morgenthaler. »Ich denke nicht, dass er diesen Begriff wählen würde. Nicht für solch ein schlaffes Gebilde. Die genaue Definition für eine Tasche kenne ich nicht, aber ich denke, dass es sich bei Taschen um etwas formstabilere Behältnisse handelt.«

Auch Kindlein war zu diesem Schluss gekommen, sagte es aber nicht.

»Das ist der springende Punkt, Herr Morgenthaler. Sie waren gestern bei Ferdinand Sulzbrenner. Er hat es mir erzählt. Wir haben miteinander telefoniert, da er meinen Kontrabassbogen fertig hat und ich ihn abholen kann. Da hat er mir auch erzählt, dass er Sie gebeten hat, mich nach etwas zu fragen. Es soll mit dem Montagabend zusammenhängen, mit dem Bus und der Dunkelheit. Er habe sich nicht mehr daran erinnern können, aber ich kann mir inzwischen vorstellen, was er meint. An dem Abend hatte ich nämlich noch ein merkwürdiges Erlebnis, an das ich gar nicht mehr gedacht habe, da das spätere Ereignis im Bus alles überschattet hat.«

»Etwas, das geschah, bevor Sie in den Bus stiegen?«

»Ja. Es war so gegen siebzehn Uhr, als ich Ferdinands Werkstatt verlassen habe. Als ich unten durch das Einfahrtstor ging, sah ich von links plötzlich den Bus kommen. Ich bin losgerannt, um die Haltestelle rechtzeitig zu erreichen. Genau in dem Augenblick ging jedoch die Beifahrertür eines am Straßenrand stehenden Autos auf. Noch im selben Moment schoss auch schon ein Mann aus dem Fahrzeug. Wir sind heftig aneinander gestoßen, und er verlor dabei seine Tasche. Aber ich war so in Eile, dass ich mich nicht weiter darum gekümmert habe. Also bin ich weitergerannt.«

Morgenthaler unterbrach sie kurz. »Wissen Sie noch, aus was für einem Auto dieser Mann ausstieg?«

»Es ging alles so schnell, Herr Morgenthaler. Nein, daran kann ich mich nicht erinnern.«

»Erinnern Sie sich vielleicht an die Farbe des Wagens?«

»Nein, leider auch nicht. Es war schon recht dunkel. Außerdem hatte ich ja noch diese Papiertüte mit den Holzresten bei mir und war froh, dass nichts herausgefallen war. Darauf hatte ich mein Augenmerk hauptsächlich gerichtet.«

»Schade. Gut, was passierte dann?«

»Nach ein paar Metern fiel mir ein, dass ich völlig umsonst rannte. Diese Haltestelle ist eine Endhalteschleife, und da würde der Bus erst noch eine Weile rumstehen, bevor er wieder losfährt. Also bin ich im Schritttempo weitergelaufen.

Dann, ganz plötzlich, rannte aber dieser Mann an mir vorbei, mit dem ich vorher zusammengestoßen war. Ich erkannte ihn an dieser Tasche. Er rannte wie ein Verrückter in Richtung Bushaltestelle. Ich hatte noch überlegt, ob ich ihm zurufen soll, dass er sich nicht zu beeilen bräuchte. Aber aus irgendeinem Grund tat ich es doch nicht. Stattdessen sah ich ihm hinterher und überlegte, ob er Fagottist ist.«

»Ein Fagottist?«

»Ja, ein Fagottspieler. In diesem Fall hätte es mir Leid getan, dass sein Instrument so derb auf den Boden gefallen war.«

»Verstehe.«

»Ich weiß nicht, ob Sie das verstehen können, Herr Morgenthaler. Es gibt eine ganz bestimmte und recht seltene Art von Fagotttasche. Die ist aus Leder und ermöglicht es dem Musiker, die auseinander gebauten Teile seines Instruments nebeneinander liegend darin einzuwickeln. An solch eine Tasche dachte ich zuerst. Aber dann sah ich, dass die des Mannes erheblich kleiner war und auch nur so ähnlich aussah. Dennoch meinte ich, genau solch eine Tasche schon einmal gesehen zu haben. Dann, gestern Abend, als ich mit Ferdinand telefonierte, habe ich mich mit einem Mal erinnern können, wo das war. Und seither muss ich auch ständig an einen Satz aus Leopold Katzbachs Brief denken. An diesen hier.«

Sie zeigte mit dem Finger auf den Faxausdruck in Morgenthalers Hand. Der legte ihn auf den Küchentisch zurück. Ester tippte mit dem Zeigefinger auf die leuchtend gelb markierte Stelle.

Ich weiß, dass Sie die Tasche schon kennen!

Morgenthaler hatte mitgelesen, und auch Kindlein beugte sich über den Brief.

»Ich hatte schon neulich, als ich diesen Brief das erste Mal gelesen habe, den Eindruck, dass an diesem Satz irgendetwas falsch ist, oder dass sich Katzbach unkorrekt ausgedrückt hat. Schließlich war es nur ein Leinenbeutel gewesen, den er mir in der Nacht unten an die Tür gehängt hat.«

»Hm«, machte Morgenthaler, und mehr fiel Kindlein dazu auch nicht ein. Er sah auf die Uhr an der Küchenwand. Sie hatten nicht mehr viel Zeit, um den verabredeten Termin mit Dr. Fock noch halbwegs pünktlich einzuhalten. Seiner Ansicht nach hätte man das Gespräch an dieser Stelle sowieso abbrechen sollen. Bis jetzt hatten sie erfahren, dass Frau Schilling angerempelt wurde, und dass sie vielleicht eine sprachliche Ungenauigkeit oder einen Schreibfehler aufgedeckt hatte.

Doch Morgenthaler hakte noch einmal nach. »Wenn ich Sie recht verstehe, dann denken Sie, dass Katzbach wortwörtlich meinte, was er dort geschrieben hat, nämlich wirklich eine Tasche und nicht etwa einen Beutel.«

»Genau.«

»Aber er schreibt auch wortwörtlich, dass er weiß, dass Sie diese Tasche kennen.«

»Das ist es ja eben, Herr Morgenthaler. Mir ist inzwischen klar, dass ich genau so eine vor ein paar Wochen bei Leopold Katzbach im Laden gesehen habe.«

»Hm«, machte Morgenthaler daraufhin wieder. Er lief in der Küche auf und ab und kratzte sich dabei hin und wieder am Bauch.

»Aber bei welcher Gelegenheit haben Sie diese Tasche bei ihm gesehen, Frau Schilling?«

Morgenthaler hörte nicht auf zu fragen.

»Einige Wochen bevor ich bei Herrn Katzbach wegen dieses unseligen Gegenstands war, habe ich bei ihm doch das Sofa hier gekauft.« Ester strich dabei mit der flachen Hand über die Sitzfläche des Möbels, auf dem sie gerade saß.

»Es war aufgrund seines Gewichts in den viel zu schwachen Schaufensterboden eingebrochen. Dabei war dort ein riesiges Loch entstanden. Und als wir das Sofa aus dem Loch gehoben haben, hat Herr Katzbach entdeckt, dass sich darin alter Unrat befand, und ihn herausgeholt. Dabei hat er plötzlich auch eine Ledertasche hervorgezogen. Ich weiß noch, wie merkwürdig ich es fand, dass jemand dort nach getaner Arbeit seine Tasche vergessen hat. Außerdem hatte sie eine eigenwillige Form. Erst jetzt ist mir klar, dass es keine Tasche war, die einem Handwerker gehört hatte. Fragen Sie mich bloß nicht, wie diese Tasche sonst dort hingekommen sein kann. Aber es ist gut möglich, dass Leopold Katzbach sie noch hat.«

Kindlein sah wieder auf die Uhr. Jetzt würden sie endgültig zu spät kommen. Dr. Fock hatte sich bei ihrem letzten Besuch sehr freundlich gezeigt und schon deshalb nicht verdient, dass man ihn warten ließ. Es war nur gut, dachte Kindlein, dass der Mann niemals erfahren würde, weshalb sein Termin nicht eingehalten werden konnte. Er würde sich wahrscheinlich noch mehr ärgern, als es Kindlein jetzt schon tat.

Zwanzig Minuten hatte dieser Besuch bei Frau Schilling bisher gedauert. Sie hatten in dieser Zeit nichts Bedeutendes erfahren. Eine Ungereimtheit in einem Brief wurde aufgedeckt, und Frau

Schilling hatte von einer Tasche berichtet, die der ähnlich war, die irgendein Fremder mit sich herumgetragen hatte. Super! Diese Frau hatte es wieder geschafft, sich in den Mittelpunkt zu stellen, und das mit nichts.

Er war froh, als er hörte, dass Morgenthaler das Gespräch endlich beendete.

»Leider ist Herr Katzbach noch immer nicht vernehmungsfähig, sodass wir ihn dazu noch nicht befragen können. Einstweilen bleibt uns deshalb nur, uns herzlich für Ihre Unterstützung zu bedanken, Frau Schilling.«

Kindlein fand es erstaunlich, dass sich Morgenthaler nie aus der Ruhe bringen ließ. Selbst jetzt blieb er noch die Freundlichkeit in Person.

»Mensch Frieder, du warst so schweigsam«, meinte Morgenthaler, als sie wieder im BMW saßen und sich auf dem Weg zu Dr. Fock befanden.

»Tut mir Leid, aber mir ist dazu nichts eingefallen. Ich denke, dass uns das unnötig Zeit gekostet hat.«

»Wieso unnötige Zeit? Wir haben etwas erfahren, was wir vorher nicht wussten. Das ist doch was. Und wir haben wieder einen Vermerk für unsere Schachtel.«

»Was möchtest du hiervon vermerken, Konrad? Ich dachte immer, du möchtest deine Schachtel nicht mit unnötigem Ballast beschweren. Und was das Thema Zeit betrifft, da bin ich auch anderer Ansicht als du. Immerhin haben wir mit Dr. Fock einen Termin, den wir nun nicht mehr einhalten können.«

»Dieser Fock kann genauso warten wie jeder andere.«

»Ja, aber mir ist das peinlich.«

»Wenn du willst, dann kann ich ja mit ihm reden. Mir ist der Mann Wurst.«

Weil er in deinen Augen ein Parasit und Schmarotzer ist, Konrad. Gib es zu! – »Okay, rede du mit ihm.«

Eigentlich wollten sie schon gehen, als sich nach langem Klingeln doch noch etwas an der Tür von Dr. Focks Haus tat. Erst waren da nur die Geräusche vom Entriegeln eines Sicherheitsschlosses zu vernehmen. Dann öffnete sie sich leise. Eine Sicherheitskette begann sich zu spannen, bis sie so stramm war, dass die Tür eine Hand breit offen stand.

»Wer ist da?«, fragte eine Stimme hinter der Tür. Im Türspalt ließ sich niemand blicken.

»Mein Name ist Morgenthaler, und neben mir steht mein Kollege Kindlein. Wir hatten einen Termin mit Herrn Dr. Fock«, antwortete Morgenthaler. Wohl in der Annahme, dass er dann besser zu hören wäre, war er näher an den Türspalt herangetreten.

»Ach, die Herren von der Kripo, stimmt's oder hab ich Recht?

Es war Frau Fock. Morgenthaler zog seinen Kopf zurück und wedelte mit einer Hand vor seinem Gesicht herum. Die Frau schien eine ordentliche Alkoholfahne zu haben.

»Bernie ist weg. Haben Sie gehört? Weg! Weg, wie immer. Kohle machen, verstehen Sie?«

Dann rumste es, und die Tür war wieder zu.

Weder Kindlein noch Morgenthaler hatten auf der Fahrt nach Feudenheim viel geredet. Beiden hatten der Auftritt und der Zustand Frau Focks etwas zugesetzt.

Nun mussten sie warten. Im Vorraum zu Dr. Focks Büro wies ihnen eine Sekretärin Plätze zu und brachte Kaffee. Kindlein war erstaunt, dass hier auch die Angestellten am Samstag arbeiteten. Morgenthaler nahm nicht einen Schluck seines Kaffees. Er stand schon nach kurzer Zeit wieder auf und sah sich in dem kleinen Raum gründlich um. Kindlein sah hier überhaupt nichts, was ihn interessieren könnte. Der Raum war spartanisch eingerichtet und an den Wänden hingen nur irgendwelche Abschriften von Urkunden, Diplomen, Zeugnissen und Zertifikaten nach irgendwelchen DIN- oder ISO-Normen.

Dann öffnete sich aber auch schon bald eine Tür, und Dr. Fock bat sie herein. Wieder fiel Kindlein dessen Sonnenbräune auf. Aber ansonsten hatte sich sein Erscheinungsbild geändert. Hier in der geschäftlichen Umgebung wirkte er nur noch seriös. Er trug diesmal einen eleganten und sichtlich teuren Anzug und wirkte ernster als bei ihrem Besuch in seinem Haus. Auch seine Stimme klang härter, als er Kindlein und Morgenthaler begrüßte.

»Meine Herren, ich dachte, wir hätten uns bei mir zu Hause verabredet. Das wäre vor einer Stunde gewesen. Ich möchte es gleich auf den Punkt bringen. Ich bin ein viel beschäftigter Mann. Das heißt im Klartext, dass ich viel Zeit investiere, Geschäfte zu tätigen, die zudem einer ganzen Stange von Mitarbeitern Lohn und Brot geben. Diese Zeit ist kostbar. Deshalb fassen Sie sich bitte kurz. Was wollen Sie?«

Kindlein hatte es geahnt. Der Mann war richtig beleidigt, ja regelrecht zornig, da sie zu spät gekommen waren. Das war jetzt Morgenthalers Part. Sollte er sehen, wie er das wieder hinbiegen konnte. Derweil würde er sich umschauen.

Das Büro von Fock war zweckmäßig und, wie erwartet, geschmackvoll eingerichtet. Teure Holzmöbel, ein schöner Terrazzoboden und Bilder und Fotografien an den Wänden, die sofort Kindleins Blick anzogen. Und über allem lag ein leichter Duft exquisiter und teurer Zigarren.

»Ich möchte Ihnen genau drei Fragen stellen, Herr Dr. Fock«, hörte Kindlein die Stimme seines Kollegen aus dem Hintergrund, während er sich eines der Aquarelle ansah. Dabei versuchte er, aus der krakeligen Handschrift in der unteren rechten Ecke den Namen des Künstlers herauszulesen. Morgenthalers Stimme klang forscher als sonst. Kindlein führte dies auf die Akustik im Büro zurück.

»Und glauben Sie mir, die meisten Menschen gehen aus einem Gespräch mit uns mit Profit hervor. Wenn die Fragen nach unserer Zufriedenheit beantwortet werden, dann droht ihnen auch keine Belästigung unsererseits mehr, und das empfinden sie als Gewinn.«

Ach du Scheiße, dachte Kindlein. Was war bloß los? So schroff hatte er Morgenthaler noch nie erlebt. Jetzt hatte er erst recht einen Grund, sich nicht an dem Gespräch zu beteiligen. Er wandte sich lieber dem nächsten Bild zu.

»Herr Kommissar, ich glaube, Sie sollten auf Ihren Ton achten. Aber gut, ich lasse mich auf dieses Geschäft ein. Drei Fragen sagten Sie? Legen Sie los.«

»Erste Frage. Kann außer Ihrem Freund Friedrich Keller vielleicht noch jemand bestätigen, dass Sie vorgestern Mittag mit ihm in Ihrem Haus waren und dort zu Mittag gegessen haben?«

»Olala. Das klingt ja schon gleich scharf – fast nach einem Verdacht, würde ich sagen. Und das, obwohl ich Herrn Zumsteg gar nicht gekannt habe. Aber da Zeit Geld ist, sage ich ... Nein!«

»Nein? Wer hat denn gekocht?«

»Ist das die zweite Frage?«

»Herr Dr. Fock. Bitte!«

»Ich habe gekocht, oder besser gesagt, eines der Tiefkühlprodukte zubereitet, die uns durch eine Cateringfirma zugestellt werden. Das hatte ich Ihnen aber gestern schon gesagt, wenn ich mich recht entsinne. Wie dem auch sei, meine Frau war an diesem Tag nicht zu Hause und kann deshalb nicht als Zeugin fungieren. Sie war bei einer alten Freundin des Hauses zu Besuch. Sie heißt Juliane Kallmann. Die Adresse kann ich Ihnen gerne geben.«

Dann herrschte kurze Zeit Stille, und Kindlein blickte wieder zu Morgenthaler hinüber, der umständlich in seinen Hosentaschen kramte. Dr. Fock hatte die Hände ebenfalls in seine Hosentaschen gesteckt, behielt dabei aber eine aufrechte Körperhaltung. Er wippte lediglich leicht genervt über die Sohlen seiner glänzenden Schuhe vor und zurück. Seine lange Gestalt überragte Morgenthaler, und so wirkte Fock wie ein nobler Herr, der auf seinen Bauern herabsieht.

Morgenthaler schien nicht gefunden zu haben, was er suchte. Er ging zu Kindlein und bat ihn flüsternd um das kleine Streichholzbriefchen, das Kindlein von Frau Kallmann bekommen hatte.

Dann ging er wieder zurück und überreichte es seinem Gegenüber.

»Herr Dr. Fock, was können Sie mir zu diesem Streichholzbriefchen sagen? Wir haben eins davon am Tatort gefunden. Nicht weit entfernt von Herrn Zumstegs Leichnam.«

Kindlein hatte sich jetzt auch wieder den beiden zugewandt. Die peinliche Situation schien vorüber.

»Ein kleines Werbepräsent unserer Firma. Unsere Kunden freuen sich auch über solche Kleinigkeiten. Und für uns ist Werbung wichtig.«

»Das mag schon sein, Dr. Fock. Mich interessiert aber mehr, ob Sie eine Erklärung dafür haben, wie es in Zumstegs Haus gelangt sein könnte.«

»Ach Gott. Jetzt machen Sie mal halblang, Herr Kommissar. Von den Dingern habe ich letztes Jahr zweitausend Stück bestellt und davon ist mittlerweile wahrscheinlich die Hälfte im Umlauf. Diese Streichholzbriefchen werden auch weitergegeben. Da ist es nicht ausgeschlossen, dass Herr Zumsteg über den einen oder anderen Weg an eines herangekommen ist.«

»Bringt diese Form von Werbung überhaupt noch etwas? Ich meine, wenn die Dinger zum Schluss so weit abseits Ihrer Zielgruppe landen?«

»Obwohl diese Frage – ist es die dritte oder vierte? – wohl nichts mit Ihrer Arbeit zu tun hat, werde ich sie trotzdem beantworten. Sie täuschen sich, wenn Sie meinen, dass ein kleines Unternehmen wie das von Herrn Zumsteg nicht in unsere Zielgruppe fällt. Eine große Streuung dieser kleinen Dinger ist sogar erwünscht, da wir dadurch an vielen Orten präsent sind.« Dann öffnete Dr. Fock das Streichholzbriefchen und drehte es mit der Innenseite zu Morgenthaler. Er selbst sah auf die Außenseite.

»Es geht schlichtweg immer nur um Präsenz, selbst dann, wenn diese nur unbewusst wahrgenommen wird. Wie Sie sehen, sticht jedem, der es öffnet und ein Streichholz entnimmt, sofort unser Logo ins Auge. Und genau wie auf der Außenseite steht da auch noch unser Name, unsere Anschrift, unsere E-Mail-Adresse und die URL für unseren Web …«

»Web?«

»Äh, Webauftritt.«

Kindlein wandte seinen Blick blitzschnell von der Szene ab und richtete ihn sofort auf irgendwas an der Wand. Er hatte es bemerkt, und er hatte gesehen, dass auch Morgenthaler für einen kurzen Moment reagiert hatte.

Soeben waren sie Zeugen eines unkontrollierten Augenblicks gewesen. Nein, es war sogar nur das Aufflackern eines unkontrollierten Augenblicks. Aber es war das Aufflackern eines unkontrollierten Augenblicks bei einem ansonsten absolut kontrollierten Menschen. Bei diesem Mann hatten für den Bruchteil eines Augenblicks sämtliche Körperfunktionen ausgesetzt.

Jetzt bemerkte Kindlein auch, dass er vor einem Bild stand, das er kannte. Es war das gleiche Schwarz-Weiß-Foto, das auch in

Focks Haus hing. Das gleiche Motiv. Die gleichen Heißluftballons in der gleichen Anordnung am gleichen Himmel im gleichen Damals. Die gleichen Männer? Die gleiche Gondel? Kindlein schaute näher hin. Einer war nicht zu erkennen, der andere winkte. Es war Dr. Fock, zwanzig Jahre jünger. Und dann war da noch ein Detail abgebildet. Beide waren Motive eines Bildes, das er schon mal ganz woanders gesehen hatte.

Dann vernahm er wieder Morgenthalers Stimme.

»Herr Dr. Fock, ich muss mich für dieses Gespräch bedanken.«

Morgenthaler hatte Kindlein regelrecht aus dem Büro gezerrt. Binnen kürzester Zeit saßen sie im Auto. Kindlein war so irritiert, dass er mit quietschenden Reifen den Parkplatz vor dem Firmengebäude verließ.

»Frieder, jetzt haben wir viel Arbeit vor uns.«

»Was meinst du?«

»Hast du eigentlich mitbekommen, wie Fock reagiert hat, als es um das Streichholzbriefchen ging?«

»Ja, das war schon mehr als auffällig, Konrad. Es war in dem Moment, als er dir die Aufschrift vorgelesen hat. Gib mir doch mal das Briefchen. Ich denke, ich werde gleich, wenn wir im Präsidium sind, mal nachsehen, was diese Firma so treibt. Vielleicht gibt es da bei seinen Geschäften ja irgendwas Auffälliges.«

Morgenthaler gab Kindlein das Streichholzbriefchen zurück. Danach nahm er seine Jacke vom Rücksitz und suchte, bis er das Original-Streichholzbriefchen vom Tatort gefunden hatte. Er steckte es wieder in die Jacke zurück, und sie fuhren schweigend weiter in Richtung Stadt, jeder mit seinen Gedanken beschäftigt.

Später, im Präsidium, sprachen beide zunächst kein Wort miteinander.

Morgenthaler saß vor seinem Schreibtisch, blickte schweigend auf einen DIN-A4-Bogen und schüttelte ständig den Kopf. Er war mit irgendwas nicht zufrieden.

Kindlein saß vor dem PC und hämmerte auf die Tastatur ein, blickte dann auf den Bildschirm, um anschließend erneut etwas in den Computer einzugeben. Auch er schüttelte den Kopf. Auch er war mit irgendwas nicht zufrieden.

»Frieder«, hörte er plötzlich die Stimme von Morgenthaler. »Wir müssen was unternehmen. So kann kein Mensch arbeiten.«

»Was meinst du damit?«

»Wir brauchen eine andere Arbeitsatmosphäre. Schau dich bloß mal um. Wie eine Grabkammer. Dieses Büro ist extra so eingerichtet worden. Wir sollen möglichst wenig Spaß an unserer Arbeit haben. Ich weigere mich aber, keinen Spaß zu haben.«

»Hm.«

»Hast du nicht eine Idee, was wir machen könnten, damit's hier ein bisschen gemütlicher wird?«

»Ich habe im Augenblick leider nicht die Ruhe, mir darüber Gedanken zu machen. Sei mir nicht böse, aber ... so ein Mist!, ich krieg hier keinen Eintrag. Diese Website existiert überhaupt gar nicht.«

Morgenthaler ging zu ihm hin. »Mensch Frieder, ich dachte immer, dass ich der Einzige im Präsidium bin, der mit diesen Dingern nicht umgehen kann. Wo liegt denn das Problem?«

»Ich gebe ganz normal die Webadresse von dieser Firma ein, bekomme aber jedes Mal die Antwort, dass es darunter keinen Eintrag gibt.«

Morgenthaler fasste in seine Jackentasche und holte das Streichholzbriefchen hervor.

»Frieder, auch wenn es peinlich ist: Kannst du mir mal erklären, welcher dieser beiden verschachtelten Sätze überhaupt die Webanschrift ist?«

»Wie Konrad, hast du noch niemals im Web gesurft?«

»Erzähl das bloß niemandem. Ich hab mich bisher immer davor gedrückt. Diese Computer sind mir ehrlich gesagt nicht ganz geheuer, und um dieses Internet habe ich erst recht einen riesigen Bogen gemacht.«

»Wie, du als Schnäppchenjäger?«

Morgenthaler zog nur die Schultern hoch.

»Okay, pass auf. Hier oben gebe ich die so genannte Webadresse ein. Das ist die mit dem www. Die andere mit dem Kringel und dem a in der Mitte ist die E-Mail-Adresse. Die brauchen wir jetzt aber nicht. Schau her.« Kindlein gab wieder die Webanschrift ein.

»Dann drücke ich auf ›Wechseln zu‹. Scheiße, wieder nichts.«

»Siehst du Frieder, genau das ist es, was ich meine. Wenn's funktioniert, ist es ja ganz schön, aber wenn nicht, frisst es nur Lebenszeit. Außerdem wundert mich, dass man nicht alle Textbestandteile der Anschrift eingeben muss. Verwirrend.«

»Wieso nicht alle? Natürlich muss man alles angeben. Man muss sogar sehr genau sein. Buchstabengröße und Interpunktion müssen ganz genau eingehalten werden.«

»Hm. Ich habe mich bloß gewundert, warum du immer das s am Ende des Wortes focconscons weglässt.«

»Wieso focconscons? Das heißt focconscon.«

Morgenthaler betrachtete sein Streichholzbriefchen. Dann nahm er Kindleins Briefchen vom Tisch, betrachtete es und verglich es mit dem, das er in seiner Hand hielt.

»Frieder, gib jetzt mal focconscons ein. Also mit s hinten.«

Kindlein tippte, drückte auf »Wechseln zu« und langsam erschien auf dem Monitor ein Bild mit Texten, Fotografien und Animationen, und ganz oben prangte der Name Foccons.

»Was ist denn jetzt los?«, fragte Kindlein ganz verdutzt.

»Wir haben zwei verschiedene Streichholzbriefchen, Frieder. Auf deinem fehlt ein S«, antwortete Morgenthaler. »Und zwar auf dem, das du von Frau Kallmann bekommen hast.«

Kindlein sah betreten auf sein Briefchen.

»Aber das ist jenes, das du Dr. Fock vorgelegt hast, Konrad. Und genau in dem Moment, als er diese falsche Webanschrift vorgelesen hat, ist er ins Schleudern gekommen. Was kann das bedeuten?«

»Tja, das weiß ich auch noch nicht.« Morgenthaler ging wieder zu seinem Schreibtisch zurück.

Kindlein blätterte sich durch die Website von Focks Firma und versuchte zu verstehen, womit man dort sein Geld verdiente. Und nachdem er einige Seiten angesehen und gelesen hatte, fiel ihm ein, was Morgenthaler am Tag zuvor über die modernen Dienstleister gesagt hatte.

Es war tatsächlich so, dass man von dem, was diese Firma trieb, überhaupt nichts sehen konnte. Das Einzige, was hier feilgeboten wurde, waren Eigenlob, Versprechungen, Hinweise auf die unglaubliche Kompetenz der Firma und eine Referenzliste mit Namen diverser Unternehmen, die offensichtlich nicht mehr in der Lage gewesen waren, ohne Focks Firma ihren Karren aus dem Dreck zu ziehen.

Schon nach kurzer Zeit merkte er, dass ihn der Inhalt der Seiten langweilte, und er besann sich, dass er auch noch etwas anderes erledigen wollte. Dazu holte er sich den »Mannheimer Morgen« vom 14.6.1982 auf den Bildschirm.

Sofort fand er, was er suchte. Da waren sie. Beide grinsten ihn an, in ihren gestreiften T-Shirts.

Mit diesem langjährigen Freund verbrachte Krim.-Kom. Dankwart Windgassen die letzten beiden Tage. Eine Mannheimer Persönlichkeit ersten Ranges lud die »Mannheimer Persönlichkeit des Jahres« auf eine Fahrt rheinabwärts ein.

Dann war mit der Fahrt rheinabwärts also nicht etwa eine Jachttour gemeint. Das hatte Kindlein neulich noch vermutet, als er diese Seite das erste Mal aufschlug. Es war eine Ballonfahrt gewesen. Und das, was er damals für eine Reling gehalten hatte, entpuppte sich als das Sicherheitstauwerk einer Gondelbrüstung.

»Konrad, kannst du dich noch an deine Gedankenblase von gestern erinnern? Das Foto mit den Ballons und den zwei Kameraden in der Gondel?«

»Ja, natürlich.«

»Komm mal her und schau dir das an. Und bring deine trübe Blase mit, denn wir werden sie jetzt ein bisschen aufpolieren.«

Morgenthaler stellte sich neben Kindlein, besah sich die Seite auf dem Monitor und schlug sich mit der Faust auf den Oberschenkel.

»Das sind ja Fock und Windgassen. Und beide tragen sie diese dämlichen geringelten T-Shirts.«

»Genau, Konrad, wie auf den Fotos von Fock.«

»Demzufolge war der Typ hinter dem Gondeltau unser Kollege Windgassen. Deshalb kam er mir so bekannt vor. Warum hast du mir diese Aufnahme nicht schon vorher gezeigt?«

»Ich habe ja nicht gewusst, dass das Fock ist. Ich habe erst vorhin gesehen, wie er ausgesehen hat, als er zwanzig Jahre jünger war. Und du, Konrad? Hast du gewusst, dass die beiden miteinander befreundet waren?«

»Nein, woher auch?«

»Aber interessant ist das schon, finde ich. Vor über zwanzig Jahren geschieht ein Mord. Windgassen wird vom Bruder des Ermordeten der Tat bezichtigt. Windgassen hat ein Alibi. Er hat eine Ballonfahrt gemacht. Der Bruder des Ermordeten hat sich demnach geirrt. Aber mit wem hat Windgassen die Gondel geteilt? Mit unserem Dr. Fock. Mehr als zwanzig Jahre später haben wir nun wieder so einen Mord. Diesmal ist Dr. Fock der Ehemann einer Frau, die mit dem Ermordeten ein Verhältnis hat. Er selbst hatte auch Kontakt zu dem Ermordeten. Und in einem weiteren aktuellen Mordfall begegnen wir sogar wieder Windgassen, diesmal als Onkel der Freundin des Ermordeten.«

»Ich kann mir denken, was du meinst, Frieder. Aber Vorsicht! Es handelt es sich bei allem, was wir hier tun, um Ermittlungen in einer besonders heiklen Mordserie. Wir müssen demzufolge auch besonders behutsam vorgehen. Und Windgassen ist nicht irgendwer. Er ist wie wir Polizist und ein langjähriger Kollege. Also, keine voreiligen Schlüsse ziehen. Es ist schon schlimm genug, dass sein Name überhaupt auftaucht. Mehr sollten wir im Moment nicht hineininterpretieren.«

»Von mir aus. Aber findest du das alles nicht auch sehr seltsam?«

»Natürlich, Frieder, aber genau darum geht es. Die Merkwürdigkeiten hören gar nicht mehr auf. Deshalb denke ich, dass wir diese zuerst aufklären müssen. Sie müssen aus dem Weg geschafft werden, eine nach der anderen. Zum Beispiel diese Sache mit dem Streichholzbriefchen. Warum hat Fock so deutlich darauf reagiert?«

Kindlein überlegte. »Also, über seine Firma habe ich nichts gefunden, was irgendwie verdächtig wäre. Hast du eine Theorie?«

»Noch nicht.«

»Konrad, was denkst du, sollte unserer nächster Schritt sein?«

»Du solltest noch mal Kontakt zu Frau Fock aufnehmen. Versuch, etwas über diese Streichholzbriefchen zu erfahren. Vermutlich wird sie aber so betrunken sein, dass sie gar nicht in der Lage ist. einem Gespräch zu folgen. Oder aber, sie schläft gerade ihren Rausch aus. Dann gäbe es aber immerhin noch die Möglichkeit, diese Frau Kallmann zu befragen. Derweil werde ich noch weiterlesen. Ich bin gerade dabei, mir nochmals diesen Brief von Katzbach zu Gemüte zu führen.«

»Wegen des Schreibfehlers? Dieser Taschengeschichte?«

»Nein, Frieder. Ich habe vorhin, als wir bei Frau Schilling waren, gedacht, dass in dem Brief vermutlich noch viel mehr drinsteht. Und das hat mich irgendwie beunruhigt.«

»Na denn.«

Morgenthaler hatte richtig vermutet. Frau Fock war nicht in der Lage, Auskünfte zu geben. Zumindest war sie nicht bereit dazu. Nachdem es Kindlein etwa ein Dutzend Mal hatte klingeln lassen, war sie zwar ans Telefon gegangen, hatte aber mit zwei kurzen Sätzen gesagt, was sie zu sagen hatte.

»Ach, wieder die Bullen. Ihr seid doch die gleichen Wichser wie dieser Sklaventreiber.«

Daraufhin hatte sie wieder aufgelegt.

Bei Frau Kallmann hatte er mehr Glück. Die war zu Hause und zeigte sich gesprächsbereit. Anfangs gab sie sich noch bedeckt. Sie wusste nicht, ob es ihrer Freundin recht wäre, wenn sie Auskünfte über sie erteilen würde. Aber Kindlein konnte sie recht schnell beschwichtigen, da es ihm ja hauptsächlich um diese Streichholzbriefchen ging.

»Vera hat mir die vor etwa einer Woche mitgebracht.«

»Hat sie dazu etwas gesagt? Ich meine, hat sie sie Ihnen einfach nur so hingelegt oder auch irgendwie kommentiert?«

»Ach so, Sie meinen vielleicht den Druckfehler, oder meinen Sie, was Bernhard dazu gesagt hat?«

»Ach so, beides. Ich meine beides.«

»Na ja, das hat mal wieder einen riesigen Krach gegeben. Irgendwann war mal Bernhards Sekretärin krank, und so hat Vera bei einer Werbefirma eine weitere Charge von den Dingern bestellen sollen. Sie hat an dem Tag aber wohl mal wieder etwas getrunken, oder die Frau in der Bestellaufnahme hat den Text für den

Aufdruck nicht richtig verstanden. Egal, jedenfalls fehlte zum Schluss ein Buchstabe.«

»Und was war mit Dr. Fock?«

»Na, der ist ausgerastet. Sie müssen wissen, Herr Kommissar, Bernhard ist, was seine Firma betrifft, enorm pingelig, ein Geizkragen. Das ist ja auch einer der Gründe, warum die Ehe der beiden im Eimer ist. Mehr will ich dazu aber nicht sagen. Auf jeden Fall hat Bernhard bestimmt, dass diese Streichholzdinger auf keinen Fall in Umlauf gebracht werden dürfen. Andererseits hat es sein Geiz aber nicht zugelassen, sie einfach wegzuwerfen. Er wollte zukünftig seine Zigarren damit anstecken. Vera hat mir heimlich eine Ladung mitgebracht. Sie raucht nicht und verwendet im Haushalt immer nur Feuerzeuge.«

»Klappte den ihre Beziehung zu Herrn Zumsteg besser?«

»Na ja, ich weiß nicht, ob ich darüber reden darf. Aber Sie wissen ja, Herr Kommissar, dass manche Menschen im Grunde immer wieder an die gleiche Sorte Partner geraten. Herr Zumsteg war zwar nicht geizig, aber eben auch sehr materiell und geschäftstüchtig veranlagt, wenn man das so ausdrücken darf.«

»Ja, inwiefern denn?«

»Ich denke, das lässt sich am besten an einem Beispiel deutlich machen, einer Begebenheit vor einigen Wochen, von der mir Vera erzählt hat. Da waren beide zusammen in dem Haus von Gernot, und plötzlich hat es an dem alten Holztor gekracht. Gernot ist sofort hingerannt, und sah, dass das Tor beschädigt war. Der Mann, der den Schaden verursacht hat, stand noch wie bedröppelt da und hat sich tausendmal entschuldigt. Er hatte sich verfahren und wollte deshalb vor dem Grundstück wenden, um anschließend auf dem Feldweg wieder zurück zur Landstraße zu fahren. Dabei hatte er aus Versehen in den Rückwärtsgang geschaltet und war mit dem Hinterteil seines Autos in Gernots Tor gefahren. Der Schaden am Tor war ein Witz gewesen, hat mir Vera später erzählt. Das Auto des Mannes musste hingegen eine Delle gehabt haben, deren Reparatur erheblich teurer schien. Gernot drohte trotzdem mit Polizei. Der Mann wollte das aber nicht. Er hat gemeint, dass er gute Beziehungen zu einer Schlosserei habe und dass er gern bereit wäre, Gernot ein neues Tor zu spendieren. Dieses wäre sogar aus

Metall. Das muss man sich mal vorstellen. Gernot hat gewittert, dass der Mann aus irgendeinem Grund unbedingt die Polizei vermeiden wollte. Deshalb hat er so getan, als ob er sich nicht so recht entschließen könnte, sodass der Mann letzten Endes sogar noch eine neue Eingangstür für das Haus drauflegte. Unfassbar, wenn Sie mich fragen. Und jetzt kommt aber das, was ich meine. Gernot handelte daraufhin mit dem Mann auch noch aus, dass die Schlosserei ihm dafür eine Rechnung auf seine Autofirma ausstellt. Ist ja klar warum: Die wollte er auch noch als Betriebsausgaben von der Steuer absetzten. Der Hammer, oder?«

Kindlein machte daraufhin eine zustimmende Bemerkung und bedankte sich höflich bei Frau Kallmann.

Er erinnerte sich an die neue Tür und das neue Metalltor. Sie waren die einzig intakten Vorrichtungen auf Zumstegs Grundstück gewesen.

Morgenthaler hatte sich in der Zwischenzeit mehrmals Leopold Katzbachs Brief durchgelesen. Die Lektüre schien ihn zu fesseln. Er hatte gar nicht mitbekommen, dass Kindlein fertig war.

»Konrad? Du, ich habe Neuigkeiten.«

Morgenthaler sah auf, legte den Brief beiseite und hörte sich an, was Kindlein in Erfahrung gebracht hatte. Danach antwortete er nicht gleich. Er überlegte erst ziemlich lang. Dabei ging er mehrmals im Büro auf und ab.

»Fock hat Dreck am Stecken!«, sagte er kurz und knapp.

Es klang wie eine Urteilsverkündung.

»Was sagst du da?«

»Der Mann erkennt, dass er ein Streichholzbriefchen mit Druckfehler in der Hand hält – er zuckt. Warum zuckt er? Weil er sicher ist, der Einzige zu sein, der die *mit* Druckfehler benutzt. Er weiß nicht, dass seine Frau auch ihre Freundin heimlich damit beliefert hat. Aber er zuckt vor allem, weil dieses Fehlexemplar angeblich am Tatort lag. Was er nicht weiß ist, dass wir am Tatort eins *ohne* Druckfehler gefunden haben. Ein Mensch mit reinem Gewissen hätte uns gefragt, wie dieses fehlbedruckte Briefchen überhaupt dahin geraten konnte. Nicht so unser Dr. Fock, denn der hat Dreck am Stecken. Der denkt nämlich: *Scheiße, ich bin der*

Einzige, der die Fehlexemplare einsetzt, also habe ich es wohl am Tatort verloren! Das ist ihm einen Blinzler wert. Dadurch haben wir nun zwar kein Beweismittel für irgendwas, aber wir haben einen Verdacht. Den Verdacht, dass dieser feine Herr etwas mit der Tat in Ilvesheim zu tun haben könnte.«

Morgenthaler war jetzt das blühende Leben. Richtig geschäftig wirkte er.

»An der Geschichte in Ilvesheim ist auch was faul, Frieder. Die Schilderungen von Frau Kallmann sprechen Bände. Niemand schenkt jemandem ein neues Tor und noch eine neue Tür dazu, nur weil er dagegen gefahren ist.«

Kindlein wusste augenblicklich, was Morgenthaler meinte. Auch er wäre skeptisch geworden, wenn ihm jemand so ein Angebot machen würde. Zumsteg aber offensichtlich nicht, der war anders gestrickt. Der hatte vermutlich nur an den Profit gedacht. Kindlein hätte dann wenigstens die Schlösser selbst besorgt. Aber Zumsteg wird in seiner Geldgeilheit selbst die noch herausgehandelt haben. Er wäre aber nicht der Erste, bei dem zwei Wochen später eingebrochen wird, weil jemand einen Schlüssel für sein Haus hat.

Das war es!

Einer fährt das Tor kaputt und bietet dem Besitzer ein neues. Das wird von einem Verbündeten angefertigt und auch geliefert. Durch diesen primitiven Bauernfängertrick ist es den beiden möglich, Schlüssel für das Anwesen zu erhalten. In diesem Fall jedoch nicht, um im Haus etwas zu stehlen, sondern um den Eigentümer darin zu ermorden.

»Ich bin so blöd, Konrad. Ich fahre sofort in Zumstegs Werkstatt. Frau Kallmann hat gemeint, dass er auch noch eine Rechnung haben wollte. Die muss in seinem Büro liegen.«

»Gut, dann werde ich in der Zwischenzeit den alten Geigenbauer in Feudenheim besuchen.«

»Diesen Sulzbrenner? Was willst du denn von dem?«

»Das hat zwei Gründe, Frieder. Erstens, weil ich eben noch mal den Brief von Katzbach gelesen habe. Der beunruhigt mich immer mehr. Und zweitens muss ich mir die Lokalitäten da in Feudenheim noch einmal genauer ansehen, auch in der Hoffnung, dass sich der Geigenbauer vielleicht wieder besser erinnert.«

»Meinst du, das könnte für uns wichtig sein?«
»Siehst du, das versuche ich eben herauszubekommen.«

Im Büro von Zumsteg war nichts zu finden. Eine Stunde lang hatte Kindlein alle Ecken und Ritzen durchsucht. Hatte alle möglichen Ordner durchstöbert und sogar den Papierkorb durchwühlt. Nichts. Die Rechnung war einfach nicht aufzufinden. Hatte Zumsteg vielleicht doch keine erhalten? Es war zum Verrücktwerden.

Er setzte sich an den Schreibtisch. Auch hier hatte er gründlich gesucht, aber ebenfalls nichts gefunden. Er sah sich im Raum um. Dieser Zumsteg war ein Ordnungsmensch gewesen. Alles hatte er aufgeräumt, sortiert und in Ordner abgeheftet. Die wenigen Dinge, die noch lose waren, hatte er fein säuberlich in Ablagen aufbewahrt. Wo konnte sich diese Rechnung also noch befinden? In seinem Haus? Möglich, aber unwahrscheinlich. Leibigs Männer hätten sie dort längst gefunden. Er holte ein Zigarillo aus seiner Jackentasche. Ein Feuerzeug stand auf dem Tisch. Ein riesiges Ding mit einer Art Sockel aus Metall. Kindlein griff danach, aber es war höllisch schwer. Er beugte sich vor, drückte den Anzünder herunter und steckte sich sein Zigarillo an.

Im Licht der Flamme konnte er erkennen, dass auf der Oberseite des Sockels etwas eingraviert war.

Autohaus Gernot Zumsteg.

Originell, dachte Kindlein. Hatte Zumsteg das eingravieren lassen, damit das schwere Ding niemand klaute? Ihm fiel sein Kollege Heinrich Boss ein. Auch der schrieb auf alles, was ihm gehörte, seinen Namen und fand es ungeheuer lustig, dass sogar seine Butterbrotdose mit *H. Boss* signiert war.

So verkehrt war der Gedanke gar nicht. Vielleicht hatte es diese Firma, die Zumstegs Tor und Tür gefertigt hatte, ja auch nicht lassen können. Einen Versuch wäre es jedenfalls wert.

Er beschloss, nach Ilvesheim zu fahren.

*

Für Ester Schilling war es eine aufregende Woche gewesen. Nun hätte sie eigentlich etwas Ruhe verdient. Aber sie hatte Ferdinand Sulzbrenner versprochen, ihm am Samstagnachmittag zur Hand zu gehen. In seiner Werkstatt hatten sich etliche Aufträge angesammelt, die dringend erledigt werden mussten.

Nun, als sie bei ihm war, stellte sie fest, dass es gar nicht so viel war. Der alte Mann war einfach nur langsamer geworden. Sie beobachtete ihn. Noch immer arbeiteten seine Hände präzise und sicher, und seine gebeugte Haltung war nur ein berufsbedingtes Übel ohne Auswirkung auf die Arbeitsergebnisse. Aber seine Augen schienen schlechter geworden zu sein. Immer wenn er eine Arbeit überprüfen wollte, musste er sie weit von sich halten und mit ausgestreckten Armen betrachten.

Ester war gerade dabei, den Steg eines Violoncellos an die Wölbung der Instrumentendecke anzupassen, als ein Besucher die Werkstatt betrat. Es war dieser kleine stämmige Kommissar mit den klobigen Schuhen. Erst sah er sich mit großen Augen um und dann mit erstauntem Blick zu ihr herüber.

»Nanu, Frau Schilling? Sie habe ich hier gar nicht erwartet«, sagte er, kam zu ihr an die Werkbank und reichte ihr die Hand. Dann drehte er sich um, ging zu Ferdinand Sulzbrenner rüber, um auch ihn zu begrüßen.

»Ja, und was machen Sie hier, Herr Morgenthaler?«, fragte Ester.

»Ich muss Herrn Sulzbrenner noch einige Fragen stellen«, antwortete er. »Wir kommen zwar nicht schlecht voran, aber manche Dinge liegen eben einfach im Dunkeln.«

»Das kenne ich, Herr Morgenthaler«, meinte da der Geigenbauer. »Das ist irgendwann ein Dauerzustand.«

Ester winkte ab. »Quatsch, Herr Morgenthaler, hören Sie nicht auf ihn. Ferdinand übertreibt maßlos.«

Ester wusste natürlich, dass das Gedächtnis ihres Freundes in der letzten Zeit etwas nachgelassen hatte, aber sie wollte nicht, dass er es schlimmer machte, als es war.

Morgenthaler schien darauf auch gar nicht eingehen zu wollen. »Schön haben Sie es hier, Herr Sulzbrenner. Wissen Sie, woran mich Ihre Werkstatt erinnert?«

»Oh, lassen Sie mich raten, Herr Kommissar«, mischte sich Ester ein. »Vermutlich an Collodis Buch von Gepetto und seiner Figur Pinocchio, stimmt's?«

»Genau, Frau Schilling. So habe ich mir als Kind immer die Werkstatt des Puppenschnitzers vorgestellt.«

Dann schaltete sich Sulzbrenner ein. »Das höre ich öfter. Aber wissen Sie, Herr Kommissar, wenn man in so einer Umgebung geboren und aufgewachsen ist und darin seit nahezu sechzig Jahren arbeitet, sieht man manches anders.«

»Ja, das kann ich mir denken. Aber dennoch hat ihr Beruf für den Außenstehenden noch immer etwas – Romantisches.«

»Ungefähr so romantisch, wie Ihrer immer nur spannend sein soll?« Dabei beugte er sich mit einem süffisanten Grinsen zu Morgenthaler vor. »Und weil unsere Berufe so romantisch und spannend sind, dürfen wir beide auch am Samstagnachmittag arbeiten, stimmt's?«

»Sie haben Recht, Herr Sulzbrenner. Darf ich Sie dennoch fragen, was Sie da gerade machen?« Morgenthaler zeigte auf eine Geige, die auf der Werkbank lag.

»Ach, in diese Geige setze ich gerade den Stimmstock ein.«

»Stimmstock?«

»Ja, so nennt man diesen kleinen Stab, der aufrecht zwischen Geigenboden und Geigendecke eingeklemmt wird. Er dient der Übertragung der Deckenschwingung auf den Boden.« Ferdinand Sulzbrenner hielt ein kleines, kurzes Stück Rundholz zwischen Daumen und Zeigefinger und zeigte es Morgenthaler.

»Und wie bekommen Sie den da rein? In der Geigendecke gibt es ja nur diese zwei engen Schlitze?«

»Die F-Löcher meinen Sie. Das mache ich mit dem so genannten Stimmsetzer. Man spießt den Stimmstock damit seitlich auf und führt beides durch eines der F-Löcher ein.« Sulzbrenner demonstrierte ihm den Vorgang mit dem gebogenen Metallwerkzeug.

»Mannomann, darauf muss man erst mal kommen. Und so macht man das schon immer? Haben die Geigenbauer früherer Zeiten ihre Stimmstäbchen auch schon mit so einem Stimmsetzer in ihre Instrumente gepfriemelt?«

»Ja, Herr Morgenthaler, schon immer. Aber es heißt Stimmstock, nicht Stimmstäbchen.«

Sulzbrenner ging zu einem Regal und holte dort etwas heraus.

Ester wusste, was ihr Freund in der Hand hielt.

»Würden Sie so etwas auch als Stäbchen bezeichnen?«, fragte er Morgenthaler und streckte ihm eine dicke Holzstange entgegen.

»Nein, niemals.«

»Sehen Sie, das ist der Stimmstock von einem Kontrabass. Aber egal ob Geige oder Kontrabass, wir bezeichnen es als Stimmstock. Kein Geigenbauer der Welt würde bei einer Geige von einem Stimmstäbchen reden, obwohl es so klein ist.«

Ester sah, dass Morgenthaler grübelte.

Ihr fiel plötzlich etwas ein. »Da sind sie wieder, Herr Morgenthaler, diese Begrifflichkeiten, nicht wahr? Wie heute morgen mit der Tasche.«

»Stimmt, Frau Schilling«, sagte er. »Eine Tasche ist eine Tasche und bleibt auch eine Tasche. Sie wird nie ein Leinenbeutel.«

Sulzbrenner sah Morgenthaler fast besorgt an.

»Hm. Darf ich Sie fragen, warum Sie zu mir gekommen sind, Herr Kommissar?«

»Natürlich, Herr Sulzbrenner. Entschuldigung. Ich wollte Sie fragen, ob Sie nicht doch noch einmal versuchen könnten, sich an den Montagabend zu erinnern. Sie sagten, dass es da noch etwas gebe, an das Sie sich nicht mehr so recht erinnern können. Es hätte mit einem Bus zu tun, meinten Sie.«

»Ein Bus, sagen Sie? Ja, ich habe mich ans Fenster gestellt um Ester hinterhersehen zu können. Aber sie war schon weg. Das hat mich gewundert. Dann sah ich, dass helles Scheinwerferlicht den Straßenabschnitt vor meinem Grundstück beleuchtete.«

Morgenthaler sah aus dem Fenster.

Ester kannte den Ausblick. Vom Fenster aus hatte man über die ganze Grundstücksbreite freien Blick auf die Straße. Es gab dort zwar einen weitmaschigen Gitterzaun und ein geschweißtes Einfahrtstor, aber die behinderten die Sicht kaum.

»Kurze Zeit später fuhr der Bus vorbei. Aber in der kurzen Phase, in der die Straße so gut beleuchtet war, habe ich neben der Zufahrt zu meinem Grundstück ein Auto stehen sehen. Ein Mann schlug gerade die Beifahrertür des Fahrzeugs zu und rannte eilig davon. Er rannte in die gleiche Richtung, in die auch Ester gehen musste. Und jetzt weiß ich auch wieder, warum ich das gestern so wichtig fand. Es war dieser silberfarbene Mercedes gewesen, von dem ich Ihnen erzählt habe. Der, an dem die beiden Männer neulich rumgehämmert haben.«

»Sie können sich doch fantastisch erinnern, Herr Sulzbrenner«, meinte Morgenthaler. Auch Ester war überrascht.

»Mitunter klappt es ja auch wieder, aber dann ...« Sulzbrenner schüttelte den Kopf.

Ester hätte beinahe etwas gesagt, aber sie wollte die beiden nicht unterbrechen.

»Wenn ich Sie richtig verstehe, hat der Mercedes schon am Montag dort gestanden. Sind Sie sicher, dass es der gleiche Mercedes war?«

»Es war zumindest das gleiche Modell. Und er hat an der gleichen Stelle gestanden wie das Fahrzeug, das die beiden Männer am Donnerstag bearbeitet haben.«

»Das ist überaus interessant, Herr Sulzbrenner. Sagen Sie, wissen Sie zufällig auch, ob der Mann eine Tasche dabeihatte?«

»Nein, keine Ahnung. Ich meine schon, bin aber nicht sicher.«

»Also, es könnte sein, ja?«

»Könnte sein, aber wie gesagt ...« Sulzbrenner schüttelte wieder den Kopf.

»War der Mann in irgendeiner Weise auffällig?«, fragte Morgenthaler nun.

»Nein, der Mann nicht, aber die darauffolgende Situation schon.«

»Inwiefern?«

»Na ja, sehen Sie mal. Als er weg war, stieg gleich danach ein weiterer Mann aus dem Auto, der Fahrer des Mercedes. Er stieg ganz ruhig aus, zündete sich eine Zigarre an und ging langsam zur anderen Straßenseite rüber.« Sulzbrenner deutete mit seinem Zeigefinger auf die Stelle unten vor der Einfahrt zum Gelände.

»Wissen Sie noch, wie dieser Mann mit der Zigarre aussah?«, fragte Morgenthaler.

»Ich weiß nur, dass er recht groß und schlank war und nicht mehr allzu viele graue Haare auf dem Kopf hatte. Er war sehr elegant gekleidet, das ist mir aufgefallen. Es war aber nicht der Mann, der am Donnerstag neben dem Auto gestanden hat.«

»Es war nicht derselbe Mann?«

»Richtig.«

»Sie sagen aber, dass die Situation Ihnen auffällig erschien. Können Sie mir das etwas näher erklären?«

»Wie soll ich das sagen. Ich fand es irgendwie eigentümlich, dass einer es so eilig hat, dass er die Autotür zuschlägt und losrennt, und der andere anschließend seelenruhig aussteigt, sich sogar noch eine Zigarre ansteckt und gemächlichen Schrittes in eine ganz andere Richtung geht.«

»Was haben Sie da gedacht?«

»Ich dachte, dass sie sich gestritten haben, sodass es dem Beifahrer irgendwann gereicht hat und er beschloss, das Auto schnellstens zu verlassen.«

»Hm.«

Morgenthaler schien gerade zur nächsten Frage anzusetzen, als Ferdinand Sulzbrenner ihm zuvorkam.

»Sehen Sie, Herr Kommissar, da ich von hier aus einen guten Blick auf die Straße habe, sehe ich da unten zwangsläufig sehr häufig Leute ihre Autos verlassen. Normalerweise ist es so, dass zwei Menschen etwa gleichzeitig aus dem Auto steigen. Danach laufen sie in aller Regel in die gleiche Richtung. Wenn das mal nicht der Fall ist, dann verabschieden Sie sich meist noch in irgendeiner Form voneinander.«

Ester hatte gar nicht gewusst, dass ihr Freund solche Dinge beobachtete. Sie war erstaunt.

»Dann meinen Sie also, die beiden Herren hatten Streit miteinander?«

»Vielleicht. Oder der Beifahrer musste einfach nur schnell den Bus erreichen. Der kam ja schließlich gerade.«

»Was sagen Sie da?« Nun schien auch Morgenthaler verblüfft.

»War nur so eine Idee«, sagte Sulzbrenner.

Morgenthaler riss plötzlich die Augen auf, starrte für einen Moment zur Decke und schlug sich mit der flachen Hand auf die Stirn. Dann wandte er sich Sulzbrenner zu.

»Hören Sie, seien Sie mir bitte nicht böse, wenn ich Sie so

plötzlich verlassen muss. Aber ich habe jetzt etwas ganz Dringendes zu erledigen.« Ohne eine Reaktion abzuwarten, eilte er zur Tür.

»Spannend oder romantisch?«, rief Ester ihm hinterher.

Er hielt kurz inne.

»Illegal.«

*

Das Haus in Ilvesheim war in der Dunkelheit kaum zu sehen, und vom Grundstück war auch nur das Metalltor deutlich zu erkennen. Kindlein benötigte seine Taschenlampe, um sich zurechtzufinden. Diesmal musste er gottlob nicht nach dem Loch im Zaun suchen. Er hatte den Schlüsselbund aus Zumstegs Geländewagen dabei.

Er öffnete das Tor und betrachtete es genau. Nichts. Dann ging er zur Tür.

Als er sie öffnete, überkam ihn ein deprimierendes Gefühl. Es war fast auf die Stunde zwei Tage her, dass sie in diesem Haus die schrecklich verstümmelte Leiche von Zumsteg entdeckt hatten. Und er konnte sich noch genau an die Szenerie erinnern, als hier alle im Schein der Lampen geschäftig durcheinander gelaufen waren.

Jetzt herrschte hier Stille. Grabesstille. Aus dem Haus drang ein muffliger Geruch. Mehr nicht. Nicht mal bei stärkster Einbildung roch es hier noch nach Leiche. Hier war niemals jemand gestorben. Wenn, dann vor Urzeiten.

Kindlein beleuchtete die Tür. Auch dort war weder außen noch innen etwas von einem Firmenschild oder Ähnliches zu sehen. Dann betrachtete er die Türzarge. Alles lackiert. Alles glatt. Nur an einer Stelle nicht. Unten an der Innenseite der Zarge. Da befand sich eine raue Stelle. Eine Gravur! Knapp über der Türschwelle. Kindlein richtete den Strahl der Lampe darauf.

F. Keller/Viernheim/10.04

Konnte es wirklich so leicht sein? Die Firma von Friedrich Keller, dem Freund von Fock. Stahlbau! Natürlich! Fenster, Türen, Gitterkonstruktionen – und Tore.

Was hatte Morgenthaler gesagt? *Fock hat Dreck am Stecken!*

Aber nicht nur der, dachte Kindlein. Auch dieser Keller hat Dreck am Stecken.

Fock fährt Zumstegs Tor kaputt. Dann setzt Keller dieses hier neu ein. Mindestens einen Schlüssel haben die beiden behalten. Zwei Wochen später bringen sie Zumsteg um.

Nein, so einfach konnte es nicht gewesen sein. Fock konnte das Tor schließlich gar nicht kaputtgefahren haben. Seine Frau war an dem Tag auf dem Gelände von Zumsteg gewesen. Das hatte Frau Kallmann erzählt. Und egal, was für ein Auto er benutzt hätte, Frau Fock hätte ihren Mann erkannt.

Keller hätte das Tor ebenfalls nicht kaputtfahren können. Spätestens bei der Lieferung oder bei Ausstellung der Rechnung wäre er von Zumsteg wiedererkannt worden. Und dann hätte sogar der geldgierige Zumsteg gestutzt.

Schwierig!

Aber vielleicht doch nicht. Was wäre, wenn es noch einen Dritten gegeben hatte? Nur, wer sollte das sein?

Eine Person hatte den Mann gesehen.

Diesmal ließ Kindlein es bestimmt zwanzigmal klingeln, bevor er sein Handy wieder abschaltete. Es hatte keinen Sinn, Frau Fock war nicht erreichbar. Vermutlich in jeder Hinsicht, dachte er. Wer war in das Tor gefahren, sodass es kaputt ging, und – was passierte später mit dem alten Holztor und der Haustür? Keller hatte sie bestimmt nicht gebrauchen können. Wurden sie zur Mülldeponie gebracht?

Kindlein drehte sich um. Der Strahl seiner Taschenlampe irrte umher. Er betrachtete das Haus, die vernagelten Fenster der Vorderfront. Holz! Zumsteg war ein Geizhals. Kindlein hielt den Strahl höher. Er sah das Dach. Den Schornstein.

Ein Kamin! Dieses Haus hat einen Kamin, dachte er. Holz für den Kamin!

Kindlein lief los. Hinter dem Haus fand er sofort den kleinen Unterstand. Und er sah das Brennholz: Scheite, Stammscheiben, dickere Aststücke. Er leuchtet auf einen Punkt daneben. Dann entdeckte er sie. Eine alte, grau angestrichene Holztür. Dahinter zwei alte Torflügel.

Kindlein zog die marode Tür hervor und betrachtete die beiden Hälften des alten Tors. Ein Flügel war noch intakt, der zweite zerborsten. Das war das Tor, eindeutig!

Dann begann seine Taschenlampe zu flackern. Die Batterien. Er musste sich beeilen. Er trat näher heran. Lackspuren. Sie konnten niemals zum Tor gehören. Kindlein zog mit aller Kraft an einem der zerborstenen Bretter. Es brach entzwei. Ein gutes Stück davon hatte er aber in der Hand. Plötzlich herrschte Finsternis.

*

Ester Schilling war wieder bei sich zu Hause. Es war wirklich nicht so viel Arbeit zu erledigen gewesen, wie der alte Mann vorher behauptet hatte. Nachdem sie mit dem Violoncello-Steg fertig gewesen war, hatte sie noch einen Saitenhalter an einen Kontrabass angebracht, beide Instrumente mit Saiten bezogen und eingestimmt. Danach hatte sie sich bald auf den Heimweg gemacht.

Das war gut so, denn auch hier gab es noch Einiges zu tun. Aufräumen war angesagt – Aufräumen und Säubern der eigenen Werkstatt. Und Schärfen der Werkzeuge. Ester hasste es. Eigentlich hatte sie vorgehabt, das am Vormittag zu erledigen, aber da hatte sie sich ständig davor gedrückt. Immer wieder war ihr etwas eingefallen, was sie noch tun könnte: Ihre Orchesterstimme zu üben war wichtig, einkaufen gehen auch, aber Pflanzen gießen oder die Zeitung lesen waren reine Hinauszögerungsmaßnahmen gewesen.

Lustlos ging sie in die Werkstatt.

Schon der Anblick reichte ihr. Überall waren Holzreste verteilt, und einige Handmaschinen lagen immer noch an der Stelle, wo sie sie das letzte Mal eingesetzt hatte. Teetassen und leere Keksschachteln zeugten davon, dass sie im Endstadium ihrer letzten Arbeit fast nur noch in der Werkstatt gelebt hatte. Alles war von einer ockerfarbenen Staubschicht bedeckt, und von weitem sah sie, dass sich im Leimbehälter eine dicke Haut gebildet hatte.

Auf der Hobelbank stand noch immer der Karton mit den Holzabschnitten von Ferdinand Sulzbrenner. Daneben lag ein Häufchen kleinerer Holzstücke. Mit Grausen erinnerte sie sich an den Abend, als sie diese mit einem Lappen von Erbrochenem gesäubert hatte.

Rechts neben der Hobelbank, auf einem Tisch, stand zu ihrem Entsetzen noch das gesamte Putzmaterial von neulich: die Lappen, die Gummihandschuhe und der Eimer. Der war sogar noch voll mit Wasser und roch grauenerregend. Er musste dringend weg. Sie hob ihn an, stellte ihn aber gleich wieder ab. Sie hatte noch etwas gesehen. Die Papiertüte mit den Kotzflecken. Die durfte gleich mit raus. Mit spitzen Fingern griff sie danach und hob sie an einem der Henkel hoch. Dabei öffnete sich die Tüte. Zuerst war Ester nur überrascht, als sie sah, dass sich darin noch etwas befand. Aber als sie sah, was es war, überkam sie der Ekel.

*

Leibig schien nach seiner Grippe zwar körperlich wieder völlig hergestellt, aber nervlich war er offenbar noch nicht so ganz auf der Höhe.

»Herr Kindlein, jetzt ist es Samstagabend. Die ganze Woche haben wir fast ausschließlich an Ihren Fällen gearbeitet. Auch wir brauchen mal Pause.«

»Ich weiß, Herr Leibig. Aber ich muss unbedingt wissen, was das für ein Fahrzeug war, das diese Lackspuren hier hinterlassen hat.« Er wedelte so mit dem Brett herum, dass es Leibig fast auf die Nase bekommen hätte. Der war aber noch rechtzeitig zurückgezuckt.

»Mehr soll es nicht sein, Herr Kindlein? Autokennzeichen vielleicht? Farbe der Sitzbezüge? Nächster TÜV-Termin?«

»Ich weiß, was Sie meinen. Aber mir geht es doch nicht anders, Herr Leibig. Ich brauche Sie. Bitte!« Kindlein flehte. Er wäre auch auf die Knie gegangen.

»Na ja, mal sehen, was sich machen lässt.«

Als Kindlein später das Büro im Präsidium betrat, war er enttäuscht. Morgenthaler war nicht anwesend.

Auf seinem Schreibtisch stand ein Plastikbeutel. Daran war ein Briefkuvert angelehnt. Frau Morgenthaler, schoss es Kindlein durch den Kopf. Er schaute auf die Uhr – 20 Uhr 43. In einigen Stunden hatte sie Geburtstag. Er war froh, dass er am Morgen noch ein paar Blumen für den nächsten Tag bestellt hatte. Und es war ausgesprochen nett, dass auch die Kollegen an diesen Geburtstag gedacht hatten.

Er ging zum Schreibtisch und nahm das Kuvert in die Hand. *Für die Herren Morgenthaler und Kindlein.* Doch keine Geburtstagspost.

Kindlein öffnete das Kuvert.

Lieber Herr Morgenthaler, lieber Herr Kindlein,
diese Tüte habe ich heute in meiner Werkstatt gefunden. In ihr befand sich am Montag dieses merkwürdige Ding. Man sieht ihr an, was mit ihr geschah. Als ich sie vorhin entdeckte, wollte ich sie gleich wegwerfen. Dann sah ich, dass sich darin noch etwas befindet, was für sie von Interesse sein könnte.
Viele Grüße
Ester Schilling
P.S. Ihre Kollegen waren so freundlich, mich trotz Ihrer Abwesenheit in Ihr Büro zu lassen.

Kindlein legte den Brief beiseite und nahm den Plastikbeutel an sich. In dem befand sich eine geöffnete, leere Papiertüte, die so groß war, dass sie gerade in den Beutel passte. Ein säuerlicher Geruch schlug ihm entgegen. An der Innenseite der Papiertüte klebte ein hellgrüner Gegenstand aus dünnem Vliesmaterial. Kindlein nahm einen Bleistift und hob den gut anhaftenden Gegenstand an einer Stelle an. Er war mit vielen kleinen braunen Flecken übersät und sah auch ansonsten reichlich mitgenommen aus. Dann erkannte Kindlein, um was es sich dabei handelt. Es war eine Art OP-Haube – eine Einmal-Haube, wie sie in Krankenhäusern oder im Lebensmittelbereich verwendet wird.

In diesem Moment klingelte sein Handy.

»Frieder, du musst sofort hierher kommen. Es ist ganz dringend.« Es war Morgenthaler.

»Wohin denn?«

Morgenthaler nannte ihm die Adresse.

»Konrad, das kannst du nicht machen.«

»Ich muss.«

»Das ist Wahnsinn.«

»Egal, los komm her.« Morgenthaler klang aufgeregt.

»Ich muss erst noch mal bei Leibig vorbeifahren, Konrad. Danach komme ich sofort zu dir.« Er legte auf.

Dann schaute er noch einmal in den Plastikbeutel und sah wieder die Tüte mit der Haube. Er überlegte, was Leibig nun mit ihm anstellen würde.

Wieder hatte Kindlein erst mal suchen müssen. Das letzte Mal war er in der Morgendämmerung hier gewesen. Nun war es dunkel, und er war zweimal daran vorbeigelaufen, obwohl er die Adresse genau kannte. Dieser Laden wollte einfach nicht, dass man ihn fand. Als er endlich davor stand, hatte Kindlein wieder dasselbe beklemmende Gefühl. Er erinnerte sich, wie er bei Tagesanbruch vor dieser vergammelten Fensterfront gestanden hatte, frierend und müde. Und wieder musste er an die Einmaligkeit des Lebens denken, und daran, wie schnell es zerstört werden konnte. Als er die quietschende Ladentür öffnete, kam er sich schäbig vor. Das Elend würde sich ihm nun offenbaren, ohne dass der Mensch, der in ihm lebte, die Möglichkeit hätte, sich zu widersetzen oder es wenigstens zu erklären.

Bei der spärlichen Beleuchtung durch eine altertümliche Lampe zeigte sich, dass alles, was in diesem Laden stand, verbraucht, verstaubt und wertlos war. Ansonsten herrschte hier Unruhe. Morgenthaler lief hektisch herum, kramte in Kisten und öffnete Möbeltüren. Er suchte nach irgendetwas. Als er Kindlein erblickte, zuckte er zusammen, als wenn er ein schlechtes Gewissen hätte.

»Das kannst du nicht machen, Konrad. Das ist illegal, das weißt du genauso wie ich.« Kindlein war entsetzt, als er Morgenthaler betrachtete. Ganz aufgelöst sah er aus. Wie ein Wahnsinniger, der gerade bei einer völlig idiotischen Handlung unterbrochen wird und nun merkt, welchen Unfug er da verzapft.

»Das ist jetzt scheißegal, Frieder. Einen Durchsuchungsbeschluss kriegen wir nicht. Also muss improvisiert werden. Ich nehm das auf meine Kappe. Los, hilf mir lieber, anstatt da herumzustehen.«

»Du suchst die Tasche, richtig?«

»Genau die.«

»Das ist doch Wahnsinn. Was soll diese Tasche mit unserer Arbeit zu tun haben? Und außerdem – die hat der doch schon längst verkauft. Schau dir doch mal diesen Laden an. Der braucht doch jeden Cent.«

»Die Tasche hat er nicht verkauft, Frieder. Die nicht. Also, suchst du jetzt mit oder nicht?«

Kindlein merkte, dass es keinen Sinn hatte, Morgenthaler umzustimmen.

»Okay, ich helfe dir. Aber lass das niemanden erfahren. Wo hast du denn schon überall gesucht?«

»Leider fast überall. In jeder Ecke und Ritze. In alle möglichen Schränke und Regale habe ich schon reingeguckt. Nur gefunden habe ich nichts.«

Kindlein sah sich um. Nun sah er doch das Ausmaß der Armseligkeit. Nur Plunder. Nichts Antikes, sondern nur altes und abgelebtes Zeug, das niemand mehr haben wollte.

Hinter einem großen Kleiderschrank, dem wohl einzig wirklich antiquaren Stück, hingen nur Spinnweben und Staubflocken.

»Hast du die Möbel schon mal verrückt?«

»Nein, da passt ja nirgendwo eine Tasche dahinter.«

»Dann muss sie da drin sein, Konrad.« Kindlein zeigte auf den alten Kleiderschrank.

»Nein, da hab ich schon reingesehen. Da ist nichts drin, außer riesige Stapel mit Papierkram, alte Zeichnungen und vergilbte Fotografien.«

»Trotzdem. Sieh mal, dieser Schrank hier ist das einzige Stück in diesem Laden, das überhaupt irgendeinen Wert hat und das Leopold Katzbach schnell losbekommen hätte. Aber es ist das einzige Möbel, hinter dem sich eine riesige Menge Spinnweben und Staub angesammelt hat. Dieser Schrank hier ist ein unverkäufliches privates Stück.«

Morgenthaler sah Kindlein an und schrie fast.

»Du hast Recht, Frieder.«

Sofort machte er sich über den Schrank her und räumte die untersten Schrankbretter leer. Schließlich nahm er eines der Bodenbretter heraus. Darunter befand sich ein Hohlraum. Er zog sich Latexhandschuhe an und griff hinein. Es rappelte ein wenig, und dann sah er mit freudiger Miene zu Kindlein hoch.

»Ich hab sie, Frieder.«

Als er sich wieder aufrichtete, hatte er die Ledertasche in der Hand.

Sie war in ausgezeichnetem Zustand und entsprach genau der Beschreibung, die Ester Schilling ihnen gegeben hatte. Katzbach musste sie zudem gesäubert haben, sodass sie beinahe neu aussah. Morgenthaler löste vorsichtig ihre Schnallen und öffnete sie. Entsetzt hob er die Hand vor den Mund.

In der Tasche lag, sorgfältig verstaut, eine komplette Ausgabe jener Mordwaffe, mit der Peter Martens und Gernot Zumsteg getötet worden waren. Ein hölzerner Knauf mit Damaszenerklinge und Gewinde, daneben mehrere kurze, miteinander verschraubbare Edelstahlstangen. Außerdem in Folie verpackte Utensilien: Gummihandschuhe, OP-Hauben, Schnur, mehrere Lappen und eine leere Flasche. In einem Fach steckte eine Plastikdose. Sie war bis zum Rand hin angefüllt mit – Haaren.

Kindlein verschlug es den Atem.

Alles war eigens entwickelt und hergestellt worden, um Menschen grausam abzuschlachten. Waffenentwicklung diente letztendlich immer dem Ziel zu töten. Die meisten Waffen konnten aber wenigstens noch einem zweiten Einsatzzweck dienen, wie der Selbstverteidigung oder der Jagd.

Aber hier musste reine Perversion der Antrieb für die Konstruktion gewesen sein. Pervers war aber nicht nur die Waffe selbst. Es war auch die Liebe zum Detail und die Sorgfalt, mit der sie hergestellt worden war.

Auch Morgenthaler war zunächst sprachlos.

Aber dann griff er zum Handy.

»Leibig, wir brauchen dich.«

»Konrad, was denkt ihr euch eigentlich?« Leibig war sauer. »Man kann es auch wirklich übertreiben.« Dann wandte er sich an Kindlein. »Ich hab hier nicht nur Ihre Fälle auf dem Tisch. Und ich würde auch gar nichts sagen, wenn ich meine Arbeit hintereinander machen könnte. Aber heute schleppen Sie mir hier schon das dritte Teil an und behaupten jedes Mal, dass es besonders wichtig sei.«

»Äh.« Mehr war wieder nicht drin. Der Mann zeterte weiter.

»Oder ist es diesmal noch wichtiger? So wichtig, dass ich dafür vielleicht auch noch meine Kollegen aus dem Wochenende holen soll?«

»Ja!«, schrie Morgenthaler dazwischen. »Ja, ja und nochmals ja. Egal, was mein Kollege und ich hier anschleppen, Leibig, es hat allerhöchste Priorität. Und wenn dir das nicht passt, rufen wir jetzt bei Petzold an, in Ordnung? Wir sind auf dem besten Weg, diese elende Mordserie zu lösen, die uns allen schon seit Ewigkeiten zum Hals raushängt. Und deshalb wird von allen, aber auch wirklich allen, höchster Einsatz erwartet. Auch von jenen Kollegen, die sich ein schönes Wochenende machen wollten.«

Kindlein bekam einen roten Kopf.

Leibig auch, aber aus einem anderen Grund.

»So, so!«, schrie er. »Du willst also auf dem Weg sein, mal eben schnell am Wochenende unsere Fälle aus dreißig Jahren Polizeigeschichte zu lösen. Gratuliere! Na, dann ist ja klar, dass alle freudig helfen. Wann sollen wir uns denn zum großen Showdown treffen? In einer Stunde, oder erst um Mitternacht? Konrad, du machst dich lächerlich. Wir haben jedes Mal gearbeitet wie verrückt. Alles Mögliche habt ihr uns angeschleppt. Und was kam zum Schluss dabei raus? Akte geschlossen! Und nicht dass ich deinen jungen Kollegen hier angreifen will – ohne Windgassen seid ihr hier aufgeschmissen! Völlig aufgeschmissen. Deshalb meine Empfehlung: Wartet, bis er wieder da ist! Und bis dahin solltet ihr einfach Ruhe bewahren.«

Morgenthaler musterte Leibig daraufhin von Kopf bis Fuß, schaute ihm tief in die Augen und sagte mit ruhiger, aber umso bestimmterer Stimme: »Mein lieber Leibig, mach dir keine Sorgen. Windgassen wird wieder auftauchen. Vielleicht sogar schneller, als du denkst. Im Moment aber ist Frieder Kindlein der Leiter. Und der hat keine Ruhe. Und soll ich dir was sagen? Ich kann das verstehen. Denn alles, was er dir heute gebracht hat, ist für ihn von allerhöchster Bedeutung. Damit ist klar, wie die Marschroute aussieht. Du holst deine Kollegen vom Angeln zurück, ihr setzt euch in eure Labors, ruft, wenn notwendig, in der Pathologie bei Paracelsus an und legt gemeinsam los. Und der Kollege Kindlein wird dir sagen, was dringend ist und was nicht.« Mit diesen Worten ging Morgenthaler aus dem Raum und schlug die Tür hinter sich zu.

»Du hast mich vorhin ganz schön im Regen stehen lassen, Konrad. Aber du hast völlig richtig reagiert«, sagte Kindlein, nachdem er sich an seinen Schreibtisch gesetzt hatte. Morgenthaler aß gerade einen Plunder, und Kindlein überlegte, ob er selbst an diesem Tag etwas gegessen hatte. Er konnte sich nicht erinnern.

»Komm, lassen wir das. Leibig ist ganz in Ordnung. Nur das mit Windgassen hätte er nicht sagen dürfen.« Morgenthaler sah gedrückt aus, schien aber ansonsten noch recht wach. Das war bemerkenswert, fand Kindlein. Morgenthaler war gute zwanzig Jahre älter als er, und seine körperliche Konstitution war alles andere als sportlich, wenngleich er ihn an einen Ringer oder Gewichtheber erinnerte. Aber das, was sie in den letzten Tagen abgeleistet hatten, entsprach eher einer Langstreckendisziplin. Sie hätten eine Pause verdient. Nun war es kurz vor Mitternacht, aber an Schlaf war noch nicht zu denken. Allzu viel war geschehen. Sie mussten Inventur machen. Es war wichtig, am Tagesende noch einmal die Zeit aufzubringen, um zu rekapitulieren und zusammenzufassen. Das war für die Arbeit wichtig und, wie Morgenthaler immer meinte, auch für einen gesunden Schlaf.

»Möchtest du auch einen?« Morgenthaler bot ihm einen seiner Plunder an.

»Gern, Konrad. Ich glaube, ich kann einen vertragen.«

»Sind zwar von heute Morgen, aber immer noch kaubar. Eigentlich wollte ich heute ja nichts essen, weil ich morgen so was Gutes bekomme.«

»Was kocht deine Frau denn?«

»Nicht sie, Frieder. Ich koche. Sie hat doch Geburtstag. Das ist in«, er sah auf die Uhr, »zwölf Minuten.«

»Dann ist das jetzt wohl nicht der richtige Zeitpunkt, um dich danach zu fragen, wie du überhaupt auf diese Taschengeschichte gekommen bist, oder?« Der Plunder krümelte mächtig.

»Doch, doch, das kann ich dir ganz schnell erklären.« Morgenthaler berichtete von seinem Besuch bei dem Geigenbauer und von dessen Aussagen.

»Und nachdem ich die Ereignisse des Montagabends in eine chronologische Reihenfolge gebracht hatte, habe ich den ganzen Vorgang einfach noch einmal rückwärts ablaufen lassen. Dabei entstand ein verblüffendes Muster. Um es aber vervollständigen zu können, brauchte ich diese Tasche.«

»Hm. Ich glaube, ich kann dir nicht so ganz folgen, Konrad.«

»Kein Problem, Frieder. Probier es einfach selbst. Frau Schilling wurde im Bus von einem Mann vollgekotzt. Dabei ist auch dieses Waffenteil in ihre Tüte gefallen. Wo aber hat sich dieses Waffenteil befunden, bevor es in Frau Schillings Tüte gelandet ist?«

»Hm.«

»Na, vom Himmel kann es da nicht hineingefallen sein. Es hat sich bei seinem Besitzer befunden. Und der wird es nicht in der Hand mit sich herumgetragen haben. Zudem war dieses Ding nur ein Teil einer vollständigen Waffe. Was bedeutet das? Es musste vorher zusammen mit den restlichen Teilen in irgendeinem Behältnis verstaut gewesen sein. In einer Tasche? Wenn ja, in was für einer Tasche? In einer Einkaufstasche? In einer Aktentasche? In einer Werkzeugtasche? Wohl kaum. Da diese Waffe eine Spezialkonstruktion mit einer sehr eigenen Form war, wird es eher eine Spezialtasche gewesen sein.«

»Aber irgendein x-beliebiger Koffer in ausreichender Größe wäre genauso gut geeignet gewesen.«

»Schon, Frieder, aber erinnere dich mal an Frau Schillings Erzählung. Auf dem Weg zum Bus ist ein Mann an ihr vorbeigelaufen, der eine so speziell geformte Tasche bei sich trug, dass sie ihr auffiel. Und zudem hatte sie eine solche schon einmal gesehen, bei Leopold Katzbach – einem Mann, dessen Bruder zufällig mit der gleichen Waffe umgebracht wurde wie Peter Martens.«

Kindlein erinnerte sich sehr gut. Und er wusste auch noch, was er von Frau Schillings Ausführungen gehalten hatte.

Morgenthaler streckte ihm einen Bogen Papier entgegen. Es war der Brief von Leopold Katzbach.

»Lies mal die Anfangspassage, Frieder. Dann verstehst du besser, worauf ich hinauswill.«

Liebe Frau Schilling,
ich möchte gern an Zufälle glauben, und daran, dass Sie mit diesem Gegenstand nichts zu tun haben. Das fällt mir schwer. Und dennoch muss ich eine Entscheidung treffen. Ich weiß, dass Sie die Tasche schon kennen. Ihr Inhalt scheint Ihnen aber unbekannt zu sein, da mir sonst schon längst etwas zugestoßen wäre …

»Der hatte Angst«, war Kindleins spontane Reaktion.

»Der hatte richtig Schiss, Frieder. In der Tasche, die er meinte, muss sich etwas befunden haben, das äußerst Angst einflößend war – wie in der des rennenden Mannes, wenn sich meine Vermutung bestätigt hätte, dass in ihr diese Mordwaffe transportiert wurde. Und für genau diese Bestätigung brauchte ich die Tasche.«

»Mein Gott! Jetzt dämmert es mir langsam«, meinte Kindlein und schüttelte den Kopf. Alle Überlegungen Morgenthalers waren nachvollziehbar. »Dieser rennende Mann ist ursprünglich dem silbernen Mercedes entstiegen! Und die Beschreibung des Fahrers haben wir, da Herr Sulzbrenner ihn beobachtet hat.«

»Genau. Und dieser Mann trägt einen Namen – Fock!«

»Wahnsinn.«

Der alte Geigenbauer hatte hier einen entscheidenden Hinweis geliefert. Nun musste über die Konsequenzen nachgedacht werden.

»Wenn der rennende Mann der Waffenbesitzer war, dann war er vermutlich auch der Mörder von Peter Martens. Und das heißt, dass uns Dr. Fock nun eine Auskunft über dessen Identität schuldig ist, richtig Konrad?«

»Richtig. Unser lieber Dr. Fock, der Mann, der uns schon im Fall Zumsteg auffiel und auch bei Peter Martens eine Rolle spielt.«

»Und der auch vor zweiundzwanzig Jahren im Fall Katzbach eine Rolle gespielt hat.«

»Als Alibi.«

»Ja, als Alibi.«

*

Nicht mehr lange, dann würden sie kommen. Er spürte es. Er hatte es von Anfang an gespürt, aber nun würde es bald so weit sein. Es war nur noch eine Frage der Zeit.

Er sah aus dem Fenster. Diese Nacht war schwärzer als die anderen. Auch das war ein Zeichen.

In seiner letzten Nacht bleibt man wach!

Er würde wach bleiben und nachdenken.

Schon bald würde dieses Geschmeiß zu ihm vordringen, ihn überwältigen, ihn festhalten und demütigen.

Sie würden ihn anfassen.

Und sie würden ihn in ihre Mitte stellen. Tausende Augen würden ihn begaffen. Wohin er seinen Blick auch richten würde, immer wären da ihre Augen. Und da wären ihre Fratzen, ihre Münder. Wie bei den Schweinemännern damals. Nur würden es diesmal Fragen sein, die aus ihnen heraussabberten, Fragen, Vorhaltungen und Urteile, unbedeutend und dümmlich. Denn was würden sie schon wissen?

Nichts.

Was wussten sie schon vom Hass? Vom Hass, der so abgrundtief sein kann, dass die Muskeln anfangen zu beben und einem die Eingeweide solche Schmerzen verursachen, dass man sie aus dem Körper hinauswürgen, hinausschreien möchte. Von Abscheu und Ekel, die nur gestillt werden können, wenn man sich mit seinem ganzen Leib auf das Objekt seines Hasses stürzt, es vernichtet und immer wieder darauf einschlägt, darauf einsticht, hineinschneidet oder es zerhackt.

Was wussten sie von Schweinemännern?

Erst recht nichts.

Warum sollte er Gutbürgern erklären, dass er nur hatte leben können, weil es ihm zu jeder Zeit möglich war, solch hassenswerte Geschöpfe zu entfernen?

Warum?

Sie würden nicht verstehen, warum diese fette Drecksau von neulich hatte weggemacht werden müssen. Sie würden es nicht mal verstehen *wollen.*

Sollte er sich ihnen etwa offenbaren? Erinnerungen schildern? Dinge beschreiben, die er durch Tränen hindurch wahrgenommen hatte? Durch die Tränen eines erniedrigten, geschändeten Kindes? Hatten sie je solche Tränen gehabt?

Wohl nicht.

Sollte er sich zu guter Letzt dadurch entwürdigen lassen, dass ein primitiver Seelenarzt eine Kindheit, die er nicht kennt, als mildernde Umstände bezeichnet? Was denn mildernd?

Niemals.

Nein, niemals. Wenn die Türglocke erklingt, kommt der Tod.

*

Sie waren unschlüssig. Sollten sie die Klingel betätigen? Sie wollten nichts riskieren. Der Mann war zu wichtig.

Morgenthaler gab Kindlein ein Zeichen, schlich sich in den Garten und verschwand nach ein paar Schritten in der Dunkelheit. Es bestand immerhin die Möglichkeit, dass das Haus noch einen Hintereingang hatte. Kindlein blieb vor der Eingangstür stehen. Vorsichtig legte er ein Ohr an die Tür: Ein leises Surren war zu hören. Eine Heizung, ein Stromzähler – vielleicht auch nur das Blut in seinem Ohr.

Morgenthaler kam zurück. Kein Hintereingang. Kindlein drückte den Klingelknopf.

Ein Geräusch! Im Haus.

Sie warteten. Kein Geräusch mehr.

Er drückte noch mal.

Schritte.

»Wer ist da?«

»Kriminalpolizei, wir müssen mit Ihrem Mann reden. Bitte öffnen Sie die Tür.«

»Moment. Einen Augenblick bitte.« Kindlein und Morgenthaler sahen sich erstaunt an. Sie schien nüchtern zu sein. Dann öffnete sich die Tür.

»Ach, guten Abend. Nein, stimmt ja nicht: Guten Morgen ist wohl angebrachter, oder?« Frau Fock sprach klar und deutlich und zeigte tatsächlich keine Zeichen von Trunkenheit. Sie sah eher verschlafen aus. Ihre Haare waren ungemacht, und die tiefen Falten zwischen Nase und Mundwinkel hatten sich zu richtigen Furchen ausgebildet.

»Kommen Sie herein.«

Beim Eintreten in das Haus kamen sich Kindlein und Morgenthaler vor wie Schüler, die bei einem Klingelstreich ertappt worden waren und nun Abbitte leisten mussten.

»Entschuldigen Sie, dass wir mitten in der Nacht um halb zwei hier aufkreuzen, Frau Fock. Wir müssten aber dringend mit Ihrem Mann sprechen. Ist der da?«

Die Frau zuckte mit den Schultern.

»Keine Ahnung, aber ich hoffe, nicht.« Die Frau zeigte keine Gemütsregung.

»Hm«, machte Kindlein. »Dürfen wir uns vielleicht mal umsehen?«

»Natürlich.«

Morgenthaler ging los.

Kindlein war froh, Frau Fock nüchtern vor sich zu haben, und nahm sich vor, den gestrigen Besuch und die Anrufe nicht zu erwähnen. Aber er fragte gleich, ob sie sich an den Mann erinnern könne, der damals das Tor von Zumsteg anfuhr. Leibig hatte sich bisher noch nicht zu den Lackspuren geäußert.

»Ja, ich kann mich erinnern«, antwortete sie. »Ist schon ein paar Wochen her. Ich erinnere mich deshalb noch, da Gernot …« Sie sah nach oben, als wenn sie dort die Erlaubnis einholen wollte, über ihren ehemaligen Geliebten zu sprechen.

»Wir hatten damals unseren ersten Streit. Wissen Sie, er hat diesen Mann finanziell so richtig bluten lassen. Ich hätte das von Gernot nie gedacht.« Sie unterbrach sich wieder, und Kindlein befürchtete schon, dass sie den Faden verlieren würde. Aber sie nahm ihn von allein wieder auf.

»Gernot hat seine Situation schamlos ausgenutzt. Der Mann hatte es eilig und wollte die Sache einfach nur schnell bereinigen, ohne großartige Bürokratie, also möglichst ohne Polizei. Als Gernot das kapiert hat, konnte er plötzlich den Hals nicht mehr voll kriegen. Hat zum Schluss alles Mögliche aus dem armen Kerl rausgehandelt. Es war widerlich.« Die Frau sprach diesmal auch deutlich. Ihr Pfälzisch klang nur noch als Akzent mit. Kindlein überlegte, ob sie bei ihrer ersten Vernehmung nicht vielleicht Sedativa genommen hatte.

»Haben Sie den Mann gekannt?«

»Nein. Der stand ja vor dem Tor mit Gernot, und ich habe das alles nur vom Haus aus mitbekommen.«

»Schade. Haben Sie vielleicht eine Ahnung, um was für eine Automarke es sich dabei gehandelt hat?«

»Da fragen Sie mich was. Gernot hat es aber erwähnt. Der kannte sich mit ja Autos aus. Irgendwas Ausländisches.«

»Das ist ja schon mal was.« Kindlein war trotzdem enttäuscht. »Als später Tür und Tor geliefert wurden, waren Sie da zufällig anwesend?«

»Nur kurz, Herr Kommissar. Wieso?«

»Kam Ihnen da vielleicht irgendwas erwähnenswert vor?«

»Die Männer, die die Lieferung und den Einbau gemacht haben, kannte ich nicht, falls Sie das meinen. Und das Lieferfahrzeug habe ich auch nie zuvor gesehen.«

»Ein Lieferfahrzeug? Stand auf dem vielleicht der Name einer Firma?«

»Es war irgendeine Baufirma, aber sonst weiß ich nichts.«

»Eine Stahlbaufirma?«

»Keine Ahnung.«

Morgenthaler war wieder zurück. »Niemand da«, sagte er zu Kindlein. Dann wandte er sich an Frau Fock. »Wissen Sie, wo Ihr Mann sich im Moment aufhalten könnte?«

»Was haben wir denn heute für einen Wochentag?«

»Sonntag.«

»Tja, ich denke, dass er auf Geschäftsreise ist. Das kommt an Wochenenden oft vor. Aber genau weiß ich das nicht. Unser Verhältnis ist … getrübt.«

Morgenthaler nickte. »Das haben wir uns offen gesagt, auch schon gedacht, Frau Fock. Darf ich Ihnen dazu vielleicht eine Frage stellen?«

Die Frau antwortete nicht, sondern schien abwarten zu wollen, was genau Morgenthaler von ihr wollte.

»Wie fragen uns, ob Ihr Mann nicht doch vielleicht etwas von Ihrer Beziehung zu Herrn Zumsteg erfahren haben könnte.«

»Ich bin mir hundertprozentig sicher, dass mein Mann nie etwas erfahren hat, Herr Kommissar, hundertprozentig. Aber wissen Sie, ich glaube auch nicht, dass Bernhard das wirklich interessiert hätte. Der interessiert sich ausschließlich für sein Geschäft. Es wäre ihm vermutlich sogar scheißegal gewesen, wenn er es erfahren hätte. Und ich habe ihm nur deswegen nichts erzählt, weil meine Beziehung zu Gernot meine Sache bleiben sollte. Ich wollte etwas für mich ganz allein haben, etwas, wo mir niemand reinredet. Ein Geheimnis, wenn Sie so wollen. Außerdem war ich schon von Anfang an unsicher, ob meine Beziehung zu Gernot auf lange Sicht überhaupt etwas taugt. Die beiden waren sich in vieler Hinsicht ziemlich ähnlich: Geld, Geld und nochmals Geld.«

»Nun gut, wissen Sie denn, wer es wissen kann?«

»Was wissen?«

»Wo Ihr Mann sich derzeit aufhält, Frau Fock.«

Sie zuckte mit den Schultern und machte wieder eine gleichgültige Miene.

»Seine Sekretärin vielleicht. Den Namen der jetzigen kenne ich aber nicht. Die Mitarbeiter bleiben nie lange in der Firma. Die Sekretärinnen kündigen meist so nach einem Jahr.«

»Hm. Ist das dort so üblich?«

»Nein, eher unüblich. Die anderen gehen schon nach einem halben Jahr.«

»Ich habe den Eindruck, dass wir uns auf Sie verlassen können, wenn wir Sie bitten, Ihrem Mann nichts von dieser Unterhaltung zu erzählen, falls er hier anrufen sollte. Sehe ich das richtig?«

»Dieser Eindruck täuscht nicht. Außerdem ruft er nie hier an.«

»Warum das?«

»Weil ich ja dann ans Telefon gehen würde.«

Als die beiden im Auto saßen, griff Morgenthaler zum Handy und tippte die Privatnummer von Petzold ein.

»Ludwig, ich bin's, Conny. Ich weiß, es ist mitten in der Nacht. Aber wir brauchen Verstärkung.«

Morgenthaler forderte eine Rundum-Überwachung für Focks Haus an. Petzold willigte sofort ein. Er versprach, sich gleich darum zu kümmern und fragte, was die beiden als Nächstes vorhätten.

»Wir? Wir gehen jetzt ins Bett.«

Kindlein sah vom Bett aus auf seinen Wecker – 5 Uhr 07. Den Weckton kannte er, aber die angezeigte Uhrzeit hatte er noch nie gesehen. Normalerweise stand da 07:00, und nicht 05:07. Trotzdem stand er auf. Es musste was zu bedeuten haben, wenn das Signal so penetrant anhielt. Er ging zum Stuhl rüber und griff in die Jacke. Erst als er das Handy in der Hand hielt, war ihm klar, dass er das Falsche gedacht, aber automatisch das Richtige getan hatte. Nicht der Wecker hatte geklingelt, sondern das Handy.

Leibig meldete sich.

»Hallo.« Mehr ging noch nicht. Kindlein rechnete. Knappe drei Stunden geschlafen. Das war nicht viel.

»Ich ruf an, weil ich Neuigkeiten habe. Die betreffen diese OP-Haube aus der Papiertüte. Hallo?«

»Ach Gott, Leibig. Ja, ich bin da, Herr Leibig.« Kindlein setzte sich auf den Stuhl.

»Okay, also an der Innenseite der Haube wurde ein schwarzes Haar gefunden.«

»Ein schwarzes Haar?«

»Ja, und mehrere Hautschuppen. Die Analyse steht aber noch aus. Die braunen Flecken an der Außenseite der Haube sind geronnenes Blut, das in allen Merkmalen dem von Peter Martens, eurem ersten Opfer, entspricht. An der Tüte selbst haben wir haufenweise organische Substanzen gefunden, deren Auswertung aber ebenfalls noch Zeit braucht. Vor allem haben wir uns aber über die Tasche hergemacht. Und ob Sie es glauben oder nicht, Herr Kindlein, die ist noch absolut jungfräulich.«

»Was soll das heißen?«

»Dass sie wohl nie zum Einsatz gekommen ist. Jedenfalls nicht im Sinne ihres Erfinders. Alles ist absolut ungebraucht. Im Gewinde des Waffenkopfs haben wir sogar noch winzige Späne von der Metallverarbeitung gefunden. Die kleine Plastikflasche, vermutlich für das Chloroform bestimmt, kam nie mit solch einer Substanz in Berührung. Hier und dort fanden wir auch Fingerabdrücke, konnten denen bisher aber noch nicht nachgehen.«

»Viele Informationen, Herr Leibig. Und was machen die Lackspuren?«

»Noch nichts Großartiges, offen gesagt. Aber Sie haben ja gesagt, dass die beiden anderen Gegenstände Vorrang haben. Das Einzige, was ich bis jetzt sagen kann, ist, dass es sich um dunkelgrünen Metalliclack handelt.«

Kindlein zog sich nach dem Gespräch sofort an. Dann wählte er Morgenthalers Nummer.

»Konrad, was hat Friedrich Keller für eine Haarfarbe?«

»Schwarz. Warum fragst du?«

»Weil sich eben um fünf Uhr sieben die Welt ein Stück weiter gedreht hat. Und diesmal in die richtige Richtung.« Kindlein erzählte von Leibigs Anruf und davon, dass er dabei sofort an Friedrich Keller gedacht hatte, da der Geigenbauer ihn neulich sehr genau beschrieben hatte. »Friedrich Keller hat sich beim Bau des Tores und der Tür einen Schlüssel für Zumstegs Anwesen angeeignet. Am Donnerstag, zum Zeitpunkt der Ermordung von Zumsteg, war er mit Fock zusammen. Einige Tage zuvor, am Montag, stieg zwei Stunden nach Peter Martens' Ermordung ein Mann aus Focks Auto. Dieser Mann verlor später einen Teil seiner Waffe und eine OP-Haube im Bus. An Letzterer finden wir nun ein schwarzes Haar – vermutlich von Friedrich Keller. Was sagst du zu der Theorie?«

Morgenthaler forderte sofort einen Streifenwagen an, der Friedrich Keller abholen sollte, um ihn ins Präsidium zu bringen.

Kindlein rief derweil die Kollegen Tielmann und Stein an, die seit etwa drei Stunden Focks Haus überwachten. Aber da von dort nichts Neues zu erfahren war, beeilte er sich, so schnell wie möglich ins Präsidium zu gelangen.

Der Mann, der einige Zeit später am Verhörtisch saß, musterte Kindlein eiskalt. Kindlein konnte Friedrich Keller nicht in die Augen blicken. Sie waren hellblau mit einem dunklen Irisrand. Und durch den Kontrast zu seinem vollen schwarzen Haar wirkten sie durchsichtig und leblos. Diesen Augen entging nichts.

Seine ausgeprägte Kiefermuskulatur verlieh Keller eine beinah rechteckige Gesichtsform und ließ ihn brutal wirken. Kindlein war froh, das Verhör nicht führen zu müssen. Morgenthaler hatte es gern machen wollen.

Hinter dem durchsichtigen Spiegel saßen Petzold und der zuständige Staatsanwalt Dr. Driesmann. Vielleicht hatte jemand sogar Windgassen dazugerufen. Schließlich waren es über lange Jahre seine Fälle gewesen.

Es war ja in jeder Hinsicht eine Sensation. Niemals in der Geschichte dieser Morde hatte es gleich zwei Verdächtige gegeben. Zwei, die zudem auch noch in gleich *zwei Fällen* den Opfern so verdächtig nah gekommen waren. Und noch nie hatte es überhaupt Belastungsmaterial gegeben, geschweige denn in dieser Qualität und Quantität.

Kindlein dachte an Konrad Morgenthaler. Was für ein Augenblick musste das für ihn sein? Nun würde ihn niemand mehr »Ameise« oder »Bierholer« nennen. Sie würden von nun an froh sein, ihn in ihrer Reihe zu haben. Und er würde endlich die Anerkennung erhalten, die ihm zustand, als guter Kollege und ausgezeichneter Polizist. Und wieder sah Kindlein zum Spiegel. Er war sicher, dass Petzold im Augenblick ähnliche Gedanken durch den Kopf gingen.

Nachdem die Formalitäten erledigt waren und der Mann alle Angaben zu seiner Person gemacht hatte, erklärte Morgenthaler ihm noch mal den Grund seiner Vorladung. Er werde als Zeuge vernommen, müsse sich aber im Klaren sein, dass belastende Hinweise gegen seine Person vorlägen.

Kindlein fiel auf, dass Keller ständig die Schultern reckte, als wenn ihm sein Anzug zu eng wäre. Dabei zuckte gleichzeitig seine rechte Gesichtshälfte und sein Mund öffnete sich leicht, immer gerade so viel, dass eine Reihe winziger quadratischer Zähne zum Vorschein kam. Sie sahen aus wie kleine helle Steinchen.

Friedrich Keller legte keinen Wert auf einen Anwalt.

Morgenthaler erklärte ihm, in welchen Punkten er etwas von ihm zu erfahren wünsche und dass er ihn zu dem Montagnachmittag mit Dr. Fock befragen wolle.

Keller gab sich so kalt wie sein Blick. Und als er antwortete, hatte seine Stimme einen reibenden Klang.

»Hören Sie, Ich kenne keinen Peter Martens, habe ihn nie gesehen, habe nie von ihm gehört und bin ihm nie wissentlich begegnet. Bis zum so genannten Tatzeitpunkt, Montag fünfzehn Uhr, war ich in meiner Firma. Es war kurz nach fünfzehn Uhr, als ich von dort weggegangen bin. Meine Sekretärin wird Ihnen das gerne bestätigen. Anschließend bin ich nach Hause gegangen. Das durfte ich, oder?«

Morgenthaler nickte.

»Waren Sie zwei Stunden später, gegen siebzehn Uhr in Feudenheim bei Dr. Fock?«

»Nein.«

»Sie saßen dort also auch nicht mit ihm in seinem defekten Auto?«

»Um siebzehn Uhr war ich nicht in Feudenheim und deshalb natürlich auch nicht in Dr. Focks Auto.«

»Gut, Herr Keller, so viel zu Montag. Das mit der Sekretärin werden wir prüfen. Nun aber zum Donnerstag. Ich hatte Sie diesbezüglich schon einmal vernommen, wenn Sie sich erinnern. Damals gaben Sie an, sich mit Herrn Zumsteg bei Dr. Focks Fahrzeug getroffen zu haben. Der führte eine Reparatur an dem Wagen durch, und anschließend machten sie eine gemeinsame Probefahrt, ist das richtig?«

Der Mann sah Morgenthaler fragend an. »Reparatur nennen Sie das? Wissen Sie, was der Kerl zu mir gesagt hat, nachdem er zehn Mal gegen den defekten Anlasser gehämmert hat? Er sagte, da sei nur ein bisschen ›Flugrost an den Durchdreher‹ gekommen. Der Typ hat mich für einen völligen Idioten gehalten. Da war es doch klar, dass ich auf einer Probefahrt bestanden habe.«

»Sicher, Herr Keller. Aber was geschah danach?«

»Danach? Nach der netten Spritztour mit diesem Sympaticus bin ich mit ihm ein Bierchen zischen gegangen. Dabei haben wir uns ewige Freundschaft geschworen.«

»Herr Keller, bitte.«

»Das habe ich Ihnen doch schon erzählt. Ich habe ihn zu seinem Geländekarren zurückgebracht und bin zu Bernhard gefahren, zu Dr. Fock.«

»Gut. Ist Ihnen inzwischen vielleicht noch etwas zu Ihrem Treffen mit Herrn Zumsteg eingefallen, was für uns wichtig sein könnte?«

»Sie meinen, nachdem er Bernhards Wagen mit dem Hämmerchen beklopft hat?«

»Ja.«

»Nein, nichts.«

»Okay. Damals sagten Sie aus, anschließend so gegen zwölf Uhr vierzig bei Herrn Dr. Fock gewesen zu sein. Können Sie das nach wie vor bestätigen?«

»Das *muss* ich nach wie vor bestätigen, da es genau so war, Herr Kommissar.«

»Erzählen Sie doch mal etwas über das Essen. Wer hat gekocht?«

»Bernhard, also Dr. Fock, wer sonst. Na ja, kochen ist vielleicht zu viel behautet, da es ja vorgefertigte Produkte waren.«

»Was gab es denn?«

»Steinbutt mit Bärlauchrahm und Tagliatelle.«

»Nicht schlecht. Was hatte es eigentlich mit dem Tor und der Tür von Herrn Zumsteg auf sich?«

»Was für ein Tor und was für eine Tür?«

»Ein unbekannter Mann hat vor etwa drei Wochen das Holztor von Herrn Zumsteg demoliert. Ihre Firma hat daraufhin ein neues gebaut, ebenso eine neue Haustür. Das wissen wir, da in den Rahmen eine Gravur Ihrer Firma eingelassen ist.«

»Das kann gut sein, Herr Kommissar. Wir stellen gute Produkte her.«

»Möglich, aber wie kam ein Tor und eine Tür Ihrer Firma zu Zumsteg?«

»Keine Ahnung. Ich kenne den Auftrag nicht. Wenn er bei mir eins bestellt hätte, dann würde ich das wissen.«

»Vielleicht hat jemand anderer das bestellt?«

»Dann höchstens eine Baufirma, Schreinerei oder Schlosserei. Hätte er sie persönlich bei uns bestellt, wüsste ich es schon deshalb, weil ich dann selbst zur Baustelle gefahren wäre, um Maß zu nehmen. So halte ich es immer, wenn ein Privatkunde direkt bei mir bestellt. Natürlich ist es genauso gut möglich, dass einer meiner Arbeiter nebenher einen kleinen Privatauftrag hatte. Kommt vor.«

»Aber dann hätte der Ihnen doch das Material bezahlt, oder?«

»Hoffentlich.« Der Mann grinste.

»Herr Keller, ich bin jetzt mal ganz offen. In Zusammenhang mit unseren Ermittlungen stießen wir auf ein schwarzes Haar und einige Hautschuppen. Und ich überlege nun, ob sie nicht vielleicht zu Ihnen gehören könnten.«

»Herr Kommissar, wenn ich ein Haar verloren hätte, dann hätte ich den Verlust doch der Polizei gemeldet.« Er grinste wieder.

»Eine letzte Frage, Herr Keller. Wären Sie bereit, uns eins Ihrer Haare zu überlassen?«

»Von wo hätten Sie es gern?« Nun lachte der Kerl auch noch.

Morgenthaler beendete das Verhör. Er erklärte dem Mann noch, dass er sich der Polizei zur Verfügung halten sollte, verabschiedete ihn und verließ das Verhörzimmer.

Kindlein war schockiert. Das war kein Verhör. Das war eine muntere Plauderei, nicht mehr. Was war geschehen? Morgenthaler, der Mann, der sonst immer die richtigen Fragen stellte, hatte sich gerade diesmal darauf beschränkt, Antworten zu erhalten, ohne weiter nachzuhaken. *Scheiße, das war unsere Chance.*

Sofort ging er in den Raum hinter dem Spiegel. Er wollte sich bei Petzold und Dr. Driesmann entschuldigen, schließlich hatten die bestimmt Wichtigeres zu tun. Aber da war niemand mehr. Und wo war Morgenthaler hingegangen?

Kindlein rannte fast, als er die Gänge im Präsidium ablief. Er öffnete eine Bürotür nach der anderen. Niemand zu sehen. Nur Stimmen, von weit her. Sie kamen vom Ende des Gangs. Er lief hin. Die Kantinentür stand offen. Kindlein ging hinein. Petzold und Morgenthaler saßen lachend an einem Tisch. Als sie ihn sahen, winkte Morgenthaler ihn zu sich.

»Komm Frieder, setz dich zu uns. Willst du auch einen Kaffee?«

Kindlein wählte heiße Schokolade, das einzige Getränk aus dem Kantinenautomaten, das halbwegs authentisch schmeckte. Zudem vertrug sein Magen im Moment keinen Kaffee.

»Konrad, was war los?«

»Wir wissen jetzt, dass er eine Rolle spielt. Gut gemacht, Frieder.« Morgenthaler versetzte ihm dabei einen freundschaftlichen Klaps auf die Schulter.

»Stimmt, gut gemacht, Herr Kindlein. Super!« Petzold sah sehr zufrieden aus. Aber er verabschiedete sich trotzdem sofort. Er wolle den Sonntag noch im Kreis seiner Familie genießen, meinte er gut gelaunt.

Kindlein verstand die Welt nicht mehr. Er wusste gar nicht, wovon die beiden redeten. Irgendwas war angeblich gut. Das Verhör ja wohl kaum. Nur was?

»Ist schon komisch Frieder, oder? Da erzählt uns dieser Fock, neulich bei unserem ersten Besuch, doch allen Ernstes, dass sein Freund Friedrich Keller ein Kostverächter sei, und nun stellt sich heraus, dass dem gar nicht so ist. Gott, wie kann man nur so blöd sein. Und dann der Zeitrahmen. Fock hat sich dabei vollkommen verkalkuliert. Tiefkühlkost hat der feine Herr in seinem Leben noch nie zubereitet.«

»Wieso Tiefkühlkost?«

»Tiefgekühltes. Das hat er uns doch erzählt.«

»Richtig.« Morgenthalers Gedächtnis war einfach grandios.

»Aber, war das alles, was du mit dem Gespräch bezweckt hast?«

»Nein, Frieder. Seine Reaktion auf das schwarze Haar wollte ich auch testen. Aber da kam wirklich gar nichts. Eigentlich klar, denn selbst wenn er zu den Tätern gehören würde, hätte er damit kein Problem, da die an den Tatorten ja immer Abertausende davon verstreut haben. Er wäre ein Verdächtiger unter vielen. Einen Beweis hätten wir damit nicht.«

»Und das mit der Tür und dem Tor von Zumstegs Anwesen war ein Flop, nicht wahr?«

»Na ja, ein Flop nicht gerade, aber ohne den Mann zu kennen, der das Tor angefahren hat und anschließend irgendwem in der Firma Keller den Auftrag gab, kommen wir auch da nicht weiter. Wir könnten natürlich alle Arbeiter der Firma befragen, aber bei Schwarzarbeit halten die dicht.«

»Gut, aber Keller und Fock haben beide nach wie vor mit den Fällen zu tun, oder?«

»Sieht danach aus.«

Das klang für Kindlein nur *fast* beruhigend.

»Hat man Fock schon ausfindig machen können? Wir müssen schließlich endlich erfahren, wer der Mann war, der zum Bus gerannt ist.«

»Nein, aber das ist auch schwer an einem Sonntag. Die Sekretärin hat frei und wir haben Namen und Adresse noch nicht ermitteln können. Und seine Frau weiß ja nicht, wo er stecken könnte. Hilft also nur abwarten. Und das machen wir jetzt, und zwar bei mir zu Hause, Frieder. Komm, meine Frau wartet schon.«

Das alte Fachwerkhaus stand an der Ecke zweier schmaler Gassen mitten in der historischen Altstadt von Ladenburg. Davor wuchsen auf einem kleinen Areal stabile Sträucher, einige winterharte Stauden, und für den Sommer standen hier große Pflanzbehälter, die nun aber leer waren. Das Ganze bildete so etwas wie einen zur Straße hin offenen Garten.

Das Haus selbst war durch eine große Glasschiebetür ebenerdig begehbar. Als Kindlein das Haus betrat, fiel ihm auf, dass es innen viel größer war, als er von außen vermutet hatte. Der Raum, in dem er stand, war als Wohn- und Essbereich konzipiert. Seine Deckenhöhe war niedrig, aber von der Fläche her erschien er Kindlein riesig. Von ihm gingen drei breite Türen ab. Zwei davon waren geschlossen, und er vermutete, dass sich hinter einer der beiden ein Treppenflur befand, über den man ins obere Geschoss gelangte. Die dritte stand offen, und Kindlein sah dort helle Küchenmöbel, die viel Tageslicht reflektierten, sodass er auf ein großes Fenster in dem Raum schloss. Auch der Raum, in dem er sich befand, war hell, aber das Licht, das hier hereinstrahlte, hatte eine andere Farbe.

Morgenthaler bat ihn, sich zu setzen. Doch Kindlein fühlte sich ein wenig fremd. Er wollte lieber stehen bleiben und stellte sich deshalb an die große Glasscheibe, um auf den Vorgarten sehen zu können.

»Einen schönen Ausblick habt ihr hier, Konrad.«

»Stimmt. Wir leben auch sehr gern hier. Es ist eine wunderschöne Stadt. Nur im Sommer ist es hier mitunter alles andere als lustig. Dann kommen die Touristen. Ladenburg ist ja mal römische Provinzstadt gewesen, davon zeugen die noch immer erhaltene Stadtmauer und Reste der damaligen Thermen. Und seit man in den sechziger Jahren damit begonnen hat, die mittelalterliche Altstadt zu restaurieren, kommen jedes Jahr mehr und mehr Gäste zu uns. Das ist ja gut für Ladenburg, aber es ist manchmal schwer zu ertragen, wenn morgens die ersten Touris kommen und dir draußen im Garten auf den Frühstücksteller glotzen. Und beim jährlichen Altstadtfest würden wir am liebsten alles verbarrikadieren. Den ganzen Tag latschen Besucher über das Anwesen, und nachts pinkeln und kotzen uns Besoffene in die Pflanzkübel. Sogar Kackhaufen haben wir schon gefunden.«

»Das ist ja widerlich.«

»Tja.«

»Du Konrad, ich habe ein Problem. Ich habe nicht ein einziges Geschenk für deine Frau, und die Blumen habe ich erst für heute Nachmittag bestellt. Ich wusste nicht, dass wir schon morgens hier sein würden.«

»Ich auch nicht, Frieder. Ich habe mir den Tag heute sowieso ganz anders vorgestellt. Schließlich feiert meine Frau heute einen runden Geburtstag.« Morgenthaler machte nun einen etwas nervösen Eindruck. »Ich bin gespannt, wie ihr mein Geschenk gefällt.« Er flüsterte beinahe. Dabei rieb er mit den Innenflächen seiner Hände an seinen Oberschenkeln, da sie vor Aufregung wahrscheinlich feucht geworden waren.

»Ich liebe dich.«

Es war eine sanfte und ruhige Stimme aus dem Hintergrund, die Kindlein plötzlich vernahm. Er drehte sich um.

Vor dem lichtdurchfluteten Küchenzimmer erblickte er zwischen der Türzarge eine blonde attraktive Frau. Das Licht strahlte von hinten durch ihr Haar, sodass sich da in einigem Abstand um ihren Kopf ein heller Saum bildete. Ein ganz zartes Make-up und ein hauchdünner Lidstrich hatten ihr gereicht, um sich zu schmücken. Zwei kleine Stecker aus Lapislazuli zierten ihre zarten Ohrmuscheln und verstärkten vorteilhaft das tiefe Blau ihrer Augen. Sie lächelte, und einige winzige Sommersprossen, die sich auf ihrem schmalen Nasenrücken über den Herbst gerettet hatten, vollführten darauf lustige Tänze.

Sie saß in einem Rollstuhl.

Kindlein brauchte einen Augenblick, um sich aus seiner Versteinerung zu lösen. Alles war auf einmal klar – der Klappstuhl, die Fahrradreifen.

»Ich liebe dich auch, Nora. Gefällt er dir?« Morgenthaler sah seine Frau mit strahlenden Augen an. Sie strahlten noch stärker als an jenem Nachmittag, als er in Kindleins Wohnung mit seinen Händen über das Holz des Regals gefahren war.

»Er ist wunderbar. Er fährt sich total leicht.« Sie ruckte kurz an den Rädern, ließ sich mit dem Rollstuhl leicht nach hinten kippen und vollführte pirouettenartig eine Drehung auf der Stelle. Als sie wieder stand, schaute sie zu Kindlein rüber.

»Das ist Herr Kindlein, oder?«

Kindlein ging auf sie zu, gratulierte ihr und stellte sich trotzdem noch mal vor.

Als sie auf dem Rückweg ins Präsidium waren, schwieg Kindlein erst eine Weile. Dann traute er sich doch.

»Es tut mir Leid, dass deine Frau im Rollstuhl sitzt.«

Morgenthaler lächelte. »Das muss dir nicht Leid tun, Frieder. Wir kennen es nicht anders. Und uns tut es auch nicht Leid. Durch ihn haben wir uns schließlich kennen gelernt.«

»Ach so, deine Frau war schon immer im Rollstuhl?«

»Nein, vorher nicht. Erst, nachdem ich sie angefahren habe.«

»Wie bitte?«

»Ja, ich habe sie angefahren. Es war ein Unfall. Ich war damals dreißig und sie achtundzwanzig. Wir kannten uns nicht. Und eines Tages lief sie mir ganz plötzlich aus heiterem Himmel vor das Auto. Ich bin ganz langsam gefahren, aber es hat schon gereicht. Rechtlich traf mich damals keine Schuld.«

»Hm.«

»Ich kann mir vorstellen, was du jetzt denkst. Du denkst, dass ich sie aus Mitleid geheiratet habe, oder?«

»Nein, das nicht.«

»Da bist du vermutlich der Erste. Aber es war wirklich anders, weißt du. Nach diesem Unfall habe ich lange gebraucht, um das Ganze zu verarbeiten. Ich war mehrere Monate krankgeschrieben und zu nichts zu gebrauchen. Immer wieder kam dieser Unfall hoch. Ich hatte einem Menschen das Leben zerstört. Immerzu musste ich an diese Frau denken, Tag und Nacht. Ich habe mich nach ihr erkundigt, bei ihren Verwandten, Freunden und Bekannten, weil ich wissen musste, wen ich so unglücklich gemacht habe. Etwa ein Jahr später hat es an meiner Tür geklingelt. Ich habe geöffnet, und da stand sie plötzlich in ihrem Rollstuhl vor mir. Sie war so wunderschön, Frieder, das kannst du dir nicht vorstellen. Und sie hat mich so verführerisch angelächelt. Als sie sprach, hatte sie obendrein eine unglaublich bezaubernde und aufregende Stimme. ›So, mein Lieber‹, hat sie zu mir gesagt, ›nun musst du mich aber auch heiraten‹. ›Natürlich‹, hab ich sofort geantwortet, ›und zwar mit allergrößter Freude‹. Ja, so war das.«

»Du hast sofort eingewilligt?«

»Na klar. Schließlich hatte uns das Schicksal zusammengebracht. Wir haben zueinander gefunden, weil wir zueinander gehören, ganz einfach. Außerdem hatten wir viel Zeit gehabt, über uns nachzudenken. Auch sie hatte sich in dem Jahr nach mir erkundigt, ohne dass ich es gemerkt habe. Somit hatten wir von Anbeginn an eine gemeinsame Vergangenheit. Und wir haben uns auf Anhieb gern gehabt. Das war schon mal sehr viel. Darauf ließ sich doch aufbauen, oder?«

»Wenn man es so sieht.«

»Genau, so sahen wir es. Und wir lieben uns noch immer abgöttisch.«

Das Gespräch wurde unterbrochen, da Morgenthalers Handy klingelte.

»Frieder, du musst sofort wenden. Wir müssen nach Käfertal fahren.« Morgenthalers Stimme klang ernst.

»Dann ist Fock endlich aufgekreuzt?«

»Nein, Frieder, in Käfertal wohnt auch ein gewisser Valentin Felz, ein Autohändler. Der einzige Vertreter der Marke Jaguar in dieser Region.«

»War es Leibig, der angerufen hat? Und er hat die Automarke rausbekommen!«

»Ja, Leibig hat sie rausgefunden. Aber es war Petzold, der angerufen hat. Er hat sofort die Privatadresse von diesem Händler ausfindig gemacht und ihm gesagt, dass wir noch heute bei ihm vorbeikommen werden. Das war eine gute Idee. Das schwarze Haar und die Schuppen von der Haube sind übrigens untersucht worden. Keine Übereinstimmung mit Friedrich Keller. Und sein Alibi wurde von seiner Sekretärin bestätigt.«

»Und Sie haben alle Jaguar-Besitzer in Ihrem Computer?«, fragte Kindlein den älteren Mann im karierten Sakko. Er schien sich mit seiner Automarke und deren Herkunftsland völlig zu identifizieren. Jedenfalls besaß das Sakko jene typischen Lederverstärkungen an den Ellenbogen, und seine rötlichen Haare trugen ebenfalls zu diesem Eindruck bei.

»All die, die ein Fahrzeug bei mir erstanden haben, junger Mann. Aber wenn ich Sie richtig verstanden habe, dann geht es Ihnen um eine Reparatur, die an einem Fahrzeug in Dunkelgrünmetallic durchgeführt wurde. In den letzten zwei bis drei Wochen, sagten Sie?«

»Ja, und genauer gesagt geht es um einen Heckschaden an der Karosserie.«

»Mal sehen. Ich muss mich erst in unser Firmensystem einloggen.« Der Mann hatte sichtlich Spaß am Umgang mit dem PC. Er machte die ganze Zeit immer »Ah ja« und »So, so«, während er die Tastatur oder die Maus bediente.

»Da haben wir es ja: Reparaturen. Und da sind auch unsere Karosseriereparaturen. Ah ja, da war sogar eine. Dunkelgrünmetallic, sagten Sie?« Seine Nase klebte fast schon am Bildschirm.

»Ja«, antwortete Kindlein.

»Warten Sie mal. 28. Oktober. Da hab ich ihn. Ein winziger Schaden, kaum der Rede wert. Eine kleine Delle, rechter hinterer Kotflügel. Kommt das hin?«

»Ja, das kommt gut hin.«

»Und jetzt wollen Sie Namen und Anschrift des Kunden, richtig?«

»Richtig.«

»Der Mann heißt Windgassen, Dankwart Windgassen. So, ich guck jetzt noch, wo er wohnt. Warten Sie mal. Moment. Ah ja. Nein, stopp, noch mal zurück. Ach doch, war doch richtig. Haben Sie was zum Schreiben, oder soll ich es Ihnen lieber ausdrucken?«

Keine Antwort.

Der Autohändler schaute auf. Die beiden Herren waren weg.

»Das kann nicht wahr sein. Es kann einfach nicht wahr sein.« Sie standen vor der Villa in der Oststadt.

»Hör auf, Frieder, das sagst du jetzt schon die ganze Fahrt über. Es nutzt nichts. Glaube mir, ich gehe da auch nicht gerne rein, aber wir müssen. Der Name Windgassen ist zu oft gefallen. Es steht außer Zweifel, dass er zu Fock und Keller Verbindung hatte. Er war der Mann, der Zumstegs Tor angefahren hat. Das haben wir eben erfahren. Mehr aber nicht. Der Mörder Zumstegs kann er schließlich nicht gewesen sein. Wir waren zu dem Zeitpunkt bei ihm. Also können wir uns dahingehend schon mal beruhigen.«

Aber es war dennoch etwas anderes, ob man eine wildfremde Person vernahm oder einen Kollegen, selbst wenn der ein Arschloch war, dachte Kindlein. Er war zudem auch nicht irgendein Kollege, sondern ein hoch angesehener obendrein.

»Gut Konrad. Er ist kein Mörder, das ist klar. Aber was dann? Nur ein Bekannter zweier dubioser Herren, der sich unwissentlich in etwas hat hineinziehen lassen? Einer, der ganz zufällig das Tor eines Mannes ramponiert hat, der dann zufällig zwei Wochen später ermordet wurde? Jemand, der ahnungslos den Falschen mit dem Bau eines neuen Tors beauftragt hat? Oder was? Und was ist er im Fall Martens?«

»Er ist der Onkel der Freundin des Ermordeten. Mehr nicht.«

»Gott sei Dank.«

»Eben«, sagte Morgenthaler. »Das ist genau das, was ich meine. Wir gehen da jetzt nicht rein, um jemanden einer Tat zu überführen. Wir haben es hier mit einem Zeugen zu tun, oder besser gesagt, mit jemandem, der uns weiterhelfen kann. Und wenn uns unsere Gefühle im Moment einen Streich spielen, so liegt das nur daran, dass er ein Kollege ist. Das Gleiche hast du im Übrigen schon einmal erlebt, als du Windgassen und Fock auf dem alten Zeitungsausschnitt wiedererkannt hast. Erinnerst du dich? Gleich hast du angefangen, dir die wildesten Gedanken dazu zu machen.«

»Stimmt. Komm, lass es uns hinter uns bringen. Aber du solltest mit ihm reden. Mir hört er mit Sicherheit gar nicht erst zu.«

»Kein Problem, Frieder. Mir hat er zwar auch noch nie zugehört, aber das macht mir schon lange nichts mehr aus. So ist er eben.«

Morgenthaler ging auf der alten Sandsteintreppe voraus. Oben vor der Tür blieben sie stehen. Beide atmeten noch mal tief durch. Dann bediente Morgenthaler den Messingknopf der Klingel. Von außen klang es, als wenn innen im Haus jemand mit einer Glocke bimmeln würde. Als wenn dort im Foyer ein Eismann stünde, um seine Ware feilzubieten. Durch den langen Nachhall im hellhörigen Foyer war der Klang der Glocke noch einige Augenblicke lang deutlich zu vernehmen. Erst als die Tür sich öffnete, verstummte er. Auch Kindlein verstummte, obwohl er sicher war, schon vorher keinen einzigen Laut von sich gegeben zu haben.

Als Windgassen sie ansah und mit seiner knarrenden Stimme ansprach, spürte Kindlein augenblicklich wieder seine tiefe Abneigung gegenüber diesem Mann, empfand sie diesmal aber als Erleichterung. Niemals würde er diesen Menschen mögen können.

»Oh, der Kollege Morgenthaler. Bringen Sie mir etwa wieder den Hoffnungsträger des Präsidiums auf ein Plauderstündchen vorbei?« Er sah Kindlein wieder nicht an. Aber auch Morgenthaler betrachtete er nur kurz, bevor er seinen Blick an ihnen vorbei irgendwohin in die Ferne sandte. Morgenthaler schien das wenig auszumachen.

»Nein, Herr Windgassen, heute ist es wie immer: Sie sind unser Hoffnungsträger! Und dieses Plauderstündchen soll dazu dienen, uns mit Ihnen über einige, sagen wir … Unregelmäßigkeiten bei der Abwicklung eines Autounfalls zu unterhalten. Das ist der Grund, warum wir uns an einem Sonntag zu Ihnen bequemen.«

Nun sah Windgassen Morgenthaler direkt in die Augen, schwieg und nickte dabei leicht mit dem Kopf, so als wenn er irgendetwas verstanden hätte, was ihm bislang entgangen war. »Gut, Herr Morgenthaler. Ich weiß, dass Sie dem nicht so viel Wert beimessen, aber Sie müssen akzeptieren, dass ich mich erst einmal anständig anziehen möchte.« Dann machte er, ohne eine Antwort von Morgenthaler abzuwarten, einen Schritt zurück und drückte die Tür langsam von innen wieder zu.

Weder Kindlein noch Morgenthaler hatten Windgassens Reaktion verstanden. Beide schauten sich nur an und zuckten mit den

Schultern. Kindlein merkte erst jetzt, dass er auf etwas Unebenem stand. Und als er zu Boden blickte, sah er, dass im Sandstein des Treppenabsatzes ein gusseiserner Fußabtritt eingelassen war. Er trat zur Seite, um ihn zu betrachten. Es handelte sich dabei um ein halbmondförmiges Gitter, dessen Streben sich im spitzen Winkel kreuzten und so rautenförmige Öffnungen bildeten. Sein halbkreisförmiger Rand war etwas breiter gegossen, und als Kindlein genauer hinsah, erkannte er, dass darin ein Haussegen eingearbeitet war.

WER DIESE STOLZE BURG BETRITT, DER BRINGE EHR UND ANSTAND MIT.

Kindlein stieß Morgenthaler an und deutete mit dem Finger darauf.

»Hm. Was hältst du davon, Konrad?«

»Zeig mal.«

In diesem Moment vernahmen sie einen lauten und fürchterlichen Knall. Es konnte keinen Zweifel geben. Es war ein Schuss – ein Pistolenschuss. Kindlein zog sofort seine Waffe, entsicherte sie.

»Was ist hier los Mann? Weißt du, was hier los ist?« Er schrie, aber er hatte kaum Stimme, und sein Mund war wie ausgetrocknet.

»Bleib ruhig Frieder. Bleib ganz ruhig.« Morgenthaler hob seinen Finger zum Mund. Dann stemmte er sich mehrere Male mit aller Gewalt gegen die schwere Haustür. Sie brach aus dem Schloss.

Drinnen war es totenstill. Nur ihre Schritte knarrten ganz leise auf dem alten Parkett. Sie hielten beide ihre Waffen in Brusthöhe und schlichen behutsam durch das große Foyer, bis sie die nächstliegende Tür erreichten. Es war die Tür zur Bibliothek, durch deren leicht unebenes Glas Kindlein neulich hindurchgespäht hatte.

Sofort erkannte er die großen Regale wieder, die vielen Bücher, den Lüster, die Anrichte, die Sitzmöbel. Mitten im Raum lag Windgassen. Er lag auf dem Bauch, ein Bein angewinkelt, in der rechten Hand eine Pistole. Neben seinem verdrehten Kopf reflektierte in einer dunkelroten Lache Licht, das durch ein gegenüberliegendes Fenster einfiel. Und auf dem großen Schreibtisch lag geschlossen und matt schimmernd – eine Tasche.

Wie sich die Szenen unterschieden. Auch hier war ein Mensch gestorben. Aber während in Ilvesheim trotz routiniertem und professionellem Handeln eine gewisse Turbulenz entstanden war, fehlte diese hier gänzlich. Es fielen keine überflüssigen Kommentare, und alle Anwesenden handelten ruhig und umsichtig. Außer dem Arzt warf hier auch niemand mehr Blicke als nötig auf den Leichnam. Die Stimmung war gedrückt und in gleichen Maßen schwangen Unverständnis, Ablehnung und Wut bei ihrer Arbeit mit. Sie konnten sich noch nicht so recht für ein Gefühl entscheiden. Da war immerhin diese Ledertasche. Und da war vor allem ihr Inhalt.

Kindlein und Morgenthaler saßen abseits des Geschehens in einer Ecke der Bibliothek. Sie hatten sich dort an einen kleinen Tisch gesetzt und längere Zeit geschwiegen. Morgenthaler war der Erste, der das Schweigen brach.

»Was denkst du darüber, Frieder?«

»Nein, Konrad. Ich meine, dass du zuerst sprechen solltest. Für dich ist das hier wahrscheinlich um einiges schlimmer als für mich.«

Aber Morgenthaler winkte ab und schüttelte den Kopf. »Weiß du, Frieder. So etwas, wie das hier, braucht Zeit, weil es so unglaublich ist. Das, was hier vor uns liegt, ist kein armer Mensch, der am Abgrund stand und nur noch einen Ausweg sah. Was hier auf dem Boden liegt, Frieder, ist der pure Dreck. Konrad Morgenthaler würde sich mit diesem Dreck vermutlich auseinander setzen und so etwas wie Trauerarbeit leisten. Aber *Kriminal-Hauptkommissar Morgenthaler* will diesen Dreck wegwischen. Er gibt ihm deshalb keine Zeit für Trauer. Deshalb frage ich dich jetzt noch mal: Was denkst du darüber?«

»Okay, Konrad, ich kann dich gut verstehen. Also werde ich von nun an vom Mörder Windgassen sprechen. Das ist er, unbestreitbar, so unbestreitbar, wie diese Tasche hier jene ist, mit deren Inhalt Peter Martens ermordet wurde. Der Waffenkopf fehlt, ebenso die Utensilien, die nicht wieder verwendbar wären.«

Morgenthaler nickte.

»Es ist die Tasche, nach der wir gesucht haben. Die Tasche, die jener Unbekannte trug, der am Montagabend in Feudenheim zum Bus gerannt ist. Dieser Mann war also Windgassen. Seiner Nichte hat er eine Reise nach London geschenkt, damit sie möglichst weit weg und er möglichst ungestört war. Unter irgendeinem Vorwand hat er sich dann mit Peter Martens verabredet. Es ist unfassbar.«

Wieder nickte Morgenthaler.

»Aber wir wissen auch, dass er die Taten niemals alleine ausführen konnte. Und wir wissen zudem, dass er an der Ermordung von Gernot Zumsteg nicht beteiligt gewesen sein kann. Das heißt, dass es auf jeden Fall noch eine weitere Person gibt, nach der wir suchen müssen.«

»Nicht ganz, Frieder«, sagte Morgenthaler. »Es müssen sogar noch mindestens zwei sein, da ja auch der Mord an Zumsteg nicht von einem alleine begangen werden konnte.«

»Das ist wahr, Konrad. Das heißt, dass wir es in allen Fällen, auch denen in der Vergangenheit, immer mit einer Gruppe von mindestens drei Personen zu tun gehabt haben. Fragt sich demnach, wer die anderen beiden sind. Und es fragt sich, ob nicht sogar noch mehr daran beteiligt waren.«

»Das kann natürlich sein, Frieder, aber ich bin ziemlich sicher, dass es nicht sehr viele sind.«

»Und warum?«

»Weil ich glaube, dass nur eine kleine Gruppe mit einer überschaubaren Anzahl Beteiligter über einen Zeitraum von mehr als dreißig Jahren so zuverlässig und diszipliniert vorgehen kann. Wir haben es hier nicht mit einer Art Mafia zu tun, deren Interesse der Erhalt oder der Ausbau von Macht, Einfluss oder Reichtum ist. Dazu waren die Opfer viel zu unbedeutende Menschen. Nein, diese Gruppe hatte völlig andere Motive.«

»Mag sein, Konrad, aber mir scheint hier nicht nur Disziplin und Zuverlässigkeit notwendig. Ich glaube, dass eine dauerhaft große Verbundenheit aller Beteiligten zueinander und zu eben diesen Motiven ebenso Voraussetzung ist.«

»Richtig. Und das spricht erst recht für eine kleine Gruppe. Aber das macht es uns nicht leichter. Wir müssen ausnahmslos alle kriegen. Denn vorausgesetzt, ihr Zusammenhalt ist tatsächlich so groß, wie wir beide vermuten, dann würde keiner von ihnen im Falle einer Überführung die anderen verraten. Die könnten also weitermorden.«

Kindlein nickte.

»Wir haben aber einen Vorteil gegenüber unseren Gegnern, Frieder.«

»Und der wäre?«

»Nur wir wissen, dass Windgassen tot ist. Und nur wir wissen, dass er als Täter entlarvt ist. Wir kennen nun auch die Tasche und können eine zweite Person mit Windgassen in Verbindung bringen – nämlich Fock. Keiner außer uns weiß, dass wir auch Friedrich Keller im Visier haben.«

Kindlein sah ihn skeptisch an.

»Das klingt ja, als wenn wir damit schon zwei weitere Mitglieder dieses Ensembles kennen würden, Konrad. Aber ich befürchte, dass wir davon noch weit entfernt sind.«

»Ist das so?«

»Ja klar. Ich beginne mal am besten bei diesem Streichholzbriefchen. Es kann reiner Zufall sein, dass Fock so seltsam reagiert hat. Dass er mit Windgassen befreundet war und ihm vor Urzeiten ein Alibi verpasst hat, macht ihn auch noch nicht zu einem Täter. Bei Friedrich Keller wissen wir zwar, dass Zumstegs Tür und Tor aus seiner Firma stammen, aber wir haben keinen Beweis, dass er als Person dabei eine Rolle gespielt hat. Und dass er und Fock im Fall Zumsteg ein falsches Alibi haben, beruht ausschließlich auf deiner Vermutung, dass bei der Zubereitung ihres Essens etwas nicht gestimmt haben soll. Im Fall Martens wissen wir nur, dass Fock und Windgassen um siebzehn Uhr zusammen waren. Peter Martens wurde aber etwa zwei Stunden vorher ermordet, und zwar nicht in Feudenheim, sondern im Stadtteil Schwetzingerstadt.«

Morgenthaler schüttelte energisch den Kopf.

»Dennoch haben wir es immer wieder mit diesen drei Personen zu tun. Windgassen wurde im Fall Philipp Katzbach beschuldigt, erhielt aber ein Alibi durch Fock. Nun wurde Windgassen mit dieser Tasche aufgefunden. Das macht das Alibi von damals sehr zweifelhaft.

Fock hat nun, zweiundzwanzig Jahre später, selbst ein Alibi nötig, da er den Ermordeten kannte. Die Tat wurde zufällig auf dieselbe Weise durchgeführt wie jene damals. Fock hat natürlich ein Alibi, sein Freund Friedrich Keller bestätigt es. Der scheint aber wiederum mit Windgassen in Beziehung zu stehen, denn Windgassen gab seiner Firma den Auftrag zum Bau von Zumstegs Tor und Tür.«

»Das ist tatsächlich alles auffällig. Aber wie willst du davon irgendwas beweisen?«

»Indem wir den fragen, von dem wir schon wissen, dass er ein Mörder ist.«

»Was?«

»Ja, lass uns Windgassen fragen, was er uns zum Mord an Peter Martens zu sagen hat. Er ist ja noch da.« Morgenthaler wies mit seiner Hand auf die Stelle in der Mitte der Bibliothek, wo immer noch, nun aber mit einem grauen Tuch bedeckt, der Leichnam von Windgassen lag.

»O Gott. Ist das nicht ein bisschen makaber?«

»Na und, Frieder. Als er gelebt hat, hat er nur Unheil angerichtet. Dann kann er jetzt, wo er tot ist, ruhig dazu beitragen, dass wir vorankommen. Wir müssen ihm nur die Frage stellen, mit wem er den Mord an Peter Martens begangen hat.«

»Okay, Konrad. Fragen wir ihn. Aber ich kann dir gleich sagen, dass er dir diese Frage nicht beantworten wird. Haben wir nicht eben noch von großem Zusammenhalt in der Gruppe gesprochen?«

»Ja. Er wird nichts sagen, wird niemanden verraten. Und somit wissen wir nur von einer einzigen Person dieses Kreises, dass sie Peter Martens niemals umgebracht haben kann, nämlich Friedrich Keller.«

»Stimmt. Der war am Montag bis nach fünfzehn Uhr in seiner Firma. Seine Sekretärin hat das bezeugt.«

»Genau. Also frage ich wieder: Wer war am Montag mit Windgassen bei Peter Martens?«

»Tja. Entweder Fock oder ein uns völlig Unbekannter. Es könnte sonst wer gewesen sein.«

»In Ordnung, Frieder. Nehmen wir doch mal an, es war ein Herr Meier gewesen. Dann muss alles sehr eigentümlich abgelaufen sein. Um siebzehn Uhr ist Windgassen in Feudenheim gesehen worden. Er saß in Focks Auto. Das war jedoch defekt. Windgassen entschied, den Bus zu nehmen. Das wiederum heißt, dass er nicht mit seinem eigenen Fahrzeug nach Feudenheim gefahren ist. Zwei Stunden zuvor war er mit unserem Meier in Schwetzingerstadt. Die beiden haben dort gemeinsam Peter Martens ermordet. Anschließend muss Windgassen aber irgendwie nach Feudenheim gekommen sein. Meinst du, dass er im Anschluss an die blutige Tat eine Stunde mit öffentlichen Verkehrsmitteln durch Mannheim gegurkt ist, die Tasche mit den Mordwerkzeugen brav unter den Arm geklemmt?«

»Natürlich nicht. Der ist mit Meier zu Fock rausgefahren. Meier gehört auch zu dem Trupp.«

»Nein, sei mir nicht böse, Frieder, aber ich glaube nicht, dass es einen Meier gegeben hat. Vor allem, weil unser lieber Fock einige Tage später zufällig auch noch im Mordfall Zumsteg eine Rolle spielt. Aber gut, sollte Fock wider Erwarten doch ein argloser Mann sein, dann wird er uns gern von Windgassens Besuch erzählen. Ist da ein Herr Meier dabei gewesen, dann wird er uns diesen beschreiben können, ebenso wie die merkwürdig geformte Tasche, die sein Freund Windgassen mit sich trug. Und für die Tatzeit wird er uns ein Alibi angeben. Ich schätze aber, dass alles anders ablaufen wird, Frieder. Er wird sich an den Besuch Windgassens nicht erinnern und damit meinen Verdacht gegen ihn bestätigen. Erinnert er sich doch, wird er die Tasche nicht erwähnen, da er Windgassen sonst verraten würde. Auch dann ist was faul. An Meier wird er sich gar nicht erinnern, weil er den beschreiben müsste und damit ebenfalls verraten würde. Aber wie gesagt, ich glaube nicht an diesen Meier.«

»Okay, aber einen Tathergang anzuzweifeln heißt noch lange nicht, jemanden als Mörder überführen zu können. Außerdem hast du noch nichts über das Alibi gesagt, das Fock uns auftischen wird, falls er an der Ermordung Peter Martens' beteiligt gewesen sein sollte. Wir haben es hier nicht mit Dummköpfen zu tun. Die haben sich schon im Vorfeld um felsenfeste Alibis gekümmert. Vielleicht decken die sich sogar wieder gegenseitig, wie in den Fällen Zumsteg und Katzbach. Irgendein Müller, Schulz oder was weiß ich wer, wird um fünfzehn Uhr mit Fock zusammengesessen haben, das muss uns klar sein. Solange wir nicht wissen, wie groß dieser Haufen wirklich ist, bieten sich Fock hier unendliche Möglichkeiten, Konrad. Obendrein ist der Mann ein arroganter und überheblicher Zeitgenosse mit Einfluss und Beziehungen. Er wird uns auf jeden Fall das Alibi angeben, das für ihn die größtmöglichen Vorteile bringt.«

Morgenthaler fuhr bei dieser Bemerkung unmerklich zusammen, aber seine Augen blitzten.

»Was hast du da eben gesagt, Frieder?«

»Dass Fock ein arroganter ...«

»Ja, das auch. Aber vor allem das andere. Das mit dem Alibi.«

»Na ja, dass er das Alibi angeben wird, das für ihn das Beste ist.«

Morgenthaler sah ihn völlig entgeistert an.

»Das ist es Frieder. Du hast damit genau ins Mark getroffen. Er ist ein Herrenmensch. Er ist Teil eines Beziehungsgeflechts, in dem man sich gegenseitig stützt, um oben zu bleiben, und sich frühzeitig Abhängige heranzieht, die später den Kopf in die Schlinge stecken müssen. Er wird sich für das beste Alibi entscheiden, das er aus seiner Sicht überhaupt haben kann. Ein Alibi, von dem er weiß, dass es uns in die Knie zwingen wird.«

Dann versank Morgenthaler ins Grübeln. Dass Kindlein zu ihrem Thema noch einen Aspekt erwähnte, schien er nicht mehr mitzubekommen.

»Das klingt ja extrem beruhigend, Konrad. Dabei haben wir noch nicht mal die Frage nach den Motiven berührt. Ich kann bei all diesen Personen keine erkennen. Windgassen hatte schon kein Motiv, Peter Martens umzubringen, aber bei Fock kann ich überhaupt keines entdecken. Und im Fall Zumsteg geht es mir nicht besser. Auch da sehe ich bei Fock keines, das nachvollziehbar wäre. Eifersucht scheint nach Aussage seiner Frau ausgeschlossen. Eine misslungene Autoinspektion vielleicht? Ein bisschen dünn für ein Motiv, oder? Und was ist mit Friedrich Keller, der ja auch eine Rolle im Fall Zumsteg spielt? Was sollte der für einen Grund gehabt haben, ihn umzubringen?«

Kindleins Handy ertönte. Er ging ran. Stein, einer der Kollegen vor Focks Haus war dran. Der Mann, auf den sie warten sollten, sei soeben angekommen. Sie würden auf weitere Anweisungen warten.

»Die sollen nichts unternehmen. Wir fahren hin«, fuhr Morgenthaler dazwischen.

Kindlein gab die Information an die beiden Kollegen weiter. Morgenthaler hielt auch sein Handy in der Hand.

»Ja, Frau Fock, hier Morgenthaler. Ihr Mann ist gerade zurückgekommen und wird gleich das Haus betreten. Ich möchte Sie bitten, ebenfalls anwesend zu sein, wenn wir kommen. Und wie gesagt, bitte nichts von unserem Gespräch oder diesem Telefonat erwähnen. Sie werden gleich erfahren, worum es geht.« Morgenthaler schaltete sein Handy aus.

»Wieso willst du nicht, dass er ins Präsidium geschafft wird, Konrad? Wäre das nicht besser?«

»Nein, Fock soll sich wohl fühlen.«

»Er soll sich wohl fühlen?«

»Leibig, kannst du mal kommen?«, rief Morgenthaler plötzlich.

Der Kriminaltechniker kam auch sofort zu ihnen rüber.

»Hör mal, Leibig, ich weiß, dass du völlig im Arsch bist.« Das stimmte. Leibig musste mittlerweile schon seit mehr als dreißig Stunden wach sein, und er machte einen elenden Eindruck. »Aber ich brauche dich jetzt dringender denn je.« Morgenthaler sah ihn bittend an.

Leibig senkte seinen Blick.

»Konrad, zuerst einmal möchte ich mich bei euch entschuldigen. Ich bin ein so großer Tr…«

»Mann Leibig, hör auf. Komm!« Morgenthaler legte seinen Arm um Leibigs Schulter. »Solche Dinge passieren uns, das ist so. Heute dir, morgen mir. Kannst du alle deine Leute heute ausschließlich auf die Tasche und die Spuren von Windgassen ansetzen?«

»Was brauchst du am dringendsten, Konrad?«

»Alles.«

Leibig seufzte.

Dann gingen Kindlein und Morgenthaler ins Foyer. Dort nahm Morgenthaler seine Bomberjacke von der Garderobe und zog sie an. Kindlein beobachtete ihn dabei schmunzelnd.

»Du, Konrad, ich will ja nichts gesagt haben, aber wenn du diesen Fock vernehmen willst, wäre es vermutlich nicht schlecht, wenn du deine Jacke richtig herum anziehen würdest. So sieht das vielleicht nicht ganz angemessen aus.«

Morgenthaler sah an sich herab und betrachtete seine Jacke.

»Wieso, Frieder? Wir wollen ihn doch der dreckigsten und allerschäbigsten Verbrechen überführen. Wie soll man sich dazu anziehen? Mir ist kein Kleidungsstil bekannt, der so etwas Schmutzigem gerecht werden könnte.«

»Du willst ihn überführen, Konrad?«

»Ja, Frieder, komm lass uns losfahren, lass uns diesen Fock so richtig aufmischen. Ich bin wirklich in Stimmung dazu. Es wäre genau der richtige Tag, weil es sowieso schon ein Freudentag ist.«

»Na, ich weiß ja nicht.« Kindlein blickte kurz zurück in Richtung Bibliothek.

»Nein, Frieder, das habe ich natürlich nicht gemeint. Ich meinte den fünfzigsten Geburtstag meiner Frau.«

Dann war Morgenthaler schon an der Tür.

Dr. Fock war die Überraschung deutlich anzusehen. Aber schon einen kurzen Augenblick später verfinsterte sich sein Gesicht und seine Körperhaltung wurde streng.

»Ich staune über Sie, meine Herren. Ich dachte, bei unserem letzten Gespräch schon klar und unmissverständlich zum Ausdruck gebracht zu haben, welches Verhältnis ich zum Faktor Zeit habe.«

Kindlein hörte den Herrenmenschenton, und ihm wurde unwohl in seiner Haut. Morgenthaler offenbar nicht.

»Ich erinnere mich, Herr Dr. Fock, und glauben Sie mir ruhig, dass ich Ihre Ausführungen zu diesem Thema sehr interessant gefunden habe. Aber heute, Herr Dr. Fock, sind wir hier, um Ihnen unser Verhältnis zum Faktor Mord näher zu erläutern. Und dazu wäre uns Ihre geschätzte Meinung auch sehr wichtig.«

Focks Gesicht zeigte keine Veränderung. »Ich gebe Ihnen genau fünf Minuten, kommen Sie herein.«

Kindlein und Morgenthaler betraten das Haus. In diesem Moment erschien Frau Fock aus einem der anliegenden Räume. Morgenthaler ging sofort auf sie zu.

»Ach, guten Tag, Frau Fock. Dürfte ich Sie vielleicht kurz einmal sprechen? Am besten gleich hier?« Er zeigte auf den Raum, aus dem sie gerade gekommen war.

Fock schien pikiert. »Ach, Sie kennen sich?«, fragte er sogleich.

Morgenthaler verschwand jedoch wortlos mit Frau Fock, und Kindlein blieb allein mit ihrem Mann zurück. Sie standen sich gegenüber und schwiegen zuerst eine Weile. Doch dann hielt es Fock nicht mehr aus.

»Sagen Sie, junger Mann, ist es bei der Kriminalpolizei nicht mehr üblich, eine gewisse ... Kleiderordnung einzuhalten?«

Kindlein sah an sich herab. Er trug dasselbe wie immer: Anzug, Hemd, Krawatte.

»Nein, nein, ich meine nicht Sie. Ich denke an Ihren Kollegen. Der wirkt ja fast schon – obszön.«

Kindlein wollte sich dazu nicht äußern.

Morgenthaler kam wieder zurück.

»Gut, Herr Dr. Fock, sollen wir uns nicht zu Ihnen in die gute Stube setzen?«

»Warum? Sie haben jetzt nur noch vier Minuten, und ich nehme an, dass wir die stehend bewältigen können, oder?«

»Kein Problem, Herr Dr. Fock, meine Beine tragen mich gut. Es war mehr in Ihrem Interesse gedacht, da ich Sie hier und jetzt der Beteiligung an der Ermordung Gernot Zumstegs bezichtige und dies natürlich beweisen werde. Wir können uns natürlich auch gern im Präsidium unterhalten, und selbstverständlich dürfen Sie auch einen Anwalt hinzuziehen.«

Für einen Moment herrschte Stille.

Kindlein schaute zu Boden. Er war irritiert. Warum fing Morgenthaler so an? Warum fragte er Fock nicht nach seinem Alibi für den Montag? Im Fall Peter Martens bot Fock doch viel mehr Angriffsfläche.

Er sah auf Fock. Der wippte über die Fußsohlen vor und zurück und atmete tief ein.

»Herr Kommissar, ich glaube, Sie sind eben über die Markierung getreten. Das kann ich nicht dulden. Ich denke, Sie verlassen jetzt besser mein Haus.«

Morgenthaler machte keinerlei Anstalten, auf diese Aufforderung zu reagieren.

»Ich werde Ihr Haus verlassen, wenn meine Aufgaben hier erfüllt sind, Herr Dr. Fock. Und eine davon ist die, Ihnen nachzuweisen, dass Sie für den Donnerstagmittag dreizehn Uhr kein Alibi haben. Ich darf vielleicht noch mal daran erinnern, dass zu dieser Zeit Herr Gernot Zumsteg ermordet wurde.«

»Das ist purer Unfug.«

»Gut, ich will es Ihnen beweisen, aber dazu brauche ich Ihren Gefrierschrank.«

»Meinen Gefrierschrank?«

»Ja, genau, Herr Dr. Fock. Lassen Sie uns doch mal nachsehen, was Sie da so alles drin haben.«

»Dass ich mich darüber wundere, brauche ich Ihnen nicht zu sagen, oder?

»Nein, das brauchen Sie nicht. Sie sollen ihn mir nur zeigen, und ich nehme mir selber raus, was ich brauche.«

Kindlein war über den Beginn dieses Verhörs verwundert. Aber er kannte Morgenthaler nun schon gut genug und wusste, dass kleine Überraschungen bei ihm jederzeit möglich waren. Sie gingen gemeinsam in die Küche, Fock voraus.

Nachdem Morgenthaler mehrere Körbe herausgezogen hatte, schien er gefunden zu haben, was er suchte. Er betrachtete längere Zeit ein kleines Päckchen und legte es dann zurück in den Gefrierschrank.

»Wollen Sie uns jetzt auch noch was kochen, Herr Kommissar?« Fock war immer noch bissig, versuchte aber wohl, locker zu wirken.

»Das würde ich gern tun, Herr Dr. Fock, nur werden wir dafür kaum genug Zeit haben. Dieses Gericht hier benötigt eine Garzeit von vierzig bis fünfundvierzig Minuten.«

Fock schien dies nicht kommentieren zu wollen, jedenfalls schwieg er dazu.

»Sehen Sie, Herr Dr. Fock. Sie gaben an, dass Herr Keller an jenem Tag um etwa zwölf Uhr vierzig zu Ihnen kam und gemeinsam mit Ihnen das Haus um etwa halb zwei verlassen hat. Macht fünfzig Minuten. Nach Ihrer Aussage hatten Sie in dieser Zeit angeblich dieses Gericht hier zubereitet und mit ihm gespeist. Wenn Sie es gleich bei seiner Ankunft in den Ofen geschoben haben, war es um dreizehn Uhr zwanzig gar. Zum Essen hatten Sie demzufolge wenig Zeit, oder?«

Kindlein fand dieses Detail nach wie vor unbedeutend, und er wunderte sich, dass Morgenthaler es so wichtig nahm.

Fock sah aus, als wenn er sich zu erinnern versuchte.

»Natürlich haben wir zügig gegessen, keine Frage, denn Friedrich musste ja wieder zu seinem Auto gebracht werden. Und so auf fünf bis zehn Minuten Toleranz, Herr Kommissar, sollten Sie sich bei solchen Angaben schon einstellen.«

»Auch bei einem Mann, der ein besonderes Verhältnis zum Faktor Zeit hat?«

»Und der sie immer noch hat. Aber bitte, eins zu null für Sie, Herr Kommissar.«

»Herr Dr. Fock, Sie behaupteten aber auch, dass Herr Keller erst angab, Hunger zu haben, nachdem Sie sich mit ihm etwa fünfzehn Minuten über diese leidige Autosache und sein Treffen mit Zumsteg unterhalten hatten. Also standen somit noch mal fünfzehn Minuten weniger für Zubereitung und Verzehr des Gerichts zur Verfügung.«

Kindlein sah Fock an, dass er die Fragerei schon leid war.

»Sie nageln einen ja wirklich auf die Minute fest. Ob Friedrich an jenem Tag genau nach oder schon während unserer Unterhaltung Hunger hatte, hatte ich am nächsten Tag wahrscheinlich schon nicht mehr so richtig in Erinnerung. Für mich stand schließlich diese Autogeschichte im Vordergrund.«

Kindlein war das alles unangenehm. Die Geschichte mit dem Mittagessen war kein ausreichender Nachweis für ein falsches Alibi, und er hoffte, dass Morgenthaler nun auf die hauptsächlichen Unstimmigkeiten zu sprechen käme.

»Sehen Sie, Herr Fock, für mich gibt es da einfach zu viele Widersprüche. Sie haben zum Beispiel auch behauptet, dass Ihr Freund Friedrich Keller kein Feinschmecker sei. Bleiben Sie bei dieser Einschätzung?«

»Herr Kommissar«, antwortete Fock darauf kopfschüttelnd. »Ich kenne Herrn Keller seit mehr als dreißig Jahren. Reicht diese Auskunft?«

»Hm. Ich hatte nur *dreißig Minuten*, um mich mit ihm zu unterhalten, und gewann dabei einen völlig anderen Eindruck. Wie kommt das?«

»Was, Sie haben sich mit Friedrich übers Essen unterhalten?« Fock lachte. »Dann müssen Sie das auf Englisch getan haben, denn die einzigen Speisen, die Friedrich kennt, heißen Hamburger, Chicken Wings und Donuts. Essen sei für ihn Zeitverschwendung, in die er keinen Gedanken investiert, behauptet er immer.«

»Dann ist es aber bemerkenswert, dass Herr Keller sich immerhin noch sehr gut an ein Gericht wie Steinbutt, Bärlauchrahm und Tagliatelle erinnern konnte. Aber bitte, ich gebe zu, dass es mir so vorkam, als wenn er den Namen dieses Gerichts auswendig gelernt hätte.«

Fock winkte ab, und seine Miene versteinerte sich.

»Herr ... Wie heißen Sie eigentlich?«

»Morgenthaler.«

»Gut, Herr Morgenthaler. Ich würde sagen, Sie hören jetzt mit ihren direkten und auch indirekten Verdächtigungen auf. Vorhin haben Sie mich beschuldigt, einen Mord begangen zu haben. Dann haben Sie behauptet, mir dies beweisen zu können. Nun aber kommen Sie mir hier mit Kochzeiten, die ich nicht eingehalten haben soll, und obendrein erwischen Sie mich bei einer persönlichen Fehleinschätzung. Ich bekenne mich in den letzten beiden Fällen schuldig. Verhaften Sie mich, und sperren Sie mich bitte in den Turm.« Dazu hob Fock beide Arme zum Zeichen der Kapitulation und lachte wieder.

Auch Kindlein hätte gern gelacht, aber ihm war überhaupt nicht danach zumute. Würde das wieder so ein Verhör werden wie das mit Friedrich Keller?

Morgenthaler blieb völlig ruhig.

»Es freut mich, dass ich Ihnen ein wenig Spaß bereiten konnte, Herr Dr. Fock. Aber ich befürchte, dass wir zum ernsten Teil übergehen sollten. Ich bin jetzt absolut sicher, dass Sie am Mord von Gernot Zumsteg beteiligt waren.«

Was war Morgenthalers Strategie? Zu hoffen, dass Fock durch bloße Wiederholung einer Verdächtigung etwas preisgab, was man ihm nicht beweisen konnte? Nein, dachte Kindlein, dazu war dieser Mann nicht dumm genug.

Fock hatte wieder seine ursprüngliche Haltung angenommen, und das, was er dann von sich gab, klang auch wieder nach ihm.

»Mein lieber Herr Morgenthaler, ich hoffe, dass Ihnen bewusst ist, dass Sie sich auf äußerst glattes Eis begeben haben. Ich verfüge über sehr gute Verbindungen. Im Interesse Ihrer Karriere und Ihrer beruflichen Reputation würde ich Ihnen empfehlen, an dieser Stelle umzukehren. Ab jetzt hat jeder Schritt in die falsche Richtung enorme Folgen für Sie.«

Völlig unerwartet fasste Morgenthaler plötzlich in seine Jackentasche und holte dort etwas zum Vorschein.

»Einverstanden. Hier ist der Beweis. Kennen Sie das noch?« Morgenthaler hielt das Streichholzbriefchen in Augenhöhe und strahlte dabei über das ganze Gesicht.

Fock schien zuerst irritiert, konnte sich aber gleich wieder fangen.

»Natürlich, über diese Dinger haben wir uns das letzte Mal schon zur Genüge ausgelassen. Was gibt es dazu noch zu sagen?«

»Dieses kleine Teil ist der Beweis für Ihre Schuld. Damit haben Sie sich als Täter im Mord an Gernot Zumsteg endgültig zu erkennen gegeben.«

»Was soll ich getan haben?«

Kindlein war entsetzt. War Morgenthaler von allen guten Geistern verlassen? Das Briefchen hatte doch überhaupt keinen Beweiswert.

»Sie behaupten allen Ernstes, ich hätte mich sogar schon zu erkennen gegeben? Sie ticken doch nicht richtig, Mann.« Focks Stimme wurde laut.

»Doch, Sie haben geblinzelt. Sie haben richtig doll geblinzelt, als ich Ihnen neulich das Briefchen gezeigt habe. Ich habe es deutlich gesehen.«

Jetzt war Fock kurz vor dem Überkochen. Kindlein überlegte, ob er nicht irgendwie einschreiten sollte, um Morgenthaler zu bremsen. Seine einfältigen Argumentationen waren kaum auszuhalten.

»Ich soll geblinzelt haben? Geblinzelt? Ich bin ein Mörder, weil ich geblinzelt habe? Sie sind völlig verrückt. So einen Schwachsinn habe ich in meinem ganzen Leben noch nicht gehört.« Er lief jetzt wie angestochen im Korridor herum.

»Doch, Herr Fock, Sie haben geblinzelt, der Druckfehler, Sie wissen schon.«

Wie ein Kind, das auf einer Behauptung besteht, deren Unrichtigkeit schon längst bewiesen ist, wiederholte Morgenthaler diesen Satz sogar noch. Kindlein wäre am liebsten im Erdboden versunken.

Fock war derweil stehen geblieben und sah Morgenthaler mit zornigem Blick an. »Verlassen Sie auf der Stelle mein Haus, sofort. Machen Sie, dass Sie rauskommen. Los!« Nun brüllte Fock.

Es hatte keinen Sinn mehr, und es war für beide besser, sofort zu gehen. Kindlein drehte sich zur Seite und tippte Morgenthaler mit der Hand auf die Schulter. Sie sollten den Rückzug antreten.

»Frau Fock?« Morgenthaler schien keinesfalls aufgeben zu wollen und rief laut: »Frau Fock, könnten Sie noch mal herkommen?«

»Möchten Sie nun die Streichholzbriefchen sehen?« Frau Fock stand an der Küchentür.

Morgenthaler wandte sich ihr zu. »Genau, Frau Fock.« Dann drehte er sich wieder um. »Das scheint doch genau der richtige Zeitpunkt zu sein, um sich die Beine zu vertreten, oder Herr Fock? Kommen Sie, zeigen Sie uns doch mal Ihre Streichholzsammlung.«

Fock wiederum drehte sich blitzschnell zur Seite und starrte mit hasserfüllten Augen seine Frau an.

»Was geht hier vor, Vera?«

Vera Fock zuckte nur mit den Schultern. Sie gab Morgenthaler ein Zeichen, ihr zu folgen, und entfernte sich.

»Vera!«, schrie Fock. »Du kommst sofort zurück, auf der Stelle. Veeeera!« Dann ging er aber doch hinter seiner Frau und Morgenthaler her.

Als sie eine Art Speisezimmer erreicht hatten, ging Frau Fock geradewegs auf eine Glasvitrine zu. Im Sockel dieser Vitrine befand sich eine Schublade. Die öffnete sie. Kindlein und Morgenthaler konnten sehen, dass sie leer war.

»Was sagen Sie dazu, Herr Fock?«

Fock sah Morgenthaler gleichmütig an.

»Nichts.«

»Stimmt, Herr Fock, da ist nichts. Das ist doch seltsam, oder? Gestern Morgen lagen da nämlich noch mehrere hundert Ihrer Streichholzbriefchen drin, stimmt's Frau Fock?«

»Das ist wahr. Ich weiß das, weil ich gestern Morgen meiner Freundin wieder ein paar davon mitgebracht habe.«

Kindlein verstand langsam, worauf Morgenthaler hinauswollte.

»Tja, Herr Fock, nun ist Ihre Meinung gefragt. Wo könnten diese Briefchen mit dem kleinen Druckfehler wohl hingekommen sein?«

Fock zuckte nur mit den Schultern und setzte dazu eine ratlose Miene auf. Aber Morgenthaler wollte mehr wissen.

»Ich frage Sie auch nur, weil sich die Dinger ständig dort aufhalten, wo sie nicht sein sollten. Neulich lag so eins direkt neben der Leiche von Herrn Zumsteg.«

Ja, aber eben eins ohne Duckfehler, dachte Kindlein. Er verstand trotzdem.

»Herr Morgenthaler, Sie haben es eben selbst aus dem Munde meiner lieben Gattin hören dürfen. Bei Frau Kallmann liegen ebenfalls mehrere dieser fehlerhaften Ausgaben. Und so wie ich diese Person kenne, verstreut sie die gerade in der ganzen Welt.«

»Gut, lassen wir das, Herr Fock. Spielt eigentlich auch keine Rolle mehr«, sagte Morgenthaler abwinkend. »Es besteht überhaupt kein Zweifel mehr, dass ich Recht habe. Sie sind eindeutig am Mord von Gernot Zumsteg beteiligt gewesen. Geben Sie es endlich zu!«

»Sie mit Ihren aberwitzigen Anschuldigungen. Es gibt hier nichts zuzugeben, Herr Morgenthaler, kapieren Sie das endlich. Sie sind genau das, wofür ich Sie von Anbeginn an gehalten habe, ein Dilettant. Sie beschuldigen mich einfach, ohne auch nur den Deut eines Beweises vorlegen zu können, und stellen damit meinen guten Leumund in Frage. So etwas muss ich mir nicht bieten lassen. Das wird für Sie Konsequenzen haben, von denen Sie noch bis an Ihr Lebensende träumen werden. Und jetzt, raus aus meinem Haus. Raus. Hören Sie?«

Morgenthaler hörte aber nicht zu. Sein Handy hatte zwischendrin geklingelt. Er war seelenruhig rangegangen und hatte sich dabei einen Finger ins freie Ohr gesteckt.

Kurz darauf schaltete er das Handy wieder ab und verstaute es mühselig in seiner verdrehten Jacke. Dann begann er langsam und leise zu sprechen, und seine Stimme hatte einen Klang, der selbst Kindlein Angst machte.

»Ich denke, Herr Fock, Sie schaffen es, mir noch einmal zuzuhören. Denn nun beschuldige ich Sie des Mordes an Gernot Zumsteg. Ich hoffe, Sie haben den kleinen Unterschied bemerkt. Bisher habe ich Sie nur der Teilnahme an seinem Mord bezichtigt, aber nun beschuldige ich Sie, ein Mörder zu sein.«

Was war das eben für ein Anruf gewesen? Es musste Leibig gewesen sein. Gab es plötzlich Beweise für eine Täterschaft Focks im Fall Zumsteg? Wie könnten die aussehen? Und was war mit dem Fall Martens? Wann würde Morgenthaler hier endlich nach Focks Alibi fragen?

»Jetzt reicht's, Herr Morgenthaler, der Bogen ist schon lange überspannt. Es bleibt mir nur noch das allerletzte Mittel. Ich werde einen Ihrer Vorgesetzten anrufen, und der wird Sie endgültig zurückpfeifen.«

»Ach, Herr Fock, wen von meinen Vorgesetzten wollen Sie denn heute anrufen? Sie haben vergessen, dass Sonntag ist, und da sind diese Oberpfeifen sowieso alle beim Bowling.«

Fock schüttelte den Kopf und sah mit verächtlichem Blick auf Morgenthaler herab.

»Sie scheinen die Frechheit in Person zu sein. Unfähig und frech. Ich denke, dass mein Freund sich Ihrer gern annehmen wird.«

»Ach so, ein Freund? Sie haben also einen guten Freund bei der Polizei?«

»Einen sehr guten, Herr Morgenthaler, einen sehr guten. Und wie gut, das werden Sie gleich von ihm selbst erfahren.«

Nun verstand Kindlein allmählich, was Morgenthaler die ganze Zeit bezweckt hatte. Der aber gab sich wieder völlig unbeeindruckt. Er zeigte mit dem Zeigefinger auf Fock und sagte ihm mitten ins Gesicht: »Ich bestimme hier, was ich erfahren will und was nicht, Fock. Letzten Montag um siebzehn Uhr sind Sie in Feudenheim in Begleitung eines Mannes gesehen worden. Wer war das?«

Fock stand mit aufgerissenen Augen da, sagte aber kein Wort mehr. Er schüttelte nur noch mal den Kopf und ging geradewegs zum Telefon. Er konnte jedoch niemanden erreichen. Kindlein wusste, weshalb.

Morgenthaler stellte sich wieder neben Fock und sprach ihn leise von der Seite an.

»Sehen Sie, Bowling. Ich sag's doch.«

Fock zerfraß Morgenthaler regelrecht mit seinen Augen, und er machte den Eindruck, bald auch von körperlichem Einsatz Gebrauch zu machen. Morgenthaler schien das zu ahnen, jedenfalls äußerte er sich so.

»Fock, Sie sollten sich zusammenreißen. Ich habe Ihnen eine Frage gestellt. Wären Sie so freundlich und würden die endlich beantworten? Ich möchte jetzt wissen, mit wem Sie letzten Montag um siebzehn Uhr in Feudenheim gesehen wurden. Ich will den Namen.«

Fock nahm daraufhin wieder die Herrenhaltung an, versenkte seine Hände in den Hosentaschen und setzte eine Siegermiene auf. Dann sah er voller Verachtung auf den kleineren Morgenthaler herab.

»Herr Morgenthaler, ich erinnere mich, Ihnen schon erzählt zu haben, dass ich ein Problem mit meinem Auto hatte. Aber da das offensichtlich keine Rolle spielt, bin ich jetzt dran. Sie haben mich heute schon ausreichend schikaniert. Und deshalb ist es mir eine Freude, Ihnen sagen zu dürfen, mit wem ich an diesem Montag und zu dieser Stunde zusammen gewesen bin. Mein Begleiter war zu dieser Zeit nämlich niemand anderer, als mein guter Freund – Dankwart Windgassen. Was sagen Sie nun?«

»Gratuliere, Sie haben einen guten Geschmack in der Auswahl Ihrer Freunde. Aber dennoch, ich muss Sie auch fragen, wie lange Sie mit Herrn Windgassen zusammen waren, denn zwei Stunden zuvor, um fünfzehn Uhr, wurde im Stadtteil Schwetzingerstadt ein junger Mann auf genau dieselbe Art und Weise getötet, wie drei Tage später Herr Zumsteg. Dieser junge Mann hieß Peter Martens. Und da Sie für mich eindeutig der Mörder von Gernot Zumsteg sind, liegt für mich natürlich nahe, dass sie auch an Peter Martens' Ermordung beteiligt gewesen sind.«

Fock beugte sich nach vorn und tippte mehrmals mit gestrecktem Zeigefinger auf Morgenthalers Schulter herum.

»Hören Sie mir gut zu, das wird das Letzte sein, was ich dazu zu sagen habe: Ich kenne keinen Peter Martens, habe niemals mit einer Person dieses Namens etwas zu tun gehabt, und demzufolge ist Ihre Behauptung, dass ich sein Mörder sein könnte, schon mal absoluter Schwachsinn. So viel dazu. Aber zudem bin ich an diesem Montag schon seit etwa vierzehn Uhr mit Herrn Windgassen zusammen gewesen. Zuerst bei ihm zu Hause und ab etwa halb vier mit ihm zusammen in meiner Firma. Das Ganze wird Ihnen Herr Windgassen gern bestätigen und Ihnen dabei hoffentlich auch noch die Eier abreißen.«

Kindlein spürte ein Rauschen im Kopf. Wenn das richtig war, was er eben gehört hatte, dann konnte das nur bedeuten, dass … Morgenthaler hatte den Mann genau dahin gebracht, wo er ihn haben wollte. Die ganze Zeit hatte er nur dieses eine Ziel gehabt. Aber er durfte es jetzt nicht tun. Auf gar keinen Fall durfte Morgenthaler das tun, was nahe liegen würde. Kindlein war wie gelähmt.

Morgenthaler stellte sich vor Fock auf, ruckte an seiner Jacke rum und sah zu ihm hoch. Dann tippte er ganz kurz mit einem Finger auf Focks Brust und sagte ihm mitten ins Gesicht: »Fock, Sie sind überführt. Sie sind an der Ermordung von Peter Martens beteiligt gewesen. Und noch an vielen weiteren.«

Morgenthaler tat das einzig Richtige.

Er ließ Fock einfach stehen.

»Einen Augenblick lang habe ich gedacht, du würdest ihn verhaften, Konrad. Ich hätte es verstanden, und ich hätte es dir weiß Gott nicht übel genommen.«

Kindlein und Morgenthaler hatten das Haus von Fock verlassen und waren sofort weggefahren. Drei Straßen weiter aber hatten sie wieder kehrtgemacht und hielten sich ganz am Anfang der Morgenröte, in sicherem Abstand zu Focks Haus, in Lauerstellung. Morgenthaler hatte zudem gleich nach ihrer Abfahrt bei Petzold angerufen und Verstärkung angefordert.

»Ich weiß, Frieder. Und glaube mir, ich hätte ihn so gern mitgenommen, diesen Drecksack. Seit siebzehn Jahren bin ich hinter diesem Schwein her, und am liebsten hätte ich ihn vorhin mit meinen eigenen Händen erschlagen. Ihn stattdessen laufen zu lassen und sich dazu auch noch seine Beleidigungen anzuhören, war ziemlich bitter. Und es ist mir auch keine Genugtuung, dass ich ihn so wütend gemacht habe.«

Kindlein konnte ihm nur zustimmen.

»Das ist der arroganteste und widerlichste Arsch, der mir je begegnet ist. Ein selbstgefälliges Stück Scheiße. Und Windgassen war definitiv ein Mörder, Frieder. Leibig hat ausreichend viel Spurenmaterial gefunden.«

Kindlein seufzte. »Ich muss sagen, Konrad, dass ich noch immer nicht verstehe, warum du Fock nicht schon am Anfang gefragt hast, was er am Montag gemacht hat. Warum hast du diesen Kerl erst mit dem Fall Zumsteg konfrontiert, statt mit dem Fall Martens zu beginnen? Und warum hast du ihn überhaupt so provoziert?«

»Du warst derjenige, der mich darauf gebracht hat.«

Kindlein sah ihn erstaunt an.

»Du hast gesagt, dass Fock das Alibi nennen wird, das ihm den höchstmöglichen Vorteil bringt. Ich habe also überlegt, welches das wohl sein könnte.«

»Hm. Und was hat das mit deiner Taktik zu tun gehabt?«

»Du hast etwas völlig Richtiges behauptet. Diese Männer sind nicht dumm, und sie haben sich vorher genau abgesprochen, wie ihre Alibis auszusehen haben. Denk noch mal an den Fall Katzbach, wo Fock Windgassen das Alibi gab. Nun, im Fall Zumsteg hat Fock eins gebraucht. Das gab ihm Friedrich Keller. Bei Peter Martens haben wir festgestellt, dass Keller nicht beteiligt gewesen sein konnte. Wäre er als Alibi eingeplant gewesen, so hätte er zum Tatzeitpunkt nicht unter Zeugen in der Firma sitzen dürfen. Nein, Frieder, so wie sich die Abläufe nach der Tat darstellten, konnte Windgassen zur Tatzeit nur mit Fock zusammen gewesen sein. Und damit musste im Gegenzug wiederum Windgassen das Alibi für Fock sein.«

»Schön und gut, aber du hättest ihn auch gleich danach fragen können. Warum hast du erst den Fall genommen, in dem er schon ein Alibi angegeben hat?«

»Nun, ich wusste ja nicht, was die beiden Herrschaften nach

dem Mord an Martens bis siebzehn Uhr in Feudenheim getrieben haben. Eine Lagebesprechung? Mit Champagner den Erfolg ihrer zurückliegenden Mission begossen? Wenn ich Fock gleich auf den Mord an Peter Martens angesprochen hätte, dann hätte das vielleicht zu Überraschungen führen können. Er hätte sich vielleicht einen Anwalt genommen oder auf andere Weise Zeit geschindet, um sich noch mal mit Windgassen abzusprechen. Also habe ich mir überlegt, in welcher Situation Fock, von sich aus und womöglich sogar von Herzen gern, Windgassen als Alibi angeben würde. Und da habe ich an diesen selbstgefälligen Widerling denken müssen, dem es sicher eine Genugtuung wäre, nicht nur ein fantastisches Alibi vorzuweisen, sondern auch noch seine Beziehung zu meinem Vorgesetzten ins Spiel zu bringen, wenn ich, der kleine Kommissar, Grenzen übertrete. Also habe ich mir Zeit genommen und penetrant immer wieder genau diese Grenzen überschritten. Grenzen, die er zu Menschen wie mir gezogen hat, da sie sich weit unterhalb seiner Klasse befinden. Ich wusste, dass er sich irgendwann aufs Äußerste dagegen verwahren würde. Ich wusste, er würde ein derart anmaßendes Auftreten mit schärfsten Mitteln ahnden. Und diese wären in meinem Fall seine Beziehungen zu Windgassen.«

»Ich verstehe. Das sollte zu seinem Trumpf in dem Spiel werden.«

»Genau, Frieder. Und das beste Mittel, ihn dahin zu bringen, genau diesen Trumpf auszuspielen, war einfach die Provokation bis zur Weißglut. Und dazu eigneten sich diese kleinen, geradezu albern wirkenden Ungereimtheiten im Fall Zumsteg fantastisch.« Morgenthaler beugte sich leicht vor und öffnete das Handschuhfach.

»Dann war nicht nur dein Timing geplant? Auch dein Auftreten mit dieser Jacke war von vornherein kalkuliert? Und jetzt verstehe ich auch, warum du ihn unbedingt zu Hause verhören wolltest. Der sollte sich wirklich so richtig stark fühlen.«

»Ja, Frieder.« Morgenthaler hielt eine weiße Papiertüte in der Hand. »Es stand ihm gegen Schluss, nach all den Demütigungen, die ich ihm zugefügt habe, regelrecht auf der Stirn geschrieben, wie sehr es ihn danach dürstete, mich zusammenbrechen zu sehen und mich Windgassen ans Messer zu liefern. Er hatte ja keine Ahnung, dass der nicht mehr lebt und er sich damit als Komplize eines Mannes zu erkennen gibt, der uns schon als Mörder bekannt war.«

»Wahnsinn. Aber es war gut, ihn nicht festzunehmen, Konrad. Es wäre nur ein Teilerfolg gewesen. Wir wüssten dann immer noch nichts über die anderen Morde. Und es ist mehr als unwahrscheinlich, dass Fock uns im Falle seiner Festnahme darüber Auskunft gegeben hätte, was in den letzten dreißig Jahren passiert ist, geschweige denn, wer außer ihm noch daran beteiligt war. Und schließlich muss es auch noch mindestens einen Dritten im Bunde geben, denn an der Ermordung von Zumsteg kann Windgassen nicht beteiligt gewesen sein, das wissen wir definitiv. Am ehesten war das wohl Friedrich Keller. Aber auch das müssen wir beweisen können.«

Morgenthaler nickte und griff in seine Papiertüte.

»Mannheimer Dreck, Frieder.«

»Stimmt. Der Ausdruck passt.«

»Nein, ich meine, ob du auch ein Stück willst. Meine Frau hat mir zwei eingepackt.«

Kindlein sah, dass an Morgenthalers Fingern Schokolade klebte.

»Ach, das meinst du. Nein, danke.« Er mochte diese Mannheimer Lebkuchen-Variante noch nie.

Dann meldete sich jemand über die Funkleitung. Es war Petzold.

»Hallo, ihr beiden. Ich habe die Kollegen Bücklein und Seiters zu Kellers Haus geschickt. Die bleiben von jetzt an da und überwachen das Areal. Reinhard und Vogel stehen vor dessen Firma in Viernheim. Und Tielmann und Stein werden wieder Focks Haus observieren. Die müssten gleich bei euch erscheinen.« Ein kurzes Knacken in der Leitung, und Petzold war nicht mehr zu hören.

Kindlein und Morgenthaler sahen sich um. Tatsächlich kamen Tielmann und Stein gerade angefahren.

»Okay, Frieder, wenn Fock irgendwo hinfahren will, hat er die beiden von jetzt an am Hals. Wir folgen ihnen im Abstand, damit er uns nicht erkennt.«

»Aber meinst du denn wirklich, dass er das Haus verlassen wird?«

»Er wird, Frieder, denn er muss das Haus verlassen, wenn er so eine Tasche hat. Er hat keine andere Chance, als die, sie zu vernichten oder zumindest weit genug vom Haus zu entfernen. Sollte er wider Erwarten keine dieser Waffentaschen haben, so hat sein lieber Freund Friedrich Keller eine. Der wird inzwischen von Fock über unseren Besuch informiert worden sein. Somit wissen beide, dass ihnen eine Hausdurchsuchung droht. Und sollte Fock mich auch für noch so dämlich halten, er wird von nun an auf Nummer sicher gehen, jede Wette.«

»Einer der beiden muss so eine Tasche haben, Konrad. Das ist klar. Es gibt schließlich noch die Waffe, mit der Zumsteg ermordet wurde.«

Plötzlich tat sich vor Focks Haus etwas. Tielmann und Stein fuhren aus ihrer Parklücke. Fast gleichzeitig kam ein Funkruf.

»Kollegen, es geht los. Fock fährt aus seiner Garage.«

Kindlein stupste Morgenthaler mit dem Ellenbogen und ließ sofort den BMW an.

»Konrad, auf geht's.«

»Wo will der bloß hin?«, fragte Kindlein, nachdem sie schon mehrere Minuten hinter Tielmann und Stein hergefahren waren. Sie selbst konnten das Fahrzeug von Fock nicht sehen.

»Nach Viernheim, Frieder, da wette ich. Der fährt zu Keller.«

Und tatsächlich befanden sie sich in dieser Richtung. Eben waren sie von der Waldstraße in Käfertal runter auf die B 38 in Richtung Nordost gefahren und sahen linker Hand die Zufahrtstraßen zu den amerikanischen Benjamin-Franklin-Kasernen. Und nur kurze Zeit darauf fuhren sie auch schon am Rhein-Neckar-Zentrum vorbei, dem überregional bekannten Viernheimer Einkaufszentrum.

»Hallo, Kindlein, hier Bücklein.« Nun meldeten sich auch die Kollegen vor Kellers Wohnung. »Euer Spezi verlässt gerade das Haus und steigt in sein Auto ein. Es ist ein schwarzer BMW. Was sollen wir jetzt tun?«

»Verfolgen, Bücklein, aber diskret.« Kindleins Nerven waren angespannt. Die Autofahrt war unangenehm, da es zu regnen begann und so allmählich auch die Dunkelheit einsetzte.

Dann funkte Morgenthaler die Kollegen Reinhard und Vogel an.

»Jungs, passt mal auf. Ich habe so das Gefühl, als könnten gleich zwei Autos bei euch vorfahren. Die sind mit ziemlicher Sicherheit gerade auf dem Weg zur Firma Keller. Stellt euch doch bitte ein wenig abseits, gerade so, dass ihr sie noch sehen könnt, wenn sie ankommen. Meldet euch dann aber bitte sofort bei mir.«

Kindlein fuhr in Viernheim ein. Seine Anspannung wuchs, und er war sich noch immer nicht sicher, ob das, was sie da taten, wirklich eine gute Idee war. Wäre es nicht doch besser gewesen, Fock gleich zu verhaften? War nicht der Spatz in der Hand doch mehr wert als die Taube auf dem Dach?

Dann kam wieder ein Anruf.

»Hallo, hier Reinhard. Soeben ist ein roter Audi vor das Gelände der Firma Keller gefahren. Ich sollte euch das ja bekannt geben.«

Kindlein und Morgenthaler sahen sich an. Ein roter Audi? Sagte Bücklein nicht, dass Keller mit einem schwarzen BMW unterwegs war? Und Fock fuhr doch seinen silbernen Mercedes! Was war nun los?

»Reinhard, kannst du sehen, wie der Fahrer aussieht, der da vorgefahren ist?«

»Konrad, soeben hast du noch gesagt, wir sollen uns in ausreichendem Abstand aufhalten. Für eine Personenbeschreibung stehen wir jetzt aber zu weit entfernt.«

»Scheiße, aber steigt er denn überhaupt aus?«

»Ja, gerade steigt jemand aus dem Auto. Männlich, würde ich sagen. Kräftiger Typ, dunkler Mantel. Hat eine Tasche dabei. Mehr kann ich nicht erkennen.«

»Eine Tasche? Wie sieht die aus?«

»Schwer zu sagen, Konrad. Aber ein bisschen seltsam, wenn du mich fragst. Jedenfalls habe ich so eine noch nie gesehen. Wie ein ledernes Ofenrohr, vielleicht? Keine Ahnung.«

»Was macht die Person?«

»Geht jetzt wieder zurück ins Auto. Sie hat probiert, ob die Tür zum Firmengebäude offen ist. Ist aber wohl geschlossen. Außerdem regnet es. Will wohl nicht nass werden.«

Morgenthaler rief die beiden anderen Verfolgerteams an und warnte sie vor.

»Niemand kommt in die Nähe des Firmengeländes. Fock und Keller werden verfolgt, bis sie dort angekommen sind, und dann stellt ihr euch in genügender Entfernung auf. Wir beide gehen in das Gebäude, und wenn wir nach einer halben Stunde nicht draußen sind, kommt ihr rein. Aber erst dann.«

Irgendwas war anders. Eine dritte Person mit einer solchen Tasche? Damit hatten sie nicht gerechnet. Und was suchte dieser Mann bei Keller? Wer war dieser Dritte?

Morgenthaler schwieg nachdenklich.

Nachdem sie in der Viernheimer Innenstadt eine Unzahl enger und verwinkelter Straßen durchfahren hatten, bogen sie schließlich in die breite Hauptstraße eines ebenso trostlos grauen, wie langweilig öden Industriegebiets ein. Fabrikgebäude reihten sich aneinander, nur da und dort waren einzelne kleinere Werkhallen und Verladehöfe von Speditionsunternehmen zu sehen. Dazwischen klemmten kleine geschlossene Imbissbuden und Stehbierpinten. Menschen gab es hier keine. Am Sonntag zog es hier niemanden hin.

Fast gleichzeitig kamen die Meldungen der Kollegen, dass Fock und Keller das Firmengebäude erreicht hatten. Sie würden sich von nun an in ausreichendem Abstand zur Verfügung halten.

Kindlein und Morgenthaler fuhren, den Anweisungen ihrer Kollegen entsprechend, langsam weiter und erreichten nach etwa drei Minuten das Firmengelände. Drei Fahrzeuge parkten davor. Auch hier war weit und breit kein Mensch zu sehen. In einiger Entfernung konnten sie ein einzelnes Fahrzeug ausmachen, vermutlich das von Reinhard und Vogel.

Sie hielten auf dem Firmenparkplatz und stiegen aus.

Beide hielten ihre Waffen auf Brusthöhe, als sie die schmale Metalltür öffneten. Es war der Seiteneingang. Die erheblich größere Haupteingangstür befand sich um die Ecke, dort wo die Kundenparkplätze waren. Die Tür war nicht verriegelt.

Eine auffällige Stille schlug ihnen entgegen. Ein schlauchförmiger Gang tat sich auf. Dieser wurde von der linken Seite her nur spärlich vom Licht zweier kleiner Fenster versorgt. Rechter Hand sahen sie Türen, die hintereinander in irgendwelche Räume des Firmengebäudes führten. Keine war richtig geschlossen, durch ihre Türschlitze drang helles Kunstlicht. Leise bewegten sich die beiden auf die erste Tür zu.

Durch die kleinen Fenster sahen sie links in eine große Werkhalle. Sofort duckten sie sich. Es war denkbar, dass die Männer sich dort aufhielten, denn immer noch war es in dem Gang absolut still. In der Hocke kauernd, lauschten sie an der ersten Tür. Nichts, kein Geräusch. Morgenthaler stieß die Tür vorsichtig auf, und beide erhoben dabei ihre Waffen. Da war niemand. Weiter. Sich mühselig, in der Hockstellung vorwärts bewegend, erreichten sie die zweite Tür. Gleiches Procedere: Lauschen, Tür aufstoßen, Waffe in Anschlag. Aber auch hier war niemand. Dann ging es zur nächsten Tür – im Entengang. Kindlein spürte einen unangenehmen Druck in den Kniekehlen. Lange würde er diese unbequeme Position nicht ertragen. Auch hinter der dritten Tür war niemand. Der Gang hatte fünf Türen, Kindlein begann zu schwitzen. Morgenthaler hatte es offensichtlich etwas leichter. Aufgrund seiner geringeren Körpergröße musste er nicht so tief in die Hocke gehen. Vor der vierten Tür hielt Kindlein es nicht mehr aus. Er erhob sich ein ganz klein wenig aus seiner unbequemen Hockstellung und versuchte, sein rechtes Bein nach vorn zu strecken. Dabei passierte es. Das andere Bein versagte seinen Dienst, und ehe sich Kindlein versah, fiel er um. Dabei stieß er an die vierte Tür, die sich sofort mit großem Schwung öffnete und mit einem lauten Knall innen im Raum gegen eine Wand schlug. Morgenthaler hechtete im selben Augenblick über ihn und zielte mit seiner Waffe in das Zentrum des Raumes. Auch Kindlein konnte seine Waffe noch schnell in Anschlag bringen, obwohl er auf der Seite lag und sein Körper zu einem großen Teil von Morgenthaler bedeckt war.

An der ihnen gegenüberliegenden Seite des Raumes standen drei Gestalten, von denen zuerst nur Umrisse deutlich zu sehen waren. Als sich ihre Augen an die Lichtverhältnisse gewöhnt hatten, sahen sie, dass jeder der drei Männer mit einer Pistole auf sie zielte.

»Guten Abend, die Herren Kommissare. Stehen Sie doch bitte auf. Der Anblick, den Sie gerade bieten, ist unwürdig. Und stecken Sie doch bitte beim Aufstehen ihre Waffen in die Halfter. Schlimm genug, dass *wir* so etwas in der Hand halten müssen.« Es war eine ihnen bekannte Stimme, die da sprach, aber beide wussten sofort, dass es nicht die von Fock war. Die war noch zu gegenwärtig. Die von Keller war es jedoch auch nicht.

Beiden war klar, dass es völlig sinnlos wäre, Widerstand zu leisten. Sie erhoben sich deshalb ganz langsam und steckten vorsichtig ihre Waffen ein. Dann stellten sie sich auf und blickten in Richtung der drei Männer. Nun erkannten sie auch, wem diese Stimme gehörte. Es war Theodor Lösching. Jener Theodor Lösching, der von Frau Schilling irrtümlich verdächtigt worden war. Der dann gleich wieder freigelassen werden musste, weil er nicht an Zumstegs Mord beteiligt gewesen sein konnte.

»Grübeln Sie gerade wieder, Herr Kindlein?« Es war Lösching, der aber direkt Kindlein ansprach. »Lassen Sie es. Ich kann Ihnen aus eigener bitterer Erfahrung sagen, dass das nicht immer Sinn macht. Manchmal muss man einfach handeln und nicht nur überlegen. Grübeln kann ungeheure Seelenqualen bereiten, vor allem, wenn man keine Lösungen findet.«

Lösching zeigte mit seiner Pistole auf zwei Stühle, die absichtlich vor einem großen Schreibtisch platziert worden waren. Man hatte sie erwartet, eindeutig. Kindlein wusste, dass sie keine andere Möglichkeit haben würden, als der Aufforderung zu folgen.

Die drei Männer ließen sich auf der gegenüberliegenden Seite des Schreibtisches auf ebenfalls schon vorbereiteten Stühlen nieder. Unter dem Schreibtisch standen drei Taschen. Kindlein erkannte sofort, dass es *die Taschen* waren. Sie hatten also jeder ein Exemplar. Dann würden sie auch ihre Waffen dabei haben. Diese Feststellung ließ das Schlimmste vermuten. Und die Kollegen würden erst in zwanzig bis fünfundzwanzig Minuten einschreiten.

Dann begann Lösching wieder zu sprechen. Seine Stimme klang gefühllos, und Kindlein vermutete, dass das Absicht war. Der Mann hatte vor, ihnen Angst zu machen, und das genoss er offensichtlich.

»Sehen Sie, meine Herren. Ich möchte Ihnen gern erklären, worum es hier geht, oder besser gesagt, worum es hier schon immer gegangen ist. Aber zuvor muss ich erst einmal Irrtümer aus der Welt schaffen. Ich war an Herrn Zumstegs Liquidierung leider nur ganz am Rande beteiligt. Mein lieber Freund Friedrich Keller hat diese Maßnahme durchgeführt. Bernhard Fock hat dabei aber zusehen dürfen, denn er war es schließlich, der etwas davon haben sollte. Was es damit im Einzelnen auf sich hat, erfahren Sie später.«

Kindlein konnte kaum glauben, was er hörte. Der Mann legte ein vollständiges Geständnis in einem der abscheulichsten Morde ab, mit denen Kindlein je zu tun hatte. Er erklärte völlig ungerührt und in einem Atemzug, wer die Tat ausgeführt hatte – als wenn es sich dabei um einen Reisebericht oder eine technische Beschreibung handelte.

»Mir oblag lediglich die Aufgabe, Zumsteg von seinem Autohaus fern zu halten. Er sollte an dem Tag nicht auf die dumme Idee kommen, etwas anderes zu tun, als sich endlich um Bernhards Mercedes zu kümmern. Dazu war es lediglich nötig, die niederen Instinkte dieses Nimmersatts anzusprechen, indem wir ihm etwas Lukratives vor die Nase hielten, in diesem Fall den möglichen Verkauf seines heruntergekommenen Anwesens in Ilvesheim. Er fuhr natürlich hin, und wir trafen uns. Später, auf dem Rückweg, erhielt er von Bernhard telefonisch die ultimativ letzte Aufforderung, sich um das Auto zu kümmern. Zumsteg musste ihr somit nachkommen, und Friedrich Keller hat ihn dort am Fahrzeug empfangen. Später haben sie eine kleine Probefahrt gemacht, und auf einem Parkplatz überredete Friedrich den Trottel mit Hilfe von Chloroform, ihn auf eine Fahrt zu seinem Anwesen in Ilvesheim zu begleiten. Dort hat Bernhard auf die beiden gewartet. Einen Schlüssel hatte er, das war für uns kein Problem.«

Die Baufirma, dachte Kindlein. Lösching war Bauunternehmer. Hatte Frau Fock nicht eine Baufirma erwähnt? Er hatte immer nur an Keller gedacht und an dessen *Stahlbau*-Firma.

»Sie grübeln schon wieder, Herr Kindlein. Sie scheinen unverbesserlich.«

Kindlein sah Lösching irritiert an.

»Schauen Sie doch mal auf Ihren Kollegen, den Herrn Morgenthaler. Der hört einfach nur zu. Hört zu und nimmt wahr. Versuchen Sie es, hören Sie zu!«

Lösching schwieg für einen Moment, bevor er weitersprach. »Genug der einführenden Worte, meine Herren. Kommen wir zum eigentlichen Grund unseres Zusammentreffens. Sie werden schon bemerkt haben, dass wir auf Sie gewartet haben. Bernhard hat uns gleich nach Ihrem Besuch in seinem Haus über Ihren aktuellen Wissensstand informiert. Der war uns deutlich zu hoch. Und wir geben zu, dass wir ihn in dem Umfang nicht erwartet haben. Wie dem auch sei: Wir haben diese Tatsache sofort zum Anlass genommen, uns hier zu treffen. Sie haben somit das Privileg, unsere Gruppe fast vollständig kennen zu lernen. Es fehlt nur eine Person. Dieser Freund ist zwar aufgrund eines üblen Missgeschicks nicht mehr Mitglied unserer Gemeinschaft, aber zu einem Treffen dieser Art hätten wir ihn schon noch gern hinzugezogen. Sehr zu unserem Bedauern ist er momentan jedoch nicht erreichbar.«

Sie wissen es noch immer nicht, dachte Kindlein. Er überlegte, ob er es ihnen sagen sollte. Ja, er wollte, dass sie es erfuhren.

»Dankwart Windgassen ist auch nicht mehr erreichbar, Herr Lösching. Er hat sich heute Morgen das Leben genommen. Er hat sich in seinem Haus mit einer Pistole erschossen.«

»Gut, dann hat er genau das getan, was wir von ihm erwartet haben.«

Mehr sagte Lösching dazu nicht. Und auch von den anderen beiden kam keine Reaktion.

Kindlein begriff: Diese Männer waren keine Menschen. Und nun bekam er Angst. Dann sah er zur Seite. Morgenthaler aber blickte nur starr nach vorn in Löschings Richtung. Er schien nicht mal zu merken, dass Kindlein den Blickkontakt suchte.

Dann kam wieder die schneidende Stimme von vorn.

»Wie gesagt, wir haben Sie erwartet. Sie haben gute Arbeit geleistet. Es wäre nach unserem Kenntnisstand nur noch eine Frage der Zeit gewesen, bis Sie uns überführt hätten. Und die Tatsache, dass Sie meinen Freund Bernhard heute nicht verhaftet haben, beweist uns zudem Ihre Intelligenz. Meine Hochachtung. Sie hätten uns zukünftig nicht mehr aus den Augen gelassen, da sind wir sicher. Unsere Lebensqualität wäre damit fortan aber deutlich in Frage gestellt und die Grundlage unserer Existenz gefährdet. Und was tut ein Individuum, wenn es seine Existenz gefährdet sieht? Es wehrt sich mit den ihm zur Verfügung stehenden Mitteln, um Schaden von sich abzuwenden. Das ist im Übrigen das, was wir schon immer taten, und wird auch genau das sein, was wir heute tun werden.«

Kindlein spürte plötzlich ein heißes Drücken im Bauch. Soeben schien sich dort ein dumpfes Feuer entzündet zu haben. Dessen züngelnde Flammenspitzen stiegen im Rhythmus seiner Herzschläge entlang der Bauchschlagader bis zum Hals empor. Dort verursachten sie einen pulsierenden und stechenden Schmerz. Dann sah er zu Friedrich Keller hinüber. Der Mann notierte etwas auf einem Zettel. Lösching redete weiter:

»Keine Frage, Sie sind uns viel zu nah gekommen, meine Herren. Aber Sie haben viele Jahre dazu gebraucht, und das befriedigt uns dann doch. Natürlich hat uns Dankwarts Mitgliedschaft bei der Kriminalpolizei geholfen. Dankwart konnte immer dort die Bremse anziehen, wo Sie, Herr Morgenthaler, uns zu dicht gefolgt sind. Es tut mir Leid, dass ich Ihnen das jetzt nur so ganz lapidar sagen kann, aber Sie waren schon häufig verdammt dicht an uns dran.«

Morgenthaler reagierte nicht. Kindlein sah mit Entsetzen, dass er gar nicht Lösching fixierte, sondern an diesem demonstrativ vorbei eine Wand des Büroraums anblickte, als ob ihn das Ganze hier überhaupt nichts angehen würde. Kindlein befürchtete, dass Lösching das als Ignoranz oder Missachtung seiner Person verstehen könnte und dass bei diesem Psychopathen dann vielleicht die Lichter ausgehen würden. Ihm wurde schlecht vor Angst.

»Aber bei allem Respekt vor Ihren Leistungen, Herr Morgenthaler«, sprach Lösching weiter. »Sie hätten dennoch Schwierigkeiten gehabt, jemandem von uns einen Mord nachzuweisen. Sie hätten bei uns weder Motiv, noch Gelegenheit oder Bereitschaft zum Töten finden können. Mitunter hat uns das sogar betrübt, denn wir haben unsere Maßnahmen immer in einer Art und Weise durchgeführt, die letztlich auch von einer Art Beziehung zwischen uns und unseren Kandidaten gezeugt hat. Wir haben sie schließlich immer grenzenlos – gehasst.«

Bei diesem letzten Wort ließ Lösching das erste Mal einen menschlichen Zug in seinem Gesicht erkennen – er grinste. Er sah dabei aus wie ein Schwein. Dann unterbrach er für einen Moment seinen Monolog, bevor er weitersprach.

»Natürlich wussten wir, dass gerade emotionale Bindungen, egal welcher Art, große Risiken in sich bergen. Eine probate Lösung für dieses Problem fanden wir deshalb in einer altbekannten

Methode, nämlich der, dass niemals der tötet, der töten möchte. Eine schon in vielen Variationen praktizierte Form von Freundschaftsdienst. Eigentlich denkbar einfach, aber leider immer mit Tücken behaftet. Schon in einer Zweierkonstellation stellt sich für beide Partner recht bald die Frage nach dem Vertrauen. Selbst wenn beide willens sind, solch eine Tat für den jeweils anderen zu begehen, zeigt sich meist schon bei der Frage, wer zuerst beginnen soll, wie es um ihr gegenseitiges Vertrauen wirklich steht. Und selbst dann, wenn sie ihre Taten zeitgleich begehen wollen, sind sie nie sicher, dass der andere sein Versprechen in gleicher Weise einhält. Ich denke, ich muss Ihnen nicht sagen, um wie vieles schwerer es ist, einen größeren Kreis für solche Vorhaben zusammenzustellen, zumal, wenn es sich nicht nur um eine einmalige Aktion handeln soll. Wir haben über mehr als dreißig Jahre mit einer Variante dieser Methode hervorragende Erfahrungen gemacht. Bei ihr durfte der Auftraggeber sogar anwesend sein und die Aufgabe eines Zuschauers und Regisseurs übernehmen. Eine überaus befriedigende Rolle, meine Herren Kommissare, aber natürlich auch eine extrem harte Prüfung. Stellen Sie sich nur mal vor: Sie tragen ihr Werkzeug selbst zum Tatort und dürfen nicht mal aktiv werden. Das zehrt enorm an den Nerven.«

Wieder grinste Lösching. Und auch die anderen beiden fanden offenbar drollig, was er da von sich gab. Sie lachten.

»Aber diese Methode hatte Vorteile gegenüber konventionellen Vorgehensweisen. Hatte jemand von uns einen Kandidaten in Betracht gezogen, so brauchte er mit diesem nur einen Termin zu vereinbaren. Meist bestand da ja schon irgendeine Art von Verbindung. Zumsteg war immerhin der Deckhengst von Bernhards Frau, also fast schon ein Familienmitglied, wenn auch ein unerwünschtes. Oder denken Sie nur an diesen fetten Dreckschwanz Martens, der öffentlich auf Dankwarts armer Nichte herumgerutscht ist und auch noch die Frechheit besaß, sich ihm als deren neuer Lebenspartner vorzustellen. In dem Fall war es nur nötig, die Nichte in den Urlaub zu schicken und sich mit dieser stinkenden Schwarte zu verabreden. Dankwart brauchte nur seine Tasche mitzubringen.«

Dabei zeigte Lösching auf die drei Taschen.

»Ich nehme an, dass Sie die von Dankwart schon gefunden haben. Der Inhalt seiner Tasche ist, sehr zu unserem Bedauern, jedoch nicht mehr vollständig. Wie dem auch sei: Sie werden nachher noch genug Gelegenheit haben, die komplette Ausrüstung kennen zu lernen.«

Damit war für Kindlein endgültig klar, was diese Männer mit ihnen vorhatten. Er spürte nun, wie sich in ihm alles zu verkrampfen begann. Und wieder sah er zu Morgenthaler herüber. Aber auch diesmal kam von dort keine Reaktion. Kindlein fühlte sich elend und allein, während Lösching redete und redete.

»Stellen Sie sich vor, meine Herren, am Ort des Geschehens wird sämtliche Arbeit von einem Freund übernommen. Ihre Aufgabe besteht nur noch darin, beim Einsacken zu helfen und Anweisungen zu geben. Und dann geben Sie sich als zuschauender Teilnehmer voll und ganz dem Genuss an diesem Schauspiel hin. Im Anschluss an diese Maßnahme packt Ihr Freund die Tasche wieder sorgfältig zusammen und verschließt sie. Sie nehmen sie entgegen und gehen mit dem guten Gefühl heim, diesem Freund auch irgendwann solch einen Dienst erweisen zu dürfen.«

Wieder sah Kindlein das hämische Grinsen in den Gesichtern von Fock und Keller. Und Lösching schien das, was er erzählte und wie er erzählte, endlos zu faszinieren.

»Nennen Sie es ruhig Mord aus *niederen Beweggründen*, das stört uns nicht. Wir taten nur das, was andere auch tun würden, wenn ebenso niedere Hinderungsgründe, wie Strafandrohung, gesellschaftliche Konventionen und Erziehung, sie nicht daran hindern würden. Wir allerdings haben Moral, Ethik und Recht aus einer Perspektive kennen lernen dürfen, die anderen verwehrt ist. Deshalb sind auch die Konsequenzen, die wir ziehen, völlig andere. Das, meine Herren Kommissare, werden Sie gleich feststellen dürfen, denn selbstverständlich wird auch die Tatsache, dass wir überführt worden sind, eine Konsequenz nach sich ziehen. Aber dass die nicht darin bestehen kann, eine Haftstrafe im Gefängnis abzusitzen, werden Sie sicher verstehen. Deshalb werden wir Ihnen demonstrieren, dass wir auch für diesen Fall eine Strategie bereithalten.«

Lösching hatte sich bei diesem letzten Satz nacheinander seinen beiden Nachbarn zugewandt, und wie auf ein gemeinsames Zeichen hin standen alle drei von ihren Stühlen auf. Dann postierten sie sich nebeneinander in einer Reihe, und zu Kindleins Entsetzen erhoben sie ihre Waffen. Es war klar, was folgen würde. Und Hilfe war noch nicht zu erwarten. Es gab keine Chance. Er schloss die Augen und versuchte, mit den Händen seine zitternden Beine zu beruhigen. Aber es half nicht, denn er hatte nicht mal genug Kraft in den Händen, um sie festzuhalten.

Plötzlich, und so unerwartet, dass er zusammenfuhr, vernahm er Morgenthalers Stimme. Mit unglaublichem Zorn schrie er auf die Männer ein.

»Machen Sie endlich. Langweilen Sie uns nicht länger. Ich will diesen Schwachsinn nicht mehr hören. Diese Drecksfreundschaftsscheiße und Ihre beschissene Würde, auf die man nur kotzen kann. Sie sind psychopathischer Abschaum und Müll. Völlig Unschuldigen haben Sie auf abscheulichste Art das Leben genommen. Ihre Angehörigen haben Sie in tiefe Trauer gestürzt. Sollen wir uns dazu etwa äußern? Sollen wir das verstehen? Was wollen Sie überhaupt?«

Die drei sahen Morgenthaler zwar an, aber auch als er fertig war, verzogen sie keine Miene. Man hörte sie nicht mal atmen, obwohl sich nichts und niemand im Raum mehr bewegte.

Kindlein merkte, dass nun sein ganzer Körper zitterte. Auch seine Zähne begannen zu klappern. Aus seinem Inneren wollten Schreie heraus. Außer einem kläglichen Wimmerlaut drang jedoch nichts aus seiner Kehle. Er schloss die Augen.

Etwas berührte ihn sanft. Es war die Hand Morgenthalers. Sie lag auf seiner Schulter, und Kindlein spürte, dass sie ganz ruhig und warm war. Von sich selbst nahm er kaum noch etwas wahr, außer dass Tränen durch seine geschlossenen Augenlider flossen, obwohl er nicht weinen wollte.

Dann kam der erwartete Knall. Ein Knall, der ihn heftig zusammenfahren ließ, und bei dem seine Hände reflexartig zu den Ohren hochfuhren. Ein Pistolenschuss – in allernächster Nähe, direkt neben ihm. Aber er war nicht getroffen. Morgenthaler? Er sah nach rechts – der saß noch da. Er sah nach vorn. Zwei Männer standen dort – nicht drei. Beide – nahezu gleichzeitig – schossen sich selbst in den Kopf. Blut, Hirnmasse, Knochenpartikel klatschten an die Wand. Alles geschah auf einmal. Die Körper sackten auf der Stelle in sich zusammen. Ihr Aufkrachen auf den Boden war noch zu hören, und dann – Stille.

Dann endlich schrie Kindlein.

Als er nach mehr als einer Woche wieder im Präsidium erschien, traf Kindlein als Erstes mit Bücklein zusammen. Der Kollege hatte ein leeres Tablett in der Hand und war gerade dabei, es in die Cafeteria zurückzubringen. Als er Kindlein sah, blieb er kurz stehen und sprach ihn an.

»Hallo, Frieder, hast du Morgenthaler heute schon gesehen?«

»Nein, ich bin ja gerade erst gekommen.«

»Dann mach dich mal auf was gefasst. Der spinnt jetzt völlig.«

»Was meinst du damit?«

»Na, du wirst schon sehen, der hat ein ganzes Arsenal …« Plötzlich stockte Bücklein, denn aus Richtung der Cafeteria rief jemand nach ihm. »Du, wir sehen uns später. Tielmann wartet schon auf mich.«

Beim Betreten des Büros sah er sofort, was Bücklein gemeint hatte. Wände und Decke des Raumes waren frisch gestrichen und überall standen Zimmerpflanzen herum. Einige große Exemplare standen neben den Fenstern und in den Zimmerecken, und kleinere waren auf die Fensterbänke und Schreibtische verteilt. Selbst auf den Schränken standen mehrere ganz winzige Pflänzchen. Nur Morgenthaler war nicht da.

Kindlein sah auf seinem Schreibtisch, dass sich dort in der Zwischenzeit ein ordentliches Häufchen Post gestapelt hatte. Er blätterte es kurz durch und stellte fest, dass es sich dabei um die üblichen internen Drucksachen und ein Anmeldeformular zu einem Ballistik-Seminar handelte. Dazwischen verbarg sich ein einzelner verschlossener Brief ohne Absender. Den öffnete er. Es war gleich klar, wer ihn geschrieben hatte.

Sehr geehrter Herr Kindlein,
Dankwart Windgassen ist tot. Und auch wenn ich ihm den Tod nicht gewünscht habe, so bin ich dennoch froh, dass Konrad und er endlich getrennt sind. Das war überfällig.
Konrad ist weder der Mensch, der andere schlecht macht, noch

einer, der über seine eigene Tüchtigkeit gerne Worte verliert. Es ist aber an der Zeit, genau das zu tun. Er hat Sie gern, und ich habe ihn schon lange nicht mehr so positiv über seine Arbeit reden hören, wie in der kurzen Zeit Ihrer Zusammenarbeit. Ich weiß aber auch, dass er Sie niemals bedrängen würde. Ich hingegen schon. Ich mache es mir gern zur Aufgabe, Ihnen von seinem unseligen Verhältnis zu Windgassen zu berichten und an Sie zu appellieren, auch zukünftig mit ihm zusammenzuarbeiten.

Schon als junger Mann wollte Konrad unbedingt Kriminalpolizist werden. Aber am Anfang seiner beruflichen Laufbahn hatte er schlechte Ausbilder und kam nicht gut voran. Dann hatte er plötzlich das große Glück, dem besten Mann der Abteilung zugeteilt zu werden. Dankwart Windgassen hatte den Ruf, einziger Fels inmitten einer Sandwüste zu sein. Dass er ein krankes Schwein war, sollte Konrad aber leider auch recht schnell erfahren.

Windgassen begann schon bald, ihn zu schikanieren, wo er nur konnte. Das gipfelte schließlich in Beleidigungen, Erniedrigungen und Demütigungen. Konrad musste also eine Entscheidung treffen – für oder gegen Windgassen, und somit für oder gegen die eigenen Ziele. Er entschied sich, die Zeit an der Seite dieses Sadisten einfach als Investition zu betrachten.

Nach drei fürchterlichen Jahren begann sich alles zu beruhigen, Konrad war sicherer geworden. Er war inzwischen wirklich gut ausgebildet und ermittelte immer häufiger selbstständig. Dabei entdeckte er, dass Windgassen durchaus auch fachliche Defizite aufwies, und konnte sich schon bald nicht mehr erklären, wie er es damit zu seinen überwältigenden Erfolgen hatte bringen können.

Dann wurde Konrad plötzlich mitten in den Ermittlungen zu einem Mordfall ausgebremst. Windgassen und der damalige Oberstaatsanwalt Peike legten den Fall zu den Akten, obwohl er erst kurze Zeit daran gearbeitet hatte. Es war Konrads erster Fall aus dieser Serie, die Sie beide eben aufgedeckt haben. Konrad recherchierte und fand schließlich heraus, dass Windgassen und dieser Staatsanwalt ein auffällig gutes Verhältnis

zueinander hatten. Konrads Verdacht, dass Windgassen illegale Methoden bei der Befragung von Zeugen und Verdächtigten eingesetzt hatte und diese von oben gedeckt worden waren, bestätigte sich immer mehr. Zudem hatte es schon mehrere Fälle in dieser Mordserie gegeben, und immer war Windgassen ihnen auffällig inkonsequent nachgegangen.
Von da an machte es für Konrad Sinn, weiterhin bei Windgassen zu bleiben. Eines Tages, so schwor er sich, wollte er ihn hinter Gitter bringen und seinen Kollegen bis dahin ersparen, von diesem Schwein schlecht behandelt zu werden.
Konrad erledigte fortan den Großteil ihrer Arbeit, löste die Fälle, die auf ihren Tisch kamen, und ließ Windgassen die Lorbeeren dafür kassieren. Das war ihm egal, denn er war einzig daran interessiert, ausreichende Beweise gegen Windgassen zu sammeln. Letztlich hatte er aber keinen Erfolg, denn gerade die Serienmorde erklärte Peike jedes Mal zur Chefsache. Windgassen führte dann völlig oberflächliche Ermittlungen durch, die letztlich regelmäßig an einem Punkt abgebrochen wurden, den Konrad für viel zu früh hielt.
Ich bitte Sie: Arbeiten Sie mit Konrad weiter. Er braucht einen Neubeginn, und er braucht dazu einen Partner, den er schätzt.
Liebe Grüße
Nora Morgenthaler

Hinter ihm schepperte es mit einem Mal. Rasch steckte er den Brief in sein Jackett und drehte sich um. Die Bürotür stand sperrangelweit offen, und Konrad Morgenthaler trat stampfenden Schrittes in den Raum. Er trug einen Pflanztopf mit einem riesigen kugelförmigen Kaktus vor sich her.

»Hallo, Frieder, guck mal was ich da habe. Alles Konkursware. Endlich wird's hier gemütlich. Habe ich heute Morgen für einen Appel und 'n Ei an Land gezogen, was sagst du dazu?«

»Äh.«

»Wo soll der hin? Auf deinen Schreibtisch, oder lieber hierhin?« Morgenthaler zeigte mit dem Kopf in Richtung eines kleinen Beistelltisches, der ehemals als Ablage für eine Schreibmaschine diente, nun aber, nach Einführung der PCs, seinen Zweck erfüllt hatte.

»Eher da hin«, sagte Kindlein auf das Tischchen deutend.

»Man muss sich das Leben schön machen«, meinte Morgenthaler, stellte den Kaktus ab und schloss die Bürotür.

Kindlein sagte nichts.

»Willst du auch einen? Gab heute drei Stück zum Preis von zwei.« Morgenthaler zeigte auf eine Papiertüte neben dem Kaktus.

»Gern.« Kindlein griff hinein und nahm sich einen der Plunderstücke. Dann setzte er sich an seinen Schreibtisch und versuchte genau die gleiche Position einzunehmen wie Morgenthaler. Er kippelte seinen Stuhl leicht an und legte die Beine auf die Schreibtischplatte. Somit saßen sich beide inmitten ihres Exotengartens gegenüber und krümelten schweigend vor sich hin.

Dann ging wieder die Bürotür auf, vorsichtig zwar, aber dennoch schnell genug, sodass den beiden keine Zeit mehr blieb, sich normal hinzusetzten.

»Oh, Sie sind gerade im Stress. Tut mir Leid, dass ich nicht angeklopft habe, aber ich vergesse das manchmal.« Es war Ester Schilling.

Kindlein war aus der ungewohnten Sitzposition nicht so richtig herausgekommen. Den Stuhl hatte er zwar in seine Normalstellung zurückkippen lassen, aber seine Beine vorher nicht von der Schreibtischplatte genommen. Deshalb saß er nun in einer völlig lächerlichen Position vor dem Tisch, bei welcher seine Knie fast die Ohren berührten und seine Krawatte beinahe auf dem Boden hing. Zudem war ihm bei der raschen Bewegung der Rest seines Plunderstücks auf den Schoß gefallen und hatte sich im Schrittbereich eingeklemmt. Als er endlich aufstehen konnte, um Ester Schilling zu begrüßen, klebte das Stück noch für einen kurzen Moment am Stoff der Hose, bevor es herunterfiel und er mit dem rechten Fuß hineintrat.

»Guten Tag, Frau Schilling«, stammelte er, merkte aber gleich, dass er ihr nicht die Hand geben konnte, weil sich klebriger Zuckerguss an ihr befand. Also hüpfte er auf einem Bein zu dem kleinen Waschbecken des Büros. Dort wusch er sich die Hände und versuchte, mit einem Papierhandtuch den Plunderrest von der Sohle seines Schuhs zu entfernen.

»Möchten Sie auch ein Stück, Frau Schilling? Einen haben wir noch«, hörte er Morgenthaler fragen.

»Nein, danke, Herr Morgenthaler. Ich denke, den sollten Sie Ihrem Kollegen geben. Der hat von seinem ja nicht viel gehabt.«

Kindlein drehte sich kurz um und zog eine Grimasse. Dann wandte er sich wieder dem Waschbecken zu und widmete sich der Reinigung seiner Hose.

»Was können wir denn sonst für Sie tun?«, fragte Morgenthaler.

»Ich war gerade bei Herrn Katzbach im Krankenhaus. Der kann jetzt wieder sprechen. Na ja, und da bin ich halt hingefahren, um ihn zu besuchen. Irgendwann kam unser Gespräch natürlich auf seinen Brief, auf diese Waffe und damit auch auf die Fälle, mit denen Sie in der letzten Zeit zu tun hatten. Er hat mir etwas aufgeschrieben, oder besser gesagt, diktiert. Zum Schreiben ist er ja noch nicht in der Lage.«

Kindlein drehte sich noch mal um und sah, wie Ester Schilling Morgenthaler ein Blatt Papier überreichte. Dann verabschiedete sie sich schnell von den beiden. Aber als sie fast schon aus der Tür war, drehte sie sich doch noch einmal um und schaute zu ihm rüber. Er stand mit einem nassen Fleck im Schritt vor dem Waschbecken.

»Ich wundere mich, dass Sie überhaupt da sind, Herr Kindlein. In den letzten Tagen waren an Ihren Fenstern immer die Rollläden unten. Ich dachte, Sie wären verreist.«

Er spürte, dass sein Gesicht rot anlief.

»Was steht denn da drauf?«, fragte Kindlein, als Frau Schilling weg war. Er tat so, als ob nichts gewesen wäre.

»Es geht um unsere Fälle. Herr Katzbach glaubt, uns helfen zu können, und nennt uns die Anschrift von jemandem, der nützliche Hintergrundinformationen liefern könnte. Er weiß aber nicht, ob dieser Mann noch lebt. MIPSY in D12,16. Der Mann heißt Professor Dr. Dell.«

»Na, wunderbar. Ich denke, Katzbach hätte uns lieber erklären sollen, wie die Tasche in seinen Schaufensterboden kam.«

»Klar, Frieder, aber im Grunde wissen wir das doch. Sein Bruder Philipp hat sie dort versteckt. Er war Mitglied dieses Kreises. Er hatte auch so eine Waffe, aber offensichtlich hat er sie nie benutzt. Vermutlich hat er es als einziges Mitglied dieser Gruppe nicht übers Herz gebracht, seinen Beitrag zu leisten. Und er scheint es auch nicht geschafft zu haben, sich das Leben zu nehmen, so wie Windgassen es tat. Sie haben ihn deswegen getötet. Erinnerst du dich daran, wie human er im Gegensatz zu den anderen Opfern behandelt wurde? Bei ihm reichten zwei Hiebe. Er war die Ausnahme, weil sie ihn nicht hassten.«

»Ja, und warum in Herrgotts Namen hat er Frau Schilling nicht gleich die ganze Tasche übergeben, sondern nur dieses Fragment?«

»Das weiß ich nicht, Frieder. Aber ich kann mir vorstellen, dass er der Polizei einerseits wirklich einen Hinweis geben wollte, ihr andererseits aber noch immer nicht über den Weg traute. Deshalb wollte er ihr auf gar keinen Fall auch noch die Tasche zukommen lassen. Die hätte ja zu allererst auf ihn gedeutet. Und aus Sicht der Polizei hatte er sich damals recht eigentümlich verhalten. Wäre nun herausgekommen, dass die Tasche seinem Bruder gehörte, hätte man womöglich wieder in die falsche Richtung hin ermittelt.«

»Womit er wohl Recht gehabt haben dürfte.« Kindlein ärgerte sich nun, dass er überhaupt nachgefragt hatte. Er wollte nicht noch mal mit diesen Fällen konfrontiert werden. Die letzte Woche war schrecklich gewesen. Er hatte nicht allein schlafen können und deshalb bei seiner Mutter gewohnt. Nachts war er dennoch aus Albträumen erwacht und hatte dann unter seiner Bettdecke nachschauen müssen, ob noch alles in Ordnung war. In Viernheim war nämlich nichts in Ordnung gewesen, da hatte er in seine Hose gepinkelt. Und jetzt, da er so langsam anfing zu vergessen, sollte alles wieder aufgerollt werden?

»Aber wozu sollen wir den ganzen Kram jetzt noch weiterverfolgen? Die Sache ist doch abgeschlossen.«

»Tja, wozu. Vielleicht, um zu verstehen, Frieder. Nicht, um die Täter zu verstehen, sondern all das, was unbeantwortet blieb. Wie kam zum Beispiel die unglaubliche Einigkeit zwischen diesen Menschen zustande. Lösching sprach von Hass. Hat Hass sie geeint? Aber wenn es Hass war, stellt sich die Frage nach dem Was und dem Weshalb. Und warum waren sie so grausam, so – pervers? Außerdem frage ich mich, was alles verkehrt laufen muss, damit so eine Gruppe entstehen, sich entwickeln, organisieren und auch noch über Jahrzehnte halten kann.«

Kindlein wusste, was Morgenthaler meinte. Ein Fall war erst

dann abgeschlossen, wenn keine Frage mehr eine Chance auf Beantwortung hatte. Und hier tat sich solch eine Chance auf.

»Gut, Konrad. Du hast gewonnen.«

Morgenthaler griff zu seinem Handy und ließ sich von der Auskunft mit dem »Mannheimer Institut für psychische Gesundheit« verbinden. Dort teilte ihm eine Dame mit, dass Professor Dr. Dell schon seit mehr als zehn Jahren nicht mehr im Institut arbeiten würde und sich im Ruhestand befinde. Aber sie kenne seine jetzige Adresse und Telefonnummer.

»Woher wusstest du, was MIPSY ist, Konrad?«, fragte Kindlein, als sie vor dem hohen Gebäude aus rotem Backstein standen.

»Friedrich Keller hat sein gesamtes Vermögen und den Erlös aus dem Verkauf seiner Firma diesem Institut vermacht. Der Mann hat neulich in Viernheim in seinen letzten Minuten sein Testament geschrieben, Frieder.«

»Stimmt. Er hat etwas auf einen Zettel geschrieben, während uns Lösching seinen Monolog vortrug. Mir war das trotz meiner irrsinnigen Angst irgendwie aufgefallen.«

»Schon verrückt. Aber jetzt, wo wir gerade die Situation in Viernheim angesprochen haben, möchte ich dir gern noch etwas sagen, Frieder. Frau Schilling hat Recht, mach die Rollläden wieder auf. Trink ab und an einen Tee bei ihr oder komm Nora und mich mal besuchen.«

Kindlein spürte wieder Verlegenheit, wurde aber diesmal nicht rot.

Sie hatten sich telefonisch angemeldet, und eine Empfangsdame zeigte ihnen freundlich den Weg zu Professor Dells Apartment. So bezeichnete man in diesem Haus die kleinen Wohnbereiche der Senioren. Professor Dell hatte sich schon während seines Berufslebens in diesem Altenwohnheim im Stadtteil Lindenhof eingekauft und bewohnte hier im Alter eine kleine Wohnung mit zwei Zimmern und einem Balkon mit Blick ins Grüne.

Sie hatten doch eine Weile gebraucht, um die Adresse ausfindig zu machen. Das Wohnheim lag versteckt in einer ruhigen Gegend zwischen dem Waldpark am Rhein und dem Stollenwörthweiher und war vom Auto aus nicht zu sehen gewesen. Sie waren einige

Male daran vorbeigefahren, ohne zu merken, dass man nur über einen kleinen Fußweg Zugang zu dem Gebäude erhielt. Deshalb kamen sie zu spät.

Kindlein entschuldigte sich gleich bei Eintritt in die Wohnung des alten Herrn und übermittelte ihm auch Grüße von seiner ehemaligen Mitarbeiterin.

»Na, das ist ja eine freudige Botschaft«, antwortete Dell daraufhin. »Dürfte jetzt auch bald in Rente gehen, das Mädel. Kommen Sie herein.«

Der Mann war etwa achtzig Jahre alt und sah genau so aus, wie sich Kindlein und die restliche Menschheit einen alten Gelehrten vorstellte. Der Schritt seiner Hosen hing in Höhe der Kniekehlen, und in seinem Mund bewegte sich beim Sprechen eine übergroße Meerschaumpfeife hin und her.

Kindlein dachte bei dem Anblick an seinen längst verstorbenen Großvater. Auch der hatte, wie dieser alte Herr, einen buschigen grauen Schnauzer getragen. Der aber war, anders als bei dem Professor, durch das ständige Einwirken von Pfeifenqualm an manchen Stellen gelb verfärbt gewesen. Da die Großmutter behauptet hatte, dass die Unterhosen des Großvaters auch so aussehen würden, hatte Kindlein damals vermutet, dass er Unterhosen aus Pelz tragen würde.

Das wellige Haar des alten Mannes war da, wo vorhanden, noch sehr dicht und lang. An den anderen Stellen hatte es wahrscheinlich schon im Alter von zwanzig Jahren nicht mehr existiert. Die obligatorische Brille mit runden Gläsern und Hornfassung fehlte genauso wenig wie ein Tweedjackett, das er wohl nicht mal in seinen besten Jahren ausgefüllt haben dürfte. Der Mann war deutlich als Pensionär zu erkennen, er trug karierte Cordschlappen.

In der Wohnung imponierten neben den Gerüchen nach altem Mann und ungelüfteten Zimmern vor allem riesige Bücherregale, in denen eine Ordnung herrschte wie auf einem Flohmarkt. Davor standen mehrere Stühle, die ebenfalls mit Büchern überhäuft waren. Dell bot ihnen sofort zwei davon an. Er stapelte dafür die Bücher von den Stühlen auf einen kleinen Tisch um, dessen Beine schon Schwierigkeiten hatten, die Last der bereits darauf liegenden Exemplare zu tragen. Nun signalisierten sie mit deutlich wahrnehmbaren Knarrgeräuschen, dass ihre Belastungsgrenze überschritten war.

»Herr Professor, wir haben Ihnen am Telefon ja schon kurz erklärt, dass wir Ihren Namen von einem Herrn Leopold Katzbach erhalten haben. Dessen Bruder, Philipp Katzbach, ist vor etwas mehr als zwanzig Jahren gestorben. Außerdem geht es noch um einen Herrn Keller, Friedrich Keller. Dieser Mann wiederum ist erst jüngst verstorben und hat dem Institut, an dem Sie gearbeitet haben, sein gesamtes Vermögen hinterlassen. Ich weiß nun nicht, ob Ihnen diese Namen überhaupt etwas sagen, aber wir wären Ihnen sehr verbunden wenn ...«

Dell unterbrach Kindlein, indem er plötzlich mit seiner Pfeife in einem Aschenbecher herumklopfte und sich dabei laut räusperte.

»Sie brauchen mir nichts zu erklären, junger Mann. Ist schon in Ordnung. Aber dürfte ich Sie fragen, woran Friedrich Keller gestorben ist?«

»Herr Keller hat sich vor fünf Tagen das Leben genommen.« Diese Antwort musste reichen.

Der alte Herr schüttelte daraufhin seinen Kopf. »Das ist ja furchtbar. Nach so langer Zeit. Das hätte ich nicht mehr für möglich gehalten.«

Kindlein und Morgenthaler sahen sich erstaunt an. Was meinte er damit?

»Ja, ich habe diese Personen gekannt. Sehr gut sogar.«

Wieder sahen sich Kindlein und Morgenthaler erstaunt an.

Dell schien das zu merken und sagte einschränkend: »Was heißt schon kennen, meine Herren. Sagen wir so, ich habe fast drei Jahre Kontakt zu ihnen gehabt. Sie waren in dieser Zeit so etwas wie ... meine Schützlinge.«

Nun lehnte er sich zurück und stopfte seine Pfeife neu. Auch Kindlein hätte gern geraucht, hatte aber keine Zigarillos dabei. Dann begann Dell zu sprechen. Er erzählte von seiner Zeit als Leiter des Instituts und den Studien, die dort betrieben wurden. Er machte zum Teil lange Ausführungen und verlor sich häufig in Beschreibungen von Details, mit denen sie nicht viel anfangen konnten. Aber dann kam er schließlich doch zur Sache.

»Es muss so 1971 gewesen sein, als wir im Institut mit einer Langzeitstudie begannen. Wir wollten untersuchen, ob, wie und wann sich gewisse psychische Dispositionen günstig oder weniger günstig auf die persönliche, familiäre, berufliche und soziale Entwicklung junger Menschen auswirken. Grob beschrieben könnte man sagen, dass wir untersuchen wollten, ob zum Beispiel ein optimistischer Mensch für spezielle Lebenssituationen, aber auch für seine allgemeine Lebensentwicklung, wirklich messbar bessere Anpassungs- und Bewältigungsstrategien entwickelt als der Pessimist. Wie gesagt, das war die grobe Richtung. Dazu stellten wir zwei kleine Gruppen von Probanden zusammen, mit denen wir fortan regelmäßig Kontakt aufnehmen wollten und die sich auch bereit erklärten, in regelmäßigen Abständen zu uns zu kommen. Eine Gruppe sollte nur ganz passiv beobachtet werden, während die andere auch psychologische Unterstützung erfahren sollte. Bei Letzterer ging es selbstverständlich auch darum, herkömmliche Interventionsstrategien und ganz neue Therapieansätze mit einflechten zu können, um deren Sinnhaftigkeit und Effizienz einer Prüfung zu unterziehen. Bei der Erstellung der Anamnesen und der Zuordnung der Probanden zu den Gruppen fiel uns etwas auf, was uns Wissenschaftler sofort hellhörig werden ließ. Wir hatten unter den Probanden sechs Männer, deren Biografien sich völlig von denen der anderen unterschieden. Nun sind wir Wissenschaftler ja in gewisser Weise wie neugierige Kinder, und für Sie mag das sicher sehr hart klingen: Aber wir haben uns damals tatsächlich wie die Kinder gefreut, als wir sechs junge Männer im Alter zwischen achtzehn und sechsundzwanzig Jahren vor uns sitzen hatten, die erst kurze Zeit zuvor einen Selbstmordversuch unternommen hatten.«

Kindlein konnte die Freude dieser Herrschaften tatsächlich nicht so richtig nachempfinden, sagte aber nichts dazu.

»Und jetzt kommt das zugleich Tragische und Schreckliche, aber für uns damals auch Sensationelle an dem Ganzen. Alle sechs hatten eine Kindheit hinter sich, wie man sie sich schrecklicher gar nicht vorzustellen vermag. Sie waren über lange Zeit körperlich und psychisch misshandelt und zum Teil sexuell missbraucht worden. Eltern, Angehörige, Mitschüler, Lehrer, Heimleiter, Pfaffen und auch Fremde haben sich an diesen Kindern aufs Gröbste vergangen, oft über viele Jahre hinweg. Die medizinischen Untersuchungen zeigten bei dreien lebenslange körperliche Schäden als Folge dieser Misshandlungen. Das Ausmaß ihrer psychischen Schäden sollte sich uns erst später offenbaren. Zwei dieser jungen Männer waren Philipp Katzbach und Friedrich Keller. Die Namen der anderen darf ich natürlich nicht nennen.«

Morgenthaler war ganz blass. Kindlein ging es nicht besser.

Der Professor schien die kleine Sprechpause auch deshalb einzulegen, weil seine Nase tropfte. Mit einem zerknitterten Stofftaschentuch aus seiner Hosentasche schnäuzte er sich kurz, bevor er fortfuhr.

»Ein weiterer Umstand, der uns damals als glückliche Fügung erschien, war, dass alle sechs einen mindestens durchschnittlichen Bildungsgrad hatten, wobei drei sogar eine akademische Ausbildung durchliefen. Wir fanden dies sehr bemerkenswert, da Gewalt in dieser Größenordnung häufig zu Störungen im Lernverhalten und damit zu schulischen Leistungseinbußen führt. Es verstand sich von allein, dass wir diese jungen Männer nicht wie die anderen Probanden einsetzen konnten, sondern als Patienten zu betrachten hatten. Wir mussten sie erst einmal von dieser Studie abkoppeln. Sie bedurften einer viel intensiveren fachlichen Begleitung und Betreuung und mussten auf die Studie erst vorbereitet werden. Wir erhielten sehr schnell finanzielle Mittel, und ich hatte mir damals vorgenommen, selbst mit dieser Gruppe zu arbeiten.«

Der Professor schien weder Lust zu haben, das durchgeweichte Taschentuch in die Hosentasche zurückzustecken, noch wusste er offenbar so recht, was er jetzt damit tun sollte. Dann aber stand er auf und ging zu einem der Fenster. Dort legte er das feuchte Knäuel auf dem Fensterbrett ab. Kindlein sah, dass dort noch mehrere davon lagen, und er ahnte, dass der alte Herr die warme Luft des Heizkörpers darunter zum Trocknen seiner Taschentücher nutzte. Und tatsächlich nahm er eines vom Fensterbrett, krempelte das steinharte Klümpchen umständlich auseinander, faltete den starren Fetzen Stoff zu einem Rechteck zusammen und steckte es in seine Hosentasche. Kindlein und Morgenthaler sahen sich an. Dann blickten sie mit einem unguten Gefühl auf ihre Hände.

»Wo war ich stehen geblieben? Ach ja, zu Beginn versuchte ich, mich ihnen in Einzelgesprächen zu nähern. Es war ein zäher Prozess, bis sie so weit waren, über ihre Vergangenheit offen zu sprechen. Sie litten unter einer Art von Schuldkomplex, also der Vorstellung, an dem Geschehenen zumindest eine Teilschuld zu tragen. Aber die Bereitschaft anzuerkennen, dass sie unschuldige Opfer waren, nahm im Laufe der Sitzungen zu, und die Wertschätzung ihrer eigenen Person wuchs ebenfalls nach und nach. Etwa drei Monate später hielten wir erste Gruppensitzungen ab. Hier begannen wir, wie erwartet, im Grunde wieder bei null. Die Männer hatten Hemmungen, Vorbehalte und Vorurteile gegenüber den anderen Gruppenmitgliedern. Doch auch hier waren bald die ersten kleinen Erfolge zu sehen. Die Männer lernten sich schnell kennen und wurden zunehmend aufgeschlossener. Ihre Fragen bezogen sich nun nicht mehr nur auf sich selbst und ihr Schicksal, sondern berührten nach und nach auch gesellschaftliche, ethische, philosophische und rechtliche Aspekte. Für mich war das eine spannende Zeit, da ich sah, dass in dieser Gruppe ein Keim der Hoffnung zu sprießen begann. Immer häufiger war zu erkennen, dass sich ihre Sichtweise nach vorn hin ausrichtete. Natürlich war mir bewusst, dass diese Zuversicht vor allem Resultat eines gruppendynamischen Prozesses war und sich nicht unbedingt bei jedem Einzelnen dauerhaft etablieren musste. Trotzdem wagte ich es nach etwa einem halben Jahr, sie in unsere Studie einzubinden und mich selbst immer mehr zurückzunehmen. Ich zog mich sozusagen auf den Beobachtungsposten zurück. Und fortan beschränkte ich mich auf Gruppensitzungen, bei denen ich nur als stiller Zuhörer fungierte. Einzelgespräche behielt ich mir aber für den Bedarfsfall vor. Der Erfolg gab mir Recht. Alle nahmen ihre Ausbildung oder berufliche Tätigkeit wieder auf, und allmählich schienen sie sich zu festigen.«

»Hm«, machte Morgenthaler, als zu spüren war, dass der alte Herr wohl am Ende seiner Ausführungen war. »Das klingt wie ein Märchen. Wenn das immer so einfach ginge, hätten wir erheblich weniger Sorgen auf dieser Welt. Gab es denn niemals Probleme? Ich kann mir gar nicht vorstellen, dass solche Prozesse völlig reibungslos und ohne Konflikte ablaufen.«

»Ganz im Gegenteil, Herr Kommissar, die jungen Männer verstanden sich sogar ausgezeichnet. Sie wurden Freunde, wenn man das so sagen darf. Und was Konflikte betraf, so fällt mir eigentlich nur ein einziger ein. Es muss etwa 1973 gewesen sein und betraf den ältesten der jungen Männer, eben Philipp Katzbach. Er war während seiner Schulzeit in einem kirchlichen Internat schweren Übergriffen von Mitschülern und Geistlichen ausgesetzt gewesen. Deshalb hatte er sich entschieden, Pädagogik zu studieren, um Lehrer zu werden. Er wollte mit direktem Engagement vor Ort für bessere Verhältnisse an den Schulen eintreten. Aber er hatte Pech. Gerade als er mit seinem Studium fertig war, erhielt er gleich mal Berufsverbot. Das wurde damals so ziemlich über jeden verhängt, der einen roten Pullover im Kleiderschrank hatte.«

»Der Extremistenerlass, wir wissen.«

»Ach ja, stimmt, ich vergaß, Sie kennen ja seinen Bruder.«

Kindlein und Morgenthaler nickten nur.

»Jedenfalls hat dieses Ereignis in der Gruppe für einigen Aufruhr gesorgt. Sie waren natürlich alle der Ansicht, dass der Staat damit jemanden bestrafen würde, der in seinem Leben schon mehr als ausreichend bestraft worden war. Diese jungen Männer hatten ein ausgesprochen sensibles Verhältnis zum Thema Gerechtigkeit.«

»Hm, wie drückte sich das aus?«, wollte Morgenthaler genauer wissen.

»Na ja, sie stellten zunehmend kritischere Fragen zu diesem Thema. Überhaupt wurden unsere Sitzungen mehr und mehr eine Art Diskussionsforum – sehr zu meiner Freude, wie ich gestehen muss. Sie taten im Grunde genau das, was ich mir erhofft hatte: Sie machten sich konstruktive Gedanken zu ihrem Leben und entwickelten allmählich Perspektiven für eine Zukunft. Einer von ihnen fragte eines Tages sogar, ob sie denn ihre Selbstmordversuche nicht einfach auch als Tod betrachten könnten. Damit wäre die Zeit danach der Beginn eines neuen Lebens und dieser Tod selbst demnach ihre Geburt. Ich dachte an so eine Art Stunde Null, aber er bestand darauf, es als Geburt zu bezeichnen. Es war ihm auch sehr wichtig, den Unterschied zu einer leiblichen Geburt herauszustellen. Diesmal hätten sie nämlich die Möglichkeit, schon in der frühen postnatalen Phase ihres Lebens selbst darüber zu entscheiden, ob sie diese Geburt annehmen mochten oder nicht. Sie könnten ihr diesmal sogar einen Sinn verleihen, indem sie ihr zukünftiges Leben entsprechend ausrichteten. Sie würde aber nur dann Sinn machen, wenn sie der Beginn eines würdevollen Lebens wäre, frei von Demütigung und Erniedrigung.«

»Also für mich hört sich das wie der Mythos vom Phönix-aus-der-Asche an. Oder wie eine Art Reinkarnationstheorie«, sagte Kindlein. Er fand den Gedanken abstrus, seine eigene Vergangenheit ungeschehen machen zu wollen. Irgendwie, dachte er, würde sie zumindest im Unbewussten doch immer gegenwärtig bleiben.

»Wie dem auch sei, junger Mann, den Männern schien viel daran zu liegen. Und mir war es offen gesagt egal, wie sie es bezeichneten.«

»Aber Sie sagten, sie wurden immer kritischer. Wie drückte sich das im Laufe der Zeit aus?«

»Na ja, das hatte mit einem Beitrag begonnen, den einer von ihnen eines Tages vorbrachte. Er absolvierte damals gerade eine Ausbildung bei der Polizei. Wenn ich mich nicht irre, arbeitete er später sogar bei der Kripo.«

Der Professor sprach von Windgassen. Morgenthaler rückte sichtbar nach vorn an die Stuhlkante.

»Sein Schicksal war ebenfalls tragisch. Er wurde über Jahre hinweg, gemeinsam mit seiner jüngeren Schwester, von Pädophilen sexuell missbraucht. Es waren Männer, von denen der Vater existenziell abhängig war – fette, dreckige Schwitzmänner, nein, Schweinemänner, wie sich der junge Mann auszudrücken pflegte. Sie hatten sich sowohl einzeln als auch in der Gruppe regelmäßig über die beiden Kinder hergemacht. Kurz bevor er seinen Selbstmordversuch unternahm, hatten sich seine Eltern im Abstand eines Jahres das Leben genommen. Jahre zuvor hatten sie Lebensversicherungen in großer Höhe abgeschlossen, womit der junge Mann anschließend zwar materiell gut versorgt war, aber dennoch völlig krank in der Seele blieb.«

Hatte die Fettleibigkeit Peter Martens' sowie das Wissen um dessen sexuelles Verhältnis zu seiner Nichte bei Windgassen Assoziationen an die Kindheit hervorgerufen? Windgassen war eine Bestie gewesen, dachte Kindlein. Aber was sollte er nun denken? Dass er ein armes Schwein war?

»Der junge Mann erzählte von den Bedingungen in Gefängnissen und Zuchthäusern. Er berichtete ganz empört darüber, dass dort Mörder, Totschläger, Kinderschänder und Vergewaltiger in Einzelzellen leben und Anspruch auf Radio und Zeitung hätten. Sie würden dort medizinisch und psychologisch betreut, und es würde sogar noch Personal dafür bezahlt, die Insassen voreinander zu schützen. Dem stellte er die schrecklichen Schicksale der Gruppenmitglieder gegenüber. Ihre Strafen seien um ein Vielfaches höher gewesen, meinte er, und niemand sei da gewesen, der sie beschützt hätte. Medizinische Betreuung hätte es erst gegeben, wenn die Knochen schon gebrochen waren, die Verbrennungen und Verbrühungen nicht von alleine heilten oder die Wunden zu eitern begannen. Psychologische Unterstützung hatten sie nie erhalten.«

Morgenthaler unterbrach den Mann an dieser Stelle. »Ein schlimmer Vergleich. Haben Sie sich damals dazu geäußert, Herr Professor?«

»Das weiß ich nicht mehr, das liegt ja über dreißig Jahre zurück. Ich glaube aber nicht, denn es ist ja Sinn und Zweck einer Therapie, dass die Patienten lernen, Emotionen zu artikulieren. Und dass sich gerade diese Männer ungerecht behandelt fühlten, war für mich absolut nachvollziehbar.«

»Hm.«

Es war wohl nicht nur ein Keim der Hoffnung gewesen, der in dieser Gruppe spross.

»Im Übrigen machten die jungen Männer fantastische Fortschritte. Von Selbstmitleid war da keine Spur. Beruflich etablierten sie sich sehr schnell und wurden sogar außerordentlich erfolgreich. Es war eine Freude, mit anzusehen, wie sie mit dem Leben zurechtkamen. Selbst Philipp Katzbach schien wieder aufzublühen. Zusammen mit seinem Bruder führte er in Mannheim einen Antiquitätenzirkel ein, dessen Ruf damals weit über die Grenzen der Stadt bekannt wurde. Die Brüder Katzbach hatten zum Teil so viel Arbeit, dass auch der jüngste dieser Gruppe sich häufig dort mit einbrachte. Insgesamt für alle, auch für mich, eine glänzende Entwicklung.«

Das Bild nahm langsam Gestalt an. Dieser Jüngste konnte niemand anderer gewesen sein als Theodor Lösching. Der Mann, der später in dubiose Antiquitätengeschäfte verstrickt war und der ihnen neulich seine widerwärtige Fratze gezeigt hatte.

Kindlein und Morgenthaler sahen sich schweigend an. Der alte Herr hatte keinen blassen Schimmer. Hatte ihn damals nicht und erst recht nicht heute.

»Es gab einen jungen Mann, der sich besonders engagiert zeigte. Seinen Namen darf ich auch ruhig erwähnen. Er ist leider vor zwei Jahren an Krebs verstorben. Ich habe von seinem Tod erst durch einen meiner ehemaligen Kollegen erfahren. Der junge Mann hieß Johannes Peike.«

Das war also der fünfte Mann. Frau Morgenthaler hatte ihn in ihrem Brief erwähnt. Und damit war auch klar, wer der Sechste sein würde – Fock. Aber Morgenthaler war völlig fassungslos.

»Meinen Sie den ehemaligen Staatsanwalt Dr. Johannes Peike?«

»Ja, den meine ich.«

Es war Irrsinn. Nicht nur ein Mitglied der Kripo hatte diesem ehrenwerten Kreis angehört, sondern auch noch ein Staatsanwalt. Kindlein sah zu Morgenthaler rüber, dem nun alles Mögliche durch den Kopf gehen musste. Er hatte es immer gewusst, aber niemals beweisen können.

»Ja, wie gesagt, er stellte eines Tages Folgendes in den Raum: Beim Schutz des Einzelnen vor anderen versagt unsere Gesellschaft. Erst wenn sie ihn einer Straftat überführt hat, beschützt sie ihn, gegen den Preis der Freiheit, vor ihnen. Was aber, wenn jemand schon eine Strafe verbüßt hat, die weit über das gesetzliche Höchstmaß hinausging, obgleich er nie eine Straftat begangen hat? Und was, wenn er dafür schon mit dem Verlust seiner Freiheit bezahlt hat. Wenn die Gesellschaft ihm keinen Schutz gewährt hat, sondern immer nur wegsah, die Augen verschloss? Könnte so einer nicht erwarten, dass sie ihm fortan zumindest einen Bonus einräumt, der ihm gestattet, sich selbst zu helfen, wenn Willkür, Demütigung und Erniedrigung ihn erneut verletzen? Aber wird es stattdessen nicht wieder so sein, dass sie ihn, das Opfer, die Strafe verbüßen lässt, während sie dem Täter in eigens dafür geschaffenen Einrichtungen Schutz bietet?«

Kindlein fasste sich an die Stirn. Ein angehender Jurist, der solch fragwürdige Thesen formulierte, musste dem Professor damals doch auffällig erschienen sein. Dieser Bonus, von dem Peike gesprochen hatte, wäre ein Freibrief zur Anarchie, zur Gesetzlosigkeit.

»Sagen Sie, haben Sie bei diesen Äußerungen niemals gedacht, dass sich da eine Art von radikaler Gruppe formieren könnte?«

»Nein, Herr Kommissar, der Mann war Jurastudent. Da musste er sich auch mit systemkritischen Fragen beschäftigen. Aber ich weiß schon, auf was Sie hinauswollen. Natürlich gab es Anfang der siebziger Jahre einige, die sich zu irgendwelchen subversiven Keimzellen zusammenrauften. Und die täglichen Berichte über RAF-Terror, über die Baader-Meinhof-Gruppe, die Anschläge auf den Springer-Konzern und öffentliche Einrichtungen sind auch an mir nicht vorübergegangen. Aber diese jungen Männer waren keine politischen Fanatiker, das können Sie mir glauben.«

Dieser alte Herr war offensichtlich schon immer arglos gewesen.

»Nein, ich denke, dass sie sich einfach nur Gedanken über das Leben machten und sich in ihrer Gruppe eine eigene kleine Art von Philosophie zurechtgeschneidert haben. Ich erinnere mich noch genau, wie einer von ihnen sagte: ›Herr Professor, wir haben durch Sie endlich begriffen, dass auch wir ein Recht auf Erhalt unserer Würde und den Schutz unserer körperlichen, geistigen und seelischen Unversehrtheit haben. Wir wissen nun, dass wir unser Leben entsprechend unseren Fähigkeiten und Neigungen einrichten können, wenn wir einen Weg finden, von uns fern zu halten, was uns schadet.‹ Verstehen Sie, was ich meine? Für mich war das Ausdruck eines völlig neuen Selbstbewusstseins. Optimismus, Euphorie, Zuversicht – das war es, was hier gedieh. Nicht subversives Gedankengut – nein, Lebensfreude. Und sie hatten das erlangt, was sie nie erhalten haben: Würde, Selbstachtung und Zuversicht in die eigenen Fähigkeiten. Und jetzt warten Sie mal, meine Herren, ich zeige Ihnen etwas.« Der Professor stand auf und ging mit stolprigen Schritten in das angrenzende Zimmer. Auf dem Weg dorthin brabbelte er etwas von einem Foto, das er noch hätte und dass man darauf sehen könne, was er meinte.

Er kam schon bald zurück. Freudestrahlend hielt er eine gerahmte Fotografie in der Hand.

»Schauen Sie mal, das ist die Gruppe. Ich habe dieses Foto auf meinem Nachttisch stehen.« Dann zeigte er auf die Köpfe der Personen. »Sehen Sie, alle drauf: Philipp Katzbach, Friedrich Keller und daneben Johannes Peike. Die Namen der anderen drei darf ich Ihnen nicht nennen. Sie leben ja noch.«

Der Professor schien offenbar keine Zeitung zu lesen. Aber Kindlein reichte, was er sah, und es war nicht seine Aufgabe, den alten Herrn unglücklich zu machen. Auf dem Foto waren neben den Genannten auch Windgassen, Fock und Lösching zu erkennen. Der Mann hielt das Foto eines bestialischen Mördertrupps in der Hand und wusste absolut nichts davon.

Und nun musste Kindlein auch wieder an den Morgen denken, als er vor dem kleinen elenden Laden von Leopold Katzbach gestanden hatte. Wie viele Biografien hatten durch den Eingriff dieser Männer eine schreckliche Zäsur erfahren, wie viele Existenzen waren seitdem ruiniert, wie viele Leben zerstört, wie viele Tränen geflossen?

»Sie haben diese Männer gemocht, nicht wahr?«, fragte Morgenthaler den alten Mann.

»Ja, meine Herren, sehr. Und ich bin stolz auf sie. Ich kann Ihnen auch gar nicht sagen, wie ich gelitten habe, als Philipp Katzbach einige Jahre später auf so grauenvolle Weise umkam. Hat man den Täter eigentlich je gefunden?«

»Ja«, antwortete Morgenthaler. Und Kindlein sah, was er dachte: nur zwei Hiebe – ein Freundschaftsbonus.

»Dann ist ja gut. Kann ich Ihnen vielleicht noch irgendwie helfen?«

»Nein, Herr Professor. Sie waren uns schon eine große Hilfe. Vielen Dank.«

Beide verließen das Appartement.

Mit kleinen Trippelschritten ging der alte Herr in sein Schlafzimmer zurück. Dort betrachtete er es noch einmal. Dann stellte er das Foto auf den Nachttisch zurück.

Danksagung

Wenn sich einer aus dem laufenden Familienbetrieb ausklinkt, um einen Krimi zu schreiben, sich dafür monatelang in ein Kämmerchen verzieht, Staubsauger, Putzfeudel und Klobürste in dieser Zeit konsequent ignoriert und nicht einmal den Kochlöffel anrührt, dann kann er von Glück reden, wenn er eine Frau wie die meine hat. Anne Eli hat das geduldet, ertragen und mitgetragen. Unglaublich. Ich vermute, dass das an ihrem angeborenen Großmut liegt und – an ihrer Liebe zu mir. Danke, Anne Eli.

Als das Manuskript geschrieben war, hielt ich noch keinen fertigen Roman in der Hand. Dazu bedurfte es noch der überaus freundlichen und motivierenden Unterstützung durch meine Lektorin, Dr. Marion Heister, der ich dafür unbedingt danken will.

Stellvertretend für alle, die im Emons Verlag an der Realisierung dieses Projekts mitgearbeitet haben, möchte ich Frau Dr. Christel Steinmetz nennen, die mir immer eine geduldige Ansprechpartnerin war und mir stets aufs Freundlichste begegnete, wenn ich eine meiner Debütantenfragen an sie richtete.

Last but not least möchte ich Herrn Hejo Emons meinen Dank aussprechen. Dass das Manuskript zu diesem Krimi nicht in meiner Schublade verschwand, sondern in Buchform erscheint, verdanke ich seinem Mut, auch Erstlingsromane wie diesen zu veröffentlichen.